MÜNSTER KRIMI
2

Gisa Pauly, Jahrgang 1947, war Lehrerin an einer kaufmännischen Berufsschule. Seit 1993 ist sie freie Schriftstellerin und Drehbuchautorin. Folgende Bücher erschienen bisher von ihr: »Mir langt's – eine Lehrerin steigt aus« (1994 bei Rasch und Röhring und 1996 als Heyne-Taschenbuch); »Die Klassefrau« (1997 Heyne-Taschenbuch); »Endlich Mama« (2001 Tomus-Verlag).

Gisa Pauly

Schlafende Hunde

Emons

Umschlaggestaltung: Atelier Schaller, Köln
Umschlagzeichnung: Heribert Stragholz
Umschlaglithografie: Media Cologne GmbH, Köln
Druck und Bindung: Clausen & Bosse GmbH, Leck
Printed in Germany 2003
ISBN 3-89705-307-1

www.emons-verlag.de

Die Landschaft flog am Zugfenster vorbei. Allmählich wich die eindrucksvolle Weite des Nordens – die so unerschöpflich und endlos war wie das nahe gelegene Meer – hausbackener Gemütlichkeit. Niedrige Gehöfte blickten aus drallem Buschwerk heraus, hin und wieder unterbrachen Waldstücke das Karree der ordentlich zusammengefügten Felder und Wiesen, durch die kerzengerade Wege liefen. Dazwischen Dörfer, die außer Kirche und Kneipe nicht viel zu bieten hatten. Kein Fabrikschornstein, keine Leuchtreklame, nichts, was die Dorfkirche überragte und dem ansässigen Pfarrer Sorgenfalten auf die Stirn treiben konnte. Im Gegenteil, die Bebauung duckte sich fromm in den Schatten des Kirchturms und wurde nur am Ortsrand weitschweifiger. Aber auch da bildeten akkurat eingefasste Gärten einen makellosen Saum. Man sah den Einfamilienhäusern von weitem die gewissenhafte Hausfrau an, die am Freitag die Betten bezog und samstags den Bürgersteig fegte.

»Westfalen«, sagte der Hamburger spöttisch, der Karla gegenübersaß. »Langweilig und spießig.«

»Warte ab, wenn Münster erst hinter uns liegt«, sagte seine Frau. »Die Fahrt am Rhein entlang … das ist romantisch.«

»Im Münsterland möchte ich nicht begraben sein«, legte ihr Gatte nach, der direkter Nachfahre irgendeines vornehmen hanseatischen Geschlechts zu sein schien.

Karla spürte, wie der Zorn in ihr hoch kochte. Wenn sie auch, solange sie in Hamburg gelebt hatte, ähnlich über Münster und seine provinzielle Umgebung gesprochen hatte, so hieß das noch lange nicht, dass sich irgendein arroganter norddeutscher Großstädter das Gleiche erlauben durfte!

»Dem Münsterland wäre es vermutlich ebenso wenig recht, Ihren Leichnam in seiner Erde zu wissen«, mischte sie sich ungefragt ein.

Einen Moment lang herrschte Stille im Abteil, die Hamburgerin blickte langnäsig aus dem Fenster, ihr Gatte sah so verwirrt aus, als glaubte er daran, sich verhört zu haben.

Karla dachte an Wulf Peters, dem sie für seine Diplomarbeit in

Psychologie als Versuchskaninchen zur Verfügung gestanden hatte, und an den Rat, den er ihr mehr als einmal gegeben hatte: »Immer erst langsam bis drei zählen und tief durchatmen, ehe du vorschnell auf Äußerungen anderer reagierst!«

Also zählte Karla, wenn auch mit Verzögerung, bis drei und ergänzte dann in freundlicherem Ton: »Ich bin sicher, dass Sie noch nie eine Pättkestour gemacht haben und auch nicht wissen, wie köstlich Töttchen oder dröge Endken schmecken.«

Die Hamburger sahen sie an, als spräche sie Kisuaheli mit kreolischem Akzent.

Karla erhob sich, griff nach ihren beiden Taschen und verabschiedete sich. Dass ihr Gruß, wenn auch äußerst verhalten, erwidert wurde, versöhnte sie ein wenig.

Geduldig stellte sie sich in den Gang und sah Münster entgegen. Während sie aus dem Fenster blickte, fragte sie sich, ob sie für das Wiedersehen gerüstet war.

Zehn Jahre war sie nicht in Münster gewesen. Eine verdammt lange Zeit! Und sie hatte sich einmal geschworen, nie wieder zurückzukehren, aber nun ... Damals hatte sie nicht ahnen können, dass man ihr gerade hier eine Festanstellung anbieten würde. Die Jahre als freie Journalistin in Hamburg waren zwar gute Lehrjahre gewesen, doch der Wunsch, endlich ein festes Einkommen zu beziehen und ein geregelteres Leben zu führen, war in den letzten Monaten immer stärker geworden. Immerhin war sie mittlerweile siebenunddreißig Jahre alt! Zeit, sesshaft zu werden. Und warum nicht in Münster?

Karla warf einen Blick ins Abteilfenster, aus dem ihr Spiegelbild zurückfiel. Sie sah gut aus. Zehn Jahre älter als damals natürlich, aber immer noch gut. Vielleicht sogar besser als früher. Aus ihr war eine Frau geworden, die wusste, was sie wollte. Was würde Martin sagen, wenn er sie sähe? Würde er sie überhaupt wiedererkennen? Sie wusste, dass sie sich verändert hatte. Vor zehn Jahren hatte sie ausgesehen wie eine unbekümmerte Studentin, obwohl sie es nicht mehr war. Heute war sie eine attraktive Frau, die aussah, als hätte sie ihren Platz im Leben gefunden, obwohl das nicht stimmte. Nun aber schien es so, als sollte ausgerechnet Münster dieser Platz werden. Die Stadt, in der Martin wohnte. Immer noch?

Der Zug verringerte sein Tempo und überfuhr die Sudmühlenstraße im Stadtteil Handorf. Lange Autoschlangen reihten sich auf beiden Seiten der Bahnschranken auf. Wie vor zehn Jahren! Karla hatte für ein paar Monate in Dorbaum gewohnt und das hübsche Appartement nur deshalb aufgegeben, weil sie nicht einen Teil ihrer kostbaren Lebenszeit vor dieser Bahnschranke zubringen wollte.

Auf der Seite, die zum Schiffahrter Damm führte, stand ein Lkw mit der Aufschrift »Spedition Jan van Bröder«. Karla ließ sich widerstandslos von den Nachdrängelnden vorwärts schieben. Jan van Bröder! Als sie Münster verließ, schien es, als müsse Jan seinen letzten Lkw verkaufen und Konkurs anmelden. Anscheinend hatte er seinen Betrieb retten können.

Sie waren sich ähnlich gewesen, Karla und Jan. Beide neigten sie zu unvorsichtigen Äußerungen, beide reagierten spontan und nicht selten mit unangemessenem Eifer. Infolgedessen hatte Karla nie ihre Festanstellung als Redakteurin beim Verbrauchermagazin bekommen und Jan einen Kunden nach dem anderen verloren. Möglich aber auch, dass seine sexuellen Vorlieben ihm das Geschäft kaputt gemacht hatten. Die Geschäftsleute in Münster waren konservativ. Wenn sich herumgesprochen hatte, dass Jan van Bröder ein Freund von Sado-Maso-Spielen war, mochte der eine oder andere Poahlbürger verschreckt reagiert haben. Diese gut situierten Münsteraner mit ihren bekannten Namen zeichneten sich durch Bodenständigkeit und unwandelbare Auffassungen aus. »Sado-Maso« gehörte jedenfalls nicht zum Vokabular eines Poahlbürgers.

Karla war entsetzt gewesen, als Jan sie mit dem geheimen Inhalt seiner Schränke bekannt gemacht hatte und ihr eine Peitsche in die Hand drücken wollte. Da sie verliebt gewesen war, hatte sie zwar eine Weile gezögert, sich dann aber entschlossen, Jans bizarre Wünsche nicht zu erfüllen. Schwarze Stiefel, Latexanzug und Maske? Nein, auch nicht Jan zuliebe! Für Karla musste Liebe anders aussehen. So endete ihre Beziehung zu Jan, ehe sie richtig begonnen hatte. Und dann war sie ja auch Martin begegnet ...

»Verehrte Fahrgäste, unser Zug fährt in wenigen Minuten in den Hauptbahnhof Münster ein. Bitte, achten Sie auf Ihr Gepäck, vor Taschendieben wird ausdrücklich gewarnt!«

Nanu, aus dem biederen Münster sollte ein Nest von Kriminellen geworden sein? Karla blickte sich um. Nichts schien sich verändert zu haben. Der Bahnsteig noch so freudlos wie früher, die Treppen, die herabführten, noch genauso buckelig, der lange Gang davor kalt und schmuddelig! Nur der Verkaufsstand in der Mitte der Bahnhofshalle war neu, wo sich Reisende selbst bedienen und Geleebonbons und Lakritzschnecken in eine Tüte schaufeln konnten.

Nachdem Karla ihre Taschen in einem Schließfach deponiert hatte, entschloss sie sich, ihre ersten Schritte in die Stadt mit Cola-Fläschchen, knallblauen Gummischlümpfen und sauren Pommes zu versüßen. Das Gepäck würde sie später holen, erst mal wollte sie die Stadt begrüßen, und dafür war ein Taxi nicht geeignet. Vielleicht gab es unter ihren künftigen Mitbewohnern einen Kfz-Besitzer, der ihr sein Auto leihen konnte, um die beiden Reisetaschen später zu transportieren.

Münster, da bin ich! Karla stand auf dem Bahnhofsvorplatz und sah sich um. So vieles war anders geworden! Von dem Fahrradparkhaus hatte sie sogar in Hamburg in der Zeitung gelesen! Der Gang, der früher die Fußgänger unter der Bahnhofstraße hindurchführte, war verschwunden. Der Strom der Reisenden und Pendler ergoss sich über einen Zebrastreifen in die Windthorststraße. Jetzt musste man nicht mehr ein Minenfeld an Fahrrädern durchqueren, die einem ihre Lenkstangen in die Seite stießen und mit den Pedalen die Beine aufkratzten.

Karla wollte sich gerade einen Weg an einer Gruppe von Obdachlosen vorbeibahnen, die den Bahnhofsvorplatz bevölkerten, als einer von ihnen aufsprang. Die stumpfen Blicke der anderen verfolgten träge, wie ihr Schicksalsgenosse jedem Reisenden, der den Hauptbahnhof verließ, ein Bild vor die Nase hielt. »Meine Freundin! Eh, guck mal! Habt ihr die gesehen? Die ist verschwunden, eh! Guck doch mal! Einer muss sie doch gesehen haben. Einfach so verschwunden! Aber keinen interessiert es. Nicht mal die Polizei, eh!«

Karla blieb nicht verschont. Sie warf einen Blick auf das unscharfe Foto. Gegen ihren Willen blieb sie stehen, ärgerte sich über die schadenfrohen Gesichter der anderen Reisenden, die sich unbehelligt vorbeischieben konnten, und hörte sich an, was der Berber zu sagen hatte.

»Guck sie dir an, meine Freundin. Eh, die ist weg. An einem Abend war sie noch da, am nächsten war sie weg. Ich hab die auch als vermisst gemeldet. Bei der Polente, eh. Echt, ich war da, auf dem Polizeirevier. Aber was sagen die, eh? Jemand ohne festen Wohnsitz kann nicht vermisst werden.«

»Entschuldigung, ich muss weiter.« Karla versuchte, an dem Obdachlosen vorbeizukommen.

»Wenn einer nicht in seine Wohnung zurückkehrt, okay, der wird dann vermisst. Aber wer seinen Schlafsack nicht zurückbringt, eh, und sich nicht da aufs Ohr legt, wo er die Nächte vorher auch gelegen hat, eh, der wird dann nicht vermisst. Der schläft dann eben nur woanders, sagt die Polente.«

Der junge Mann kam Karla nah, viel zu nah.

»Und die weiß ja schließlich Bescheid«, sagte sie abweisend.

»Bescheid? Eh, weißt du, was die noch sagen? Dass meine Freundin 'nen anderen Typen gefunden hat, bei dem sie jetzt pennt. Einen mit 'ner Wohnung, eh.«

»Tut mir Leid, aber –«

»Ich weiß genau, dass sie nicht freiwillig weg ist. Dann hätte sie nämlich ihren Emil mitgenommen, eh.« Er hielt Karla einen Stoffhasen hin, der aussah, als wartete er schon lange darauf, endlich seinen wohlverdienten Ruhestand in einem Müllcontainer anzutreten. »Den Emil hat sie als kleines Mädchen von ihrer Mutter bekommen. Und den hätte sie nie im Leben zurückgelassen. Nie im Leben, eh!«

»Tut mir wirklich Leid, aber ich muss jetzt weiter.«

»Klar, alle müssen weiter, eh. Immer nur weiter. Wen interessiert es schon, dass meine Freundin verschwunden ist? Echt, eh. Und ob sie jemand abgemurkst hat, interessiert auch kein Schwein. Ohne Leiche keine Fahndung, sagt die Polente, eh ...«

Während Karla die Windthorststraße entlangging, versuchte sie, das Gesicht des Berbers aus ihrem Kopf zu verdrängen. Und das Fremde, auf das sie nicht vorbereitet gewesen war. Erst in der Nähe der Rafaelsklinik gelang es ihr. Die Clemenskirche kam in Sicht, Vorfreude stieg in ihr auf. Nur noch wenige Schritte und sie würde auf dem Prinzipalmarkt stehen.

Münsters gute Stube hieß sie willkommen mit Sonnenschein. Aber über der Lambertikirche zogen erste Wolken auf, und über die drei Käfige, aus denen die Raben die Leichname der hingerichteten Wiedertäufer gepickt hatten, fiel bereits ein langer Schatten. Bald würde es Regen geben. Nichts Besonderes in Münster. Hier regnete es entweder, oder die Glocken läuteten, und sonntags durfte man in der Regel beides genießen.

Karla beschloss, für den Augenblick des Wiedersehens das Risiko auf sich zu nehmen, als Galionsfigur auf einem Bus der Linie sechs für die nächste Schlagzeile im Münsterland-Echo zu sorgen. Sie stellte sich mitten auf den Prinzipalmarkt, ließ den Blick zur Lambertikirche hochwandern und dann von einem Giebelhaus zum nächsten schweifen. Rechts stand das Rathaus, davor Onkel Willi, der Straßenmusikant, der auch zehn Jahre älter geworden war, aber immer noch mit genauso vielen Instrumenten in den Händen, auf dem Kopf und an den Füßen spielte wie früher. Beinahe hätte sie die Arme ausgebreitet, um den ganzen Prinzipalmarkt zu umarmen. Hatte sie tatsächlich vergessen, wie sehr ihr Herz an Münster hing?

Nach einer langen ungetrübten Weile der Wiedersehensfreude fiel ihr auf, dass den Prinzipalmarkt kein Bus mehr befuhr. Nur Fahrräder klapperten übers Kopfsteinpflaster, Münsters gute Stube war mittlerweile zur verkehrsfreien Zone geworden. Sämtliche Beamtenwitwen flanierten ungefährdet außerhalb der Arkaden, wo ihre wetterfeste Eleganz gut zur Geltung kam. Oder war der Verkehr Karla zu Ehren lahm gelegt worden? Ein symbolischer roter Teppich, der die Heimkehrerin in aller Ehrerbietung willkommen hieß?

Karla befand sich jetzt in einem akuten Zustand der Wiedersehenseuphorie, die alles für möglich hielt. Abrupt wandte sie sich nach links der Gasse zu, die zum Domplatz führte. Nur nicht weiter geradeaus gehen! Nein, kein Risiko gleich am ersten Tag! Dabei wusste sie nicht einmal, ob es das Modehaus Graf überhaupt noch gab. Erst recht nicht, ob Martin noch persönlich hinter dem Ladentisch stand. Und ob Ute, seine Frau, die Kasse bewachte, als wäre sie nur unter ihrer Aufsicht sicher. Nein, kein Risiko!

Karla ging auf den Dom zu, ohne der Rückseite von »Moden-Graf« einen Blick zu gönnen. Früher war sie samstags auf den Markt gegangen, der unter dem Dom abgehalten wurde. Manchmal hatte sie sich mit Martin auf ein paar geflüsterte Worte und verliebte Blicke am Reibekuchenstand getroffen. Eines Tages aber war er von seiner ersten Verkäuferin verfolgt worden, die nicht zulassen wollte, dass sich der Chef höchstpersönlich um seinen Imbiss kümmerte. Martins beste Kraft mit den flinken Augen, die jeden Ladendieb erwischte, hatte dann auch prompt ihre geheimen Gefühle ertappt. Von da an verbreitete sich die Kunde über die unerhörte Affäre in den Läden unter den Arkaden, wurde mit dem Wechselgeld weitergereicht, bis schließlich Ute Graf die Neuigkeit als Dank für einen reibungslosen Umtausch zugeflüstert bekam. »Von Frau zu Frau, liebe Frau Graf, ich weiß am besten, was Sie jetzt durchmachen.«

Damit waren die Tage ihrer verbotenen Liebe gezählt. Hier im Dom, hinter der Statue des heiligen Christophorus, hatte Martin ihr eröffnet, dass es ein Ende haben müsse mit ihnen. »Ich kann es meiner Frau nicht antun. Und meiner Tochter auch nicht. Sie ist in der Pubertät, ein schwieriges Alter! Bitte versteh mich, Karla. Ich liebe dich, aber ...«

Dieses *Aber* hatte alles verhindert, was die Zukunft ausmachen sollte. Aber die Skrupel, aber die Angst vor den Schuldgefühlen, aber die Sorge um die Tochter, aber die finanziellen Probleme, aber, aber, aber ...

Karla war zum ersten Mal froh gewesen, dass das Verbrauchermagazin ihr keine Festanstellung bieten konnte. Sie hatte ein paar Tage später ihre Koffer gepackt und war nach Hamburg gezogen. Nie mehr Münster! Aus dieser Ewigkeit waren zehn Jahre geworden.

Sie verließ den Dom und sah sich um. Das Marktcafé auf der anderen Straßenseite war neu, doch Karla wollte nichts Neues. Sie suchte nach dem Altbekannten, nach dem, was geblieben war, und nach dem, was anders geworden war. Alte Zeiten, ja! Wenn auch nicht die alten Geschichten. Nein, die wollte sie nicht heraufbeschwören. Ob das möglich war?

Karla ging über den Domplatz und schenkte der Rückseite von »Moden-Graf« auch diesmal keinen Blick. Vor dem »Stuhlmacher« blieb sie zaudernd stehen. Ja, hier konnte sie es wagen. Hier hatte sie sich nur gelegentlich mit Martin getroffen. Und wenn, dann hatten sie steif nebeneinander gesessen, sodass alle anderen Gäste glauben konnten, die Mitarbeiterin des Verbrauchermagazins bäte einen angesehenen Geschäftsmann um ein paar Informationen. Alles völlig harmlos! Unter der Tischplatte jedoch hatten sich ihre Hände berührt und ihre Knie ein frivoles Spiel gewagt.

Vor der Tür des »Stuhlmacher« zerrte die Erinnerung an Karla. Also gut, ein Blick zurück! Aber nur ein kurzer, gleichgültiger, wie man sich eben so umschaut in einer Stadt, der man jahrelang den Rücken gekehrt hat.

Das Schild »Moden-Graf« gab es nicht mehr. An seiner Stelle prangten große goldene Lettern an der Hauswand: »Johp-Design – Aktuelle Mode«.

Hatte Martin den Laden aufgegeben? Er war doch erst Anfang fünfzig. Zu jung fürs Altenteil! Ob er krank geworden war?

Karla machte ein paar Schritte auf die Schaufenster zu. Die Auslagen waren immer noch so, als hätte Ute Graf jedes einzelne Stück höchstpersönlich ausgesucht. Die Mode für die Dame, die weiß, was ihr steht! Die Innenausstattung hatte sich völlig verändert. Helle Hölzer, wo früher dunkler Lack gewesen war, schwebende Tische, wo unter Martin Grafs Leitung wuchtiges Mobiliar gestanden hatte. An der Kasse saß eine junge Frau, die keinerlei Ähnlichkeit mit Ute Graf hatte, und im ganzen Ladenlokal war kein männliches Wesen zu entdecken. Auch die erste Verkaufskraft von »Moden-Graf« schien mittlerweile die Stelle gewechselt zu haben. Kein Zweifel, ein gewisser Herr Johp hatte den Laden von Grund auf renoviert und hoffte wohl, dass die Ähnlichkeit seines Namens mit dem eines berühmten Designers das Kaufinteresse der Münsteraner förderte.

Na bitte, wisperte Karla eine innere Stimme zu, es ging doch! Nun weißt du wenigstens, dass du in Zukunft wohlgemut unter den Arkaden bummeln kannst, ohne unversehens auf Martin Graf zu treffen.

Im »Stuhlmacher« waren zu dieser Zeit nur wenige Gäste. Ein paar gut gekleidete Herren, die mit ihren Geschäftsfreunden an der Theke standen, um Spesen zu machen, und ein paar Pensionäre, die mit ihren vollschlanken Frauen etwas aßen, von dem sie noch nicht wussten, ob es ein frühes Mittagessen oder ein spätes Frühstück sein sollte.

Karla durchquerte den Thekenraum und stellte zufrieden fest, dass sie hier glatt als Küken durchging. Die Männer an der Theke folgten wachen Auges ihrer schlanken Figur und ihren langen Beinen, die verheirateten Pensionäre warfen ihr heimlich einen Blick nach, und ihre Gattinnen verzeichneten mürrisch eine Dame, die für ihr Alter – »So jung ist die ja auch nicht mehr!« – zu jugendlich gekleidet war und unpassend sowieso. Hautenge Jeans, als lebte man in einer Zeit akuter Textilengpässe. Eine Zotteljacke, die aussah, als stamme sie von einem alternden Bären, und ein Schal, der die Ängste um die Textilversorgung gleich wieder ad absurdum führte. Obwohl er dreimal um Karlas Hals gewunden war, kam er den Biergläsern gefährlich nah, während sie an den Tischen vorbeiging. »Oh, wie stillos!«

Karla stieg die Stufen hoch, die in die weiteren Räumlichkeiten des Restaurants führten. Hier war es dunkel und still, die wenigen Gäste waren noch älter und zeigten kein Interesse mehr an einer attraktiven Frau mit roten Locken. Sie durchquerte die kleinen Räume, aus denen das »Stuhlmacher« bestand, und blieb dann vor einer Tür, die in ein abgeschlossenes Gesellschaftszimmer führte, stehen. Stimmengemurmel drang heraus.

Zögernd legte Karla die Hand auf die Klinke, da öffnete sich die Tür, und eine Kellnerin erschien auf der Schwelle, die ein riesiges Tablett mit leeren Bierhumpen balancierte. Ein Schwall bier- und rauchgeschwängerter Luft verließ mit ihr das Zimmer.

»Geschlossene Gesellschaft«, sagte sie und deutete zu einem der unbesetzten Tische hinüber. »Sie können da Platz nehmen.«

»Ich würde aber gerne da drinnen –«

»Sie haben doch gehört, geschlossene Gesellschaft! Da tagen die Wiedertäufer. Wie jeden Samstag!«

Nachdrücklich zog sie die Tür hinter sich ins Schloss, sodass kein Zweifel daran blieb, dass für den Versuch, sie widerrechtlich zu öffnen, mit schweren Sanktionen zu rechnen war.

Karla starrte eine Weile das Türblatt an, ehe sie sich umdrehte. *Die Wiedertäufer*! Was war denn das für ein Karnevalsverein? Wie kamen die dazu, sich ihr und ihrer Erinnerung in den Weg zu stellen? Schließlich hatte sie in diesem Raum häufig mit Martin gegessen. Bei leichtem Appetit ein Wurstbrötchen, bei mittlerem Kalbstöttchen und bei großem Hunger westfälische Rouladen.

Missmutig beschloss sie, sich an die Theke zu stellen und ihre sentimentale Anwandlung mit Altbier zu betäuben. Mit »Altbier Bowle«!

Minuten später stand ein Gebräu vor ihr, in dem ein paar Früchte ertrunken waren, deren Saft verzweifelt versuchte, an die Oberfläche zu dringen. Karla betrachtete den langen Löffel, den der Kellner ins Glas gesteckt hatte. Vor zehn Jahren hatte sie das Altbier abgetrunken und dann die Früchte vom Boden geholt, indem sie das Glas ansetzte und so lange dagegen klopfte, bis sie ihr auf die Nase fielen. Warum nicht auch heute?

»Noch eins bitte!«, sagte Karla, nachdem sie sich die Nase trocken gewischt hatte.

Die beiden Männer, die kurz darauf das »Stuhlmacher« betraten, waren anscheinend bekannt, denn sämtliche Kellner riefen unisono einen Gruß zur Tür, der kumpelhaft erwidert wurde. Die beiden stellten sich an den langen Teil der Theke, direkt vor den Zapfhahn, nicht weit entfernt von Karla, die am kurzen Thekenende an die Wand gelehnt stand, ohne von den beiden beachtet zu werden. Der Kleinere der beiden war elegant gekleidet, Anzug, Krawatte und Hemd in Allzweckfarben und -mustern. Ein Mann also, der häufig unterwegs und von seiner Frau so ausgestattet worden war, dass der gute Eindruck nicht ganz verloren ging, wenn er die sorgfältig zusammengestellten Einzelstücke seiner Garderobe durcheinander warf. Dem anderen schien sein Erscheinungsbild eher gleichgültig zu sein. Er trug ausgebeulte Cordhosen, ein Sakko von undefinierbarer Farbe und ein ebensolches Hemd, das sich gefährlich über seinem Bauch spannte, was dem offenen Jackett von vornherein nicht zugemutet worden war. Einziges modisches Zugeständnis war ein grellgelber Schal, der im Eifer des Gesprächs immer mal wieder auf der Theke landete, von seinem Besitzer jedes Mal heruntergewischt wurde und ihm schließlich biergetränkt mit schweren, nassen Fransen den Hosenschlitz nässte.

»Sind die Wiedertäufer schon weg?«, fragte er die junge Frau hinter der Theke.

Die schüttelte den Kopf. »Nö, die tagen noch.«

»Na, dann hoffentlich noch lang!« Er wandte sich seinem Begleiter zu. »Das fehlte noch, dass die hier die Theke belagern. Dann ist es mit der Gemütlichkeit vorbei.«

Der andere lachte spöttisch. »Gib's zu, du bist immer noch wütend, dass dein Aufnahmeantrag abgelehnt wurde. Wirklich Pech für dich, wo inzwischen alles, was Rang und Namen hat, zu den Wiedertäufern gehört. Die Lions-Klubs sollen schon ganz schön sauer auf die Konkurrenz sein.«

Der Mann mit dem gelben Schal zuckte die Schultern und gab sich gleichmütig. »Das zeigt doch nur, dass die Wiedertäufer keinen Spaß verstehen.«

»Na, hör mal! Dass du sie in aller Öffentlichkeit einen Karnevalsverein genannt hast, war ja auch ein starkes Stück!«

Karla lächelte. Hatte sie nicht die gleiche Assoziation gehabt?

»Die können mich mal!« Aber das verbitterte Grinsen, das wohl verächtlich sein sollte, zeigte deutlich, dass sie ihn wohl doch nicht konnten. »Jan van Bröder vermittle ich jedenfalls keine Fuhre mehr. Das Geschäft hat er sich verdorben!«

»Das wird ihm sicher nichts ausmachen«, kam es zurück. »Jan ist gut im Geschäft, seit er zu den Vorsitzenden der Wiedertäufer gehört. Ja, ja, gute Verbindungen sind das A und O des Unternehmertums. Ohne Vitamin B ist nicht viel zu machen.«

»Hieße er Fritz Müller, hätte er schon längst seinen letzten Lkw verschrotten müssen«, ereiferte sich der Dickbäuchige. »Nur der Namensähnlichkeit hat er es zu verdanken, dass er Vorsitzender der Wiedertäufer wurde.«

Der andere lachte. »Ist ja auch zu komisch. Jan van Leiden, Bernd Knipperdollinck und Heinrich Krechting hingen in den Käfigen an der Lambertikirche. Und nun sitzen Jan van Bröder, Bernd Koppelstädter und Heinrich Welchring unserem neuen Gesellschaftsklub vor.«

»Mir soll's recht sein«, knurrte der Dicke. »Dieser Klub hat keine Bedeutung. Vor den Kulissen ein bisschen Wohltätigkeit und dahinter gesellschaftlicher Klüngel.«

»Von wegen keine Bedeutung! Die Klubmitglieder schieben sich gegenseitig große Aufträge zu. In Zeiten der Rezession nicht das schlechteste Ziel eines Klubs. Vorausgesetzt, man gehört dazu.«

Auf der Treppe, die den Thekenraum mit den übrigen Gasträumen verband, entstand Lärm. Dröhnendes Gelächter und laute Stimmen kündigten Gruppenhelden an, die sich in Gesellschaft von ihresgleichen herkulisch fühlten. Manierlichkeit im Schutz eines Geselligkeitsgeschwaders war für solche Helden nicht vonnöten. Wo jeder Einzelne von ihnen nur im Zustand sinnloser Betrunkenheit so laut gegrölt und gelacht hätte, dass Anwesenden vor Schreck das dröge Endken aus der Hand fiel, nahm er als Teil einer Seilschaft auf nichts Rücksicht. Zum Glück war er dann auch auf nichts anderes als auf die konzentriert, zu denen er gehörte. So gönnte auch Jan van Bröder keinem anderen Gast einen Blick, als er sich an die Theke stellte.

Karla hielt es wie die beiden, die neben ihr standen. Sie bat darum, umgehend bezahlen zu dürfen. Einem Wiedersehen mit Jan van Bröder fühlte sie sich genauso wenig gewachsen wie einer Begegnung mit Martin Graf. Während sie auf das Wechselgeld wartete, duckte sie sich hinter das breite Kreuz des Mannes mit dem gelben Schal.

Jan van Bröder hatte sich verändert. Seine weichen Gesichtszüge, die ihm etwas Kindliches gegeben hatten, waren schwammig geworden, sein Haar war schütter, sein Körper aufgedunsen. Die Vorstellung, ihn auf Knien vor sich zu sehen und zu hören, wie er nach

Schlägen winselte, könnte das Altbier samt Bowle wieder zutage bringen. Ob der honorige Kreis der Wiedertäufer wohl eine Ahnung von Jans Vorliebe hatte?

*

Karla wanderte durch die Salzstraße zurück, überquerte den Servatiiplatz und lief die Wolbecker Straße hinunter. Noch einmal warf sie einen Blick auf die Adresse, die ihr die Sekretärin des Münsterland-Echos gefaxt hatte. In der Nähe des Arbeitsamtes sei die Wohnung zu finden, hatte es geheißen, in der das Münsterland-Echo ihr vorerst ein Zimmer zur Verfügung stellte.

Karla hatte das Angebot dankbar angenommen. Das Leben in einer WG kam ihrem ausgeprägten Kontaktbedürfnis entgegen und würde ihr die Rückkehr nach Münster erleichtern. Und außerdem hatte sie Zeit, sich in aller Ruhe nach einer eigenen Wohnung umzusehen. Vielleicht eine im Kreuzviertel mit hohen Räumen und stuckverzierten Decken? Um die Kreuzkirche herum gab es noch viele dieser alten Patrizierhäuser, aber dort wollten schon vor zehn Jahren alle wohnen. Vielleicht fand sich ja auch etwas im Süden Münsters, in Hiltrup oder Angelmodde.

Erschrocken blieb Karla vor dem Schaufenster eines Stoffladens stehen. Im Süden, in Angelmodde? Warum dort, wo Martin Graf wohnte? Sie schüttelte den Gedanken ab und lief weiter. Es konnte nicht mehr weit sein. Das Arbeitsamt war bereits in Sicht.

Das Haus trug einen dunkelgrauen Putz und wirkte kein bisschen sympathischer als das ebenso graue Gebäude des Arbeitsamtes. Unzählige Fahrräder standen dicht gedrängt an der Hauswand und verrieten, dass hier viele Studenten wohnten, die den Vermietern vermutlich einträglicher waren als Familien mit Kindern. Die Namensschilder neben den Klingelknöpfen hatten nicht ausgereicht und waren mit Klebezetteln ergänzt worden, auf denen weitere Namen standen. Anscheinend beherbergte jede Etage mehrere Wohngemeinschaften. Wenn es hier keinen Studenten im dreißigsten Semester gab, bestand die Aussicht, dass Karla zur Alterspräsidentin der Mietergemeinschaft gewählt wurde.

Die braune Holztür hatte sich verzogen und ließ sich nicht mehr richtig schließen. Karla trat in den schwarz-weiß-gekachelten Hausflur, in dem sich Gerüche vermischten, die aus kulinarischen Ausdünstungen aller denkbaren Kulturkreise stammen mussten. Sie machte sich an den Aufstieg zur zweiten Etage und drückte dort auf den Klingelknopf neben dem Schriftzug »Münsterland-Echo« und einem Aufkleber mit den Namen Torsten Heger und Uli Kohlhaase. Karla wusste, dass ein Fotograf des Münsterland-Echos und eine Volontärin hier wohnten. Mit ihnen würde sie in den nächsten Wochen Küche und Badezimmer teilen.

Torsten und Uli begrüßten Karla herzlich. Der Fotograf, ein junger Mann von Ende zwanzig, sah so arglos aus wie der Klassenprimus einer Jesuitenschule mit Augen wie reines, stilles Wasser. Auf den zweiten Blick allerdings ahnte man, dass unter der sanften Oberfläche Untiefen lauerten. Dass er seine unauffällige Erscheinung durch ebenso unauffällige Kleidung noch unterstrich, mochte Absicht sein. Karla war davon überzeugt, dass sein harmloses Äußeres ihm schon oft die VIP-Räume geöffnet hatte, die für andere Fotografen verboten waren.

Uli war ein anderes Kaliber. Sie war Mitte zwanzig, sah aber aus wie ein Schulmädchen, das versucht, seine Eltern mit verrückten Klamotten zu schocken. Ihr Erscheinungsbild vereinigte auf das wunderlichste die wichtigsten Merkmale von Pumuckl, Pippi Langstrumpf, Cher und Anastacia. Außerdem war sie klein wie Rita Pavone und rund wie Hella von Sinnen. Wo Uli einmal aufgetaucht war, würde man sie so leicht nicht wieder vergessen.

Torsten und Uli war soeben von der Mutter einer studentischen Hausbewohnerin, die unversehens zu den Vegetariern übergelaufen war, ein Hackbraten geschenkt worden. Außerdem hatten sie kurz darauf einen Kaffeerest in einer Dose gefunden, von deren Existenz niemand etwas geahnt hatte. Und das mitten in dem Disput um die Frage, wer neuen Kaffee besorgen musste! Kurzum – die beiden waren strahlender Laune. Der erste Eindruck, den Karla von den beiden hatte, konnte demzufolge nicht besser sein. Und Karla gehörte zu den Menschen, die sich gern vom ersten Eindruck leiten ließen.

Das blieb sogar so, als Torsten sagte: »Wir dachten, du bist jünger.«

»Wir haben angenommen«, ergänzte Uli, »du bist eine Berufsanfängerin. Der Chef sagte, der Job beim Münsterland-Echo wäre deine erste Festanstellung.«

»Ist er auch«, bestätigte Karla verlegen. »Bisher wollte mir einfach niemand etwas Festes anbieten. Es wurde wirklich Zeit. Vielleicht könnt ihr mir einen Tipp geben, wie ich es anstelle, die Probezeit gut zu überstehen?«

Nun war Torsten in seinem Element. Er arbeitete schon ein gutes Jahr fürs Münsterland-Echo und kannte sich aus im Filz der redaktionellen und vor allem der menschlichen Verstrickungen. So gut sogar, dass ihm gelungen war, was kein Mitarbeiter zuvor geschafft hatte: Er wohnte immer noch in der Wohnung, die eigentlich nur Mitarbeitern während der Probezeit zur Verfügung stehen sollte.

»Ich bin schon dreimal angemahnt worden, mir etwas Eigenes zu suchen«, beschwerte sich Uli Kohlhaase, während sie die Kaffeetassen auf den Küchentisch stellte. »Aber Torsten wohnt hier immer noch für einen Appel und ein Ei.«

Torsten zwinkerte vergnügt. »Als der Chef dich ankündigte«, sagte er zu Karla, »dachte ich, mein letztes Stündlein in dieser WG hätte geschlagen und ich müsste mein Zimmer räumen.«

Karla sah unruhig von einem zum anderen. »Soll das heißen, dass es hier kein drittes Zimmer gibt? Ich muss auf dem Sofa schlafen?« Sie wies auf einen verbeulten Diwan, der sich zwischen Spüle und Herd drückte, als schämte er sich für seinen Abstieg in die Wohnküche einer WG.

Uli winkte ab. »Keine Sorge, es gibt ein eigenes Zimmer für dich.« Sie ließ sich auf dem Küchenstuhl nieder, wie sich ein Cowboy auf den Sattel seines Pferdes schwang. Als sie ihren Körper auf das mürbe Bastgeflecht fallen ließ, konnte einem um die alte Mähre Angst und Bange werden.

»Dieses Zimmer«, sagte Torsten geheimnisvoll, »ist ein besonderes Zimmer. Eigentlich wundert's mich, dass der Chef für die nächsten Wochen darauf verzichten will.«

Karla machte große Augen. »Der Chef? Du willst sagen, das Zimmer gehört dem Chefredakteur?«

»Nicht direkt«, gab Torsten zurück. »Aber er nutzt es gelegentlich.«

Uli winkte ärgerlich ab. »Hör auf mit dem Tratsch, Torsten. Und pass auf, dass der Chef dich nicht irgendwann wegen übler Nachrede drankriegt. Dann bist du nicht nur dein Zimmer in dieser WG los, sondern auch gleich deinen Job beim Münsterland-Echo.«

Torsten winkte ab. »Üble Nachrede? Nie im Leben! Der Chef ist doch froh, wenn über ihn getuschelt wird.« Er senkte die Stimme, als gäbe es in der Wohnung einen Unbefugten, der heimlich zuhören könnte. »Unser hochverehrter Chefredakteur Ludwig Bräutigam«, sagte er, »möchte nämlich für sein Leben gern ein Draufgänger sein. Du verstehst? So ein Kerl, der jede Frau flachlegt. So einer, der für eine gute Story über Leichen geht und der vor keiner Gottlosigkeit Halt macht, wenn sie für ihn von Vorteil ist.«

Karla riss die Augen auf. »Der Chefredakteur ist ein Schwein?«

»Falsch!«, gab Uli zurück, ehe Torsten antworten konnte. »Er benimmt sich gern so, als wäre er eins. Das Image gefällt ihm.«

»Er nutzt also das dritte Zimmer – mein Zimmer! – für Schäferstündchen mit irgendwelchen Frauen?« Karla fragte sich, ob sie sich Sorgen um den Zustand der Matratze machen musste. »Ich soll in den nächsten Wochen in einem Lotterbett schlafen?«

Uli wurde jetzt richtig ärgerlich. »Torsten, da siehst du, was du angerichtet hast!«

Torsten zuckte die Achseln, als verstünde er nicht, was man ihm vorwarf. »Was willst du? Ist der Chef ein Dutzend Mal mit dieser Wiebke hier aufgetaucht oder nicht? Und haben sie sich in dem Zimmer eingeschlossen oder nicht? Jeder weiß, dass er sie hinter dem Bahnhof aufgelesen hat. Sie soll die beste Kundin der Fixerstube sein. Und da willst du Karla weismachen, der Chef hätte mit der kleinen Nutte in dem Zimmer den Erlkönig gelesen?«

»Fixerstube? Nutte?« Karla rang nach Fassung.

Uli beschwichtigte sie. »Ludwig Bräutigam ist eigentlich ein ganz netter Typ. Wenn da bloß nicht seine Mutter wäre.«

Torsten grinste. »Ja, er wohnt immer noch bei seiner Mama.«

Uli warf ihm einen wütenden Blick zu. »Schlimm genug für ihn! Sie hat ihm jede Frau vergrault, aus Angst sie könnte ihr den Sohn wegnehmen. Das hat mir die Nadler erzählt. Bräutigams Sekretärin«, fügte sie als Erklärung für Karla hinzu. »Und jetzt will er ihr eben gelegentlich zeigen, dass er gar nicht so lieb ist, wie sie ihn haben will.«

Torsten lachte. »Ja, immer wenn er mit seiner Mutter Krach hat, übernachtet er hier, damit die Mama glaubt, er triebe sich im Puff herum.«

»Das ist nicht witzig«, entgegnete Uli. »Ich finde es traurig, wenn eine Mutter ihren Sohn so an sich bindet.«

»Er muss sich ja nicht darauf einlassen«, gab Torsten zurück. »Wir haben uns doch alle von unseren Müttern abgenabelt. Warum soll Bräutigam das nicht auch gelingen?«

»Bräutigams Mutter ist nicht irgendeine Mutter«, gab Uli düster zurück.

Torstens Gesicht verlor das Grinsen. »Ja, stimmt. Sicherlich muss er jeden Morgen um seinen gelben Schal kämpfen.«

»Gelber Schal?« Karla stutzte. »Kann es sein, dass Ludwig Bräutigam Probleme mit diesem neuen Gesellschaftsklub hat? Hat er ihn vielleicht einen Karnevalsverein geschimpft?«

»Die Wiedertäufer! Stimmt!« Uli sah Karla verdutzt an. »Du hast schon deinen Antrittsbesuch in der Redaktion gemacht? Das wusste ich nicht.«

Karla winkte ab. »Nein, hab ich nicht. Aber den Chefredakteur hab ich anscheinend schon kennen gelernt. Ich wusste nur nicht, dass er es ist.«

Grinsend hörten sich Uli und Torsten Karlas Bericht an. »Ja, das muss er gewesen sein.« Torsten lachte. »Die Sache mit den Wiedertäufern war wirklich ein Eigentor. Seine Mutter wird ihm das nie verzeihen. Wenn der Sohn auch Mitglied der Wiedertäufer wäre, könnte Mama auf jedem Fest tanzen und aller Welt erzählen, dass ihr Sohn zu den wichtigsten Bürgern der Stadt gehört. Aber so …«

»Fang doch nicht schon wieder an!« Uli sprang vom Stuhl wie von einem Klepper, der beim Pferdeschlachter landen soll. Sie versetzte ihm einen wütenden Stoß, ehe sie die Wohnküche verließ.

Torsten grinste hinter ihr her. »Uli mag unseren Chef eben.«

*

Torsten hatte Karla seinen Wagen geliehen, um das Gepäck vom Bahnhof zu holen. Keine Stunde später trug sie die Reisetaschen in ihr Zimmer. Sie sah sich um. Nicht gerade eine komfortable Unterkunft. Und erst recht kein Liebesnest! Ein Bett, ein wackliger Schrank und ein Tisch mit zwei Stühlen, das war's. Ein paar Kalenderblätter, die jemand an die Wand geheftet hatte, waren der einzige Schmuck. Behäbige Herbstlandschaften auf weißem Putz! Aber immerhin waren die Gardinen frisch gewaschen, und das Bett hatte jemand mit hübscher Wäsche bezogen. Karla zuckte gleichgültig die Schultern. Es spielte keine Rolle, wie es in diesem Zimmer aussah. Sie würde sich so schnell wie möglich eine eigene Wohnung suchen.

Sie wollte die Schranktür öffnen und hielt prompt den Türknauf in der Hand, während sich ihr das altersschwache Möbel gefährlich entgegenneigte. Nachdem sie den Knauf wieder festgedreht hatte, wagte sie einen zweiten Versuch. Sanftes Ziehen mit der rechten Hand, energisches Drücken und Halten mit der linken, der Schrank seufzte knarrend und präsentierte sein hässliches Innenleben. Eine klägliche Stange mit ein paar Kleiderbügeln und drei dünne Bretter, auf denen der Staub mehrerer Wochen lag. Als Karla ihre Handtasche auf dem mittleren Brett ablegen wollte, fiel es polternd auf das untere. Mit dem Brett löste sich etwas, was allem Anschein nach dahinter eingeklemmt gewesen war. Es haftete noch wenige Augenblicke an der Rückwand des Schrankes, als wollte es dem Gesetz der Schwerkraft trotzen, indem es sich auf lange Gewohnheit berief, dann folgte es zögerlich mit zwei sanften Schwüngen dem Brett, von dem es vorher gehalten worden war.

Ein Personalausweis! Ausgestellt auf eine gewisse Wiebke Leitner. Das Foto zeigte eine junge Frau mit langen glatten Haaren, in der Mitte gescheitelt. Ein blasses Gesicht blickte durch die Gardine der aschblonden Strähnen, die Augen schauten misstrauisch und zweifelnd, als trauten sie der Professionalität des Fotografen nicht. Zwischen den Brauen stand eine steile Falte, die Lippen waren fest aufeinander gepresst. Eine Frau, die aussah, als fiele es ihr schwer, eine gleichmütige Miene zur Schau zu stellen. Während Karla das schmale Gesicht betrachtete, konnte sie sich vorstellen, dass hinter dieser Stirn ein eiserner Wille steckte.

Sie drehte den Personalausweis hin und her. Ob er dem Mädchen gehörte, mit dem sich Ludwig Bräutigam angeblich des Öfteren hier traf? Es war noch jung, viel jünger als der Chefredakteur. Eindeutig zu jung für ihn. Sie wollte den Ausweis zurück in den Schrank legen, zögerte aber. Vielleicht war es besser, ihn an sich zu nehmen und ihrem Chef bei Gelegenheit zuzustecken? Vielleicht vermisste die junge Frau ihren Pass bereits. Oder wusste sie womöglich gar nicht, wo sie ihn verloren hatte?

Nach dem, was Torsten und Uli erzählt hatten, wollte Ludwig Bräutigam nicht immer der brave Sohn seiner Mutter sein. Nicht immer! Wie aber würde er reagieren, wenn er es in dieser Angelegenheit gerade doch sein wollte? Wenn er überdies Wert darauf legte, ein untadeliger Chef zu sein? Zum Beispiel einer, der sich einer neuen Mitarbeiterin im vollen Glanz seiner Integrität präsentieren wollte? Dann würde er sich womöglich kompromittiert fühlen, wenn Karla ihm den Ausweis zusteckte. Woher sollte sie wissen, wann die Gelegenheit günstig war und wann nicht? Wenn sie Glück hatte, fühlte er sich in der Rolle des Ladykillers gerade wohl. Aber wenn sie Pech hatte …

»Nein!«, sagte Karla laut und deutlich. Das Liebesleben ihres Chefs ging sie nun wirklich nichts an, gar nichts! Und seine Probleme mit seiner Mutter auch nicht! Also konnte ihr auch der Personalausweis von Wiebke Leitner völlig egal sein. Oder?

Karla rief die beiden anderen, um sich mit ihnen zu besprechen.

Uli betrachtete das Dokument mit gerunzelter Stirn. »Ja, das ist sie. Was die an dem Chef findet?«

»Na, was wohl?«, kam es prompt von Torsten. »Der hat Kohle! Ein unverheirateter Chefredakteur, der bei seiner Mutter wohnt, kann sein Gehalt doch gar nicht ausgeben. Sicherlich hat er sie gut bezahlt.«

»Du meinst also, sie ist eine Nutte?«

Torsten zuckte die Schultern. »Was sonst?«

»Ich kann mir einfach nicht vorstellen, dass der eine Prostituierte mit in diese Wohnung gebracht hat.«

»Selbst, wenn sie keine Nutte ist, dass sie in der Fixerstube ein- und ausgeht, wissen wir genau. Und dass eine Fixerin Kohle braucht, wissen wir auch. Außerdem ist der Weg von der Nadel zum Strich nicht weit.«

»Ach, Torsten«, sagte Uli kopfschüttelnd. »Du bist dir immer so sicher.«

*

Karla bemühte sich, aus dem Zimmer so etwas wie ein Zuhause zu machen. Da sie zunächst nur das Nötigste von Hamburg nach Münster mitgebracht hatte, würde das nicht einfach sein. Sie legte ein paar Bücher aufs Fensterbrett und stellte einige Fotos in Silberrahmen auf. Dann versprühte sie ihr Parfüm im Raum und dekorierte die restlichen freien Flächen mit ihrer Kosmetika. Der Schrank, den sie notdürftig wieder in Ordnung gebracht hatte, war nur zu einem Teil gefüllt, weil sie alles, was sie zurzeit nicht benötigte, in Hamburg bei einer Freundin eingelagert hatte. Aber das Wenige, das sie großzügig in den Fächern verteilt hatte, gab ihr das Gefühl, dass sie nicht auf der Durchreise, sondern angekommen war. Und der Personalausweis von Wiebke Leitner steckte wieder dort, wo sie ihn gefunden hatte: hinter dem Brett, an die Rückwand des Schrankes gepresst. Karla nahm sich vor, nicht mehr an die Sache zu denken.

Am Abend zog Uli in einer abenteuerlichen Bekleidung – halb Squaw, halb Madonna, gekrönt mit einem Cap der New York Yankees – in die Disco, und Torsten brach zu einer Veranstaltung von Amnesty International auf, um einen verfolgten iranischen Schriftsteller fürs Münsterland-Echo zu fotografieren. Nachdem die Wohnungstür zweimal ins Schloss gefallen war, erschien Karla das Zimmer unerträglich leer. Vorher war Ulis Schimpfen durch die Wand gedrungen, ihre Ermahnungen, Torsten solle endlich den Müll runterbringen, und die Widerworte, die Torsten gegeben hatte. Jetzt drang nur noch schwach der Lärm aus den Nachbarwohnungen durch die hellhörigen Wände. Entschlossen wickelte sich Karla ihren Schal um den Hals und schlüpfte in ihre Zotteljacke. Mochte das Nachtleben in Münster noch so kläglich sein, es war besser als das Alleinsein.

Ein plötzlicher Regenguss fegte sie in ein Lokal, das sich weder durch großen Besucherandrang noch durch besondere Behaglichkeit auszeichnete. An jedem der vier Tische saß eine einzelne Person, die entweder ins Bier, auf den Teller mit dem Zigeunerschnitzel oder an die gegenüberliegende Wand starrte. An der Theke hockten drei Männer, die den Wirt mit politischen Weisheiten und sich selbst gegenseitig mit absurden Prahlereien ärgerten. Als sich Karla zu ihnen stellte, verzichteten sie zwar auf die politischen Weisheiten, aber die Prahlereien wurden umso absurder. Dennoch verbrachte sie einen geselligen Abend, bis der Regen endlich nachließ. Und da das in Münster länger dauert als in jeder anderen Stadt, war der erste Tag ihrer Rückkehr beinahe vorüber, als sie ihre Zeche bezahlte. Sie verabschiedete sich von Toby, der angeblich steinreich war, aber wegen seiner Bescheidenheit auf keinen Fall so aussehen wollte, von Arno, der vorgab, der leibliche Bruder von Roland Kaiser zu sein, aber leider durch Adoption um eine ähnliche Karriere gebracht worden war, und von Robert, der Ähnlichkeit mit Didi Hallervorden hatte, dem aber dennoch alle Frauen hinterherliefen. »Wegen meiner inneren Werte«, behauptete er grinsend.

*

Aufwachen in Münster! Der Tag der Ankunft war überstanden, nun begann der erste Tag des Bleibens. Wie lange? Würde sie in der Redaktion Fuß fassen? Und würde sie eine mögliche Konfrontation mit der Vergangenheit aushalten?

Karla lauschte auf den Regen, der ans Fenster trommelte. Nur gelegentlich fuhr ein Auto über die Wolbecker Straße, das Zischen der Pfützen war lauter als das Geräusch der Motoren. In dem Haus, das noch voller Lärm gewesen war, als sie sich schlafen gelegt hatte, herrschte nun Ruhe. Kein Radiogeplärr, kein Türenschlagen, keine lauten Stimme. Es war Sonntag. Wer es bis jetzt nicht geahnt hatte, erfuhr es, als das Glockengeläut einsetzte. Scheinheilig versuchten sich zunächst einzelne Schläge in den Rhythmus des Regens zu mischen, aber schon bald ging das Prasseln im Orkan der Glocken unter. Schließlich, als die Hoffnung auf einen ruhigen Sonntagmorgen schon dahin war, trat unvermittelt Stille ein. Die Gläubigen hatten sich versammelt, der Ruf der Glocken war verstummt, und auch der Regen ließ nach.

Karla sprang aus dem Bett, ging in die Küche und inspizierte den Vorratsschrank. Pumpernickel und westfälische Mettwurst – genau richtig! Dann duschte sie ausgiebig und genoss es, Frühaufsteherin zu sein, was in jeder WG von großem Vorteil ist. Als Uli in der Küche erschien, von den Vergnügungen der Nacht schwer gezeichnet, lieh sich Karla ihr Fahrrad und machte sich auf den Weg.

Sie fuhr die Wolbecker Straße stadtauswärts. Warum aus der Stadt heraus und nicht ins Zentrum? Warum nicht nach Kinderhaus oder Nordwalde? Warum ausgerechnet in den Süden Münsters? Die Erinnerung trieb Karla voran, und eine Stimme in ihr flüsterte: »Gremmendorf, Wolbeck, Angelmodde, Hiltrup ... Das sind hübsche Gegenden. Fahr nur zu! Ich habe dich auf den Prinzipalmarkt, in den Dom und ins ›Stuhlmacher‹ gelockt – und du hast es nicht bereut. Warum also nicht auch ein Ausflug in die südlichen Stadtteile? Wir werden einfach so tun, als läge uns an einem Picknick an der Werse.«

*

Auf den Straßen standen viele Pfützen, die heimlichen Waffen der Autofahrer, denen die Sonntagsmäntel ihrer Mitbürger gleichgültig waren. Von den Dächern tropfte, was sich in den Dachrinnen gesammelt hatte, und so hielten viele Damen, die vom Kirchgang zurückkehrten, den Schirm noch geöffnet, um ihre Dauerwellen zu schonen. Als sich Karla in die Pedalen des altersschwachen Fahrrades stemmte, um die Brücke zu erklimmen, die die Umgehungsstraße überspannte, blitzte die Sonne durch die Wolken.

Sie kam ins Schwitzen, hielt mitten auf der Brücke an, zog ihre Zotteljacke aus und klemmte sie auf den Gepäckträger. Münster sah jetzt, da die Sonne eine Wolke nach der anderen zur Seite schob, aus, als hätte eine der untadeligen Münsteraner Hausfrauen den Wochenendputz, für den am Samstag keine Zeit gewesen war, am Sonntag eilig nachgeholt. Blitzsauber lag die Stadt da, noch feucht vom Putzwasser. Und wenn der Frühling heute die Oberhand gewann, würde die Sonne die Straßen und Fassaden so lange polieren, bis die Stadt ebenso makellos aussah wie seine Bewohner am Sonntag.

St. Margaretha schickte seine Gläubigen nach Hause, die Autos stauten sich vor der letzten Kreuzung der Stadt, bevor die Fahrer Gas gaben und, soeben von allen Sünden freigesprochen, unter der Eisenbahnbrücke hindurchbrausten. Man konnte nur hoffen, dass dahinter nicht die Polizei mit einem Radarwagen lauerte, um der Seele gleich wieder die nächste Sünde aufzubürden. Karla jedenfalls hatte sich mehrere Male zu ihrer Schuld bekennen und dafür zahlen müssen, als sie zu Martin gefahren war.

Sie wollte sich gerade mit dem Fahrrad an der langen Autoschlange vorbeimogeln, als sie die beiden Männer sah, die so gar nicht ins sonntägliche Bild passten. Beide steckten in heruntergekommener Kleidung, waren unrasiert und hatten mit Sicherheit kein Vaterunser hinter sich. Mit flinken Händen klebten sie Zettel an die Wände, wo immer sie ein freies Plätzchen fanden. Karla konnte nur Bruchstücke der ungelenken Schrift entziffern: »... Frauen ... spurlos verschwunden ... Bremer Platz ...«

Ein älterer Mann mit einem Gebetbuch in der Hand trat auf die beiden zu. Karla konnte nicht verstehen, was er sagte, aber der Mann schien zu fordern, dass die Zettel wieder abgenommen wurden.

Einer der beiden Männer machte sich sofort davon, der andere jedoch hielt den Vorwürfen stand. Ein noch junger Kerl mit dem ausgemergelten Körper eines alten Mannes. Karla sah genauer hin. Es war der Obdachlose, der am Bahnhof auf sie eingeredet hatte.

»Das lass ich hier hängen, eh! Das ist meine Freundin, eh! Die ist verschwunden, ja, ist sie! Und nicht nur sie! Auch andere Frauen! Alle vom Bremer Platz, eh!« Dabei wedelte er mit dem Stoffhasen vor den Augen des Mannes herum, den er auch Karla hingehalten hatte. Der angebliche Beweis dafür, dass es beim Verschwinden seiner Freundin nicht mit rechten Dingen zugegangen war.

»Was hat die Margaretha-Gemeinde damit zu tun?«, fragte der Gottesdienstbesucher streng. »Der Bremer Platz ist weit weg. In der Nähe des Bahnhofs.«

»So weit weg nun auch wieder nicht, eh! Wir hängen überall die Plakate auf, wo wir gerade sind! Nur nicht im Norden. Da sind die Frauen nämlich nie gesehen worden. Wenn, dann immer im Süden der Stadt, eh!«

»Ihr solltet zur Polizei gehen, statt hier die Wände voll zu kleistern.«

»Aber die Polente interessiert sich nicht für unsereins.«

Die Ampel wechselte auf Grün. Karla nahm den rechten Fuß von der Bordsteinkante und trat in die Pedale. Wieder brauchte sie eine Weile, um das Gesicht des Obdachlosen abzuschütteln.

Als sich die Stadt öffnete, vergaß sie den Mann. Die Wolbecker Straße führte hinaus ins Münsterland, ganz unvermittelt endete die Bebauung am Bahndamm, als hätte man vergessen, sie auf der anderen Seite der Gleise fortzusetzen. Karla versuchte die Autos, die an ihr vorbeibrausten, zu ignorieren. Irgendwo, daran erinnerte sie sich noch, gab es einen Wirtschaftsweg, der rechts abzweigte und nach Angelmodde führte. Dann würde sie von dem schnellen Verkehr und der Straße befreit sein.

Manchmal hatte sie diesen Weg auch mit dem Auto genommen, obwohl das verboten war. Und einmal hatte sie Martin in der Nähe seines Hauses aufgelesen, während Ute ein paar Einkäufe in Wolbeck erledigte, und war mit ihm bis zu dem Gatter der Kuhweide am Ende des Weges gefahren. Eine halbe Stunde später standen sämtliche Rindviecher am Zaun und sahen sich an, was zwei Menschen tun, die verliebt sind, für deren Liebe es aber kein Zuhause gibt.

Man konnte meinen, die Rindviecher seien noch dieselben wie vor zehn Jahren. Aber da die Lebenserwartung einer Kuh geringer sein musste, war die Herde auf der Weide wohl das Einzige, was sich hier verändert hatte. Die Wege, die Zäune, die Häuser vor den Gemüsegärten – alles so wie damals. Schließlich endete der Wirtschaftsweg auf einer schmalen asphaltierten Straße, an der zwei Villen, umgeben von großen Gärten, lagen. Eine davon gehörte, zumindest damals, Martin Graf. In der Nachbarvilla lebte vor zehn Jahren eine alte Frau, auf die Ute und Martin stets ein wachsames Auge hatten.

Denn sie hatte in geistiger Verwirrung gelegentlich nicht nur den eigenen Blumen, sondern auch denen im Nachbargarten die Köpfe abgerissen, den Gartenschlauch am Abend zur Bewässerung an-, aber nicht wieder abgestellt und sämtliche Beete unter Wasser gesetzt. Und einmal war sogar im Haus ein Feuer ausgebrochen, weil die alte Dame den Elektrogrill mit dem Kamin verwechselt hatte.

Karla stieg in einiger Entfernung vom Rad, schob es in eine kleine Schonung und lehnte es an einen Baum. Dann kamen ihr Zweifel. Wie peinlich wäre es, wenn Martin sie hier entdeckte! Schließlich wollte sie doch, wenn sie ihn je wiedertraf, mit einem unverbindlichen Lächeln auf ihn zugehen und ihn erst nach kurzem Zögern begrüßen. So, als fiele ihr sein Name nicht augenblicklich ein. Aber wenn er sie hier ertappte, wie sie um sein Haus schlich, würde er ihr niemals glauben, dass sie längst mit ihm fertig und nur rein zufällig in Angelmodde gelandet war.

Sie verbarg sich hinter einem Gebüsch und beobachtete das Haus. Irgendetwas hatte sich verändert. In den Blumenkästen blühte es nicht, obwohl doch die ersten Frühlingsblumen auf dem Markt längst zu haben waren. Auch im Vorgarten, Utes privatem Schaufenster, das früher genauso sorgfältig dekoriert wurde wie die Auslagen am Prinzipalmarkt, kümmerten nur ein paar Stauden und Büsche vor sich hin. Die Gardinen waren noch dieselben, aber sie öffneten sich für keine Fensterdekoration. Das Haus sah so schmucklos aus wie ein Geschäft ohne einen guten Schauwerbegestalter. Für Ute Graf ein Ding der Unmöglichkeit! Ob Martin und seine Frau überhaupt noch hier wohnten? Oder hatten sie nicht nur das Geschäft, sondern auch das Haus aufgegeben und waren längst woanders hingezogen?

Karla spürte, wie sich Erleichterung und Enttäuschung in ihr verbanden und zu einem undeutlichen Gefühl wurden, das nach Klarheit verlangte. Sie musste wissen, ob Martin noch hier lebte, ob sie damit rechnen musste, ihm in Münster zu begegnen, ob er immer noch zu den Einflussreichen der Stadt gehörte, zu den oberen Zehntausend, den Poahlbürgern, mit denen in jeder Zeitungsredaktion gerechnet wurde!

Ob sie sich näher an das Haus herantraute, um auf das Türschild blicken zu können? Karla zögerte. Aber dann entdeckte sie den dunkelblauen Jaguar in der Auffahrt. Martin fuhr schon früher nur Jaguar! Doch wo war Utes roter Porsche? Sie hatte nie eine andere

Automarke in ihre Garage gelassen und sich auch niemals für eine andere Farbe entschieden.

Karla erschrak zu Tode, als sich unerwartet die Tür des Hauses öffnete. Hastig griff sie nach dem Lenker und zerrte das Rad aus dem Gebüsch heraus, um schleunigst die Flucht zu ergreifen. Aus den Augenwinkeln sah sie, dass zwei Personen das Haus verließen. Martin und Ute? Nur nicht hinsehen! Vielleicht bemerkten sie die Frau mit den auffälligen roten Locken dann nicht, die aus einem Gebüsch geflüchtet war, als hätte sie dort ihre gelben Säcke entsorgt.

Die Zotteljacke verfing sich in einer dornigen Ranke und büßte einen Teil ihrer Zotteln ein, ebenso wie das Dornengestrüpp einen Teil seiner Dornen, die sich in Karlas Hände bohrten, als sie das Fahrrad auf die Straße schob. Schon knirschten Schritte im Kies, die beiden mussten jeden Augenblick die Straße erreichen. Nur weg! Karla sprang auf das Rad, rutschte mit dem rechten Fuß von der Pedale ab, konnte den linken nicht mehr zu Boden bringen – und kippte um. Die Hüfte prallte schmerzhaft auf den Asphalt, der rechte Fuß verfing sich im Schutzblech, der Lenker stieß gegen ihre Stirn. Sekunden später lag sie unter dem Fahrrad im Straßengraben, unfähig, sich zu bewegen, und sah durch die Speichen des Vorderrades zwei Personen auf sich zukommen.

»Was ist passiert? Hand kaputt? Fuß kaputt?«

Karla starrte in die beiden Gesichter, ohne zu wissen, ob Schmerz oder Erleichterung in ihr überwogen. Sie entschloss sich für die Erleichterung und schüttelte dankbar den Kopf. Der Mann hob behutsam das Fahrrad von ihrem Körper, die Frau half ihr auf die Beine. »Großer Schmerz?«

»Nein, ist nicht weiter schlimm.«

Die beiden sahen aus wie Nordafrikaner und sprachen nur gebrochen Deutsch. Der Mann, ein großer athletischer Kerl von Mitte vierzig mit hagerem Gesicht und durchdringenden schwarzen Augen, konnte sich besser verständigen als die Frau. »Großer Schmerz?«, wiederholte er.

Die Frau neben ihm war etwa doppelt so dick und halb so groß wie der Mann. »Arzt? Polizei?«, fragte sie.

Karla wehrte ab. Das fehlte noch, dass die beiden ins Haus zurückliefen, um zu telefonieren! Dann würden Martin und Ute womöglich noch herausgelaufen kommen! Sie musste sehen, dass sie hier wegkam, ehe noch weitere Personen auf sie aufmerksam wurden!

»Alles okay«, versicherte sie mehrmals. Obwohl ihre rechte Hand, ihr rechter Fuß, ihre Stirn, ihre Zotteljacke und Ulis Fahrrad keineswegs okay waren. Aber darum würde sie sich kümmern, wenn sie außer Sichtweite war.

Der Mann schien zufrieden zu sein, dass er sich nicht weiter um Karla bemühen musste, die Frau jedoch fragte abermals: »Arzt? Medizin?«

Karla schüttelte den Kopf. »Nein, nicht nötig!«

Sie bedankte sich bei den beiden und schob das Fahrrad die Straße hinunter. Noch traute sie sich einen zweiten Versuch, Ulis Drahtesel zu besteigen, nicht zu.

»Salâm!«, rief die Frau hinter ihr her.

Araber in Angelmodde! Wahrscheinlich Hausangestellte, vielleicht Putzfrau und Gärtner. Vorsichtig sah sich Karla noch einmal um. Die beiden gingen auf das Eingangstor des Nachbargrundstücks zu und betätigten den Klingelknopf. Früher hatte das Tor immer weit offen gestanden. Die alte Frau war froh über jeden Besuch gewesen. Jetzt ertönte hinter der Mauer wütendes Hundegebell, und drei Bullterrier sprangen den Besuchern hinter dem Eingangstor entgegen, als wollten sie sie zur Begrüßung verspeisen.

Die alte Frau hatte das Anwesen verkauft. Es war ja schon vor zehn Jahren zu groß für sie gewesen. Vielleicht lebte sie mittlerweile in einem Altenheim oder lag schon auf dem Angelmodder Friedhof. Der neue Besitzer schien jedenfalls misstrauischer und ängstlicher zu sein als die Vorbesitzerin, denn das Anwesen war hermetisch abgeriegelt, die Mauer höher gezogen und das alte Tor durch ein wesentlich stabileres mit einer spitzen Zackenkrone ersetzt worden. Daneben prangte eine moderne Sprechanlage. Besucher, die keinen Wert darauf legten, von zähnefletschenden Bullterriern angegriffen zu werden, taten wohl besser daran, sich erst einmal anzumelden. Ob es den Grafs gefiel, Wand an Wand mit drei Kampfhunden zu leben? Karla beeilte sich, außer Sichtweite zu kommen.

*

»Das fängt ja gut an!«, schimpfte Uli, nachdem sie den Schaden an ihrem Fahrrad ausgiebig besichtigt hatte.

»Ich bringe das Rad gleich morgen zur Reparatur«, versicherte Karla, die sich in der gemeinsamen Küche niedergelassen hatte.

»Hör auf zu meckern, Uli«, mischte sich Torsten ein. »Siehst du nicht, dass Karla verletzt ist? Hol lieber ein Pflaster, statt dich über die uralte Leeze aufzuregen. Sonst verrate ich, dass sie dir nicht einmal gehört.«

»Klar gehört sie mir!«, protestierte Uli.

»Aber nur, wenn du dich aufs Gewohnheitsrecht berufst«, gab Torsten zurück. »Gehört einem ein gestohlenes Fahrrad, nur weil man ein ganzes Jahr unbehelligt damit herumgefahren ist? Du weißt anscheinend gar nicht mehr, dass du die Leeze mal vor dem »Jovel« mitgenommen hast, als der Nachtbus schon weg war. Der Auftritt von Fanta 4, daran musst du dich doch erinnern!«

Uli schien sich eine unliebsame Erinnerung aufzudrängen. Schnell wechselte sie das Thema. »Der Chef hat übrigens angerufen«, sagte sie zu Karla. »Er war sauer, weil du nicht zu Hause warst.«

»Wie bitte?« Karla fuhr hoch. »Spinnt der? Heute ist Sonntag! Ich werde ab morgen bezahlt, also brauche ich erst ab morgen zur Verfügung zu stehen.«

Torsten drückt sie auf ihren Stuhl zurück. »Nun reg dich doch nicht so auf.«

Und Uli ergänzte: »Wenn du bei jeder Kleinigkeit so ausrastest, wirst du dich nicht lange im Münsterland-Echo halten. Auf Temperamentsausbrüche hat nur der Chef eine Option.«

Karla legte den Kopf in den Nacken und schloss die Augen, während Torsten das Heftpflaster auf ihrer Stirn platzierte. Wieder einmal musste sie an Wulf Peters denken: Immer erst bis drei zählen und tief durchatmen! Als sie die Augen wieder öffnete, war sie die Ruhe selbst. »Was wollte er denn, der Chef?«

»Du sollst morgen schon früh in seinem Büro erscheinen«, erklärte Torsten. »Zwischen acht und neun, wenn die Kollegen noch nicht da sind. Normalerweise geht's bei uns nämlich erst ab zehn los.«

»Dafür wird es abends aber auch schon mal spät.« Uli legte Wert darauf, die Arbeitsmoral ihrer Kollegen wieder zurechtzurücken.

»Und warum soll ich schon so früh anfangen?«, fragte Karla.

»Nicht nur du!«, maulte Uli. »Torsten und ich auch.« Sie setzte sich rittlings auf ihren Stuhl und trommelte mit den Absätzen ihrer

Cowboystiefel auf den Fußboden, als wollte sie gleich eine Knarre ziehen, um eine Whiskyflasche aus der Bar zu schießen. »Nichts Genaues weiß man nicht.«

»Jedenfalls sollst du an der ersten Redaktionskonferenz nicht teilnehmen«, erklärte Torsten. »Die ist immer montags um elf.«

»Wieso das denn nicht?« Karla fühlte sich gekränkt. Taugte sie nicht zum Herzeigen? Musste sie erst für die Präsentation vorbereitet werden?

»Irgendein Auftrag«, meinte Torsten schulterzuckend. »Morgen früh werden wir's erfahren.«

»Ein Auftrag? Noch bevor ich meinen Schreibtisch gesehen habe?«

Torsten nickte. »Das ist anscheinend der springende Punkt. Jedenfalls sollst du, wenn die Kollegen in der Redaktion eintrudeln, schon in den Vorbereitungen stecken. Und übermorgen geht's dann los.« Er hob die Schultern und schüttelte den Kopf. »Mehr weiß ich auch nicht. Ehrlich!«

*

Die Redaktion des Münsterland-Echos lag in einer Seitenstraße der Innenstadt, nicht weit vom Domplatz entfernt. Karla betrachtete das Gebäude enttäuscht. Besonders anziehend war es wirklich nicht. Ein grauer Würfel mit ausdruckslosen Fenstern! Im Treppenhaus sah es nicht besser aus. Die Wände trugen unzählige Spuren von Händen, die wahrscheinlich zunächst im Münsterland-Echo geblättert und dann irgendwo Halt gesucht hatten. Im Erdgeschoss stand eine monströse Druckerpresse aus den Anfängen des Blattes, und in der ersten Etage hingen gerahmte Schwarzweißfotografien, die ebenfalls daran gemahnten, dass die Zeitung einem alteingesessenen Verlagshaus angehörte.

Hinter einer gläsernen Eingangstür, die in die Räume der Redaktion führte, wo auch Karla demnächst arbeiten würde, sah es chaotisch aus. Überall Papierberge, darunter sämtliche Exemplare des Münsterland-Echos der letzten zehn Jahre, hochmoderne Bürogeräte neben ausrangierten, die längst ins Museum gehörten. Und inmitten des Durcheinanders Kaffeetassen! Kaffeetassen zwischen Zeitungsstapeln, auf gelesenen und ungelesenen Faxen, unter Textentwürfen und redigierten Manuskripten, neben dem PC, dem Telefon, dem Drucker und dem Handwaschbecken. Gespülte und ungespülte Tassen, einige mit Kaffeeresten, auf denen saure Milchflocken schwammen. Daraus ragten Fliegenbeine, die bis zuletzt verzweifelt versucht hatten, irgendwo Halt zu finden, um dem Kaffeeschlamm, der sie angelockt hatte, wieder zu entkommen. Karla nickte zufrieden. Ein aufgeräumtes Hightech-Büro wäre nicht ihre Sache gewesen.

Uli und Torsten blickten sich um, als wären sie noch nie zu dieser Uhrzeit in der Redaktion erschienen.

»Das ist ja richtig unheimlich«, sagte Uli, »Keine Menschenseele hier!« Sie hatte an diesem Tag alles aus dem Kleiderschrank gekramt und übereinander angezogen, was garantiert nicht zusammenpasste.

Torsten sah dagegen aus wie immer. Unauffällige Jeans, unauffälliges Hemd, unauffällige Schuhe und Socken und eine Jacke, die so unauffällig war, dass man sofort wieder vergaß, dass er überhaupt eine trug. »Frau Nadler ist bestimmt schon da«, meinte er und klopfte an eine Tür, neben der das Schild »Sekretariat« prangte.

Frau Nadler war in der Tat schon an ihrem Arbeitsplatz. Es machte sogar den Anschein, als wäre sie bereits seit Stunden dort. Möglich aber auch, dass sie aus dem Papierwust, in dem sie hockte, am Abend nicht herausgefunden und der Einfachheit halber im Büro übernachtet hatte. Jetzt schaute sie hinter einem Berg aufeinander geschichteter Münsterland-Echos hervor, wo sich eine kümmerliche Grünpflanze versteckte, der die Tarnung allerdings nichts genutzt hatte. Sie wurde gerade von Frau Nadler gegossen.

Ludwig Bräutigams Sekretärin erhob sich und strich ihr dunkelblaues Kostüm glatt, das in der Redaktion sicherlich ohne Konkurrenz war. »Der Chef ist noch nicht da.«

»Aber er hat extra gesagt, wir sollen früh kommen«, grollte Uli, die sich um eine halbe Stunde Schlaf gebracht sah.

Torsten zog Karla näher heran. »Das ist Karla Bernardi, die neue Redakteurin.«

»Aha!« Frau Nadler setzte ihre Brille auf und nahm die neue Redakteurin in Augenschein. Ob ihr das Ergebnis der Inspektion gefiel, war nicht auszumachen. Karla hätte gern ein wenig Anerkennung in ihren Augen entdeckt. Schließlich hatte sie sich für ihren ersten Arbeitstag mächtig in Schale geworfen. Die Zotteljacke war zu Hause geblieben, der Zweiteiler, den sie trug, konnte durchaus mit Frau Nadlers Kostüm konkurrieren, und sie hatte nicht einmal vor Pumps mit hohen Absätzen Halt gemacht. Da durfte man doch auf einen beifälligen Blick oder sogar ein lobendes Wort hoffen!

Immerhin wies die Sekretärin bereitwillig ins Chefbüro, dessen Tür weit geöffnet war. »Am besten, ihr setzt euch schon mal. Es wird nicht lange dauern. Der Chef bringt noch seine Mutter zum Frisör, und der Salon öffnet erst um acht. In einer Viertelstunde wird er wohl hier sein. Spätestens um zehn muss er sie dann wieder abholen. Aber länger wird euer Gespräch sicher nicht dauern.« Frau Nadler schob zwei Pakete Kopierpapier zur Seite und schien sich zu freuen, dass sie dahinter die Kaffeemaschine fand. »Ich koche jetzt erst mal einen Kaffee.«

Er stand noch nicht vor ihnen, als im Treppenhaus ein Schuss fiel.

Torsten legte seine Hand auf Karlas Arm. »Keine Sorge, das war nur die Eingangstür. Der Chef kommt.«

Karla war für diese Mitteilung dankbar. Sonst hätte sie sich gefragt, welches Tier aus dem Zoo ausgebrochen und ausgerechnet ins Münsterland-Echo geflüchtet war. Aber die stampfenden Schritte, die durchs Treppenhaus dröhnten, gehörten tatsächlich einem Zweibeiner. Chefredakteur Ludwig Bräutigam stürmte in sein Büro, sein gelber Schal umwehte ihn, als sei er ein BVB-Fan auf der Suche nach einem Schalke-Spieler. Karla fragte sich, ob der Schal wohl nach Altbier roch oder ob Bräutigams Mutter ihn übers Wochenende gewaschen hatte oder ob er gar mehrere Schals in dieser Farbe besaß.

»Sagen Sie mir um halb zehn Bescheid, Frau Nadler, damit ich meine Mutter rechtzeitig vom Frisör abhole. Wenn sie vorher fertig ist, soll sie warten. Bitte kein Gespräch aus dem ›Salon Annemarie‹ durchstellen!«

Schnaufend lief er um seinen Schreibtisch herum. »Bleibt sitzen!«, dröhnte er, obwohl niemand Anstalten machte, sich zu erheben.

Bräutigam streckte Karla die Hand entgegen, schaffte es, sie in Sekundenschnelle mit Blicken aus- und wieder anzuziehen, und ließ sich auf seinen Stuhl fallen. »Nett, Sie kennen zu lernen. Was ist denn mit Ihrer Stirn passiert?«

»Ein kleiner Unfall. Ich bin das Fahrradfahren nicht mehr gewöhnt.« Gespannt sah sie ihn an. Erinnerte er sich daran, dass im »Stuhlmacher« neben ihm eine Frau mit roten Locken gestanden und Altbier Bowle getrunken hatte?

Bräutigam nickte nur unverbindlich, tastete sich über seinen

Schreibtisch, der genauso aussah wie der seiner Sekretärin, und zog Karlas Bewerbungsunterlagen hervor. Ohne sie weiter zu beachten, sagte er: »Ist ja interessant, was man so über Sie hört.«

Karla wurde unruhig. »Ich verstehe nicht.« Trotz stieg in ihr auf, ehe sie wusste, mit welchem Vorwurf Bräutigam aufwarten würde. Ein Mann, der sich in der WG mit einer jungen Nutte herumtrieb und sich an eine Frau wie sie nicht erinnerte! Der konnte ihr gestohlen bleiben! Genauso wie ihr letzter Chef, der alles begrapschte, was bei drei nicht auf den Bäumen war.

Bräutigam lehnte sich zurück, faltete die Hände über seinem Bauch und schien sich in der Rolle des Vorgesetzten zu gefallen. »Kein Redaktionschef gibt sich mit einer schriftlichen Bewerbung zufrieden. Selbstverständlich habe ich weitere Erkundigungen über Sie eingeholt. Und was man da so hört ...« Seine Stimme schwebte über dem Gipfel einer Bedenklichkeit und konnte sich nicht entschließen, talabwärts zum satzschließenden Punkt zu fahren.

Karla sank das Herz, allerdings nicht in den Keller, wo Schuldgefühle und Verzagtheit auf das Ende der Haft warteten, sondern in das Verlies, in dem ihre Reizbarkeit gerade ihren Ausbruch plante. »Was immer Sie gehört haben, es war alles ganz anders! Ich war im Recht. Aber dieser –«

Idiot von Chefredakteur hätte sie beinahe gesagt. Doch zum Glück fiel es ihr diesmal rechtzeitig ein: Erst bis drei zählen und dann tief durchatmen. Karla klappte den Mund wieder zu, um sich zunächst einmal anzuhören, was Bräutigam in der Hamburger Redaktion erfahren hatte.

»Sie sollen sehr couragiert sein.« Bräutigam blätterte in Karlas Unterlagen. »Geradezu wagemutig. Um nicht zu sagen abenteuerlustig. Angst soll Ihnen gänzlich fremd sein.« Während Uli und Torsten staunende Blicke wechselten, beendete der Chefredakteur die Bestandsaufnahme: »So eine wie Sie können wir gebrauchen! Jedenfalls für die Reportage, die ich plane. Ich suche jemanden, den ich undercover in Münster agieren lassen kann. Aus unserer Mannschaft sind ja alle bekannt wie bunte Hunde. Sie sind genau die Richtige! Ihnen ist Münster nicht ganz fremd, und doch kennt sie hier niemand.« Er sah Karla unter zusammengezogenen Brauen an. »Oder haben Sie hier noch Freunde und Verwandte, die uns einen Strich durch die Rechnung machen können? Das würde die Aktion gefährden.«

Karla rutschte auf ihrem Stuhl hin und her. Sie dachte an die Kommilitonen, die sie während ihres Studiums kennen gelernt hatte – aber die waren längst in alle Winde verstreut, es gab niemanden, der in Münster geblieben war. Sie dachte an ihre Kollegen, mit denen sie beim Verbrauchermagazin zusammen gearbeitet hatte – aber die Redaktion war in eine andere Stadt verlegt worden, also würden auch die Kollegen wohl kaum noch in Münster wohnen. Sie dachte an die Bekannten, mit denen sie vor zehn Jahren gelegentlich im Kuhviertel gezecht und auf den Aaseewiesen gegrillt hatte – wo die inzwischen lebten, wusste sie nicht. Verwandte hatte sie in Münster keine, sie war ja nicht hier aufgewachsen, sondern erst fürs Studium hergekommen. Blieben nur Jan van Bröder und Martin Graf.

Karla blickte Ludwig Bräutigam fest in die Augen und versicherte: »Ich habe vor zehn Jahren alle Brücken in Münster hinter mir abgebrochen. Eine lange Zeit! Seitdem war ich nicht wieder in der Stadt.«

Bräutigam nickte zufrieden. »Die Reportage muss eine Frau machen, die keine Angst vor ungewöhnlichen Situationen hat«, fuhr er fort. Er betrachtete nachdenklich Karlas Outfit. »Und sie darf sich nicht ständig um ihre Klamotten, ihre Frisur und ihr Make-up Sorgen machen.«

Karla atmete auf. Sie konnte ihren Chef in jedem Punkt beruhigen. Viel schwieriger wäre eine Aufgabe gewesen, für die sie rund um die Uhr aussehen müsste wie ein Mitglied des englischen Königshauses. »Aber worum geht's denn nun eigentlich?«, fragte sie.

»Um die Reportage ›Obdachlos in Münster!‹«, erklärte Bräutigam. »In der Obdachlosenszene in Münster haben sich die Probleme verschärft. Seit es die Fixerstube gibt, ist der Bremer Platz voller Konflikte. Die Penner wollen sich nicht Fixer nennen lassen, und die Fixer wollen nicht mit den Pennern in einen Topf geworfen werden.«

Torsten nickte bestätigend. »Und was hat Karla zu tun?«

»Also – ich habe mir Folgendes gedacht.« Umständlich begann der Chefredakteur zu erklären, dass sich seine neue Redakteurin drei Tage lang unter die Obdachlosen am Bremer Platz mischen solle. »Danach wissen wir endlich, was dort abgeht. ›Obdachlos in Münster!‹ Das wird ein Renner, sage ich euch. Keine andere Zeitung hat bisher so etwas gebracht. Die Kollegen werden grün vor Neid, wenn sie lesen, dass wir eine Redakteurin ins Milieu geschickt haben. Frau

Bernardi wird dann in einer packenden Reportage schildern, welche Demütigungen sie erfahren hat. Wie die Bürger mit ihr umgesprungen sind. Wie sie sich gefühlt hat am Rande der Gesellschaft. Wie sie behandelt wurde bei der Frage ›Haste mal 'ne Mark?‹.« Er stockte. »Oder sagen die heute: ›Haste mal 'nen Euro?‹ Na, egal!« Er sah aus dem Fenster, obwohl er Karla direkt ansprach. »Und wer weiß, was Sie sonst noch so alles erleben …«

»Und warum kein Mann?«, fragte Torsten. »Für eine Frau ist das doch viel gefährlicher.«

»Erstens haben wir keinen Bewerber, der dafür in Frage kommt«, gab Bräutigam zurück, »zweitens ist das Schicksal einer obdachlosen Frau spektakulärer.« Er spießte Torsten mit seinem rechten Zeigefinger auf. »Und du wirst Frau Bernardi regelmäßig fotografieren. Tagsüber und auch nachts. Natürlich so, dass niemand etwas davon merkt.«

Torsten sah gar nicht begeistert aus. »Heimlich? Wie soll das gehen? Oder soll ich mich etwa verkleiden? Wenn ich so vor dem Christophorusheim auftauche, falle ich doch auf wie Prinz Charles vor der Bahnhofsmission.«

»Nun bild dir mal nichts ein!«, schnauzte der Chefredakteur. »Zieh dir einfach was anderes an, dann wird's schon gehen. Und wozu gibt's die Mini-Kameras, die aussehen wie eine Zigarettenschachtel? Du weißt, dass ich eine Minox besorgt habe. Extra für solche Aufträge!« Er wandte sich an Karla. »Sie müssen natürlich Ihr Aussehen gründlich verändern.«

Karla lachte. »Nichts leichter als das. Sagen Sie mir, wo in Münster eine Kleiderkammer ist. Da finde ich schon was.«

»Siehst du?«, fuhr Ludwig Bräutigam seinen Fotografen an. »So macht man das! Tatkräftig die Aufgaben angehen! Und nicht den Bedenkenträger spielen! Es wird doch etwas in deinem Kleiderschrank geben, was dreckig ist und ein paar Löcher hat.«

»Notfalls bekommst du was von mir«, warf Uli ein. »Ich habe genug davon.«

Torsten jedoch schien immer noch nicht beruhigt zu sein. »Wenn nun etwas dran ist an den Gerüchten?«

»Haben wir das nicht oft genug diskutiert? Nichts ist dran an der Sache, deshalb hat das Münsterland-Echo ja auch nie darüber berichtet. Und sonst wäre doch die Polizei längst eingeschritten. Ich habe mich beim Polizeipräsidenten persönlich erkundigt. Der hält das Ganze für eine Aktion der Bahnhofsberber, um auf sich aufmerksam zu machen. Die wollen, dass ihnen Wohnungen zugewiesen werden, damit sie's auf Kosten der Allgemeinheit schön warm und gemütlich haben. Das ist alles.«

Plötzlich entstand Tumult im Vorzimmer, und kurz darauf flog die Tür des Chefbüros auf.

»Stell dir vor, Junge, meine Friseuse ist schwanger.«

Frau Bräutigams Stimme polterte ins Zimmer, eine geballte Ladung Kölnisch-Wasser-geschwängerte Energie folgte ihr auf dem Fuße. Karla fuhr herum, in der sicheren Erwartung, dass eine Walküre soeben den Türrahmen gesprengt hatte, aber sie sah sich einer zierlichen grauhaarigen Frau gegenüber, deren Ausstrahlung ihre Gestalt bei weitem überragte.

Empört wies sie auf ihre herausgewachsene Dauerwelle. »Sieh dir das an! Alles noch wie vorher! Kaum hatte sie mir den Umhang umgelegt, wurde ihr schlecht, und sie rannte zum Klo. Soll ich mich von einer Frau frisieren lassen, die sich nach jedem eingedrehten Lockenwickler übergeben muss? Nein, nicht mit mir! Aber ich lasse mich auch nicht an einen Lehrling weiterreichen. Also werde ich mir überlegen müssen, ob ich demnächst einen anderen Frisör aufsuche. Aber erst mal musst du mich jetzt nach Hause bringen. Du hast doch Zeit?« Frau Bräutigam sah von einem zum anderen, niemand riskierte einen Einwand. »Können wir gleich fahren?«

Ludwig Bräutigam versuchte Zeit zu gewinnen. »Darf ich dir erst mal Frau Bernardi vorstellen, Mama? Sie tritt heute ihre Stelle beim Münsterland-Echo an.«

Frau Bräutigam rückte ihre Brille zurecht. »So, so, eine Neue. Sind Sie verheiratet?«

»Nein«, antwortete Karla verwirrt.

»Wohnen Sie in der Wohnung auf der Wolbecker Straße?«

Karla nickte. »Ja, vorerst.«

Frau Bräutigam warf ihrem Sohn einen vernichtenden Blick zu. »Dann dürfen Sie sich nicht wundern, wenn Sie demnächst Besuch von meinem Sohn bekommen.« Sie winkte ihn mit dem Kopf aus dem Büro heraus. »So ein Benehmen mit einundfünfzig …«

Der Chefredakteur grinste seiner Mutter wie ein ungezogener Bengel hinterher und machte Anstalten, ihr zu folgen. Zu Karla sagte er hastig: »Bereiten Sie heute also alles vor, damit es morgen losgehen kann. Torsten und Uli werden Ihnen dabei helfen.« Er warf Uli einen kurzen Blick zu. »Du wirst doch wissen, wo die nächste Kleiderkammer ist. Oder kaufst du deine Klamotten etwa in einem Geschäft?« Er wartete Ulis Antwort nicht ab, sondern registrierte unruhig, dass seine Mutter bereits das Vorzimmer durchquert hatte. Er war schon um den Schreibtisch herum, als er Karla zurief: »Morgen Vormittag komme ich in die WG und bringe Ihnen alles, was Sie sonst noch brauchen, Frau Bernardi.«

Damit war er an der Tür angelangt. Das Letzte, was man von ihm sah, war sein wehender gelber Schal, der sich in der Türklinke verfing und zwei Fransen zurückließ, als er gewaltsam befreit wurde.

Frau Nadler erschien mit verwirrtem Gesichtsausdruck hinter dem Kopierpapier, eine Kanne in der Hand. »Aber der Kaffee!«

Doch ihr Chef hörte sie nicht mehr. Er war vollauf damit beschäftigt, die Vorwürfe seiner Mutter zurückzuweisen. »Am Wochenende veranstalten die Wiedertäufer einen Ball im Kongresssaal. Wann sorgst du endlich dafür, dass du dort aufgenommen wirst? Meine Dauerwelle und ein neues Kleid, das könnte ich noch schaffen bis zum Wochenende.«

»Vergiss es, Mama!« Ludwig Bräutigam stampfte die Treppe hinunter, und Frau Nadler stellte seufzend die Kanne zurück. Ulis bittender Blick bewirkte nichts. Kaffee gab es nur, wenn der Chefredakteur auch nach einem Tässchen verlangte!

Uli schleppte sich die Treppe runter, als hätte sie bereits einen schweren Arbeitstag hinter sich. »Ich muss jetzt erst mal ins Marktcafé. Ich brauche unbedingt belebendes Koffein.«

»Keine Zeit«, gab Torsten zurück. »Wir müssen Karla ausstaffieren. Wenn sie in der Berberszene nicht auffallen soll, muss sie morgen wie eine echte Pennerin aussehen.«

Karla blieb vor dem Schaukasten stehen, der neben der Eingangstür aufgehängt worden war. Er enthielt die aktuelle Ausgabe des Münsterland-Echos für die Passanten, die im Vorübergehen einen Blick auf die Nachrichten des Tages werfen wollten. »Das sind die Vorsitzenden der Wiedertäufer?« Sie wies auf ein Foto, das drei Männer zeigte, die sich gegenseitig zuprosteten und sehr selbstzufrieden wirkten. Die Bildunterschrift lobte den Münsteraner Gesellschaftsklub für sein nimmermüdes Engagement bei der Bekämpfung der Obdachlosigkeit. Karla zeigte auf den größten der drei. »Jan van Bröder! Der war vor zehn Jahren –«

Weiter kam sie nicht. Plötzlich stand Ludwig Bräutigam hinter ihr. »Sie kennen die Wiedertäufer?«, fragte er aufgeregt. »Aber Sie haben doch gesagt, Sie hätten alle Brücken hinter sich abgebrochen, als Sie von Münster weggingen.«

»Habe ich ja auch.« Sollte sie verraten, was sie einst mit Jan van Bröder verband? Was würde dann aus der brisanten Reportage, mit der sie beweisen wollte, dass sie eine fähige Reporterin war? Eine Frau, so wie sie dem Chefredakteur geschildert worden war: couragiert, wagemutig, abenteuerlustig, ohne Angst. »Nein, die kenne ich nicht.«

»Dann ist es ja gut.« Ludwig Bräutigam stand schon auf der dritten Treppenstufe. »Ich habe den Autoschlüssel im Büro liegen lassen.« Und von der obersten rief er herunter: »Lassen Sie sich nicht mit den Wiedertäufern ein, Frau Bernardi! Das ist alles, was Sie von denen wissen müssen!«

Torsten starrte nachdenklich auf das Foto, das er selbst geschossen hatte. »Wenn von den Wiedertäufern die Rede ist, wird der Chef zum Elch.«

»Kein Wunder«, meinte Uli, »wenn seine Mutter mal wieder jammert, weil sie beim Wiedertäufer-Ball nicht dabei sein darf.«

»Ich habe das Gefühl, dass noch etwas anderes dahinter steckt.« Torsten wandte sich an Karla. »Was ist denn nun? Kennst du die drei? Diesen Jan van Bröder?«

Karla schüttelte entschlossen den Kopf. »Nein, mir fiel nur ein, dass der Chef im ›Stuhlmacher‹ über die Wiedertäufer gesprochen hat.«

»Warum hast du ihm eigentlich nicht auf die Sprünge geholfen?«, fragte Torsten. »Er muss dich im ›Stuhlmacher‹ doch gesehen haben.«

Bevor Karla antworten konnte, klappte eine Autotür hinter ihnen. Ein alter Lieferwagen war auf den Parkplatz des Münsterland-Echos gefahren. Ein arabisch aussehender Mann stieg aus, gefolgt von seiner übergewichtigen Ehefrau.

»Hallo, Osman! Guten Morgen, Nadia!«, rief Torsten.

Karla hatte den beiden schon einen Gruß zugenickt, als ihr einfiel, wo sie ihnen schon mal begegnet war.

»Wieder besser?«, fragte Osman und zeigte auf Karlas Stirn.

*

Uli war in ihrem Element. Sie erklärte sich bereit, zur Kleiderkammer nach Angelmodde zu fahren, um Karla am nächsten Tag so ausstaffieren zu können, dass sie ohne Probleme als Stadtstreicherin durchging.

Karla wollte sie auf keinen Fall begleiten. »Was ist, wenn Osman und Nadia dort erscheinen, um die abgelegte Kleidung ihrer Arbeitgeber abzuliefern? Ich habe die beiden in Angelmodde gesehen. Anscheinend arbeiten sie nicht nur fürs Münsterland-Echo.«

Torsten fand, dass dieser Einwand an den Haaren herbeigezogen war. »Schon möglich. Aber wer sagt denn, dass die Angelmodder Familien ihre abgelegte Kleidung der Kleiderkammer zur Verfügung stellen?«

»Möglich wäre es aber.« Karla war entschlossen, auf ihrer Weigerung zu beharren. Die Vorstellung, Ute Graf, in sanftes Kaschmir gehüllt, in der Kleiderkammer zu begegnen, verursachte ihr auf der Stelle Übelkeit.

Torsten verdrehte die Augen. Aber da er genauso wenig bereit war, sich in der Kleiderkammer als neuer Kunde vorzustellen, wurde Uli diese Aufgabe schließlich gegen dreimal Küchendienst und zweimal Badezimmerputzen angedreht.

Am Abend erzählte Uli, dass die Leiterin der Kleiderkammer großzügig Klamotten rausgerückt hatte, die den bedürftigen Münsteranern nicht mehr zugemutet werden sollten. In den Kartons, die zum Versand nach Rumänien fertig gemacht wurden, hatte Uli nach Herzenslust stöbern dürfen.

»Aber ich musste versprechen, die Sachen gewaschen wieder zurückzubringen, wenn die Theateraufführung vorbei ist«, sagte Uli, während Karla die Sachen mit spitzen Fingern begutachtete.

»Was für eine Theateraufführung?«, fragte Karla.

»Für die ich die Klamotten besorgt habe! Meinst du, ich habe denen erzählt, wofür sie wirklich gedacht sind?«

Am nächsten Morgen steckte Karla in langen Hosen, die zwei Nummern zu groß waren, dafür aber schön warm, und in einem Pullover, der mehrere Löcher aufwies, aus denen sich Laufmaschen lösten, die zu neuen Löchern wurden. Wenn das in den nächsten Tagen nicht überhand nahm, würde auch dieses Kleidungsstück sie warm halten. Über das Ganze kam ein Trägerrock, der zum Glück die größten Löcher des Pullovers verdeckte und so aussah, als sollte er die ganze Kostümierung zusammenhalten, damit sie Karla nicht vom Körper fiel. Dann noch ein Persianer, auf dem die Motten schon mehrere Großveranstaltungen abgehalten hatten. Wahrscheinlich war er im Nachlass einer verstorbenen alten Tante entdeckt und von den Erben schnellstens entsorgt worden.

Uli strahlte. »Jetzt noch ein bisschen Fett in die Haare, und du siehst aus, wie keine Frau der Welt aussehen will. Wenn du heute Nachmittag losziehst, wird dich kein Mensch mehr grüßen!«

»Na, großartig.« Karla sah an sich herab und war nun genauso froh wie der Chefredakteur, dass sie hier in Münster niemanden mehr kannte. Abgesehen von Jan van Bröder und Ute und Martin Graf. Aber von denen würde sich keiner am Bremer Platz blicken lassen. Dort kamen nur eilige Reisende vorbei, die ihren Zug nicht versäumen durften. Und die meisten benutzten sowieso die andere Straßenseite, um den Berbern bloß nicht zu nahe zu kommen. Viele von den Wohnungslosen hielten sich den ganzen Tag dort auf, um am Abend dann ihr Bündel zu nehmen und sich ein Bett im Christophorusheim zu suchen, das sich direkt an das große Verlagsgebäude anschloss. Obwohl die Stadt in einem Anfall von Verschwendungssucht die Grünanlagen vor dem Heim für Wohnungslose mit einem aufwendigen Arkadengang gesäumt hatte, wollte dort niemand lustwandeln. Die Bogengänge gehörten ganz allein den Stadtstreichern.

Uli machte sich auf die Suche nach der Vaseline, die Karlas Lockenpracht in ein trauriges Gespinst verwandeln sollte. Karla schob sich ein dröges Endken in den Mund, das sie am Morgen im Regal neben der Kaffeedose gefunden hatte, und betrachtete Torsten, der sein Laptop durch Hypnose zum Arbeiten bringen wollte. »Sag mal, Torsten«, begann sie vorsichtig, »als du dem Chef vorgehalten hast, dieser Auftrag sei zu gefährlich für mich ... meintest du da das Gerücht über die verschwundenen Frauen?«

Torsten nickte, ohne aufzusehen. »Ja, aber es ist wirklich nur ein Gerücht.«

»Sicher?«

»Du hast es doch gehört. Der Chef hat sogar mit dem Polizeipräsidenten gesprochen.« Jetzt wandte er den Blick von seinem Laptop ab und sah Karla an. »Die Obdachlosenzeitung ›Abseits‹ hat viel Wirbel um die Sache gemacht. Angeblich sind vier oder fünf Frauen von ihren Schlafplätzen am Bremer Platz verschwunden, vielleicht sogar noch mehr. Und alle waren sie jung und einigermaßen ansehnlich. Angeblich aus der Fixerszene in die Obdachlosigkeit abgerutscht, aber noch nicht vom Leben auf der Straße gezeichnet. Wenn die nach einem Bad und einem guten Essen wieder so ausgesehen haben wie auf den Fotos, die ›Abseits‹ veröffentlich hat –«

»Dann könntest du dir vorstellen, dass sie von irgendwelchen Perverslingen entführt, missbraucht und umgebracht worden sind?«

»Quatsch! Dann hätte man ja die Leichen gefunden.« Torsten schloss die Datei und erhob sich. »Es wird schon so sein, wie der Chef behauptet. Und die Polizei auch! Die Frauen haben was Besseres gefunden als den Bremer Platz. Einen Mann zum Beispiel, der sie aufnimmt und sie mit Sex bezahlen lässt. Auch nicht gerade schön, aber weder kriminell noch gefährlich.«

Karla dachte an den Berber, der seine Freundin vermisste. »Andererseits können Menschen ohne festen Wohnsitz nicht vermisst gemeldet werden. Wenn sich das einer zunutze macht …«

Torsten lachte verkrampft. »Wenn du nicht zu einem Fremden ins Auto steigst, kann nichts passieren.«

»Das habe ich zum letzten Mal gehört, als ich vierzehn oder fünfzehn war.«

»Hat aber heute noch Gültigkeit.« Torsten lächelte, dann ergänzte er: »Der Chef würde sicher keine Frau in die Szene schicken, wenn an den Gerüchten was dran ist.«

Uli kam mit der Vaselinedose, griff mit beiden Händen hinein und schmierte Karla das Fett in die Haare. »Garantiert vier Wochen nicht gewaschen«, sagte sie anschließend zufrieden.

Karla verzichtete auf einen Blick in den Spiegel. Sie suchte nach einem Brustbeutel und einer flachen Tasche, die sie sich um den Bauch binden konnte. »Ich brauche etwas, wo ich mein Geld verstecken kann, und meinen Presseausweis für alle Fälle. Außerdem zwei saubere Slips.«

Uli grinste. »Lass die frische Wäsche nur niemanden sehen. Sonst bist du sofort entlarvt.«

*

Ludwig Bräutigam sah seine neue Redakteurin zwei Stunden später von oben bis unten an, dann lachte er. »Alle Achtung! So, wie Sie aussehen, bekomme ich beim bloßen Anblick schon Juckreiz.«

Karla lachte nicht mit. Ihr fiel die junge Frau ein, die der Chefredakteur angeblich auf dem Bremer Platz aufgegabelt hatte und die ihm häufig in die Wohnung der WG gefolgt war. Hatte da sein Juckreiz versagt? Oder reichte es, dass sie jung war und eine Dusche in der Nähe?

Uli stieß Karla in die Seite. »Guck nicht so sauertöpfisch! Das sollte doch ein Kompliment sein! Wir haben gute Arbeit geleistet!«

Ludwig Bräutigam zog ein Handy aus der Tasche und hielt es Karla hin. »Das wichtigste Utensil! Aber natürlich auch das, was Sie am ehesten verraten kann! Also müssen Sie es gut am Körper verstecken.« Er betrachtete sie von Kopf bis Fuß. »Gibt es unter diesen Lumpen, die Sie da am Leibe haben, irgendwo ein verschwiegenes Plätzchen?«

Karla nickte. »Da, wo ich auch mein Geld und meinen Presseausweis verstecken werde.«

Uli grinste. »Und die champagnerfarbenen Seidenslips.«

»Alle wichtigen Nummern sind eingespeichert«, erklärte Bräutigam. »Meine Büronummer und meine Handynummer. Torstens Handynummer ebenfalls und die Nummer der WG. Uli arbeitet während der drei Tage zu Hause und funktioniert sozusagen als Schaltzentrale.«

Während sich Uli freute, dass sie drei Tage lang fürs Viva-Gucken bezahlt wurde, fuhr Bräutigam fort: »Ich will, dass Sie ständig erreichbar sind, Frau Bernardi. Nutzen Sie jede Gelegenheit, um den Akku aufzuladen.«

»Wie soll das gehen?«, fragte Karla. »Während ich mit anderen Obdachlosen über die Möglichkeiten rede, irgendwo günstig Fusel zu beschaffen, klingelt mein Handy? Und ich greife mir dann unter den Rock und sage: Entschuldigung, mein Typ wird verlangt?«

»Natürlich nicht«, wehrte Bräutigam ärgerlich ab. »Selbstverständlich dürfen Sie keine Klingeltöne aktivieren, nur den Vibrationsalarm. Und wenn Sie ihn spüren, aber das Gespräch nicht annehmen können, dann suchen Sie eben nach einer Gelegenheit, schnellstens zurückzurufen. Verstanden?«

Karla nickte. »Was mir noch fehlt, ist ein guter Schlafsack. Auf eine Blasenentzündung kann ich verzichten.«

Bräutigam nickte und griff in die Plastiktüte, die er bei sich trug. »Wir haben keine Kosten und Mühen gescheut«, erklärte er und zog einen eingerollten Schlafsack hervor. »Antarktistauglich. Aber man sieht's ihm nicht an.« Er rollte ihn auseinander und sagte etwas verlegen: »Ich habe ihn billiger bekommen.«

Karla nickte. »Der einzige Grund, sich für dieses scheußliche Teil zu entscheiden.«

Bräutigam lächelte unbeeindruckt. »Ihr Schlafsack muss nicht schön, sondern auffällig sein«, erklärte er. »Wie soll Torsten ihn sonst finden, wenn er mitten in der Nacht seine Fotos schießt?« Er zeigte auf den neongrünen Drachen, der grellrotes Feuer über den Schlafsack spie. »Darin sind Sie zweifelsfrei zu erkennen.«

Karla musste zugeben, dass da was dran war. »Und wie ist es mit einer Tasche?«

»Ich habe einen Rucksack dabei.« Bräutigam sah Karla entschuldigend an, als er ihn aus der Plastiktüte zog. »Den habe ich von der Müllsammelstelle auf der Rösnerstraße, weil ein neuer zu auffällig gewesen wäre.« Er stand auf und winkte Karla aus der Küche. »Ich muss noch etwas mit Ihnen unter vier Augen besprechen.« Damit ging er in ihr Zimmer, wie er es wohl gewöhnt war, als es ihm allein zur Verfügung stand.

Karla folgte ihm achselzuckend, während Uli und Torsten mit gekränkten Mienen in der Küche zurückblieben.

Ludwig Bräutigam stand mitten im Raum und sah sich um wie einer, der gerade von einer langen Reise zurückgekehrt ist und sich zu erinnern versucht. Als er sich zu Karla umdrehte, lag vor seinem Gesicht ein Schleier, der es weich zeichnete und hinter dem von dem großspurigen, polternden Chefredakteur nicht mehr viel zu sehen war. Was war übrig geblieben? Der Sohn seiner Mutter, der sich ein bisschen erwachsener fühlte, wenn er etwas tat, was Mama nicht guthieß? Karla dachte an den Personalausweis der jungen Frau, der in greifbarer Nähe war, zog es aber vor, ihn nicht zu erwähnen. Der weichgezeichnete Ludwig Bräutigam war ihr zu unbestimmbar, um sich zu seiner Vertrauten zu machen.

Sie wies auf einen der beiden Stühle. »Setzen Sie sich doch.«

Aber Bräutigam ignorierte ihre Aufforderung. Anscheinend wollte er in diesem Zimmer kein Gast sein, sondern nur ein flüchtiger Besucher. Er zog ein Blatt aus seiner Jackentasche, das den Briefkopf des Münsterland-Echos trug. »Sie müssten noch diese Vereinbarung unterschreiben, ehe Sie sich zum Bremer Platz aufmachen.«

Karla überflog die Seite mit gekrauster Stirn. »Ich soll eine Konventionalstrafe zahlen?«

»Nur, wenn Ihr Auftrag vorzeitig publik wird«, antwortete Bräutigam schnell. »Und natürlich nur, wenn Sie selbst schuld daran sind, dass sich Ihre Mission herumgesprochen hat, ehe wir die Reportage drucken können.«

Karla legte das Blatt erstaunt zurück. »Dreißigtausend Euro?«

Bräutigam wurde unruhig. »Ich will sichergehen, dass die Sache bis zum letzten Augenblick geheim bleibt. Ich kenne unsere Konkurrenz. Die springen sofort auf den Zug auf, wenn sie erfahren, was wir planen.«

Karla spürte den Argwohn wie ein fettes Essen, das einem schwer im Magen liegt. »Kann es sein, dass die Story viel brisanter ist, als Sie zugeben?«

»Wie kommen Sie darauf?«, fuhr Bräutigam sie wütend an.

Karla genoss den seltenen Umstand, ruhiger und besonnener zu sein als jemand, der ihr Chef war. »Ich finde, es wird ein verdammt großer Aufwand getrieben für eine vergleichsweise kleine Story. Es sei denn –«

»Sie haben keine Ahnung von der politischen Brisanz dieses Themas«, unterbrach Bräutigam sie, »weil Sie lange nicht in Münster waren. Ich bin sicher, mit dieser Reportage können wir die kommunalpolitischen Diskussionen in der Stadt vorantreiben und dafür sorgen, dass sich am Bremer Platz etwas tut. Sie kennen das doch: Obdachlose haben keine Lobby! Drogenabhängige bekommen viel mehr Aufmerksamkeit. In jeder Zeitung lesen Sie etwas von Drogenproblemen! Und wer berichtet über die Probleme der Obdachlosen? Niemand! Keiner tut etwas dagegen, dass die harmlosen Penner von den aggressiven Fixern allmählich verdrängt werden. Die Bewohner des Hansaviertels sehnen sich mittlerweile nach den vertrauten Pennern zurück. Das Münsterland-Echo kann mit dieser Reportage einen Beitrag leisten zum Frieden in Münster! Für ein bürgernahes Münster, wenn Sie so wollen.«

»Dadurch, dass ich den Münsteranern erzähle, wie schlecht eine Pennerin sich fühlt, wenn sie zu betteln gezwungen ist? Und wenn sie sich mit Fixern auseinander setzen muss?«

»Möglich, dass Sie noch viel mehr zu erzählen haben, wenn Sie drei Tage und zwei Nächte auf dem Bremer Platz zugebracht haben.«

»Was könnte das sein? Soll ich Dealer jagen und der Polizei ausliefern? Oder was stellen Sie sich vor?«

Bräutigam zuckte die Schultern, die jedoch seltsam vibrierten, so, als wollte er Gleichgültigkeit demonstrieren, obwohl er voller Angst und Unsicherheit war. So stand er wohl auch vor seiner Mutter, wenn er ihr weismachen wollte, dass sie keinerlei Macht mehr über ihn hatte. »Jedenfalls sollten Sie Augen und Ohren offen halten. Achten Sie auf besondere Begebenheiten, hören Sie sich meinetwegen auch an, was über das Verschwinden der obdachlosen Frauen geredet wird. Natürlich nur, um die Gerüchte nachhaltig zu entkräften. Das Gerede muss ein Ende haben. Sie haben ja gesehen, dass sogar Torsten schon Zweifel bekommt. Also, was ist, Frau Bernardi! Wollen Sie etwa diese Vereinbarung nicht unterschreiben? Dann müsste ich ja annehmen, dass Verschwiegenheit für Sie keine Selbstverständlichkeit ist.«

»So selbstverständlich, dass man mir nicht mit einer Konventionalstrafe drohen muss.«

»Das ist keine Drohung, sondern eine Absicherung. Bei Torsten und Uli ist das was anderes. Torsten arbeitet schon seit Jahren für das Münsterland-Echo und auch Uli kenne ich inzwischen gut genug, um zu wissen, dass sie verschwiegen ist. Aber wir beide haben uns gestern erst kennen gelernt, Sie sind Redakteurin auf Probe! Verstehen Sie nicht, dass ich mich absichern muss?« Und dann ergänzte er, als Karla immer noch zögerte: »Wenn diese Sache zu meiner Zufriedenheit läuft, werden Sie die Festanstellung bekommen, das verspreche ich Ihnen. Wenn diese Story einschlägt, wird die Probezeit abgebrochen und Sie bekommen auf der Stelle einen unbefristeten Vertrag.«

Karla griff nach dem Kuli, den Bräutigam neben das Blatt gelegt hatte, und setzte ihren Namen unter den Vertrag, wenn auch nicht besonders schwungvoll. »Warum sollte ich auch nicht unterschreiben? Ich weiß ja am besten, dass ich niemals einen Auftrag verraten würde, der auch für andere Blätter interessant ist. Eine gute Reportage ist nur dann wirklich gut, wenn kein Konkurrenzblatt das Gleiche berichtet.«

Bräutigam nickte zufrieden. Als er das Blatt zusammenfaltete und in seine Brusttasche steckte, hatte sein Gesicht den Weichzeichner verloren. »Am frühen Nachmittag geht's los. Torsten bringt Sie mit dem Wagen zum Bremer Platz. Am besten, er setzt Sie gegen drei in der Hamburger Straße ab. Dann können Sie sich auf dem Bremer Platz einrichten, solange es noch hell ist. Ich hoffe, Sie haben sich schon eine gute Biographie ausgedacht. Wer als Neuer dort strandet, wird natürlich gefragt, welche Welle ihn angespült hat.«

Karla nickte. »Ich hatte an einen gewalttätigen Ehemann gedacht.

Scheidung, Arbeitslosigkeit, keine Unterhaltsansprüche … Frauen landen dadurch schnell im sozialen Abseits.«

Ludwig Bräutigam hatte es plötzlich sehr eilig. Beinahe hätte er vergessen, Karla zum Abschied die Hand zu reichen. »Viel Erfolg, Frau Bernardi!«

»Noch eine Frage, Herr Bräutigam. Was haben die Wiedertäufer bisher für die Bekämpfung der Obdachlosigkeit getan?«

»Die Wiedertäufer?« Bräutigams Hand rutschte von der Türklinke. »Wie kommen Sie denn darauf?«

»Es stand im Münsterland-Echo. Ich habe es gelesen. In der Tagesausgabe, die im Schaukasten hängt.«

Bräutigam schien sich zu erinnern. »Nun, wir kamen nicht umhin, diese Meldung zu bringen. Obwohl ich die Mildtätigkeit der Wiedertäufer stark anzweifle. Zumindest die ihrer drei Vorsitzenden. Aber angeblich kümmern sie sich um Unterkünfte für Obdachlose und unterstützen auch die ›Tafel‹, die dafür sorgt, dass die Obdachlosen regelmäßig beköstigt werden. Aber dadurch hat sich die Zahl der Obdachlosen nicht verringert – und ihre Probleme auch nicht.«

Er riss an der Türklinke, als wollte er sie demontieren. »Jan van Bröder, Bernd Koppelstädter und Heinrich Welchring sind windige Burschen, das dürfen Sie mir glauben. Wenn sie auch allesamt die weißen Westen der Biedermänner tragen. Halten Sie sich von denen fern, Frau Bernardi! Ich bin auch froh, dass ich mit denen nichts zu tun habe. Meine Mutter wird nie auf einem ihrer Bälle tanzen, das ist sicher. Aber wenn Sie etwas über die drei erfahren bei Ihren Recherchen, dann lassen Sie es mich wissen. Fragen Sie, ob jemand die drei kennt! Es würde mich nicht wundern, wenn kein einziger Penner je von denen gehört hat. Von wegen Engagement für Obdachlose! Alles nur leeres Geschwätz! Aber fragen Sie ruhig! Alles, was Sie über die drei herausbekommen, ist von Interesse.« Nun schüttelte er Karlas Hand so heftig, dass sie sich seinen Pranken entzog, so schnell es ging. »Ich bin Ihnen wirklich sehr dankbar, dass Sie die Reportage machen. Auf der nächsten Redaktionssitzung stelle ich Sie dann offiziell den Kollegen vor. Sie werden einen tollen Einstand haben!«

*

Die Hamburger Straße wurde an beiden Seiten von hohen Mietshäusern gesäumt, davor standen dicht gedrängt parkende Autos. Sogar die Bürgersteige nahmen sie in Beschlag, sodass die Fußgänger auf die Fahrbahn ausweichen mussten.

Torsten hielt mitten auf der Straße an und blockierte damit die gesamte Fahrbahnbreite. Er sah Karla bedrückt in die Augen. »Pass auf dich auf. Und ruf mich sofort an, wenn du glaubst, in Gefahr zu sein.«

Karla lachte. »Mach dir nicht in die Hose, Torsten. Was soll schon passieren?«

»Geh kein Risiko ein, hörst du?« Er betrachtete Karla kopfschüttelnd. »Eigentlich kann ich den Chef nicht verstehen, dass er dich in diese Szene schickt. Wenn dir was passiert, werde ich ihm die Hölle heiß machen.«

»Na, du machst mir Mut!« Karla beobachtete einen Fahrradfahrer, der im Vorüberradeln in das Auto starrte, und lachte leise. »Anscheinend ist meine Verkleidung gelungen. Es wird Zeit, dass ich aussteige. Wir erregen sonst Aufsehen.«

Ihr rechter Fuß stand schon auf dem Kopfsteinpflaster, da bog ein Kleinlaster vom Bremer Platz in die Hamburger Straße ein. »Hat der noch nie was von Einbahnstraßen gehört?«

Torsten beruhigte sie: »Die Einbahnstraße beginnt erst an der Einfahrt zum Aschendorff-Verlag. War das vor zehn Jahren noch nicht so?«

Karla schloss die Autotür wieder. »Spedition Jan van Bröder« las sie. »Guck mal, wer in dem Wagen sitzt.«

»Osman und Nadia«, antwortete Torsten. »Na und?«

Sie beobachteten, wie Nadia ihre Leibesfülle mühsam vom Sitz auf die Erde rutschen ließ und dann die Wagentür hinter sich zuschlug. Sie war noch nicht in der Einfahrt des Verlages verschwunden, da hatte Osman schon gewendet und fuhr davon.

»Nadia hat viele Putzstellen«, erklärte Torsten. »Wahrscheinlich auch im Aschendorff-Verlag.«

»Und wieso fährt Osman einen Wagen der Spedition van Bröder?«

Torsten zuckte die Achseln. »Vielleicht arbeitet er auch für van Bröder. Osman hat eine Menge drauf. Ob Hausmeister, Gärtner, Installateur – er kann einfach alles. Ich weiß wirklich nicht, wie das Münsterland-Echo ohne das Ehepaar El Jahouwi auskäme.«

»Woher kommen die beiden eigentlich?«

»Aus Marokko. Das ist aber auch schon alles, was ich über sie weiß. Nadia spricht kaum ein Wort deutsch, und Osman ist nicht besonders zugänglich.« Als eine Hupe ertönte, sah Torsten in den Rückspiegel. »Steig aus, Karla, ich muss weiterfahren!«

Die Sonne stand hoch über der Stadt. Unermüdlich schien sie an diesem Tag, sodass die Hauswände die Wärme des Frühlings speichern konnten. Die Klinker würden noch nach Sonnenuntergang diese Wärme zurückgeben wie ein Kamin zwei Stunden nach dem letzten Holzscheit. Für Wohnungslose genau richtig! Aber wer stellte schon einem Penner seinen Hauseingang zur Verfügung, der selbst nie gezwungen war, im Freien zu nächtigen?

Auf den Gittern, die den Eingang des Verlagsgebäudes schmückten, lag die Patina von vielen Jahren. Auch die gegenüberliegende Ladenreihe war noch so, wie Karla sie in Erinnerung hatte, wenn auch die Ladenbesitzer und ihr Angebot nicht mehr dieselben waren. Sie überquerte die Soester Straße, um einen Blick in die Schaufenster des Secondhandladens zu werfen, der vor zehn Jahren keinen Kunden hinter der Theke von C&A weggelockt hätte. Aber kaum stand sie vor den Auslagen, fing sie schon einen beunruhigten Blick der Verkäuferin auf. Klar, so wie sie aussah, war sie als Kundin nicht erwünscht.

Der Bremer Platz lag unter der Sonne, als hätte er schon viele Wässerchen getrübt und nicht nur das Wasser des unsinnigen Brunnens, der den missgestalteten Platz noch ein bisschen unsinniger machte. Ein Brunnen, der nur dazu diente, Unrat aufzunehmen! Warum die Städteplaner sich mit der Gestaltung des Bremer Platzes so viel Mühe gegeben und keine Kosten gescheut hatten, hatte schon Ende der achtziger Jahre niemand verstanden. Karla konnte sich gut an den Sturm der Entrüstung erinnern, den die aufwendige Anlage entfacht hatte. Schließlich war der Platz immer schon ein Treffpunkt derer gewesen, die sich später im Christophorusheim schlafen legten! Warum Steuern für Menschen verschwenden, die selbst keine zahlten? Warum eine breit angelegte gepflasterte Promenade für die, die eine warme Mahlzeit nötiger hatten? Warum die Mauern, die immergrünen Anpflanzungen, die trennenden und verbindenden Büsche? Das Grün überrankte nur dürftig die Abfälle, und das Gebüsch diente zu nichts anderem als zur Aufnahme menschlicher Ausscheidungen. In dem Brunnen, der wohl ein Fixpunkt der Platzgestaltung sein sollte, waberte eine stinkende Brühe, wenn er überhaupt gefüllt worden war. An seinem Rand hockten junge Leute, Kinder noch, die nicht so aussahen, als spielten sie Monopoly. Ware ging von Hand zu Hand, Geld wechselte den Besitzer. Gelegentlich erhob sich jemand und ging davon, als wäre die Welt mit den Drogen darin nur für ihn erschaffen worden. Dass jemand die Hosen runterließ, um sich eine Spritze in die Leistenbeuge zu jagen, störte niemanden. Nicht einmal die Passanten auf der anderen Straßenseite, die wegguckten, bevor sie richtig begriffen hatten, was geschah.

Zwei junge Frauen wechselten die Straßenseite. »Man kann die Kinder nicht mehr allein über den Bremer Platz gehen lassen«, sagte die eine. »Meiner achtjährigen Tochter ist kürzlich sogar Stoff angeboten worden.«

Die andere nickte. »Die Penner sind harmlos. Aber die Fixer ...«

Die Obdachlosen, die sich mit der Droge Alkohol zufrieden gaben, lagerten am anderen Ende des Platzes vor dem Gebüsch, hinter dem sich ein Spielplatz anschloss, der schon lange keine Kinder mehr gesehen hatte. Drei Männer saßen dort auf einer Bank, und in der verrosteten Schaukel hockte einer, der darüber lamentierte, dass die Bierdose neben ihm keinen Platz hatte. Auf der steinernen Tischtennisplatte türmten sich Plastiktüten, Decken und Lebensmittel. Daneben stand ein Einkaufswagen von Schlecker, der die Schätze der letzten Sperrgutplünderung enthielt. Sich über den Inhalt des Sandkastens Gedanken zu machen, verbot sich von selbst. Bei empfindsamen Menschen hätte allein das schon zu Ausschlag geführt.

Ein junges Paar trat aus einer Haustür, beide in dunkler Kleidung, mit Aktenkoffern in den Händen. Sie machten einen großen Bogen um Karla, die sich einzureden versuchte, auf ihre gelungene Verkleidung stolz zu sein.

Zögernd stieg sie die flachen Stufen zum Spielplatz empor und atmete tief durch. Es gab kein Zurück mehr. Das Abenteuer stellte sich ihr in den Weg wie die Durchquerung des Kongos in einem Einbaum. Couragiert, wagemutig, ohne Angst? War sie das wirklich? Was jetzt kam, kostete sie Überwindung. Den Juckreiz spürte sie schon, Pickel würden vielleicht beim Aufwachen dazukommen. Aber dann dachte sie an die Festanstellung beim Münsterland-Echo, und schon verlor der Kongo ein wenig von seinem Schrecken. Also rein in den Einbaum und ein letztes Mal den Krokodilen trotzen! Danach würde sie endlich zu denen gehören, die mit einem festen Gehalt nach Hause gingen und die, selbst wenn sie mal eine Lippe riskierten, nicht gleich Angst vor Kündigung zu haben brauchten.

Drei der vier Männer wurden aufmerksam. Ein Blick genügte für sie, um festzustellen, dass Karla weder eine zufällige Besucherin noch eine Streetworkerin war.

»Wo kommst du denn her?«, fragte der Älteste, in dessen Runzeln und Bartgestrüpp kaum eine Miene auszumachen war.

Karla saß jetzt fest in ihrem Einbaum und hatte die Angst vor den Krokodilen gänzlich verdrängt. So gleichmütig wie möglich zuckte sie die Achseln. »Woher schon? Vom Bahnhof. Ich habe in einer Mülltonne eine Fahrkarte gefunden und bin einfach losgefahren.«

»Noch nie in Münster gewesen?«, erkundigte sich ein junger Kerl in Jeans, Jeansjacke und Cowboystiefeln.

Karla hob die Schultern. »Früher mal. Ist aber schon lange her.«

Der Dritte der Männer stieg nun von der Schaukel, während der Vierte weiterhin auf den Boden starrte und auf nichts reagierte, was um ihn herum geschah. »Bist du auf der Durchreise, oder willst du auf diesem Rasen dein Rheuma auffrischen?«, fragte er mit dem rollenden R eines Telgter Bauern.

»Schaun wir mal.« Karla sah sich um und beschloss, sich erst mal in der Gesellschaft dieser Vier an das unbekannte Terrain zu gewöhnen.

»Ich heiße Werner«, sagte der Telgter Bauer. »Das da ist Arni.« Er wies auf das zugewucherte Gesicht, dessen Dickicht sich kurz für ein zahnloses Grinsen öffnete.

»Und das hier ist Dave.« Werner klopfte dem Jüngsten auf die Schultern seiner Jeansjacke. »Wilfried braucht dich nicht zu interessieren. Der starrt sowieso nur vor sich hin. Das tut er schon seit Weihnachten.«

»Deswegen müssen wir ihm das Bier immer vor die Zehenspitzen stellen«, kicherte Arni, woraufhin Dave in schrilles Gelächter ausbrach.

Karla drehte sich um und nickte zum Brunnen hinüber. »Was ist da los? Fixer?«

»Wer sonst?«, fragte Werner zurück. »Sind Scheißtypen dabei, echt. Aber die bleiben zum Glück nie lange. Wenn die ihre Kohle im Sack haben, verschwinden sie.«

»Dealer?«

»So nennt man das wohl«, meinte Werner gleichgültig.

Dave betrachtete Karla von Kopf bis Fuß. Sie versuchte, sich nicht anmerken zu lassen, wie unbehaglich ihr unter seinem Blick war. »Bist du sicher, dass du hier bleiben willst?«, fragte er. »Geh lieber ins Gertrudenhaus.«

»Was ist das? Eine Übernachtungsstätte?«

Dave nickte. »Nur für Frauen. Männer können da drüben schlafen.« Er zeigte zum Christophorusheim.

»Aber nie Männlein und Weiblein zusammen«, mischte sich Arni ein. »Wenn du einen Kerl aufreißen willst, musst du dich schon hier auf der Wiese flachlegen lassen.«

»Nein, danke«, gab Karla zurück. »Das habe ich gerade hinter mir: ein Kerl, der mich ständig flachlegen will, weil er glaubt, als Ehemann hätte er ein Recht darauf.«

Werner nickte. »Die Leier kennen wir. Aber Dave hat Recht. Im Gertrudenhaus ist es wirklich sicherer.«

»Was soll das?«, fuhr Karla auf. »Wollt ihr mich schon wieder loswerden, kaum dass ich angekommen bin?« Sie gab sich alle Mühe, empört auszusehen. »Männer! Sind doch alle gleich! Ob Ehemänner oder andere Typen! Die wollen einem immer sagen, wo es langgeht. Und wenn man ihnen nicht den Dreck wegmacht und nicht mit ihnen pennen will, dann schicken sie einen weg.« Sie lehnte sich zurück und war sehr zufrieden mit ihrer schauspielerischen Leistung. Schade eigentlich, dass es niemanden gab, der ihr Beifall zollen konnte. »Ich bin übrigens von selbst gegangen!«, schob sie nach.

»Nun reg dich mal ab«, sagte Arni. »Werner weiß schon, was er sagt. Frauen sind hier nicht sicher. Jedenfalls zurzeit nicht.«

Karla gab sich Mühe, sich nicht anmerken zu lassen, wie hellwach sie jetzt war. »Nicht sicher? Was soll das heißen? Meint ihr wegen der Fixer?«

»Quatsch!« Arni winkte ab. »Die hauen irgendwann ab. Und die paar, die hier übernachten, sind okay. Aber Frauen gibt's nicht mehr viele.«

»Die verschwinden hier nämlich wie der Schnaps aus 'ner offenen Flasche.« Dave kicherte. »Plötzlich sind sie weg. Und keiner weiß, wo sie geblieben sind. Nicht mal die Typen in den grünen Uniformen. Aber die interessiert das auch nicht sonderlich.«

»Ihr wollt mir bloß Angst machen.«

»Nee, ehrlich«, sagte Werner. »Es stimmt schon, was Arni sagt. Seit der Winter vorbei ist, sind fünf Frauen verschwunden. Stell dir vor, fünf, die den ganzen Tag hier waren! Eine nach der anderen ist am Morgen nicht wieder hierhin zurückgekommen.«

»Nur im Winter schliefen die nachts im Gertrudenhaus«, berichtete Arni. »Dann war's denen draußen zu kalt.«

»Außer Wiebke«, korrigierte Dave. »Die ist immer hier geblieben.«

Arni nickte. »Die war ja auch mit Lorenz zusammen. So gut wie verheiratet waren die beiden. Seit Lorenz in einem Kaugummiautomaten die beiden Ringe gezogen hat. Die sähen aus wie Eheringe, und das wäre ein Wink des Himmels, meinte er.«

»Und Wiebke?«, fragte Karla. »Fand die das auch?«

Ihre Frage blieb unbeantwortet. Anscheinend waren Lorenz' Gefühle für seine Gefährtin klarer zu durchschauen als Wiebkes. Schließlich fuhr Arni fort: »Lorenz konnte keine Minute ohne seine Wiebke sein. Kein Auge kriegte der zu, wenn Wiebke nicht neben ihm lag. Dann ging er jedes Mal zum Bahnhof und sah sich die Züge an.«

Dave korrigierte schon wieder: »Seit der ICE von Gleis 9 fährt, ging er auch zum Bahnhof, wenn Wiebke da war. Er ist ganz verrückt darauf, sich den ICE anzusehen.«

»Lorenz wollte mal Lokführer werden«, warf Arni ein.

»Jedenfalls geht er täglich zum Bahnhof, um zu gucken, wie der ICE einfährt. Er stellt sich dann dicht an die Bahnsteigkante, um den Triebkopf von vorn zu sehen. ›Ein eleganter Zug‹, sagt er immer.« Dave kicherte. »Elegant! Als wenn Lorenz was von Eleganz versteht! Wiebke hat das mit dem ICE immer schrecklich aufgeregt.«

»Und dann kam sie einfach nicht wieder«, fuhr Werner fort.

»Was denn?«, fragte Karla. »Ich denke, die waren fest zusammen.«

»Was heißt schon fest?« Über Daves Gesicht ging ein breites Grinsen. »Einer muss ja für den Familienunterhalt sorgen, oder? Und eine Frau hat's da nun mal leichter.«

»Aber sie war nicht irgendeine Nutte«, erklärte Arni, der anscheinend auf Wiebke nichts kommen lassen wollte. »Nicht so eine wie diese blutjungen Dinger, die hier einen Babystrich aufgemacht haben, um an Geld für Stoff zu kommen. Nee, Wiebke war anders. Die brauchte zwar auch Geld für Stoff, aber die hatte ein paar Stammfreier. Wie so 'ne richtige Edelnutte.«

»Callgirl nennt man die«, warf Dave ein.

Arni nickte. »Richtig vornehme Herren sogar, die irgendwo in einer Seitenstraße ihren Daimler parkten und darauf warteten, dass Wiebke zu ihnen ins Auto stieg.«

»Und einer hat sie dann nicht zurückgebracht?«, fragte Karla vorsichtig. »Das wäre ein Fall für die Polizei.«

Nun zuckten alle drei die Achseln, sogar Wilfried hob die Schultern. Schließlich sagte Werner: »Irgendwas muss anders gewesen sein. Wenn sie wegging, um mit dicker Kohle zurückzukommen, hat sie immer all ihre Sachen da gelassen. Aber bevor sie verschwand, hat sie alles mitgenommen. Lorenz hatte sie vorher Kohle zugesteckt, damit er sich in der ›Laterne‹ einen auf die Mütze gießen konnte. Und als er wiederkam, war ihr Schlafsack weg. Und alles andere auch.«

»He, du vergisst Emil!«, rief Dave. »Den hat sie da gelassen.«

Werner sah jetzt sehr ernst aus. »Ja, dabei war ihr der Stoffhase immer so wichtig. Das Einzige, was sie noch von ihrer Mutter besaß. Ein uralter Fetzen, aber Wiebke hatte ihn immer dabei.«

»Aber nicht, als sie abhaute.«

»Vielleicht ist sie ja gar nicht abgehauen«, sagte Werner immer noch mit dem gleichen Ernst.

»Jedenfalls ist sie seitdem nicht wieder aufgetaucht«, erklärte Dave.

Karla gab sich uninteressiert. »Wahrscheinlich hat sie woanders was Besseres gefunden. Einen besseren Kerl und einen besseren Schlafplatz.«

»Vermutlich sogar ein richtiges Bett in einer richtigen Wohnung«, meinte Dave, und sein junges Gesicht verschloss sich in einer unsinnigen Sehnsucht, vielleicht sogar in einer schönen Erinnerung.

»Der Wiebke wär's schon zuzutrauen.« Werner zögerte, bevor er weitersprach. »Aber ohne Lorenz zu verständigen? Die war doch sowieso nur hier wegen Lorenz.«

»Der hätte sich ja aufgeführt wie ein angeschossener Keiler«, meinte Arni, »wenn sie ihm ins Gesicht gesagt hätte, dass sie die Nase voll davon hat, seine Mami zu spielen.«

»Und die anderen Frauen?«, fragte Karla. »Was ist mit denen?«

Stille trat ein. Wilfried starrte immer noch auf den Punkt vor seinen Füßen, Werner blickte in den Himmel, Arni und Dave sahen zu, wie eine junge Mutter ihr Kind davon abhielt, den Spielplatz zu betreten.

»Jedenfalls ist es hier für Frauen gefährlich«, sagte Werner schließlich. »Besser ist es wirklich, du gehst ins Gertrudenhaus zum Pennen.«

*

Die Sonne senkte sich über das Bahnhofsgebäude, als sich Karla einen Platz suchte, an dem dieser Tag auspendeln und ins Gleichgewicht kommen konnte. Werner, Arni und Dave waren losgezogen, um sich den Alkohol für die Nacht zusammenzuschnorren, Wilfried war unbeweglich dort sitzen geblieben, wo er seit Stunden hockte.

Werner hatte Karla geraten, ebenfalls die Zeit des Feierabends zu nutzen, um eilige Passanten um ein paar Cents anzubetteln. »Frauen haben es leichter. Erst recht, wenn sie aussehen wie du.«

Dieser Tag war Karla so fremd, dass sie sich über alles Vertraute freute, sogar über ein Kompliment von Werner. Trotzdem lehnte sie seinen Vorschlag ab. »Ein paar Euro gab's noch in meiner Haushaltskasse, als ich abgehauen bin.« Sie bereute diesen Satz sofort, als sie das Interesse in Arnis und Daves Augen sah, und fügte hastig hinzu: »Ich geh dann gleich zum Kiosk und besorge was für uns alle.«

Die drei nickten zufrieden und zogen los, während sich Karla ein plattiertes Viereck suchte, das an eine warme Mauer grenzte, an die sie sich anlehnen konnte. Ob sie die Nacht doch im Gertrudenhaus verbringen sollte? Sie könnte Bräutigam anrufen und ihm sagen, dass etwas dran sein müsse an dem Verschwinden der Frauen. Dass sie Angst hätte.

Angst? Nein! Karla setzte sich aufrecht hin. Angst kam nicht in Frage. Sie würde zu ihrer Festanstellung kommen, indem sie sich genauso couragiert und wagemutig zeigte, wie es der Chefredakteur von ihr erwartete. Und wenn sie nicht zu vertrauensselig war, konnte ihr ja auch gar nichts passieren.

Die Welt entfernte sich, während sie so allein dasaß – der Lärm, der Schmutz, das Labskaus der Gerüche. Was übrig blieb, war das Licht, das die Augen blendete, und die Wärme der letzten Sonnenstrahlen auf dem Gesicht. Mehr nicht! Am Rande der Gesellschaft lebte es sich nun mal einsamer als in ihrer Mitte. Für jemanden, der es genoss, im Alltagsstress einmal Ruhe zu finden, war das Alleinsein etwas anderes als für die, die auf der Straßen lebten und vom Miteinander ausgeschlossen waren. Wie empfanden sie wohl die alltägliche Einsamkeit? Karla mutete dieser Augenblick an wie das sichere Warten auf das Sinken eines Schiffes, auf den Absturz eines Flugzeuges, den Zusammenprall zweier Autos. Der Moment, der die Vergangenheit kostbar machte, weil sie in ihrer Gewissheit der Zukunft überlegen war.

Die traurigen Gestalten in der Nähe des Brunnens rückten immer weiter von Karla ab, der Verkehrslärm verlor seine Schärfe, die Verwahrlosung ihr Gesicht. Vielleicht ging es ihr jetzt wie Wilfried, der in dem Punkt vor seinen Füßen einen Ausweg gefunden hatte. Aus der Frage, wie Menschen ihr Scheitern und ihr Unglück ertrugen, bildete sich ganz allmählich eine Antwort. Es kam auf das Maß der Abgeschiedenheit an, die trösten oder sogar glücklich machen konnte.

Karla dachte an ihre Mutter, während sie das Gebäude der Güterabfertigung mit ihren Blicken abtastete, ohne seine Hässlichkeit zu erkennen. Sie wusste nicht, wo ihre Mutter jetzt lebte. Immer noch mit dem Immobilienmakler in Boston? Vielleicht war sie aber auch längst mit dem nächsten Mann nach Neuseeland gegangen! Oder mit einem Zirkusdirektor durchgebrannt? Ihrer Mutter war alles zuzutrauen. Obwohl sie inzwischen sechzig Jahre alt sein musste. Zu alt für erotische Abenteuer? Zu alt, um ein Leben wegzuwerfen und nach dem nächsten zu greifen? Nicht ihre Mutter! Ihr würden immer noch die Männer zu Füßen liegen, so wie vor dreißig Jahren, als Karla selbst mühsam begreifen lernte, dass ihre Mutter ihr keine Heimat geben konnte.

Eine schöne Zeit hatte es in ihrer Kindheit gegeben. Damals, als die Mutter mit Horst zusammenlebte. Karla hatte jeden Abend gebetet, die beiden mögen heiraten, damit Horst ein richtiger Vater für sie würde. Und seine drei Söhne richtige Brüder! Aber ihre Mutter hatte es mit Horst genauso wenig ausgehalten wie mit jedem anderen. Als Karla den einzigen Mann verlor, den sie jemals Vater nennen konnte, und die drei Brüder, die sie geliebt hatte, so gut sie nur konnte, da hatte sie ihre Mutter gehasst. Noch mehr als an dem Tag, an dem sie erfuhr, dass ihr leiblicher Vater gar nicht der gewissenlose Schuft gewesen war, von dem ihre Mutter ihr erzählt hatte. Er hatte nichts unversucht gelassen, mit Sibylle und Karla eine Familie zu gründen – aber vergebens! Sibylle Bernardi, wie sie damals noch hieß, hatte ihn weggeschickt, wie sie jeden Mann wegschickte, der sie so sehr liebte, dass er nicht mehr von Wochen, Monaten und Jahren, sondern von einem ganzen Leben sprach.

»Dir scheint's ja gut zu gehen.« Torsten stand wie aus dem Boden gewachsen vor Karla und grinste. »Eine verträumte Stadtstreicherin, die den Frühling genießt. Und ich hatte gedacht, du sitzt hier und fürchtest dich vor den bösen Männern, die arglose Pennerinnen und Fixerinnen entführen.«

Karla sah sich um und stellte fest, dass niemand ihr Gespräch mit Torsten beachtete. »Du kannst jetzt Fotos schießen«, sagte sie, »der Zeitpunkt ist günstig.«

»Schon geschehen«, gab Torsten zurück. »Du hast es gar nicht gemerkt.« Auch er sah sich vorsichtig um. »Willst du allein bleiben? Besser wäre es sicher, wenn du Kontakte knüpfst.«

»Habe ich längst«, entgegnete Karla. »Meine neuen Freunde besorgen gerade das Abendessen.«

Torsten lachte leise, wurde aber schnell wieder ernst. »Bist du hier die einzige Frau? Das gefällt mir nicht.«

Karla nickte zum Brunnen hinüber. »Da gibt's ein paar junge Dinger. Aber ich weiß nicht, ob die hier schlafen. Einige wechseln in die Fixerstube, habe ich gehört, um da in Ruhe zu konsumieren. Torsten, hier geht wirklich die Angst um. An dem Verschwinden der Frauen scheint was dran zu sein –«

Torsten unterbrach sie: »Vorsicht! Da kommt jemand. Eine Frau! Anscheinend bist du doch nicht die Einzige, die hier pennt. Ich mache mich davon. Viel Glück!«

Karla sah der Frau entgegen und gab sich Mühe, sich ihre Neugier nicht anmerken zu lassen. Die andere war etwa zehn Jahre jünger, trug ein geschnürtes Bündel über der Schulter, bewegte sich langsam, aber doch dynamisch. Sie hielt geradewegs auf Karla zu. »Was wollte der von dir?«

»Angenehm, ich heiße Karla.«

»Ich bin Daggi. Also was ist? Wollte der dich abschleppen?«

»Was soll diese Fragerei?«, gab Karla so mürrisch wie möglich zurück. »Was geht dich das eigentlich an?«

Daggi warf ihr Bündel auf den Boden und ließ sich neben Karla auf den Boden fallen. Sie war klein und hatte ein rundes Gesicht, das sie so wohlgenährt und gesund erscheinen ließ, wie sie als Stadtstreicherin unmöglich sein konnte. Ihre Kleidung unterschied sich nur wenig von Karlas, aber entscheidend von der der Fixerinnen am Brunnen. Auch sie hatte alles übereinander gezogen, was wärmte. Wahrscheinlich alles, was sie besaß. Ihre Fingernägel waren erstaunlich sauber, es sah sogar so aus, als wäre sie vor gar nicht so langer Zeit beim Frisör gewesen.

»Du bist neu hier?«

Karla nickte. »Heute Nachmittag angekommen.«

»Dann weißt du wohl nicht, dass es hier gefährlich geworden ist.«

Karla verdrehte die Augen. »Das weiß ich nicht? Seit ich hier bin, höre ich nichts anderes. So ein Blödsinn! Frauen, die von hier verschwinden! Das glaubt doch keiner!«

»Besser, du glaubst es.« Daggi sah Karla prüfend an. »Also, was ist? Was hat der Typ von dir gewollt?«

Karla zuckte die Achseln. »Er hat mir eine Zigarette angeboten. Aber ich rauche nicht.«

Daggi presste die Lippen aufeinander. »Verdammt! Den müssen wir im Auge behalten. Würdest du ihn wiederkennen?«

Karla bedauerte, dass ihr nichts Besseres eingefallen war. Wenn Torsten in Verdacht geriet, mit dem Verschwinden der Frauen zu tun zu haben, konnte er sich hier nicht noch einmal blicken lassen.

»Scheiße!«, sagte Daggi laut. »Ich konnte mir den Kerl nicht genau angucken. Aber ich werde überall Bescheid geben, dass er Jeans und eine helle Windjacke trägt.«

»So sehen viele aus«, gab Karla zurück.

»Nicht die, die sich hier blicken lassen. Solche Windjacken sieht man hier so oft wie eine Nerzstola.«

Daggi hatte mittlerweile mit flinken Händen ein Lager neben Karla eingerichtet. Sie schien genau zu wissen, wie man sich die letzte Wärme zunutze machte, wie man sich vor dem Wind und vor nächtlicher Kälte schützte und vor neugierigen Blicken.

»Du gehst nicht ins Gertrudenhaus?«, fragte Karla.

Daggi schüttelte den Kopf. »Das ist nichts für mich.«

»Aber du hast doch eben noch behauptet, hier wäre es gefährlich.«

Daggi strich mit der rechten Hand über Karlas Schlafsack. »Gute Qualität. Erzähl, was dich hierher verschlagen hat.«

Auf diese Frage war Karla vorbereitet. Die Geschichte von dem gewalttätigen Ehemann kam ihr leicht von den Lippen.

»Alkohol und Schulden, Schläge, Vergewaltigung – irgendwann hatte ich keinen Bock mehr. Das Haus, in dem wir wohnten, gehörte aber meinem Mann. Von seinen Eltern geerbt. Und das ganze Inventar auch. Ich konnte nichts beanspruchen. Ich hatte vor der Hochzeit so gut wie nichts und am Ende der Ehe noch weniger. Mein Mann hat es mir täglich vorgehalten. Und er war sicher, dass ich ihn deswegen nie verlassen würde. Aber dann habe ich es trotzdem getan.« Sie sah Daggi an, als wäre sie sehr zufrieden mit ihrer Entscheidung. »Ich habe mich zunächst bei Freunden und Bekannten herumgedrückt, aber die wollten mich irgendwann natürlich loswerden. Zum Glück kannte ich mich in einer Schrebergartensiedlung aus. Da habe ich es mir in einer Laube gemütlich gemacht. Es gab sogar jede Menge Einmachgläser mit Obst und Gemüse. Aber als der Winter vorbei war, kamen die Besitzer und haben mich rausgeschmissen. Dass ich hier in Münster gelandet bin, ist reiner Zufall.« Da Daggi immer noch auf ihren Schlafsack starrte, ergänzte sie: »Den habe ich am Dortmunder Bahnhof mitgehen lassen. Die Geschäftsleute sind selbst schuld, wenn sie ihre Sonderangebote griffbereit vor die Tür legen.«

Daggi grinste zustimmend. »Und was hast du nun vor?«

»Woher soll ich das wissen?« Karla wartete eine Weile, bis sie das Gefühl hatte, dass das Schweigen sie mit Daggi verbunden hatte, dann fragte sie: »Und du? Wie bist du auf der Straße gelandet?«

Dreistimmiges Grölen enthob Daggi einer Antwort. Werner, Arni und Dave stolperten über den Bremer Platz, als hätten sie sich von dem erbettelten Geld bereits umgehend mit Alkohol voll laufen lassen.

»Da bist du ja wieder!«, kreischte Dave. »War wohl doch nichts mit der Sesshaftigkeit?« Er schlug sich auf die Schenkel vor Vergnügen. »Habe ich dir ja gleich gesagt.«

»Red keinen Stuss«, wies Werner ihn zurecht. »Nichts hast du gesagt. Grün vor Neid warst du, als Daggi die Wohnung bekam.«

»Und was ist mit deiner Arbeit bei ›Abseits‹?«, fragte Arni. »Hast du die auch wieder verloren?«

Plötzlich stand Wilfried da. Er räusperte sich, als wüsste er nicht genau, ob seine Stimme noch funktionierte. Dann sagte er: »Schade.« Nur dieses eine Wort. Und als hätte er damit schon zu viel gesagt, ließ er sich auf eine Mauer sinken und starrte wieder vor seine Füße.

»Du warst zwischendurch sesshaft?«, fragte Karla.

Daggi nickte. »Ich habe bei ›Abseits‹ mitgearbeitet.«

»Was ist das?«

»Die Obdachlosenzeitung. Da kannst du ein bisschen Geld verdienen. Und irgendwann hat's dann für ein kleines Zimmer gereicht. Aber dann …« Daggi sah angestrengt zum Aschendorff-Verlag, als suchte sie dort nach der Fortsetzung ihres Berichtes. Und es schien so, als atmete sie erleichtert auf, als dort ein Mann auftauchte, der geradewegs auf sie zuhielt. »Da ist ja auch Lorenz. Hat er es geschafft, die ganze Stadt mit seinen Plakaten zuzukleistern?«

Karla erkannte ihn sofort. Noch bevor er den Mund öffnete und rief: »Eh, ich habe einen getroffen, der wollte mir Emil abkaufen! Total meschugge, was?« Triumphierend hielt Lorenz jedem den

Stoffhasen vors Gesicht, als wäre er nicht mehr derselbe, nachdem jemand einen Euro dafür bezahlen wollte. »Wiebkes Emil! Siehst du, eh? Er wollte ihn haben, echt! Aber den kriegt keiner, ne, keiner! Wenn Wiebke wiederkommt und ihr Emil ist weg ... na dann Prost Mahlzeit!« Er blickte Daggi an, als hätte er sie hier erwartet, Karlas Anwesenheit nahm er nicht zur Kenntnis. »*Wenn* sie wiederkommt«, wiederholte er und zog dann umständlich seine Hose in die Höhe.

Stille trat ein. Emil landete auf Karlas Schlafsack und ließ die Ohren hängen. Schließlich kippte er müde zur Seite und starrte blicklos die obere Fensterreihe des Verlagsgebäudes an. Lorenz warf das Foto, das er am Bahnhof den Reisenden hingehalten hatte, daneben. Der Ring aus dem Kaugummiautomaten, goldgelb wie ranzige Butter, mit einem gesplitterten blauen Stein, machte sich an seiner Hand merkwürdig aus. Wie eine Rolex am Arm eines Zirkusclowns.

Karla starrte das Foto an. Ein blasses Gesicht, lange blonde Haare, in der Mitte gescheitelt, ein misstrauisches Augenpaar, eine Falte zwischen den Brauen und ein energischer Mund. War ihr das Gesicht, als sie es in ihrem Zimmer betrachtet hatte, nicht gleich seltsam vertraut erschienen? Jetzt wusste sie, warum. Lorenz' Freundin war das Mädchen, dessen Personalausweis in ihrem Schrank hinter einem Ablagebrett steckte. Das Mädchen, mit dem sich der Chefredakteur Ludwig Bräutigam gelegentlich zurückzog, wenn er nicht der brave Sohn seiner Mutter sein wollte. Eine Nutte, hatte Torsten gesagt. Uli hatte zwar nichts davon wissen wollen, aber auch Dave hatte Wiebke Leitner so genannt. Eine Nutte, die ihren Freund allein ließ, wenn sie anschaffen ging, weil Geld gebraucht wurde.

Karla stellte plötzlich fest, dass alle anderen das Bild genauso anstarrten wie sie. »Wer war das, der den Emil haben wollte?«

Lorenz zuckte die Achseln. »Woher soll ich das wissen? Ein Verrückter wahrscheinlich!« Er fing hysterisch an zu lachen. »Ein Verrückter! Ein Verrückter!«

Karla wartete, bis Lorenz aus seiner Flucht in die Heiterkeit wieder zurückgekehrt war, dann fragte sie ihn: »Wie lange ist deine Freundin denn schon verschwunden?«

»Seit der Frost vorbei ist«, antwortete Lorenz nach längerem Überlegen.

»Quatsch!«, gab Werner zurück. »Höchstens zwei Wochen!«

»Mindestens vier«, behauptete Dave.

Und Arni ergänzte: »Jedenfalls schon ganz schön lange.«

Karla sah Daggi fragend an, aber die hielt sich mit jeder Mutmaßung zurück.

»Ich gehe zum Kiosk«, sagte Karla nach einer Weile und erhob sich. »Bin gleich wieder zurück.«

Sie vermied es, den Bremer Platz zu überqueren, sondern umrundete ihn auf dem Bürgersteig, auf dem sie den fremden Blicken nicht so ausgesetzt war wie auf der großen Rasenfläche. Sie hatte das Gefühl, dass es auf ihrem Rücken stand: Ich kenne Wiebke Leitner! Ich weiß, wo ihre Papiere sind! Und ich kenne einen ihrer Freier und frage mich, ob er etwas über ihr Verschwinden weiß. Mit gesenktem Kopf stand sie schließlich an der Ampel, die die Fußgänger zum Ostausgang des Bahnhofs führte. Sie musste unbedingt bei nächster Gelegenheit Torsten anrufen!

*

Als die ersten Passanten einen großen Bogen um sie machten, ging Karla mit gesenktem Kopf weiter. Wie die anderen Obdachlosen auch! Der Verächtlichkeit in die Augen sehen? Sich die Ablehnung ins Gesicht schlagen lassen? Nein! Selbst dann nicht, wenn man weiß, dass man diese Ohrfeige schon in ein paar Tagen zurückgeben könnte.

Karla blieb in einiger Entfernung vor der roten Fußgängerampel stehen, um die Pendler, die von ihren Schreibtischen in die Nahverkehrszüge wechselten, nicht in Unruhe zu versetzen. Eine Pennerin bedeutete Schmutz, Gestank, Ungeziefer. Und sie sah aus wie eine Pennerin, sie war eine Pennerin – wenn auch nur für drei Tage!

Eine Frau mittleren Alters sah sich immer wieder nach ihr um, als wollte sie vor ihr notfalls auf die Fahrbahn flüchten, eine andere starrte konsequent in eine andere Richtung. Ein junger Mann im dunkelgrauen Anzug griff in seine Jackentasche und hielt Karla ein Geldstück hin, ohne sie dabei anzusehen. Die Ampel sprang auf Grün um, der Euro wäre beinahe auf die Straße gefallen, als der Mann loslief.

Karla atmete tief ein und aus. So schlimm hatte sie es sich nicht vorgestellt! Doch Bräutigam sollte mit ihrer Reportage zufrieden sein. Er hatte ja Recht. Es reichte nicht, soziales Elend von außen zu betrachten. Wenn man es beschreiben wollte, musste man sich hineintrauen, sich mit ihm verbinden, sich mit ihm stoßen lassen und wahrnehmen, wie man aneckte. Dann erst bestand die Möglichkeit, etwas von der Unbarmherzigkeit zu verspüren und weiterzugeben.

Der Weg aller Passanten führte direkt auf den hinteren Eingang des Bahnhofs zu. Karla zögerte. Sie beobachtete eine der jungen Fixerinnen, die sich, ohne den Kopf zu senken, nach rechts wandte und auf die Fixerstube zuging. Karla folgte ihr ein paar Schritte, bis sie den Eingang und die Fenster erkennen konnte. Aber ihre Neugier wurde nicht befriedigt. Die Fenster der Fixerstube waren zugeklebt, der Eingang bot ebenfalls keinen Einblick. Nichts gab Aufschluss darüber, was sich im Inneren abspielte.

Karla starrte eine Weile auf die Tür, die sich hinter der Fixerin geschlossen hatte. Dann gestand sie sich ein, dass sie nicht hier war, weil die Fixerstube sie interessierte, sondern weil sie sich vor der Missachtung des Kioskbesitzers fürchtete, bei dem sie Schnaps und Brot kaufen wollte.

Hatte Karla Bernardi nun doch Angst? Wütend über sich selbst machte sie kehrt. In Hamburg hatte sie sich nicht einmal vor einem Bordellbesitzer gefürchtet, der sie während eines Interviews bedrohte hatte, weil er ahnte, dass der Bericht über ihn nicht schmeichelhaft ausfallen würde. Sie hatte nicht davor zurückgeschreckt, einen handfesten Krach mit ihm zu beginnen, dem eine ebenso handfeste Auseinandersetzung mit ihrem damaligen Chefredakteur gefolgt war, weil der Bordellbesitzer sich als stiller Teilhaber des Zeitungsverlages entpuppt hatte. Sie hatte einen angesehenen Politiker einen korrupten Halsabschneider geschimpft, eine Talkmeisterin eine zänkische Heulsuse und sich weder vor einem Bungee-Sprung noch vor der aktiven Teilnahme an einem Frauenboxkampf gefürchtet. Und ausgerechnet sie ängstigte sich vor der Geringschätzigkeit eines Kioskbesitzers?

Sie war drauf und dran, den Kiosk zu stürmen und den Verkäufer darin einen Ausbeuter und Hohlkopf zu schimpfen, noch ehe er ein unfreundliches Wort sagen konnte – da hörte plötzlich die Erde auf, sich zu drehen, alle Geräusche endeten in einem schrillen Pfeifen, die Sonne prallte in einem grellen Blitz auf das Dach des Bahnhofs, der Himmel fiel auf Münster herab wie der Vorhang nach einer missglückten Theatervorstellung, bei der der Hauptdarstellerin kurz zuvor der Schlüpfer auf die Füße gefallen war.

»Martin! Du?«

Martin Graf, gut situierter Münsteraner, angesehener Geschäftsmann, honoriges Ratsmitglied, ausgezeichnet mit diversen Ehrenzeichen und dekoriert mit sämtlichen Karnevalsorden der Stadt, wollte schon abwehren, sich gegen diese dreiste Belästigung verwahren, sich verbitten, von einer Herumtreiberin beim Vornamen genannt zu werden – da stürzte auch über ihm der Himmel ein. »Karla! Um Gottes Willen!«

Karla stand regungslos da, hielt sich mühsam fest an der aus dem Tritt gekommenen Welt und war vollauf damit beschäftigt, die Frage nach dem *Warum* nicht nur zu wiederholen, sondern auch zu beantworten. *Warum ausgerechnet jetzt?* In jedem anderen Augenblick, aber doch nicht in diesem! Wo sollte sie jetzt die Nonchalance hernehmen, mit der sie ihm begegnen wollte! Das kleine Zögern, das sie sorgfältig einstudiert hatte! Die nadelfeine Verletzung, die sie ihm damit zufügen wollte! Und die kleinstmögliche Rache, an der sie sich wenigstens für Sekunden erfreuen wollte! Alles unmöglich in diesem Augenblick! Was konnte sie jetzt tun?

Martin fand als Erster in die Realität zurück. Er griff nach Karlas Arm und zog sie in die Einfahrt des Parkhauses. Hastig sah er sich um, dann schob er sie vor sich her, bis sie hinter einem Pfeiler vor den meisten Blicken geschützt waren. »Mein Gott, Karla! Was ist mit dir geschehen?«

Sie kam erst zur Besinnung, als sie Martins Entsetzen begriff und an seiner Blässe und dem Schweiß auf seiner Stirn erkannte, dass er sie tatsächlich für eine Stadtstreicherin hielt! Eine Frau, die in der Obdachlosigkeit gelandet war! Wie konnte er glauben, dass die resolute Karla Bernardi einen solchen Schiffbruch erlitten hatte? Die Empörung darüber war wie ein körperlicher Schmerz.

Martins Augen hatten mittlerweile alles registriert: das Fett in ihren Haaren, das ungeschminkte Gesicht, die ungepflegte Kleidung. Er stöhnte auf. »Mein Gott, ich wusste, wie weh ich dir damals tat. Aber dass dein Leben völlig aus dem Ruder geraten könnte – nein, an diese Möglichkeit habe ich nie gedacht.« Er sah Karla kopfschüttelnd in die Augen und schien den Tränen nahe zu sein. »Wie konnte das passieren?«

In Karla stieg der Zorn hoch. Was bildete sich Martin ein? Glaubte er wirklich, dass ihr Leben derart abhängig von seinen Gefühlen war, dass es kein Ziel und keinen Sinn mehr gab, wenn seine Liebe verloren war? Ja, sie hatte vor zehn Jahren tatsächlich gelitten wie ein

Hund, als die Zukunft in Martins Händen zerbrach. Und sie hatte alles hingeworfen, was sie mit ihm verband. Aber doch nur, um woanders, ohne Martin, ihr Leben neu anzufangen. Nicht, um es wegzuwerfen!

»Du musst mir erzählen, wie es so weit kommen konnte«, sagte Martin und sah sich hastig um. »Komm, wir gehen in die ›Laterne‹. Da werde ich erst mal dafür sorgen, dass du ein anständiges Essen bekommst.« Er betrachtete sie prüfend. »Wann hast du das letzte Mal etwas Warmes gegessen?«

Karla zuckte die Achseln, um nicht bekennen zu müssen, dass sie am Abend zuvor in der WG jede Menge Spaghetti mit Tomatensoße verzehrt hatte, und das sogar zusammen mit einem vitaminreichen Salatteller. Sie schwieg, folgte Martin auf die andere Straßenseite und hoffte, dass er sich nicht allzu sehr ihrer Begleitung schämte. Es half ja nichts. Sie durfte ihm erst reinen Wein einschenken, wenn sie Bräutigams Auftrag erfolgreich zu Ende geführt hatte. Dreißigtausend Euro! Das konnte sie nicht riskieren. Und was noch wichtiger war: ihre Festanstellung! Nein, sie musste ihre Rolle spielen, solange die Reportage nicht gedruckt war. Erst dann durfte Martin erfahren, dass sie ihr Leben auch ohne seine Liebe gemeistert hatte.

Auf den letzten Metern war er ihr stets einen Schritt voraus. Sie betrachtete seinen dunklen Mantel, teuer, aber konservativ wie gehabt, seine aufrechte Haltung, das graue Haar, das sich auf dem Hinterkopf merklich gelichtet hatte, die winzigen Löckchen, die sich über dem Kragen kringelten. Ute musste ein anderer Mensch geworden sein. Aus der Reihe tanzende Löckchen hätte sie früher nie geduldet. Ebenso wenig wie blumenlose Fenster und Beete.

Karla musste plötzlich mit einer Rührung kämpfen, die nicht weit entfernt war von den Gefühlen einer Mutter, die feststellt, dass ihr Kind erwachsen geworden ist. Wohl deswegen nahm sie Daggi nur am Rande wahr, die über den Spielplatz lief, als gälte es, Wilfried vor einer Horde Vorschulkinder zu beschützen, die ihm das Bier wegnehmen wollten. Karla kümmerte sich nicht weiter darum. Was ging sie Wilfrieds Bier an? Sie heftete sich an Martins Fersen und genoss beim Betreten der »Laterne« hinter seinem Rücken den Schutz, den eine Frau wie sie nicht brauchte und auch nicht wollte. Wieder spürte sie am eigenen Leibe, wie die Obdachlosigkeit einen Menschen veränderte.

Sie nahmen vor den bunten Bleiverglasungen Platz, die den Bremer Platz von dem düsteren Innenleben der »Laterne« trennte. Nur schwach konnte Karla erkennen, dass Daggi auf dem Spielplatz stand und aufgeregt auf Werner einredete. Martin bestellte ihr ein Essen, ohne sie nach ihren Wünschen zu fragen. Es schien ihm nur darauf anzukommen, ihr das Größte und Kalorienreichste zu spendieren, was die »Laterne« zu bieten hatte. Früher hätte er nie derart über ihren Kopf hinweg entschieden. Aber am Fuß der sozialen Leiter wurde man anscheinend nicht mehr gefragt.

Martin verschränkte die Arme vor sich auf dem Tisch. »Jetzt erzähl mir, was passiert ist.«

Erschrocken stellte Karla fest, dass die Geschichte, die sie Daggi präsentiert hatte, in diesem Fall nicht griff. Mit einem gewalttätigen Ehemann durfte sie Martin nicht kommen. Aber mit einem cholerischen Redaktionschef, dem sie so oft widersprochen hatte, bis sie die fristlose Kündigung erhielt. Das war glaubhaft! »Dann war da noch ein Mann, für den ich eine Bürgschaft übernommen habe und der nun spurlos verschwunden ist. Außerdem ein Vermieter, dem ich die Miete schuldig bleiben musste. Und dann ...« Mehr fiel ihr nicht ein. Sie wagte es nicht, Martin anzusehen aus Angst, er könnte die Lügen an ihrem Gesicht ablesen.

»Dann begann die Talfahrt«, ergänzte Martin leise. »Ich habe schon von ähnlichen Schicksalen gehört. Wenn der Abstieg einmal begonnen hat, ist er oft nicht mehr aufzuhalten.«

Karla nickte schuldbewusst. Nach einer Weile fragte sie: »Erzähl mir, wie es dir in den letzten zehn Jahren ergangen ist. Warum hast du das Geschäft verkauft?«

Plötzlich stand das Schweigen zwischen ihnen wie etwas, das den Blick in das Gesicht des anderen verwehrt. Während die Kellnerin ein Wiener Schnitzel in der Größe eines Tennisschlägers servierte, blickte Karla aus dem Fenster, sah Daggi am Straßenrand stehen und von einem Fuß auf den anderen treten. Die Kellnerin stellte eine große Schüssel mit Pommes frites und eine ebenso große mit Leipziger Allerlei vor sie hin und wünschte einen guten Appetit. Karla schob das Schweigen zur Seite.

»Wie geht es Michaela?«, fragte sie, während sie beherzt das Wiener Schnitzel in Angriff nahm.

Sie fragte sich, warum Martin erleichtert war. Ihre letzte Frage beantwortete er jedenfalls ohne Zögern. Und das, obwohl es von seiner Tochter nichts Gutes zu berichten gab. »Sie hat damals wohl doch mehr von unseren Eheproblemen mitbekommen, als ich ahnte. Jedenfalls wurden ihre schulischen Leistungen immer schlechter, sie kam immer später nach Hause und blieb manchmal sogar nächtelang weg.«

»Aber sie war doch erst fünfzehn!«

Martin nickte bedrückt. »Wir haben es wohl an der nötigen Konsequenz fehlen lassen. Als wir merkten, dass sie Drogen nahm, war es schon zu spät, sie aus der Szene zu lösen. Sie war längst süchtig, und dann ...« Er starrte durch die Bleiverglasung und schwieg.

Zwei junge Männer betraten die »Laterne« und stellten sich an die Theke. Während Karla überlegte, ob es besser war, Martin den Bericht über seine Tochter zu ersparen und das Thema zu wechseln, bemerkte sie, dass die beiden Männer wenig Interesse aneinander und an dem Bier hatten, das die Wirtin vor sie hinsetzte. Sie drehten der Theke den Rücken zu und starrten Martin und Karla an.

Unangenehm berührt versuchte Karla, sich auf ihr Wiener Schnitzel zu konzentrieren. »Was war dann?«

»Wir haben alles versucht«, erzählte Martin leise. »Aber Michaela lehnte jede Therapie ab. Schließlich habe ich sie aus dem Haus geworfen.« Nun sah er Karla an und hob hilflos die Schultern. »Es war falsch, ich weiß. Damit habe ich ihr womöglich den Boden unter den Füßen weggezogen. Aber sie war auf dem besten Wege, meinen Ruf zu ruinieren, verstehst du?«

Karla schüttelte den Kopf und warf den beiden Männern einen unsicheren Blick zu, die ihr Gespräch aufmerksam verfolgten. Sie lehnten immer noch an der Theke des Gastraumes, der so klein war, dass jedes Wort überall zu hören war. Jedenfalls dann, wenn ansonsten Stille herrschte – so wie jetzt.

»Dein Ruf war dir wichtiger als deine Tochter?«, fragte Karla.

»Natürlich nicht«, entgegnete Martin schnell. »Aber selbst die Drogenberatung hatte uns empfohlen, Michaela keine Unterstützung mehr zu geben. Kein Geld, keine Hilfe bei der Beschaffung von Stoff. Nur so würde sie zur Vernunft kommen, hat man uns erklärt.«

»Aber sie ist nicht zur Vernunft gekommen?«

Was waren das für Kerle? Warum gingen sie in eine Kneipe, wenn ihnen nichts an einer Unterhaltung lag? Die beiden standen schweigend mit ihren Biergläsern in der Hand da, nur drei Schritte von ihrem Tisch entfernt, und beobachteten den gut gekleideten Mann und die schlecht gekleidete Frau. Jedes Mal, wenn Karla aufblickte, sahen sie schnell weg.

»Wo lebt Michaela heute?«

Martin zuckte die Achseln. »Ich habe seit acht Jahren nichts mehr von ihr gehört.«

»Das ist ja schrecklich!« Karla wollte spontan nach Martins Hand greifen. Dann fiel ihr ein, dass ihm die Zärtlichkeit einer Stadtstreicherin peinlich sein könnte. »Schade, dass ich Michaela nie kennen gelernt habe. Sieht sie dir eigentlich ähnlich?«

Martin zögerte. »Ich glaube nicht.«

»Wie ist Ute mit Michaelas Drogensucht klar gekommen? Sie war doch immer so stolz auf ihre Tochter.«

Prompt stellte sich wieder das Schweigen an den Tisch. Karla blickte die beiden jungen Männer an, die sich immer weniger Mühe gaben, ihre Neugier zu verbergen. Was wollten die bloß?

»Ute ist tot«, sagte Martin.

Sie musste Daggi von den beiden erzählen. Sie wusste anscheinend mehr über das Verschwinden der Frauen. Vielleicht hatte sie diese Männer schon mal gesehen?

Karlas Kopf ruckte hoch. »Was hast du gesagt?«

»Ute ist tot«, wiederholte Martin, als besäße er nun endlich genug Mut, das Schweigen selbst wegzuschicken.

Karla legt das Besteck auf den Teller und schob ihn beiseite. »Wie konnte das passieren?«

»Ein Autounfall.«

»Wann?«

»Vor zwei Jahren.«

Er war frei! Seit zwei Jahren schon! Karla nahm dankbar den Kaffee entgegen und wärmte sich an der Tasse die Hände, die plötzlich eiskalt geworden waren. Dass sich das Schweigen heimlich wieder an ihren Tisch setzte, schienen nur die beiden Männer an der Theke zu bemerken, die sich vielsagend anblickten.

Dann sagte Martin: »Ich habe daran gedacht, zu dir Kontakt aufzunehmen. Aber ich wusste ja nicht, wo du warst.« Plötzlich stutzte er. »Lebst du schon länger auf der Straße?«

Die Gedanken begannen durch Karlas Kopf zu rasen. Er war frei und hatte sie nicht gesucht! Wie gern würde sie Martin jetzt die Augen auskratzen oder ihn vors Schienbein treten! Dieser Schuft! Er hatte gar nicht erst versucht, sie zu suchen, sonst hätte er sie doch gefunden. Karla atmete tief ein und aus. Ruhig sein und an die Festanstellung denken! Sie zählte langsam bis drei und wusste, was sie zu tun hatte. Nein, sie würde Martin erst nach diesem Job die Wahrheit um die Ohren schlagen. Keine Sekunde früher!

»Ich weiß gar nicht mehr, wann genau ich meine Wohnung verloren habe.«

Jetzt wagte Martin es, nach ihrer Hand zu greifen. Karla bemerkte, wie die beiden Männer an der Theke sich mit den Ellbogen anstießen.

»Komm mit mir nach Hause«, sagte Martin leise. »Ich möchte, dass du mal wieder in einem warmen, weichen Bett schläfst. Schließlich bin ich ja mitschuldig an dem, was aus dir geworden ist.«

Eine Nacht in Martins Haus! Hoffentlich hatte er das Ehebett nach Utes Tod entsorgt. Nein, ins Ehebett würde sie sich nicht mit ihm legen. Nicht da, wo er mit Ute ...

Schlagartig fiel ihr die Vereinbarung mit Bräutigam ein. Hatte sie sich dazu verpflichtet, an ihrem Platz zu bleiben? Karla schüttelte den Gedanken schnell wieder ab. Nein, keiner konnte von ihr verlangen, auf eine Nacht mit Martin zu verzichten. Außerdem hatte Bräutigam ihr den Auftrag gegeben, so oft wie möglich die Gesellschaft der anständigen Münsteraner zu suchen. Wie sollte sie sonst darüber berichten, was eine Obdachlose empfindet, wenn sie betteln geht? Niemand würde ihr nachweisen können, dass sie ihre große Liebe wiedergetroffen und die Nacht mit einem Mann verbracht hatte.

»Also gut!« Karla erhob sich. »Ich weiß ja schon gar nicht mehr, wie das ist. Ein weiches, warmes Bett.«

Kaum hatte Martin nach der Rechnung verlangt, zückten auch die beiden Männer ihre Geldbörsen. Und kaum holte Martin mit spitzen Fingern Karlas zerfressenen Persianer vom Haken, griffen auch sie nach ihren Jacken. Als Karla mit Martin die Schillerstraße hinunterging, wo sein Wagen geparkt war, sah sie die beiden zu einem alten dunkelgrünen Lieferwagen mit einem roten und einem braunen Kotflügel laufen. Aber Karlas Gedanken und Gefühle waren unfähig, sich auf etwas anderes zu konzentrieren als auf die Nacht in Martins Haus, die sie erwartete.

Martin blieb plötzlich stehen. »Was ist mit deinen Sachen?« Er sah an Karla herab. »Irgendwas wirst du doch besitzen.«

Sie winkte mit dem Kopf zur Wiese hinter dem Spielplatz. »Da drüben liegen mein Schlafsack und mein Rucksack. Aber es wird schon jemand darauf aufpassen. Daggi oder Werner ...«

An der Straßenecke, wo der Grieche gerade Tische und Stühle zusammenstellte, blickte sich Karla noch einmal um. Daggi kam winkend über den Platz gelaufen. Was mochte ihr für eine Laus über die Leber gekrochen sein? Karla wandte sich schulterzuckend ab. Vermutlich eine Laus, die seit langem ein beschauliches Leben in Daggis Schlafsack führte. Was ging sie das an? Es war früh genug, wenn sie Daggi am nächsten Tag erklärte, dass sie einen alten Freund aus der Zeit ihrer Sesshaftigkeit wiedergetroffen hatte. Daggi würde ihr das schon glauben.

*

Martin führte sie unverzüglich in die erste Etage. Sie sah sich um, während sie hinter ihm die Treppe hinaufstieg. Tatsächlich erinnerte nichts mehr an Ute. Karla war nur zwei- oder dreimal heimlich in Martins Haus gewesen, aber Utes dekorative Ordnung würde sie nie vergessen. Jetzt fehlten sämtliche Accessoires, die sie damals sorgfältig ausgesucht und vermutlich teuer bezahlt hatte. Übrig geblieben war das Haus eines Junggesellen, dem es darauf ankam, dass der Haushalt möglichst wenig Pflege beanspruchte.

Martin öffnete eine Tür am Ende des Ganges. »Das ist das Gästezimmer.« Er ging voran und sah sich um, als wäre er selbst lange nicht in diesem Raum gewesen. »Früher haben Michaelas Freundinnen hier gelegentlich übernachtet«, erklärte er. »Ich habe nichts verändert seitdem. Auch in Michaelas Zimmer ist alles geblieben, wie es war. Für den Fall, dass sie doch irgendwann zurückkommt.« Auf sein Gesicht legte sich ein tiefer Schatten. Als wollte er nicht, dass Karla ihn bemerkte, drehte er sich um, zog die Gardinen zurück und öffnete das Fenster. Sofort drang lautes Hundegebell ins Zimmer.

Karla stellte sich neben Martin und sah hinaus. »Wem gehört das Nachbarhaus jetzt? Und warum diese schrecklichen Kampfhunde?«

Martin zuckte die Schultern. »Die alte Frau Welchring ist schon vor acht Jahren ins Altenheim gekommen, aber erst vor zwei Jahren gestorben. In völliger geistiger Umnachtung! Ihr Neffe hat die Villa geerbt. Aber er wohnt nicht darin, sondern nutzt sie als Klubhaus für die Wiedertäufer. Deswegen die drei Bullterrier. Ein unbewohntes Haus muss man schützen. Hier ist es ja ziemlich einsam.«

Karla runzelte die Stirn. »Wiedertäufer? Von denen habe ich schon einiges gehört, seit ich wieder in Münster bin.«

Martin sah sie überrascht an. »Auf dem Bremer Platz?«

Karla fühlte, dass sie rot wurde. »Ich bin mal am Münsterland-Echo vorbeigegangen und habe die Zeitung gelesen, die im Schaukasten hängt. Da war von den drei Vorsitzenden die Rede.«

Martin nickte. »Ich bin auch Mitglied der Wiedertäufer. Wir haben Jan van Bröder, Heinrich Welchring und Bernd Koppelstädter in den Vorsitz gewählt, weil ihre Namen große Ähnlichkeit mit denen der drei bekanntesten Wiedertäufer haben. Alle fanden das damals lustig. Ob die drei sich aber wirklich eignen, dem Klub vorzustehen, weiß ich eigentlich nicht so genau.« Er wandte sich vom Fenster ab. »Manchmal wird in der Villa wüst gefeiert. Aber da die drei sämtliche Wohltätigkeitsveranstaltungen gut organisieren und viel für soziale Projekte tun, sehe ich keinen Grund, mich um ihren Lebenswandel zu kümmern.« Martin öffnete eine weitere Tür. »Das ist das Badezimmer.« Er sah Karla von oben bis unten an. »Sicherlich hast du lange nicht mehr geduscht. Ein Bademantel hängt an der Tür. Der müsste dir passen.«

Noch einmal betrachtete Martin sie so eindringlich, dass sie drauf und dran war, ihm trotz allem die Wahrheit zu sagen. So froh sie einerseits war, dass er ihr die Maskerade abnahm, so sehr schmerzte es andererseits, dass er ihren Absturz tatsächlich für möglich hielt. Was würde er sagen, wenn er wüsste, dass sie unter ihrer Verkleidung »La Perla«-Unterwäsche trug? Und würde er noch daran glauben, den Körper einer Obdachlosen vor sich zu haben, wenn er in ihr Bett käme? Karla ließ ihre Kleidung zu Boden fallen, ging ins Badezimmer und betrachtete sich im Spiegel. Ob er daran dachte? Nein, vermutlich nicht. Zehn Jahre waren vergangen, Martin war sicherlich längst von seiner Liebe geheilt, sie selbst dagegen daran zerbrochen – so glaubte *er* es jedenfalls.

Karla ließ sich nachdenklich auf den Badewannenrand sinken. Warum hatte er sie nicht gesucht, nachdem Ute gestorben war? Ihre Liebe war doch so groß gewesen, so verzehrend, so leidenschaftlich! Wie hatten sie gelitten, als sie begreifen mussten, dass es kein gemeinsames Leben für sie geben würde! Oder war sie doch nicht mehr als eine Geliebte gewesen, die der Sicherheit einer Ehe zu nahe gekommen war? Plötzlich kamen ihr Bedenken. Nein, sie hatte nie an Martins Gefühlen gezweifelt. Auch nicht, als er sich für Ute und seine Ehe entschieden hatte. Sie war damals ganz sicher gewesen, dass es nur seine Ehrenhaftigkeit war, die ihn zu dieser Entscheidung zwang. Aber nun? Nun war der Weg frei, und Martin hatte nichts unternommen, um ihn an ihrer Seite zu beschreiten. Warum nicht?

Karla ging ins Zimmer zurück und öffnete den Schrank. Sie musste den Beutel mit dem Handy, dem Geld und dem Presseausweis verstecken. Vorsichtshalber! Auch die frische Unterwäsche wollte sie sicher verwahrt wissen. Uli hatte ja Recht. Die Spitzenwäsche konnte sie jederzeit verraten.

Der Schrank war nicht leer. In einem Fach lagen Slips in verschiedenen Größen, auf einem anderen zwei Tops, auf einem Bügel hing ein rotes Trägerkleid. Wem mochte das gehören? Einer von Michaelas Freundinnen, die vor Jahren hier übernachtet hatten?

Karla duschte ausgiebig und wusch sich die Haare. Wenn Uli wüsste, was sie hier tat! Die hatte sich so große Mühe gegeben, aus den duftigen Locken eine verklebte Mähne zu machen! Aber das war jetzt nicht wichtig. Martin musste unbedingt erkennen, dass sie immer noch eine attraktive Frau war.

Ausgiebig cremte sie sich mit einer Lotion ein, die vielleicht auch eine von Michaelas Freundinnen stehen gelassen hatte. Dann blickte sie wieder in den Spiegel. Würde Martin immer noch glauben, dass sie aus verschmähter Liebe den Halt verloren hatte? Jetzt war sie doch wieder eine hübsche Frau mit einem guten Haarschnitt, einem gepflegten Körper und manikürten Nägeln! Würde Martin ihr doppeltes Spiel durchschauen?

Karla dachte nach, während sie sich den Bademantel überzog. Es kam nicht darauf an, was Martin vermutete. Wichtig war nur, dass sie nichts verriet. Solange sie Bräutigams Geheimnis nicht preisgab, drohte ihr auch keine Konventionalstrafe. Wenn jemand ihre Maskerade durchschaute, konnte ihr niemand einen Vorwurf machen.

*

Als Karla die Treppe hinunterschritt, hörte sie Geräusche aus dem Wohnzimmer, dessen Tür weit offen stand. Leise nahm sie Stufe um Stufe. Martin sollte von ihrem Erscheinen überrascht werden. Verriet nicht ein Gesicht im Moment der Verblüffung mehr als jedes Wort?

Sie war noch nicht am Fuß der Treppe angekommen, als das Telefon klingelte. Martins Schritte waren zu hören, dann seine Stimme. »Graf!«

Es folgte ein langes Schweigen, das Karla im Nu zur Last wurde und das Haus von Minute zu Minute fremder machte. Sie fühlte sich unwohl. Wie ein indiskreter Gast vor einem Schlüsselloch. Ins Wohnzimmer gehen und das Gespräch stören? Hier stehen bleiben und unter der Indiskretion leiden?

Sie hörte, wie Martin sagte: »Nein, die Sache muss unbedingt geheim bleiben.«

Martin ging im Zimmer auf und ab. Dann redete er mit einer Stimme, die sich vergeblich um einen Flüsterton bemühte: »Ich habe die Fixerstube nicht befürwortet, im Gegenteil! Wir sehen doch, was auf dem Bremer Platz los ist, seit die Penner nicht mehr unter sich sind. Alle wissen, dass ich dagegen war, deswegen kann ich mich in der Szene nicht so häufig blicken lassen. Es würde mich nicht wundern, wenn man schon auf mich aufmerksam geworden ist.«

Karla konnte plötzlich Martins Beine sehen. Er wanderte ein paar Mal in der Nähe der Tür auf und ab. Was, wenn er sich umdrehte und sie auf der Treppe stehen sah? Er würde denken, dass sie ihn belauschen wollte. Entschlossen stieg sie auch die letzten Stufen hinab und betrat das Wohnzimmer.

Martin drehte ihr gerade den Rücken zu. »Ich komme in Teufels Küche, also lass uns vorsichtig sein.« Er wandte sich um, sah Karla in der Tür stehen und ließ den Flaschenöffner, den er in der Hand hielt, auf den schweren Glastisch fallen. Es gab ein hässliches, scheppern-des Geräusch. »Ich muss Schluss machen, ich habe Besuch.« Er lachte gequält. »Damenbesuch? Nein, natürlich nicht.«

Karla ließ sich in einem Sessel nieder und schlang den Bademantel eng um ihren Körper. Keine Dame! Eine Frau wie sie konnte man wirklich nicht als Dame bezeichnen.

Martin legte nach ein paar Abschiedsfloskeln den Hörer auf und ging in die Küche. »Wann hast du das letzte Mal einen Rothschild Lafite getrunken?«, rief er.

Karla antwortete nicht, aber Martin schien auch keine Entgegnung zu erwarten. Er kam mit der entkorkten Flasche zurück ins Wohnzimmer und ging an den Gläserschrank. »Ich werde mir überlegen, wie dir zu helfen ist. Wozu habe ich gute Beziehungen? Wir finden schon etwas für dich.«

Martin bemühte sich um ein unverfängliches Geplauder, bis er schließlich merken musste, dass es nichts gab, über das man plaudern konnte. Der Bremer Platz stand zwischen ihnen wie eine einsame

Steppe, über die ein eisiger Sturm pfiff. Eine Einöde trennte sie, vielleicht sogar ein tückisches Minenfeld. Martin vermied es, auf alte Gemeinsamkeiten zu sprechen zu kommen, Karla wollte andererseits nichts weniger, als von ihrem jetzigen Leben zu reden, weil sie befürchtete, dass sie sich irgendwann verraten würde. Auf der verzweifelten Suche nach Verbundenheiten kamen sie schließlich auf Utes Tod zu sprechen. Doch Martin wollte auch darüber nicht reden. Genauso wenig wie über Michaela, die er ans Heroin verloren hatte. Und das Schicksal von »Moden-Graf« war schnell erzählt.

»Nach Utes Tod hatte es keinen Sinn, den Laden weiterzuführen«, erklärte Martin. »Ich habe ihn verpachtet.«

Er warf einen demonstrativen Blick zur Uhr, dann sagte er: »Sicherlich wirst du dich mal wieder so richtig ausschlafen wollen.« Er betrachtete Karla wie ein großer Junge ein Spielzeug, für das er zu alt geworden war. Schließlich erhob er sich. »Wie gesagt, wir werden schon irgendwas finden, damit du ins normale Leben zurückfindest.« Er machte einen Schritt auf Karla zu und umfasste ihre Schultern. »Es tut mir so schrecklich Leid. Wenn ich geahnt hätte, dass es so weit kommen würde ...«

»Dann hättest du dich von Ute scheiden lassen?« Karla machte einen Schritt zurück, Martins Arme sanken müde herab. »Vielleicht bin ich ja auch an ganz anderen Umständen gescheitert«, sagte sie, drehte sich um und ging langsam die Treppe wieder hinauf. Wie würde er in ein paar Tagen gucken, wenn er die Wahrheit erfuhr? Aber richtig freuen konnte sie sich darauf nicht.

Oben angekommen drehte sie sich noch einmal um und sah auf Martin herab. »Ist es nicht merkwürdig, dass ich ausgerechnet jetzt ohne weiteres in deinem Haus schlafen kann?« Sie wartete eine Antwort nicht ab, ging in ihr Zimmer und schloss die Tür. Sie tastete nach dem Lichtschalter, entschied sich dann aber für die Dunkelheit. Schließlich ließ sie sich aufs Bett sinken und sah zur Decke, die von einer Außenlampe am Haus schwach erhellt wurde. Hin und wieder wurde sie vom Schatten der Laubbäume gesprenkelt, die der Wind sacht bewegte. Dann fuhr ein Auto vorbei. Die Lichtkegel der Scheinwerfer huschten durchs Zimmer. Die Möbel, das weiße Bettzeug, die Gardinen blitzten auf und bewahrten noch einige Augenblicke die Helligkeit, ehe das Licht wieder erlosch.

Plötzlich hörte sie Schritte vor der Tür. Martin? Sie setzte sich auf und lauschte. Martin! Wer sonst? Sie ließ sich zurücksinken und horchte atemlos auf die Schritte, die sich entfernten und wieder näherten. Warum kam er nicht zu ihr?

Die Schritte waren verstummt, dennoch spürte Karla die Gegenwart eines Menschen auf der anderen Seite der Tür. Ganz langsam, ohne jedes Geräusch, richtete sie sich auf. Ein weiteres Auto fuhr gemächlich am Haus vorbei. Das Licht der Scheinwerfer tastete sich die Tür entlang. Es steckte kein Schlüssel im Schloss! Karla starrte die Klinke an. Bewegte sie sich? Die Angst kroch ihr über die Haut wie winterliche Kälte, die durchs geöffnete Fenster drang und im Nu alle Wärme mit sich nahm. Wovor hatte sie Angst? Vor Martin? Unsinn, doch nicht vor ihm!

Nun hörte sie, wie jemand die Treppe hinabging. Sie stieß die Luft aus, die sich in ihrem Brustkorb gesammelt hatte. Warum nur diese Angst? Sie verstand sich selbst nicht mehr. Aber vielleicht war es gar keine Angst gewesen, sondern Enttäuschung.

Sie zog den Bademantel aus und schlüpfte unter die Bettdecke. Wieder fuhr ein Auto langsam den Weg entlang, diesmal kam es aus der anderen Richtung, nicht von der Wolbecker Straße. Aber es fuhr nicht vorbei. Der Motor erstarb, das Licht fiel in sich zusammen. Atemlos lauschte Karla darauf, dass eine Autotür klappte. Aber nichts geschah. Vor dem Haus blieb alles ruhig. Auch die drei Hunde im Nachbargarten schlugen nicht an.

Auf Zehenspitzen schlich sie zum Fenster. Sie musste die Nase in die Gardinen stecken, um zu sehen, dass auf der anderen Straßenseite ein Wagen stand, ein alter Lieferwagen mit Kotflügeln, die nicht zum Rest der Karosserie passten. Hatte sie den nicht schon mal gesehen?

Erst nach langer Zeit des Wartens, als sich erneut ein Wagen von der Wolbecker Straße näherte, erkannte Karla im Scheinwerferlicht den roten Kotflügel wieder. Und auch die beiden Männer auf den Vordersitzen, die in der »Laterne« ihr Gespräch mit Martin belauscht hatten. Sie waren ihnen also bis hierher gefolgt! Was hatte das zu bedeuten? Unbeweglich starrte Karla hinaus. Sie sah, wie ein roter Punkt aufglühte. Dann wurde die Seitenscheibe des Wagens heruntergelassen und Rauch hinausgeblasen. Die beiden schienen auf längeres Warten eingerichtet zu sein. Warum?

Karla spürte die Kälte an ihren Beinen hochsteigen. Schnell schlüpfte sie wieder unter die Decke und horchte angestrengt. Als nach einer halben Stunde immer noch alles ruhig war, ging sie noch einmal ans

Fenster. Der Lieferwagen stand immer noch da. Kurz darauf erlosch die Außenbeleuchtung, der Wagen war kaum noch zu erkennen.

Karla konnte nicht einschlafen. Ob sie auf dem Bremer Platz in ihrem antarktistauglichen Schlafsack mit dem Feuer speienden Drachen besser geschlafen hätte? Noch drei Mal stand sie auf, um nachzusehen, ob der Lieferwagen noch vor dem Haus wartete. Er rührte sich tatsächlich nicht vom Fleck. Erst am Morgen, als sie vom Vogelgezwitscher erwachte und verwirrt in die Sonne blinzelte, die ins Zimmer schien, war der Platz auf der anderen Straßenseite leer.

*

Sie schlüpfte noch einmal kurz unter die Decke, lag mit offenen Augen da, horchte den Geräuschen nach, betrachtete jede Einzelheit des Zimmers, des Lichtes, der Farben, gab jedem Gefühl, jedem Gedanken Raum. Und am Ende fragte sie sich: Was tu ich hier eigentlich?

Schwacher Kaffeeduft zog vom Erdgeschoss herauf. Karla öffnete vorsichtig die Tür und lauschte. Aus der Küche drang leise Radiomusik herauf, Schritte, die sich hin- und herbewegten, dann eine Stimme, die eine Melodie mitsummte. Martin! Eine behagliche Atmosphäre war es, die zu Karla hochdrang, gelöst und sorglos. Wenn sie bloß nicht so fremd gewesen wäre.

Karla riss die Gardinen zur Seite und öffnete das Fenster, um etwas hereinzulassen, was ihr vertraut war: klare Frühlingsluft, die Poahlbürgern und Obdachlosen gleichermaßen gehörte. Es wurde Zeit, dass sie sich alles aus den Augen rieb, was am Abend zuvor den Blick verklärt und in der Nacht aus der frohen Erwartung nackte Angst gemacht hatte. Ihre unsinnige Hoffnung und die Schritte vor ihrer Tür! Vermutlich hatte Martin nur mit seiner Begierde gekämpft und sie schließlich besiegt, weil ein Mann wie er auch in höchster Not nicht mit einer Herumtreiberin schlief! Der fehlende Schlüssel? Reiner Zufall! Wo stand geschrieben, dass Gästezimmer abschließbar sein mussten? Und der Lieferwagen auf der anderen Straßenseite? Hatte sie sich den vielleicht nur eingebildet?

Sie beugte sich aus dem Fenster und betrachtete die Stelle, wo sie ihn gesehen hatte. Deutlich waren noch die Reifenspuren in der Grasnarbe zu erkennen, unzählige Zigarettenkippen lagen daneben. Also gut, keine Einbildung! Aber was gingen sie diese beiden Burschen an? Vielleicht Privatdetektive, die im Auftrag eines Ehemannes unterwegs waren, der von Martin Graf Hörner aufgesetzt bekam?

Karla ging ins Bad, warf einen flüchtigen Blick in den Spiegel, sehnte sich kurz, aber heftig nach Rouge, Lippenstift und Mascara und stieg dann unter die Dusche. Detektive in einem uralten Lieferwagen? Keine besonders gute Tarnung!

Während sie sich abtrocknete, warf sie einen Blick aus dem Dachfenster des Badezimmers. Karla konnte jetzt einen großen Teil von Welchrings Anwesen überblicken, auch den Gemüsegarten, der hinter dem Haus lag und mit einem Zaun und einem Tor vom übrigen Teil des Grundstücks getrennt war. Früher hatte dort in Reih und Glied ein untadeliges Regiment von Kartoffeln, Möhren, Wirsing- und Weißkohlköpfen patrouilliert, jetzt war aus den Gemüsesoldaten ein ungeordneter Haufen von schlappen Landsknechten geworden, die zum größten Teil auf dem Feld der Gartenerde gefallen, umgeknickt und vermodert waren. Nur ein paar ganz unverwüstliche Exemplare reckten ihre zerlumpten Blätter aus den Beeten, ohne Hoffnung auf Ernte, nur mit der Aussicht, irgendwann von angriffslustigen Kampfhunden ausgebuddelt zu werden. Wahrscheinlich wurden die drei gelegentlich dort eingesperrt und tobten dann ihre Wut darüber an den Gemüserabatten aus, die von Kratern durchfurcht waren, als hätte über die Verwahrlosung hinaus ein besonders brutaler Flankenangriff die Gemüsereihen durchlöchert. Jetzt hockten die drei Bullterrier allerdings in ihren Käfigen, jeder in einem eigenen, aufgestellt neben dem Hauseingang. Das Arrangement erinnerte vertrackt an die drei Käfige, die an der Lambertikirche hingen.

Karla sah eine Weile zu, wie die drei Hunde sich gegen die Gitter warfen. Vielleicht sollte sie sich, wenn sie diesen Auftrag zur Zufriedenheit ihres Chefredakteurs erledigt hatte, mit Jan van Bröder und den beiden anderen Vorsitzenden in Verbindung setzen. Ludwig Bräutigam würde es ihr sicherlich danken, wenn sie etwas über die drei herausfand, was auf den Gesellschaftsklub ein schlechtes und auf alle, die nicht zu den Mitgliedern gehörten, ein gutes Licht warf. Womöglich wurde dann auch Bräutigams Mutter einsichtig. Bräutigam! Karla warf das Badetuch in die Ecke. Sie musste unbedingt ihre Mailbox abhören!

Aus dem Beutel, in dem sie ihr derzeitiges Hab und Gut aufbewahrte, kramte sie zunächst einen frischen Slip hervor, dann zog sie das Handy heraus und drückte so lange auf den roten Knopf, bis das Display in Bewegung geriet.

Im selben Augenblick klopfte es. »Das Frühstück ist fertig!«

»Moment!« Erschrocken drückte sie abermals den roten Knopf und schickte ein Stoßgebet zum Himmel, dass das Handy in seinen Ruhezustand zurückfallen möge, ehe es mit einem verräterischen Piepton seine Bereitschaft signalisierte. Zum Glück verdüsterte sich das Display umgehend wieder, das Handy sank in den Schlaf zurück. »Ich muss mir nur noch was überziehen.«

Karla streifte sich den Pullover und den Trägerrock über und lauschte kurz. Wieder spürte sie Martins Gegenwart auf der anderen Seite der Tür. Also legte sie das Handy in das Versteck zurück. Sicher würde nach dem Frühstück Zeit sein, die Mailbox abzuhören.

Als sie die Tür öffnete, sah Martin sie mit einem Blick an, in dem unzählige Fragen, unendlich viel Hoffnung, ebenso viel Traurigkeit und sämtliche Gedanken standen, die ihn in der vergangenen Nacht heimgesucht hatten. Er griff nach Karlas Hand. »Hat dir der Schlaf in einem warmen Bett gut getan?«

Sie nickte und stieg an seiner Seite die Treppe hinab, ohne seine Hand loszulassen. Nur zögernd betrat sie die Küche, die von der Sonne durchflutet wurde. Die weißen Möbel und die zartgelben Wände fingen das Licht auf und vervielfältigten es. Karla kniff die Augen zusammen, als würde sie geblendet.

Martin strich ihr teilnahmsvoll über den Rücken. »Setz dich. Versuch, dieses Frühstück zu genießen.«

Glaubte er, sie litte in diesem Moment unter dem, was sie verloren hatte? Sie trauerte um die bürgerlichen Gewohnheiten, die Geborgenheit, die Sicherheit? Ja, das glaubte er wohl. Er konnte ja nicht ahnen, dass es etwas anderes war, was Karla bedrängte. Dieses Bild hatte sie sich früher oft vorgestellt: eine sonnenhelle Küche, darin zwei Menschen, die dort so selbstverständlich beieinander waren wie in der Nacht zuvor. Damals war es immer Ute gewesen, die in dieses Bild trat. Heute war sie es selbst, aber sie passte genauso wenig hinein wie vor zehn Jahren. Vielleicht noch weniger!

Während Martin den Kaffee einschenkte, warf er Karla einen prüfenden Blick zu. So, als wollte er herausfinden, ob ihr mit dem gesellschaftlichen Stand auch die Tischmanieren abhanden gekommen waren. Trotzig stach Karla das Messer in die Butter. Das würde eine gute Reportage geben! Ob sich je ein Leser Gedanken darüber machte, dass man durch einen Sturz von der bürgerlichen Leiter nicht nur ein gebrochenes Selbstbewusstsein davontrug, sondern so schwer verletzt wurde, dass man ein sozialer Pflegefall wurde? Selbst dann, wenn man noch mit Messer und Gabel umgehen und eine Toilette von einem Bidet unterscheiden konnte!

»Ich habe mir überlegt«, begann Martin, während er Karla dabei zusah, wie sie sich ein Brötchen mit Käse belegte, »dass ich die Wiedertäufer um Hilfe bitten könnte. Wozu sind sie meine Nachbarn? Das Gebell ihrer Hunde hat mir oft genug den Schlaf geraubt. Sie sind mir also etwas schuldig.«

Karla ließ das Brötchen sinken. »Die Wiedertäufer? Wie meinst du das?«

Martin hatte sich schon alles zurechtgelegt. »Sie haben gute Beziehungen, alle drei! Das ist ja schließlich der Sinn eines Gesellschaftsklubs – abgesehen von den Wohltätigkeiten. Eine Wiedertäuferhand wäscht die andere! Mit einem wohltätigen Zweck entstehen mindestens drei geschäftliche Beziehungen, die für beide Seiten lukrativ sind. Bei den guten Verbindungen der drei Vorsitzenden müsste es möglich sein, für dich einen Job zu finden, der dich wieder in die Gesellschaft eingliedert.«

In Karla regte sich Widerstand. Wollte sich Martin auf diese Weise reinwaschen von der Schuld, an die er unbedingt glauben wollte? Eine Nacht in seinem Haus, das Nutzen von ein paar Beziehungen, und schon würde er sich die Hände reiben, selbst wenn sie nur einen Job als Toilettenfrau bekam! Damit wäre dann seine Schuld getilgt, die er sich doch höchstpersönlich ins Gewissen geredet hatte? Nein, so leicht sollte er nicht davonkommen. Ein Mann, der einer verzweifelten Frau alles genommen hatte, was ein Mitglied der Gesellschaft brauchte, musste mehr leisten als ein paar gute Worte.

»Als wenn das so einfach wäre«, brummte sie. »Überhaupt weiß ich gar nicht, ob ich das will. Der Weg zurück ist schwer.«

»Trotzdem musst du es versuchen«, entgegnete Martin. »Ich würde es mir niemals verzeihen, wenn ich es nicht schaffte, dir dabei zu helfen.«

Aha, er gab es also zu! Es ging gar nicht um sie, sondern um ihn. Um seinen Seelenfrieden, um seinen ruhigen Nachtschlaf auf dem sanften Ruhekissen, auf dem er sich samt seinem guten Gewissen schlafen legte.

»Hast du Angst, dass du mich sonst öfter für eine Nacht beherbergen musst?«, fragte Karla. »Keine Sorge, Martin, ich würde dich nur bei grimmiger Kälte darum bitten. Oder wenn ich meinen eigenen Gestank nicht mehr ertragen kann und dringend ein Badezimmer brauche.«

Martin zuckte zusammen. Doch er entschloss sich, die Augen sofort wieder zu verschließen vor dem Abgrund menschlicher Verirrungen. »Natürlich würde ich dir meine Hilfe nie verweigern«, antwortete er vage, »aber – ich kenne dich doch. Du lässt dir nicht gerne helfen. Du willst dein Ziel aus eigener Kraft erreichen.«

Da hatte er Recht. Karla biss in ihr Brötchen und wartete darauf, dass sie mehr erfuhr als nur von seinem schlechten Gewissen. Mehr von seinen Gefühlen und von dem Maß der Liebe, die übrig geblieben war.

Aber Martin versuchte sachlich zu bleiben. »Bernd Koppelstädter ist Berufsschullehrer. Er hat einige Erfahrungen mit obdachlosen Frauen. Man sagt, es träfe ihn immer wieder hart, wenn er ehemalige Schülerinnen auf dem Bremer Platz oder in den Grünanlagen am Hansaplatz wiedererkennt. Angeblich hat er sich dann jedes Mal rührend um sie gekümmert und dafür gesorgt, dass sie wieder ins Arbeitsleben eingegliedert werden.« Martin sah jetzt sehr nachdenklich aus. »Es geht ja so schnell. Die Prüfung vor der Industrie- und Handelskammer nicht bestanden, dann vom Ausbildungsbetrieb nicht übernommen, anschließend Arbeitslosigkeit, von der Familie verstoßen, aus der Wohnung geklagt ...« Sein Gesicht wurde immer ernster. »Allerdings geht auch das Gerücht um, dass Bernd schwachen Schülerinnen durch die Abschlussprüfung geholfen hat, nachdem sie ihn in seiner Wohnung besucht haben.«

Karla fuhr auf. »Wirklich? So ein Schwein!«

Martin winkte ab. »Das ist nicht erwiesen. Aber es muss ja nicht Koppelstädter sein, der dir hilft. Ich könnte auch Heinrich Welchring fragen. Als Kommunalbeamter müsste er doch etwas für dich tun können. Schließlich ist er Amtsleiter bei der Stadtverwaltung. Von welchem Amt, weiß ich allerdings nicht.« Entschlossen trank Martin seine Kaffeetasse leer. »Egal! Er müsste in jedem Fall etwas für dich tun können.«

»Welchring ist der, dem die Villa nebenan gehört?«

»Ja, der Neffe der alten Frau Welchring. Mit dem Erbe kam er endlich zu einigem Wohlstand. Wie soll das einem Beamten sonst gelingen? Frau Welchring hat einiges auf der hohen Kante gehabt.« Martin zuckte die Schultern. »Besonders angenehm ist mir die neue Nachbarschaft nicht. Andererseits gab es mit Frau Welchring auch eine Menge Ärger, bis sie endlich im Altenheim untergebracht war.«

»Was gefällt dir an ihrem Neffen nicht?«

Martin überlegte eine Weile. »Eigentlich ist an Welchring nichts auszusetzen. Er ist ein angesehener Mann. Trotzdem …« Er lauschte dem wütenden Gebell der Hunde auf dem Nachbargrundstück. »Mir wäre eine Familie mit Kindern lieber gewesen als die drei Wiedertäufer, die das Haus nicht bewohnen, sondern nur gelegentlich darin tagen. Gelegentlich? Ach, was sage ich! Eigentlich halten sie sich sehr häufig dort auf. Vor allem abends und nachts. Anfänglich hatte ich oft den Eindruck, dass sie die Ähnlichkeit ihrer Namen mit denen der Wiedertäufer etwas zu genau nehmen.«

»Was willst du damit sagen?«

»Ein ausschweifendes Leben, Gelage, Völlerei, Vielweiberei«, zählte Martin düster auf. »Nebenan war bis vor kurzem immer viel los. Jan van Bröder brachte die Nutten oft gleich im Dutzend in die Welchring-Villa. Keiner der drei ist verheiratet, die nutzen ihre Freiheit weidlich aus. Und seit Welchring geerbt hat, die beiden auch ihn. Heinrich scheint sehr großzügig zu sein.«

»Und ich dachte, die Wiedertäufer wären eine honorige Gesellschaft!«

»Sind sie ja auch«, beschwichtigte Martin. »Seit Wochen bringt Jan keine Nutten mehr mit nach Angelmodde. Es ist jetzt immer sehr ruhig nebenan. Vielleicht haben die sich nur mal austoben wollen.« Plötzlich schnipste er mit den Fingern. »Jan van Bröder! Den könnte ich auch um Hilfe für dich bitten!«

»Nein, nicht Jan! Du weißt doch –«

Karla sprach den Satz nicht zu Ende, Martin wusste auch so, was sie sagen wollte. »Entschuldige, ich vergaß, dass du mal was mit ihm hattest. Natürlich vor unserer Zeit«, ergänzte er mit einem kleinen Lächeln, das Männer parat haben, wenn sie ganz sicher sind, dass es im Bett kein Geschlechtsgenosse mit ihnen aufnehmen und eine Frau nach ihnen keinen anderen Mann mehr wirklich lieben kann.

Dann schlug er sich vor die Stirn. »Wo hatte ich nur meine Gedanken? Nein, nicht bei den Wiedertäufern werde ich nachfragen! Wie konnte ich Ludwig Bräutigam vergessen?« Aufgeregt sprang er auf und ging zum Fenster. Zum Glück gab er Karla damit Gelegenheit, ihre Gesichtszüge gerade zu rücken, die sonst womöglich alles verraten hätten.

»Bräutigam ist Chefredakteur beim Münsterland-Echo. Wenn ich ihm erzähle, dass du eine gute Journalistin bist und nur durch widrige Umstände in die Arbeits- und Wohnungslosigkeit geraten bist ...« Er drehte sich zu ihr um. »Bräutigam ist genau der Richtige! Vielleicht kann ich auch erreichen, dass er endlich bei den Wiedertäufern aufgenommen wird. Wenn ich das schaffe, frisst er mir aus der Hand. Er tut zwar so, als ob ihm nichts daran liegt, aber jeder weiß, dass er scharf drauf ist.« Martin überlegte eine Weile, während Karla wie erstarrt dasaß und einer Luftmasche ihres Pullovers nachfühlte, die sich unter der rechten Achsel löste und Reihe für Reihe abwärts bewegte.

»Am besten, ich rufe Bräutigam gleich an«, beschloss Martin und machte sich auf den Weg zum Telefon.

»Nein, nicht!« Karla schrie es fast.

Martin blieb stehen und sah sie ungläubig an. »Du willst nicht?«

»Doch, klar will ich, nur –« Karla fiel nichts Besseres als akute Atemnot ein und hustete erst mal ausgiebig einen Brotkrümel heraus, der gar nicht existierte. »Warte noch zwei, drei Tage. Ich bin ja gerade erst wieder in Münster angekommen.«

»Das zeigt doch, dass du in dein altes Leben zurückwillst!«, rief Martin verzweifelt. »Sonst wärst du in Hamburg geblieben!«

Er setzte sich wieder und zog ihren Stuhl so dicht an seinen heran, dass sie sich gegenübersaßen und Karlas Knie zwischen seinen Platz fanden. Sie hätte gern die Hände auf sein Haar gelegt, von dem sie wusste, wie weich es sich anfühlte, hätte gern in seinen Nacken gegriffen, jede einzelne Locke mit den Fingerspitzen vom Hemdkragen gelöst und wieder zurückgepustet, wie sie es früher immer getan hatte.

»Vielleicht weißt du es gar nicht«, sagte Martin leise, »aber ich bin sicher, dass dein Unterbewusstsein dich nach Münster zurückgeführt hat, weil du neu anfangen willst.«

Karla rutschte unbehaglich auf ihrem Stuhl hin und her. »Schon möglich. Aber lass mir noch ein bisschen Zeit. Ein paar Tage, okay?«

Martin stand auf und ging zum Fenster. »Also gut.«

In den nächsten Tagen würde sie längst Redakteurin des Münsterland-Echos sein! Keine Gestrandete, sondern Karla Bernardi, die soeben eine brisante Reportage abgeliefert hatte und ihre erste Festanstellung feierte! »Ich packe jetzt meine Sachen zusammen.«

Martin blickte wieder aus dem Fenster, als wollte er ihr nicht ins Gesicht sehen. Dann drehte er sich zu ihr um und holte tief und bedeutungsvoll Luft –

Karla schüttelte den Kopf. »Nein, Martin, sag's nicht. Ich gehe zum Bremer Platz zurück.«

Er strich sich über die Stirn und fuhr dann flüchtig mit der Hand über die Augen. »Also gut, ich fahre dich in die Stadt.«

Karla wandte sich um, fest entschlossen, trotz ihrer schlampigen Kleidung den Raum wie eine Dame zu verlassen. Zu spät erinnerte sie sich daran, dass sie immer Schiffbruch erlitten hatte, wenn man sie für eine Dame halten sollte. Prompt stolperte sie unglücklich über eine umgebogene Teppichkante, aber ihr Versuch, sich irgendwo abzustützen, schlug fehl. Sie wollte nämlich instinktiv Halt an dem gläsernen Regal suchen, in dem Ute kristallene Tierchen aufgestellt hatte wie einen kleinen zu Eis erstarrten Zoo. Da sie ins Leere griff, ging immerhin keine Kostbarkeit des Hauses kaputt, aber Karla landete kopfüber auf dem Sofa. Die Tatsache, dass sie weich gefallen war, tröstete sie kein bisschen. Bei der Vorstellung, wie sie von hinten ausgesehen haben mochte, als ihr Rock hochschlug und diese entsetzlichen wollenen Hosen zum Vorschein kamen, wäre ihr jeder Knochenbruch lieber gewesen. Bevor Martin ihr zur Hilfe eilen konnte, war sie bereits wieder auf den Beinen und lief, ohne sich umzusehen, die Treppe hinauf.

Aufatmend schloss sie die Tür des Gästezimmers hinter sich und zog sich mit dem Handy ins Badezimmer zurück. Dort versteckte sie es unter einem Handtuch, bis der Piepton verkündete, dass es einsatzbereit war. Während sie die Nummer der Mailbox eingab, meldete das Gerät mit einem Klingeln, das ihr viel zu laut vorkam, bereits eingegangene Nachrichten. Erschrocken warf Karla das Handtuch wieder darüber und lauschte angestrengt. Hatte Martin das Klingeln gehört? Nein, auf der Treppe blieb alles ruhig. Die Geräusche, die sie vernahm, drangen alle aus der Küche. Anscheinend räumte Martin das Geschirr in die Spülmaschine.

*

»Sind Sie wahnsinnig?« Bräutigams Stimme prallte in Karlas Ohr wie eine Gewehrsalve in das eines verschreckten Feldschützen. »Wo sind Sie? Verdammt, habe ich Ihnen nicht gesagt, dass Sie an Ihrem

Platz bleiben sollen?« Bräutigam schien sich an seiner Empörung zu verschlucken, denn er erlitt einen Hustenanfall, der jedem Internisten Anlass zu schwerer Besorgnis gegeben hätte. Als er weitersprach, klang seine Stimme plötzlich zaghaft. »Frau Bernardi, ich bitte Sie! Melden Sie sich so schnell wie möglich bei mir, damit ich weiß, dass Ihnen nichts passiert ist. Hören Sie? Rufen Sie mich sofort an! Ich mache mir sehr große Sorgen!«

In Karlas Herz, das im ersten Schreck erstarrt war, setzte unverzüglich Tauwetter ein. Wie rührend, diese Besorgnis! Doch der nächste Wetterumschwung ließ nicht auf sich warten.

»Verdammt, ich will eine gute Story und keine verschwundene Redakteurin! Was denken Sie sich eigentlich? Sie sollen von Abenteuern erzählen, aber sie nicht selbst erleben! Ich will wissen, was auf dem Bremer Platz passiert! Aber nicht von der Kriminalpolizei, sondern von Ihnen! Verdammt, Frau Bernardi, wo sind Sie? Melden Sie sich umgehend! Verstanden?«

»Möchten Sie jetzt mit dem Anrufer verbunden werden, drücken Sie bitte die Sieben ...«

Karla drückte stattdessen die rote Taste. Nein, noch kein Rückruf! Von dieser Meldung musste sie sich erst mal erholen. Woher wusste Bräutigam, dass sie nicht auf dem Bremer Platz geschlafen hatte? Und noch wichtiger: Wie konnte sie sich herausreden, ohne ihre Festanstellung zu gefährden? Würde es Sinn machen, den ängstlichen Bräutigam zu beruhigen, der vielleicht mit der Auskunft zufrieden war, dass seine neue Redakteurin sich bester Gesundheit erfreute? Oder war es besser, dem wütenden Bräutigam eine ebenso aufgebrachte Antwort zu präsentieren? Die musste dann allerdings derart stichhaltig sein, dass sie ihm den Wind sofort aus den Segeln nahm!

Karla seufzte tief auf. Was wusste Ludwig Bräutigam überhaupt? Sie wog das Mobiltelefon in ihren Händen. Ja, das musste sie zuallererst in Erfahrung bringen. Sonst würde sie am Ende mehr verraten, als nötig war.

Also besser erst mal mit Uli oder Torsten reden! Ob sie es wagen konnte? Im Haus war es still. Nein, sie entschloss sich, das Handy auszuschalten und wegzustecken. Martin würde sie womöglich hören und als Handy-Besitzerin entlarven oder aber für eine Frau halten, die bereits derart lebensfremd geworden war, dass sie sich in Selbstgespräche flüchtete. Eins so schlimm wie das andere!

Während sie das Handy sorgfältig am Körper verstaute, fragte sie sich, warum Bräutigam so aufgeregt war. Er hatte doch gesagt, auf dem Bremer Platz sei es für sie ganz ungefährlich! Torstens Einwände hatte er umgehend im Keim erstickt. Warum nun diese Sorge um sie? Karla stand nachdenklich da, ohne zu einem Reim zu finden, den sie sich auf die hochemotionale Nachricht Bräutigams machen konnte. Irgendwas stimmte nicht. War etwa doch etwas dran an den Gerüchten? Waren tatsächlich Frauen vom Bremer Platz verschwunden? Wirklich merkwürdig, dass Bräutigam so tat, als handle es sich bloß um die Phantasien einiger Obdachloser. Warum setzte er seine neue Redakteurin einer solchen Gefahr aus?

*

Martin schien zu glauben, dass sie nicht bemerkte, wie er sich nach allen Seiten umsah, ehe er nach Karlas Arm griff und ihr ins Auto half. Immer deutlicher spürte sie die Macht der Ehrsamkeit, die nichts mit Ehre, aber viel mit dem äußeren Schein zu tun hatte. Wie zermürbend war es doch, sich mit Wenigem zufrieden zu geben, wenn man einmal mehr gehabt hatte. Selbst für zwei oder drei Tage! Zum Glück gab es für sie einen Trost, den Daggi, Werner, Arni, Dave und erst recht Wilfried nicht hatten. Sie würde ihre Erfahrungen mitteilen können, konnte hoffen, dass man ihr zuhörte, konnte ihre Mitmenschen teilnehmen lassen und sie aufrütteln. Ja, es würde ihr gelingen, eine Reportage zu schreiben, die unter die Haut ging. Die Empfindungen, die Wilfried auf den Punkt vor seinen Füßen bannten und Daggi kein Wort über ihre Rückkehr auf den Bremer Platz entlockten, hatten auch ihr längst die soziale Unschuld genommen. Nun kam es nur noch darauf an, die Oberflächlichkeit der Leser anzukratzen.

Martin hatte gerade den Zündschlüssel gedreht, als sich ein Wagen von der Wolbecker Straße her näherte. »Koppelstädter«, murmelte er. »Ich frage mich, mit welcher Berechtigung Lehrer ihr dickes Gehalt kassieren, wenn sie am helllichten Vormittag spazieren fahren können, statt sich mit Wissensvermittlung zu beschäftigen.«

Er wartete, bis Koppelstädter vorbeigefahren war, der stur geradeaus blickte, als wollte er weder jemanden sehen noch gesehen werden.

»Wahrscheinlich hat er sich wieder mal krankgemeldet«, knurrte Martin. »Wie man hört, redet er sich immer öfter mit seelischem Unwohlsein raus.«

Er lachte verächtlich, während Karla beobachtete, wie Koppelstädters Wagen nach kurzem Hupen auf das Gelände der Welchring-Villa gelassen wurde. Das Gebell der Hunde und das Klirren der Käfiggitter war weithin zu hören.

Martin fuhr langsam vom Grundstück hinunter, beide Hände am Steuer, die Arme ausgestreckt, der Oberkörper sehr aufrecht, als gälte es, einer Gefahr tapfer ins Auge zu blicken. Er gehörte zu den Autofahrern, die sich strikt an alle Verkehrsvorschriften hielten und nicht einsehen wollten, dass ihre bedächtige Fahrweise zu ebenso kritischen Verkehrssituationen führen konnte wie die Raserei der Straßenrowdys, die Martin Graf schwer verurteilte.

Der Fahrer, der ihnen entgegenkam, schien so einer zu sein. Martin begann gerade über die Verantwortungslosigkeit der heutigen Jugend zu schimpfen, die noch nicht reif für den Führerschein war, da stutzte er. »Das war ja Ludwig Bräutigam!« Er stieg in die Bremse und hielt nach wenigen Metern mitten auf der Fahrbahn an, was für einen überkorrekten Verkehrsteilnehmer wie ihn eine unglaubliche Kühnheit war. Angestrengt starrte er in den Rückspiegel. »Tatsächlich! Er hält! Ob er mich erkannt hat?« Er schlug sich vor die Stirn. »Das ist ja die Gelegenheit! Ich werde ihn auf der Stelle fragen, ob er etwas für dich tun kann.« Er machte Anstalten zurückzufahren, war jedoch unschlüssig, ob er den Wendevorgang rückwärts oder vorwärts beginnen sollte. Während er das Lenkrad knetete, fiel sein Blick auf Karla. »Was macht du denn da unten?«

Da es Martin Graf überforderte, neben dem Manövrieren eines Autos gleichzeitig eine wichtige Entscheidung zu treffen, blieb er erst einmal mitten auf der Straße stehen, was zum Glück in dieser Gegend kein Problem war, wo es nur wenige Häuser und dementsprechend wenig Verkehr gab. Fassungslos sah er auf Karla herab, die in den Fußraum gerutscht war und dort hockte, als hinge sie über einem Abgrund und könne sich nur durch das Festklammern am Beifahrersitz vorm Absturz bewahren. »Warum um Himmels willen versteckst du dich?«

Karla geriet ins Stottern. »Weil … Ich dachte nur … Ich finde, er sollte mich auf keinen Fall sehen. Jetzt noch nicht.« Mühsam kroch sie auf ihren Sitz zurück. »So, wie ich aussehe«, ergänzte sie, als sie wieder neben Martin saß und mit einem vorsichtigen Blick in den Rückspiegel feststellte, dass die Gefahr vorüber war.

»Bitte, nicht wenden«, bat sie so eindringlich, dass Martin widerspruchslos den ersten Gang einlegte und den Weg fortsetzte.

Karla gewann mit jedem gefahrenen Meter ihre Sicherheit zurück. »Kein Chefredakteur der Welt stellt eine Frau wie mich ein«, sagte sie. »Sieh mich doch an! Wie soll er sich vorstellen, dass aus mir einmal die Zierde seiner Redaktion werden kann? Wenn er mich jetzt kennen lernt, wird er befürchten, dass ich in meinem Pelz Läuse in die Redaktion trage oder sogar Kakerlaken. Ich muss mich auf eine Gegenüberstellung erst vorbereiten.«

Martin warf ihr einen prüfenden Blick zu, der ihn mindestens fünf Stundenkilometer kostete, da jede Ablenkung ganz automatisch seinen Fuß vom Gas zwang. Dann nickte er. »Ja, es ist wohl wirklich besser, wenn ich erst mal mit Bräutigam allein rede.« Er griff nach Karlas Knie, erwischte den Persianer und zog die Hand hastig wieder zurück. Damit hatte er weitere fünf Stundenkilometer verloren. »Wenn er bereit ist, dir eine Chance zu geben, werden wir dich erst neu einkleiden müssen.«

Karla, die sich auf keinen Fall mit Dankbarkeit abgeben wollte, entschied sich stattdessen für Provokation. »Du willst mich doch nicht etwa Utes Kleidung auftragen lassen?«

Zum Glück war Martin gerade an der Einmündung in die Wolbecker Straße angekommen und musste sowieso stoppen. Erschrocken nahm er den Fuß von der Kuppelung, der Wagen bockte und rächte sich für die schlechte Behandlung mit einem Totalausfall. Alle roten Lichter am Armaturenbrett leuchteten, sämtliche Funktionen waren in Streik getreten.

Mit zitternden Fingern drehte Martin den Zündschlüssel, bis sein Jaguar, der einigen Kummer gewöhnt war, sich endlich überreden ließ, die Fahrt fortzusetzen.

»Es ist kein einziges Kleidungsstück von Ute mehr im Haus«, antwortete er, als er die Brüskierung überwunden hatte.

*

Die weitere Fahrt verlief schweigend. Martin konzentrierte sich aufs Autofahren. In Karlas Kopf dagegen rotierten die Fragen: Was führte Ludwig Bräutigam nach Angelmodde? Suchte er sie dort? Wusste er, dass sie in Martin Grafs Haus übernachtet hatte? War er gekommen, um sie zu holen? Dass ihr Chefredakteur einen Besuch in der Welchring-Villa machte, erschien ihr unmöglich. Jeder wusste ja, dass er mit den Wiedertäufern verfeindet war. Es gab nur eine Erklärung für sein Auftauchen: Er spionierte hinter seiner neuen Redakteurin her. Wie konnte er ihr nur derart misstrauen? Eine Frechheit!

Und dann diese beiden Burschen, die sie am Tag zuvor belauscht, verfolgt und die halbe Nacht beobachtet hatten! Ließ Bräutigam sie beschatten? Wie ein Kind beaufsichtigen? Oder kontrollieren wie eine Mitarbeiterin, der nicht zu trauen war? Der alte schwarze Persianer erzitterte über Karlas Wut. Was dachte sich dieser Mann eigentlich? Musste sie sich das gefallen lassen?

Vielleicht sollten die beiden Männer sie aber auch nur beschützen? Karla starrte auf die gemächlich vorüberziehenden Wiesen und Zäune, auf die Häuser, die am Straßenrand oder hinter Bäumen und Büschen versteckt standen. Sie merkte genauso wenig wie Martin, dass hinter dem Jaguar ein ungeduldiger Autofahrer verzweifelte Überholmanöver versuchte und sich selbst und den Gegenverkehr gefährdete. Martin fuhr weiter gemächlich an der Mittellinie entlang und steigerte sein Tempo um keinen Stundenkilometer.

Schweigend fuhren sie in die Stadt hinein. Erst als sie in die Hamburger Straße einbogen, sprach Martin wieder. »Wo kann ich dich finden?« Er wies zum Bremer Platz. »Dort?«

Karla nickte. Sie wagte es nicht, nach seiner Hand zu greifen, sie wandte sich auch nicht noch einmal um, nachdem sie ausgestiegen war, um nicht den Blick aufzufangen, den er ihr hinterherschickte. Stattdessen sah sie dem wohlanständigen Bürger kerzengerade ins Gesicht, der kopfschüttelnd erst den Jaguar und dann die Frau betrachtete, die ihm entstiegen war. Man sah dem armen Mann an, dass er die Welt nicht mehr verstand.

Karla hatte sich absichtlich in der Hamburger Straße absetzen lassen, um nicht gleich dem Bremer Platz und Daggis Fragen gegenüberzustehen. Sie wollte sich erst mal ein ruhiges Plätzchen zum Telefonieren suchen. Uli war die zentrale Anlaufstelle für diesen Reportageauftrag. Sie würde wissen, was in der Zwischenzeit geschehen war.

Karla ging bis zum Ende der Straße, drückte sich in den Eingang des Aschendorff-Verlages, spähte dann nach rechts, ließ die Augen über den Platz wandern und versuchte Daggi, Wilfried, Werner, Dave und Arni auszumachen. Aber noch bevor sie die Junkies von den Pennern unterschieden hatte, sah sie einen kleinen Lkw von der Schillerstraße, die auf der anderen Seite am Bremer Platz vorbeiführte, in die Soester Straße einbiegen, die zwischen dem Platz und dem

Verlagsgebäude verlief. Er näherte sich langsam und parkte schließlich vor dem Christophorusheim, das sich dem Verlag anschloss. Karla konnte die Aufschrift auf dem Lkw gut erkennen.

Sie zog sich ein wenig zurück, vermochte aber den Blick nicht von dem Mann zu lösen, der den Lkw steuerte. Jan van Bröder stieg nicht aus, nachdem der Wagen geparkt war, sondern sprach eine Weile mit Osman, der neben ihm saß.

Karla verzichtete auf den Schutz der Mauer und trat einen Schritt vor. So, wie sie aussah, würde Jan van Bröder sie niemals erkennen! Die Frau, mit der er vor vielen Jahren eine Affäre hatte, war eine gepflegte, extravagante Person gewesen, die nichts mit der Pennerin gemein hatte, die hier um eine Hausecke blinzelte. Zwar hatte sie sich am Abend zuvor die Haare gewaschen, trotzdem täuschte nichts darüber hinweg, dass sie von der Straße war. Sie konnte ganz unbesorgt sein. Jan würde einer Frau wie ihr nicht einen Blick gönnen.

Sie beobachtete, wie er ausstieg und seine Hose in die Höhe zog, die unter den Bauch gerutscht war. Osman ging um den Wagen herum und gesellte sich zu ihm. Gemeinsam blickten die beiden auf den Bremer Platz – wie zwei Touristen, die ihren Reiseführer vergessen hatten und nun ratlos auf die Sehenswürdigkeiten starrten, deren Namen sie nicht mal kannten. Sie steckten die Köpfe zusammen, wenn sie miteinander sprachen, wiesen mal hierhin, mal dorthin, dann schienen sie über eine Frau zu reden, die sich gerade durch das Buschwerk zwängte, das den Spielplatz vom übrigen Gelände trennte. Daggi war es, die mit zügigen Schritten zu Dave ging, der am Brunnen stand und sich auf ein Gespräch mit zwei Männern eingelassen hatte, die genauso aussahen, wie sich Lieschen Müller gewissenlose Dealer vorstellte. Anscheinend wollte Daggi ihren Kumpel in die friedliche Welt der Berber zurückholen. Karla trat noch einen Schritt vor. Was ging Jan und Osman das Geschehen auf dem Bremer Platz an?

Plötzlich griff Jan nach Osmans Arm, die beiden wandten sich um, und Karla, die sich eben noch so sicher gefühlt hatte, merkte gleich, dass sie die Aufmerksamkeit der Männer erregte. Jan sah so aus, als brauche er Zeit zum Nachdenken. Zeit, um seine Erinnerung mit dem, was er sah, in Einklang zu bringen?

Karla blickte sich hastig um. Wohin konnte sie fliehen? Jan schien sie wirklich erkannt zu haben. Nach so langer Zeit! Trotz der Veränderung! Und auch Osman hatte ihr einen scharfen Blick zugeworfen. Konnte er tatsächlich eine Verbindung herstellen zwischen der

Frau, die er aus dem Straßengraben gezogen, dann vor dem Gebäude des Münsterland-Echos getroffen hatte und die nun hier am Bremer Platz in einem mottenzerfressenen Persianer vor ihm stand? Hatten die frisch gewaschenen Haare sie doch verraten?

Sie riss die Tür zum Aschendorff-Verlag auf und war froh über die dunklen Scheiben und das schwere Gitter, das kaum einen Blick in das Innere des Gebäudes zuließ. Wenn Jan und Osman dem Verlag keinen Besuch abstatten wollten, war sie gerettet.

Mit angehaltenem Atem beobachtete sie die Umrisse der beiden, die eine Weile an der Straßenecke standen und dann gemächlich zum Wagen zurückgingen. Sie seufzte leise auf. Das war knapp!

Jan van Bröder hätte sie die Geschichte von dem verwirkten Leben, das im Berbermilieu geendet hatte, vielleicht erzählen können, Osman jedoch würde ihr kein Wort glauben. Womöglich ahnte er dann gleich, dass sie undercover fürs Münsterland-Echo unterwegs war, würde Jan davon erzählen – und prompt wäre das Geheimnis verraten gewesen. Am Ende hätte Karla einen Kredit über dreißigtausend Euro aufnehmen müssen, und das ohne jede Aussicht auf ein regelmäßiges Gehalt, mit dem die Schulden abzubezahlen waren. Sie lehnte sich an die Wand. War es richtig gewesen, diesen Auftrag anzunehmen? Nur, um möglichst schnell und sicher zu einer Festanstellung zu kommen? Undercover zu recherchieren, war wirklich keine einfache Sache, das merkte sie jetzt. Worauf hatte sie sich da nur eingelassen?

*

»Karla!« Uli schrie, als wäre sie von einer Totgeglaubten angerufen worden. »Wo um Himmels willen steckst du?«

Karla drückte sich tiefer in die Mauernische, in der sie hoffentlich eine Weile ungestört sein würde. Sie sprach leise, damit kein Verlagsangestellter im Foyer erschien, um nachzusehen, welcher Gast des Aschendorff-Verlages vergeblich auf Begrüßung und geschäftliche Zuwendung wartete. »Wo soll ich schon sein?«, fragte sie mit einer Gelassenheit zurück, die sie sich selbst nicht zugetraut hatte. »Auf dem Bremer Platz natürlich. An meinem Arbeitsplatz sozusagen.«

»Das kann nicht sein!«, schrie Uli. »Der Chef hat heute Morgen angerufen und erklärt, dass du verschwunden bist!«

Karla genoss Ulis hysterische Stimme in dem majestätischen Gefühl, die eigene im Zaum zu halten. »Wie kommt er nur darauf?«

Die Ratlosigkeit dämpfte prompt Ulis Stimmgewalt. »Er war so aufgeregt, dass er sich keine Zeit für Erklärungen genommen hat. Du sollst dich umgehend bei ihm melden, wenn du wieder auftauchst, hat er gesagt. Aber das musst du doch wissen! Er wollte dir eine Nachricht auf die Mailbox sprechen.«

»Das hat er auch getan«, bestätigte Karla. »Aber ich wollte erst mal von dir hören, was los ist, bevor ich ihn anrufe.« Sie lauschte auf Schritte, die sich näherten, aber dann zum Glück in einem Raum verklangen, dessen Tür dröhnend ins Schloss fiel. »Gib mir mal Torsten«, bat sie Uli. »Vielleicht weiß der mehr.«

»Torsten hat sich gerade zur Redaktion aufgemacht. Das ist ihm verdammt schwer gefallen. Er hat nämlich die ganze Nacht auf dem Klo verbracht.«

»Ist er krank?«

»Und wie! Am frühen Abend ging's los, nachdem er die Leberwurst gegessen hatte, die seit ein paar Tagen in unserem Kühlschrank auf Erlösung gewartet hat.«

»Wie viele Tage genau?«

»Keine Ahnung!«

»Ist er verrückt? Wie kann er so etwas essen?«

»Weil nichts anderes da war. Außer ein paar Käseecken, aber Torsten kann Schmelzkäse nicht ausstehen. Er ist selbst schuld, er war dran mit Einkaufen.«

Karla seufzte. »Sollte ich noch eine Weile in eurer WG leben dürfen, werde ich Ordnung in den Haushalt bringen, das verspreche ich euch.«

»Schön zu hören.« Uli kicherte. »Das kann unser Haushalt gebrauchen.« Ihre Stimme wurde wieder ernst. »Die Leberwurst war kaum in seinem Magen angekommen, da fing er schon an zu kotzen. Und kurz darauf hat er sich im Badezimmer eingeschlossen. Ich musste zu den Nachbarn gehen, als meine Blase drückte.«

»Wie geht's ihm jetzt?«, fragte Karla besorgt.

»Immer noch mies! Aber nach dem Anruf des Chefs wollte er unbedingt in die Redaktion fahren. Obwohl ihn sicherlich jeder Arzt krankgeschrieben hätte.« Jetzt kicherte sie wieder. »Hoffentlich hält er durch. Ich wollte ihm eigentlich eine Pampers besorgen. Wozu haben wir eine Studentin im Haus wohnen, die ein Baby hat? Für das nächtliche Geschrei hätte sie sich wirklich mal revanchieren können.«

»Ich rufe Torsten gleich mal auf seinem Handy an.« Karla zögerte. »Weißt du, wo Bräutigam ist?«, fragte sie scheinheilig. »In der Redaktion vielleicht?«

»Wo sonst?«, gab Uli zurück. »Frau Nadler hat gesagt, dass in seinem Terminkalender keine Auswärtstermine stehen.«

Karla hätte ihr gern anvertraut, dass Ludwig Bräutigam vor einer halben Stunde wie ein Rennfahrer durch Angelmodde gebraust war, aber natürlich verschloss sie ihren Mund, wie es sich für eine undercover recherchierende Reporterin gehörte. Sie versicherte Uli nochmals, dass die ganze Aufregung durch einen Irrtum entstanden sei und sie diesen umgehend aus der Welt schaffen würde.

Uli seufzte erleichtert auf. »Das wird Torsten beruhigen. Ich halte es für möglich, dass sein Darm nicht nur auf die Leberwurst, sondern auch auf die ganze Aufregung so hysterisch reagiert.«

*

Torstens Stimme klang nicht weniger erleichtert als Ulis, wenn ihr auch die Euphorie fehlte und erst recht die Kraft. »Mensch, Karla«, stöhnte er, »ich dachte schon, wir würden nie wieder etwas von dir hören oder sehen.«

»Wo bist du?«, fragte Karla irritiert. »Deine Stimme hört sich an, als hocktest du mutterseelenallein in der Halle Münsterland.«

»Das fehlte noch«, kam es gequält zurück. »Ich hocke in einem kleinen, von oben bis unten gefliesten Raum.«

»Du Armer! Uli hat mir erzählt, dass es dir nicht gut geht.«

»Ich bin nur bis zum Parkhaus gekommen«, stöhnte Torsten. »Da gibt's eine öffentliche Toilette. Es ist schrecklich! Verdammt, ich hätte zu Hause bleiben sollen! Wo bist du überhaupt?«

»Im Foyer des Aschendorff-Verlages. Bitte erzähl mir in Kurzfassung, was eigentlich passiert ist. Ich weiß nicht, wann hier jemand auftaucht, der mich rauswirft. Lange kann das nicht mehr dauern.«

Torsten schien froh zu sein, dass er sitzen bleiben konnte, wo er saß, und berichtete bereitwillig. »Ich sollte in der letzten Nacht zum Bremer Platz gehen und dich in deinem Schlafsack fotografieren. Ich war dagegen, weil ich Angst hatte, dass der Fotoblitz die Szene aufschreckt. Ich fand es vernünftiger, diese Fotos erst in der letzten Nacht zu machen. Dann wäre das Risiko geringer gewesen. Aber der Chef war so nervös, dass er nicht warten konnte. Er wollte unbedingt was auf dem Tisch haben. Und er hat sich so lange eingeredet, dass kein alkoholisierter Penner im Tiefschlaf einen Blitz bemerkt, bis er es selbst glaubte.«

»Also hast du's gemacht.« Fieberhaft überlegte Karla, wie sie Torsten erklären konnte, warum er sie auf dem Bremer Platz nicht angetroffen hatte.

»Ich konnte ja nicht«, kam es da kläglich zurück. »Ich hatte kaum diese scheintote Leberwurst gegessen, da ging's schon los. Sollte ich nach jedem Foto ins Christophorusheim zum Klo laufen?«

Torsten schwieg eine Weile, stattdessen drangen Geräusche an Karlas Ohr, die sie verzweifelt zu ignorieren versuchte.

»Ich verstehe immer noch nicht, warum ich als vermisst gelte«, sagte sie schließlich ungeduldig.

Torsten stöhnte auf, dann schien er sich wieder auf seinen Bericht konzentrieren zu können. »Der Chef hat statt meiner einen Praktikanten zum Bremer Platz geschickt. Der sollte das Foto schießen.«

»Aber der kennt mich doch gar nicht!«

»Stimmt! Doch wozu hat der Chef dir einen so auffälligen Schlafsack besorgt? Er hat Frank den Drachen beschrieben, nach dem er suchen musste, und Frank hat schon eine Stunde später gemeldet, dass das Foto im Kasten sei. Er hatte angeblich keine Probleme, dich zu finden.«

Plötzlich sehnte sich Karla auch nach einem kleinen gefliesten Raum. Ein Gedanke an Daggi und ihre alte Wolldecke – und sie ahnte, was geschehen war.

»Heute Morgen hat der Chef als Erstes seinen PC gebootet und das Digitalfoto auf den Bildschirm geholt. Zwei Minuten später ist Frau Nadler die Kaffeekanne aus der Hand gefallen, so gebrüllt hat er. Zum Glück ist sie einiges gewöhnt und hat es längst aufgegeben, nach dem Grund seiner Ausbrüche zu fragen.«

Durch Karlas Kopf rasten die Gedanken, zunächst noch konfus, bald jedoch in wohl geordneter Formation. »Das wäre nicht passiert«, behauptete sie, »wenn du die Fotos gemacht hättest, Torsten. Dieser Praktikant kennt mich nicht, sonst wäre ihm aufgefallen, dass ich zwar nicht in meinem Schlafsack, aber direkt daneben lag. Ich hatte Daggi meinen Schlafsack überlassen – eine Obdachlose, von der ich mir noch wichtige Informationen erhoffe. Sie hat noch nie in ihrem Leben so weich und warm geschlafen wie in der letzten Nacht. Das wollte ich ihr einmal gönnen.«

»Und du?«

»Ich habe mich mit ihrer alten Wolldecke begnügt.«

»Igitt!«

»Wer A sagt, muss auch B sagen, und wer Penner sagt, muss auch das Wort Ungeziefer kennen.« Karla sprach so überzeugend, dass sie beinahe selbst daran glaubte, in Daggis Decke zusammen mit ein paar tausend Milben eine ruhige Nacht verbracht zu haben. »Ich verstehe die ganze Aufregung nicht«, fügte sie an und genoss die Erleichterung, die sich in ihr ausbreitete.

Die Toilettenspülung rauschte an ihr Ohr, dann sagte Torsten: »Ehrlich gesagt, kommt mir einiges spanisch vor. Erst die Bedenkenlosigkeit, mit der der Chef dich ins Milieu schickt, und dann diese Panik. Das passt nicht zusammen. Du weißt, ich war von Anfang an dagegen. Und ich verstehe nicht, dass der Chef einerseits den Gerüchten keinen Glauben schenken will –«

»Du meinst die verschwundenen Frauen?«

»– und dass er andererseits heute Morgen mit dem Schlimmsten rechnet.«

Die Toilettenspülung rauschte erneut, Torsten schien genauso erleichtert zu sein wie Karla. »Jetzt werde ich den Rest des Weges hoffentlich schaffen. Notfalls muss ich in der Redaktion meine Arbeit auf dem Klo erledigen.«

»Und ich werde gleich mal den Chef anrufen.«

»Tu das! Er wird sich freuen, wenn er hört, dass du noch lebst.« Die Unruhe am anderen Ende der Leitung deutete darauf hin, dass Torsten seine Kleidung ordnete. »Ich sehe mal nach, was ich über die verschwundenen Frauen herausfinde. Die Obdachlosenzeitschrift hat sehr ausführlich darüber berichtet. Dort wird man mir sicher gern erzählen, was ich hören will. Und vielleicht finde ich auch in den Polizeirevieren jemanden, der mir mehr verrät.«

»Du meinst also immer noch, dass an der Sache was dran ist?«

»Mehr denn je. Und ich will endlich wissen, welche Rolle unser Chef dabei spielt.«

Torsten hatte schon aufgelegt, bevor Karla ihn darüber aufklären konnte, dass das Mädchen, mit dem sich Bräutigam gelegentlich in der WG traf, eine der vermissten Frauen war.

*

Karla horchte eine Weile nach allen Seiten, ehe sie Bräutigams Handynummer wählte. Aber der Ruf war noch nicht rausgegangen, als derbe Schritte in einem Gang ertönten, der ins Foyer mündete. Hastig verbarg sie das Handy unter ihrem Rock. Die Schritte klangen so zielsicher und entschlossen, dass sie nicht darauf hoffen mochte, sie würden in einer aufschwingenden Tür verklingen oder einfach vorübergehen.

Tatsächlich stand Sekunden später ein Mitarbeiter des Verlages vor ihr. Ein Blick genügte, und der gute Mann, der wahrscheinlich seit vielen Jahren in dem Haus am Bremer Platz arbeitete und schon unzählige Obdachlose den Zutritt verwehrt hatte, wusste Bescheid. »Das Christophorusheim ist nebenan!«, fuhr er Karla an. »Dies ist ein Verlag und kein Unterschlupf für Leute, die sich aufwärmen wollen.«

»Schon gut.« Karla grinste den Mann frech an. Sie fühlte sich nach dem Gespräch mit Torsten viel besser. »Ich wollte ja nur ungestört telefonieren.«

»Auch noch frech werden!« Der Mann kam drohend auf sie zu, und Karla zog es vor, ihren Persianer zu raffen und die Flucht zu ergreifen.

Sie bog nach links in die Hamburger Straße ein und drückte sich dann in die Einfahrt des Verlages. Im Torhäuschen, in dem der Pförtner dafür zu sorgen hatte, dass die Schranke nur befugten Fahrzeugen geöffnet wurde, gab es gerade eine hitzige Debatte über die Qualitäten des Bundeskanzlers und seiner Regierung. Der Pförtner hatte Besuch und ereiferte sich gerade derart, dass es Karla mühelos gelang, sich ungesehen auf dem Hof des Verlagsgebäudes eine Ecke zu suchen, in der sie hoffentlich unbemerkt bleiben würde.

Hinter einem Müllcontainer fühlte sie sich sicher. Sie hockte sich an die Erde und sah sich um. Hinter ihr aufgestapelte Bretter, links neben ihr ein weiterer Müllcontainer, rechts ein Fahrradständer, in dem kein einziges Fahrrad stand. Während sie Bräutigams Nummer wählte, war sie ein weiteres Mal froh darüber, dass für sie die Welt größer war als für Wilfried und auch größer als für Daggi, Arni, Dave und Werner. Sie hatte Glück, sie würde ihr Schicksal meistern. Allen würde sie es zeigen, vor allem denen, die sie jetzt als Pennerin verächtlich ansahen. Und auch Bräutigam, der irgendein Spiel mit ihr spielte, dessen Regeln nur er kannte. Nein, diesmal würde sie nicht bis drei zählen, sondern ihrem Chef die Meinung sagen!

Das Erste, was sie hörte, als Bräutigam das Gespräch annahm, war wütendes Hundegebell. »Frau Bernardi?«

Er musste ihre Nummer im Display erkannt haben und bellte und knurrte nun mit den Hunden um die Wette, die sich im Hintergrund gebärdeten wie toll. »Endlich melden Sie sich, verdammt! Was denken Sie sich? Wo waren Sie überhaupt? So war das nicht abgemacht!«

»Jetzt aber mal langsam«, ging Karla dazwischen und stellte befriedigt fest: Hunde, die so laut bellen wie Bräutigam, beißen nicht. »Was denken Sie sich eigentlich dabei, mir nachzuspionieren?«, fauchte sie. »Wie kommen Sie dazu, zwei Spitzel auf mich anzusetzen? Ich lasse mich nicht kontrollieren, Herr Bräutigam! Wie sollen wir demnächst zusammenarbeiten, wenn Sie mir mit diesem Misstrauen begegnen?«

Es war eine Weile still in der Leitung, das Hundegebell wurde leiser, so als entfernte sich Bräutigam Schritt für Schritt von der Stelle, an der er das Gespräch angenommen hatte. Warum war er immer noch in Angelmodde in der Nähe der Welchring-Villa? Oder war es die Nähe von Martin Grafs Haus, die er suchte?

»Ich habe Sie nicht bespitzeln lassen«, kam es barsch zurück, aber die Strenge war schlecht gespielt.

»Natürlich haben Sie das!«

»Wie kommen Sie nur darauf?«

Karla zögerte. Leider konnte sie nicht mit der ganzen Wahrheit herausrücken. Stattdessen sagte sie: »Ich habe mich in der Gegend umgesehen. Und auf Schritt und Tritt haben mich zwei Kerle verfolgt.«

»Zwei Kerle? Verfolgt?« Bräutigam schnappte hörbar nach Luft. »Was waren das für Typen? Wie sahen die aus?«

»Moment mal. Sie tun ja gerade so, als ob ich in Lebensgefahr geschwebt hätte. Kennen Sie die beiden?«

»Nein, nein. Natürlich nicht. Die waren bestimmt ganz harmlos.« Die Antwort kam viel zu schnell, um überzeugend zu wirken. »Ich habe nichts mit denen zu tun.« Bräutigam holte tief Luft. »Erklären Sie mir jetzt lieber, warum eine fremde Frau in Ihrem Schlafsack lag.«

Karla fühlte sich sicher. Die Erklärung, die für Torsten ausgereicht hatte, würde ihren Chef ebenso überzeugen. Vielleicht war es auch nur der feste Klang ihrer Stimme, der ihm jeden Zweifel nahm.

Jedenfalls brummte er, als sie geendet hatte: »Also gut, dann war das Ganze wohl ein Missverständnis. Hätte Torsten die Fotos gemacht –«

»Wäre das alles nicht passiert.« Das gedämpfte Gebell der Hunde drang wie ein Klopfzeichen durch die Leitung. »Warum haben Sie sich eigentlich solche Sorgen gemacht, Herr Bräutigam?«, fragte sie. »Sie haben mir doch erklärt, mein Auftrag sei vollkommen ungefährlich.«

Zu den Klopfzeichen gesellte sich ein Brummen, das sowohl eine Störung in der Telefonleitung als auch der Motor eines Lkws sein konnte. »Ich muss jetzt aufhören«, sagte Bräutigam hastig. »Wir reden später darüber.«

Karla starrte ihr Handy an, als könnte das penetrante Tuten ihr verraten, was aus dem Gespräch hätte werden können, wenn Bräutigam nicht so plötzlich aufgelegt hätte. Warum hatte er es mit einem Mal so eilig? Weil sich ein Wagen näherte? Hatte er etwa Angst, von dem Fahrer gesehen zu werden?

Trotz dieser Fragen empfand Karla Erleichterung, weil es ihr gelungen war, sich von jedem Verdacht reinzuwaschen. Dem Gelingen der Reportage stand nichts mehr im Wege. Und über einen Kredit in Höhe von dreißigtausend Euro brauchte sie sich auch keine Gedanken mehr zu machen.

Sie lugte hinter dem Müllcontainer hervor. Würde sie ungesehen den Hof des Verlages verlassen können? Der Pförtner war zum Glück schon wieder beschäftigt. Diesmal nicht mit der Regierung, sondern mit Lorenz, der versuchte, einen Zettel an der Wand des Torhäuschens zu befestigen.

»Wie oft soll ich Ihnen noch sagen, dass hier nichts angeklebt werden darf?«, rief der Pförtner. »Hier ist Plakatieren verboten! Ich habe Anweisung, von oben, verstehen Sie doch. Meinetwegen dürften Sie ja gerne, aber Vorschrift ist Vorschrift.«

Karla beobachtete, wie Lorenz dem Pförtner Wiebkes Stoffhasen entgegenhielt. »Seit gestern ist schon wieder eine verschwunden!«, hörte sie Lorenz klagen.

Der Pförtner legte eine bewundernswerte Geduld an den Tag. »Ich kann Ihre Sorgen ja verstehen. Es tut mir auch wirklich Leid. Aber stellen Sie sich mal vor, jeder würde hier seine Zettel anbringen. Wie sähe das denn aus! Also, seien Sie doch vernünftig, junger Mann!«

Karla nutzte die Gelegenheit, ungesehen durchs Tor zu kommen. Eilig lief sie zur Straßenecke und konnte gerade noch rechtzeitig stoppen. Jan van Bröder stand da, die Arme vor der Brust verschränkt, und blickte über den Bremer Platz. Suchte er sie?

Erschrocken machte Karla kehrt. Ins Foyer des Verlages zurück? Nein, besser war es, sich dort nicht noch einmal erwischen zu lassen. Zurück in die Toreinfahrt also! Der Pförtner war immer noch mit Lorenz und dem Bild von Wiebke Leitner beschäftigt, und sie war dort aus Jans Sichtweite. Wenn sie sich noch eine Weile hinter dem Müllcontainer verstecken konnte, würde die Luft rein sein. Jan konnte ja nicht ewig dort stehen und nach ihr Ausschau halten!

»Stopp!«, rief da eine Stimme. Eine Hand griff nach ihrem Persianer. Jemand, der eine Pennerin wie sie freiwillig berührte? Ja, der Pförtner schien wirklich unvoreingenommen zu sein, wenn es um Wohnungslose ging. »Was wollen Sie hier?«

»Ich wollte nur ... ich dachte ...« Sie sah aus den Augenwinkeln, dass Lorenz die Gelegenheit nutzte, um Wiebkes Bild zu befestigen. Als er damit fertig war und verschwand, fragte sie so harmlos wie möglich: »Darf ich denn nicht hier rein?«

Der Pförtner seufzte. »Was glauben Sie, warum ich hier bin? Hier ist Zutritt nur für Befugte gestattet. Also gehen Sie lieber wieder.« Er wies zur Straße. »Machen Sie es mir doch nicht so schwer. Ich kann ja verstehen, dass Sie mal irgendwo ein Eckchen haben wollen, wo Sie allein sein können. Aber ich habe es jedem, der hier auftauchte, schon tausendmal erklärt: Ich *darf* Sie hier nicht reinlassen! Also ...«

»Schon gut«, sagte Karla und nahm sich vor, diesen netten Pförtner irgendwann einmal im Münsterland-Echo genauso freundlich zu erwähnen, wie er sich verhielt. So viel Liebenswürdigkeit musste belohnt werden. Sie erklärte, dass sie alles einsähe, was der Pförtner vorgebracht habe, und schickte sich zum Gehen an. Aber langsam, ganz langsam. Schließlich begann sie sogar zu hinken, versuchte Zeit zu gewinnen, schleppte sich mühsam voran und hoffte auf das Mitleid des Pförtners, der sie nun bestimmt nicht antreiben würde. Was, wenn sie Jan van Bröder vor der Toreinfahrt traf? So lange Osman nicht bei ihm war, konnte sie ihm jede Lügengeschichte auftischen, die ihr einfiel. Aber Osman war sicherlich nicht weit. Und ihm war nichts vorzumachen.

Auf der anderen Seite des Torhäuschens gab es eine unscheinbare Tür: »Personaleingang« stand auf einem Schild. Ob sie sich dort hineinschleichen konnte? Sie warf einen Blick zurück, der Pförtner stand in der Tür seines Häuschens und beobachtete sie. Plötzlich schrillte ein Telefon. Würde er jetzt abgelenkt sein? Sich auf Wichtigeres konzentrieren müssen? Aber als der Pförtner den Telefonhörer abhob, blieb die Tür des Häuschens geöffnet, er stellte sich neben seinen Schreibtisch und ließ das Revier, das er zu bewachen hatte, nicht aus den Augen. Karla hatte keine Chance, unbemerkt im Personaleingang zu verschwinden!

Gerade hatte sie sich damit abgefunden, dass sie keine andere Wahl hatte, als sich der Gefahr in der Person Jan van Bröders zu stellen, da öffnete sich der Personaleingang und Nadia beugte sich heraus. Sie winkte Karla zur Tür hin, die sie mit einem Fuß offen hielt. »Ohne Arbeit? Nix Arbeit bei Echo?«

Karla war derart erleichtert, einen Aufschub zu erhalten, dass sie den Schreck, Nadia plötzlich gegenüberzustehen, schnell überwand. Osmans Frau sprach ja kaum ein Wort Deutsch, von ihr drohte keine Gefahr. Möglich zwar, dass sie Osman davon erzählte, Karla als Pennerin wieder begegnet zu sein, aber der würde ihr vermutlich nicht einmal glauben. Und wenn! Bis die Sache geklärt war, würden zwei Tage vergangen sein und Karla hatte ihre Rolle längst wieder abgelegt.

Sie schüttelte den Kopf. »Nein, keine Arbeit zurzeit.«

Nadia winkte mit dem Daumen über ihre rechte Schulter. »Hier putzen. Gute Arbeit.«

Karla starrte die Marokkanerin ungläubig an. Nadia wollte ihr eine Putzstelle besorgen? »Nein, danke«, wehrte sie ab.

»Nicht da«, flüsterte Nadia und deutete dorthin, wo die Hamburger Straße im Bremer Platz mündete. »Nicht da! Große Gefahr!«

»Gefahr?« Karla sah Nadia stirnrunzelnd an. Was um Himmels willen meinte sie?

»Ja, Gefahr!«, wiederholte Nadia. »Große Gefahr!« Und noch eindringlicher: »Sehr, sehr große Gefahr!«

In diesem Moment bedauerte Karla, nicht besser mit Nadia reden zu können. Anscheinend wusste sie etwas. Aber was?

»Nadia, lass dich nicht erwischen!« Dieser Pförtner war wirklich allgegenwärtig. »Geh an deinen Arbeitsplatz zurück, du hast doch schon mehrmals Ärger bekommen. Willst du deine Stelle verlieren?«

Nadia war im selben Augenblick wieder verschwunden, und Karla warf dem Pförtner einen entschuldigenden Blick zu. Vorsichtig schaute sie nach links und rechts in die Hamburger Straße. Von Jan van Bröder war nichts zu sehen. Was konnte Nadia gemeint haben mit der großen Gefahr? Karlas Blick fiel im Weggehen auf Wiebke Leitners Bild, das der Pförtner anscheinend noch nicht entdeckt hatte. Wiebkes Papiere in ihrem Zimmer, Lorenz' Überzeugung, dass Wiebke etwas zugestoßen war, Bräutigams merkwürdiges Verhalten ... So wenig sie auch schlau daraus wurde, so sicher glaubte sie plötzlich, dass sie einer Sache auf der Spur war, die nichts mit der Reportage zu tun hatte. Sie recherchierte, ohne zu wissen, was sie suchte, und ohne zu ahnen, was sie finden würde.

*

Unter den Arkaden standen die Junkies, steckten die Köpfe zusammen, redeten kurz mit dem einen, wandten sich dann dem Nächsten zu, als sollte das Bild sorglosen Zeitvertreibs entstehen. Natürlich glaubte niemand an Unbekümmertheit, der genauer hinsah. Die schlendernden Schritte waren genau bemessen, die Kontakte entstanden nicht zufällig, und alle Gespräche hatten nur ein einziges gemeinsames Ziel. Das war erreicht, wenn einer sich plötzlich von den anderen löste, sich umdrehte und zur Fixerstube ging oder in einem Gebüsch verschwand.

Die Berberszene auf der anderen Seite des Platzes unterschied sich für gewöhnlich durch die Dumpfheit des Miteinanders. Bewegung gab es dort viel seltener. Wer auf einer Bank oder in einem geschützten Winkel saß, blieb oft stundenlang dort hocken. Zwar gab es gelegentlich ein paar, die sich unterhielten, lachten, sich ereiferten, aber solche Momente waren die Ausnahme. Die Wohnungslosen zogen sich meist in sich zurück, jeder in seine Decke gehüllt, in Gedanken, in Erinnerungen versunken, die nur mit Schnaps zu ertragen waren.

Karla umrundete weitläufig den Platz, um weder mit der einen noch mit der anderen Seite in Berührung zu kommen. Die Junkies gingen sie nichts an, den Berbern fühlte sie sich noch nicht gewachsen. Als sie an der Unterführung, dem Hamburger Tunnel, angekommen war, der die Rückseite des Bahnhofs mit der vorderen Seite verband, sah sie sich um. Am Brunnen herrschte wie immer das scheinbar unverbindliche Treiben. Aber auf dem Spielplatz war etwas anderes im Gange, das sich aus der Entfernung schwer bestimmen ließ. Werner, Dave und Arni saßen auf einer Bank und sahen sich nachdenklich an, Wilfried hockte auf der zweiten, den Kopf gehoben, den Blick auf die anderen gerichtet, Daggi stand vor den vieren und redete auf sie ein. Sie hielt einen Schlafsack vor der Brust. Karla war zu weit entfernt, um den Drachen erkennen zu können, aber sie war davon überzeugt, dass es ihr eigener Schlafsack war. Daggi streckte ihn den anderen hin wie ein Indiz, von dessen Wichtigkeit die vier überzeugt werden sollten. Klar, alle fünf fragten sich jetzt, warum Karla in der Nacht nicht erschienen war und ihren antarktistauglichen Schlafsack beansprucht hatte.

Karla wandte sich ab und ging in den Tunnel hinein. Nur gelegentlich bog ein Auto, aus der City kommend, vom Berliner Platz in den Tunnel ein, der nur einspurig zu befahren war. Die Geräusche der Motoren wurden dann in der gefliesten Wölbung vielfach verstärkt, ein Lärm, unter dem sich die Fußgänger, denen lediglich eine schmale Gehspur zur Verfügung stand, die Ohren zuhielten. Wohl auch deswegen benutzten nicht viele den Hamburger Tunnel zu Fuß. Wegen des Lärms, wegen des Schmutzes und wegen der Einsamkeit.

Als ein Wagen den Tunnel passiert hatte, war Karla allein in der Unterführung. Sie griff unter ihren Rock und holte ihr Handy hervor. Vielleicht ließ das nächste Auto ja auf sich warten und es blieb ruhig genug, um zu telefonieren. »Verdammt, kein Netz!«

Sie musste sich gedulden, bis sie auf dem Berliner Platz angekommen war, dann erst konnte sie Torstens Handynummer wählen.

»Geht's dir besser?«

Torsten stöhnte auf, antwortete aber: »Ja, ein wenig. Frau Nadler hat mir eine Kohletablette gegeben.«

»Ist der Chef schon in der Redaktion?«

»Gerade eingetrudelt. Kein Mensch weiß, wo er war. Aber er ist in äußerst aggressiver Stimmung.«

Karla wusste, wo Bräutigam gewesen war, konnte sich aber nicht entschließen, es zu verraten. Dann hätte sie Torsten die ganze Wahrheit sagen müssen. Und das, nachdem sie ihn gerade erst mit einer Lüge abgespeist hatte, die er bereitwillig geglaubt hatte? Nein, sie würde dabei bleiben, dass sie die Nacht auf dem Bremer Platz verbracht hatte, einen Meter von ihrem eigenen Schlafsack entfernt. »Als ich mit ihm telefonierte, war im Hintergrund Hundegebell zu hören.«

Torsten schien das nicht weiter zu interessieren. Es raschelte in der Leitung. Karla hörte eine Tür klappen, erst dann redete Torsten weiter. »Tut mir Leid, dass ich dich schon wieder mit aufs Klo nehme. Aber das ist zurzeit am unauffälligsten. Es sieht ja längst niemand mehr auf, wenn ich das Büro Richtung Toilette verlasse. Du glaubst nicht, wie oft ich heute Morgen schon hier gewesen bin.«

Karla hörte, wie sich eine Tür öffnete, ins Schloss fiel und dann verriegelt wurde.

Torsten redete jetzt so leise wie möglich. »Hör zu, Karla ...« Er berichtete noch einmal von der Aufregung, als Ludwig Bräutigam erkannte, dass nicht Karla, sondern eine andere Frau in dem Schlafsack mit dem hässlichen Drachen lag. »Natürlich habe ich ihm gesagt, er soll sofort die Polizei anrufen.«

»Bist du verrückt?«, entfuhr es Karla, die sich gerade am Postgebäude vorbeidrückte, um zum Parkhaus zu gelangen, wo eine Pennerin mit einem Mobiltelefon weniger auffiel.

»Na, hör mal!«, gab Torsten empört zurück. »Unsere neue Redakteurin war verschwunden! Auf einem Platz, wo sich angeblich schon mehrere Frauen in Luft aufgelöst haben! Ist das kein Grund, die Polizei zu alarmieren?«

»Ihr hättet euch erst mal vergewissern müssen, ob ich wirklich verschwunden bin.«

»Ja, meinetwegen«, wiegelte Torsten ab. »Aber was anderes ist viel bemerkenswerter. Bräutigam hatte mir fest zugesagt, die Polizei zu verständigen. Als ich ihn jedoch vor ein paar Minuten fragte, ob er daran gedacht habe, die polizeiliche Suchaktion wieder abzublasen, bekam ich zu hören, dass er auf eine Anzeige verzichtet hat. Die Sicherheit unserer neuen Redakteurin war ihm anscheinend gleichgültig.«

Dieser Gedanke gefiel Karla überhaupt nicht. »Du übertreibst, Torsten«, versuchte sie sich selbst zu beschwichtigen.

»Tu ich das? Ich bin anderer Meinung. Ich finde, dass der Chef unverantwortlich mit seinen Mitarbeitern umgeht. Ich bin aus der Haut gefahren, als er mir ganz lapidar erklärt hat, für deine Sicherheit wäre gesorgt. Wozu hätte er dir ein Handy mitgegeben? Du könntest ja anrufen, wenn du Hilfe brauchst. Eine Unverschämtheit!«

Karla schloss sich nun unumwunden Torstens Meinung an. Obwohl sie in Wirklichkeit froh war, dass Bräutigam auf polizeiliche Hilfe verzichtet hatte. Aber das konnte schließlich niemand wissen.

Sie ließ sich auf eine Mauer neben der Ausfahrt sinken. »Einerseits diese Gleichgültigkeit, andererseits die Panik in seiner Stimme, als er mir auf die Mailbox gesprochen hat! Wie passt das zusammen?«

»Gar nicht«, antwortete Torsten rundheraus. »Ich hab's schon mal gesagt. Irgendwas stimmt nicht. Aber ich werde noch dahinter kommen. Wenn der Chef in krumme Sachen verwickelt ist, werde ich das herausfinden.« Unwillkürlich hatte er lauter gesprochen, nun senkte er die Stimme wieder. »Ich habe im Polizeirevier in der Gutenbergstraße angerufen. Da gibt's einen Hauptmeister, der immer bereitwillig Auskunft gibt. Weißt du, was der mir auf meine Frage nach den verschwundenen Frauen geantwortet hat?« Torsten machte eine wirkungsvolle Pause. »Das hätte er doch meinem Chef alles schon hundertmal erzählt. Er hätte keine Lust, immer wieder dieselben Auskünfte zu erteilen.«

»Ich dachte, Bräutigam glaubt nicht an die Ernsthaftigkeit dieser Angelegenheit!«

»Das hat er zumindest überall herumposaunt. Mit dem Polizeipräsidenten will er sogar mehrfach darüber gesprochen haben, wie unglaubwürdig das alles ist! Aber warum geht er dann dem armen Hauptmeister Stenzel so auf die Nerven? Wenn es sich doch angeblich nur um ein Gerücht handelt, das unverschämte Obdachlose in die Welt gesetzt haben!«

»Wirklich merkwürdig.« Karla erhob sich und wandte sich ab, als sie sah, dass ein Passant sie zunächst ausgiebig begaffte und dann in seinen Taschen herumkramte. Sie war jetzt wirklich nicht in der Stimmung, auf ein zugestecktes Euro-Stück mit der gebotenen Demut zu reagieren.

»Noch etwas Interessantes habe ich herausbekommen«, fuhr Torsten fort. »›Abseits‹ will sich anscheinend nicht mehr abwimmeln lassen. Ich habe angerufen und ein paar Fragen gestellt – so unter Kollegen, du verstehst? Aber es hieß, ich solle einfach abwarten. Man stecke mitten in der Recherche und könne bald mit Ergebnissen aufwarten. Der Herausgeber von ›Abseits‹ ist zuversichtlich, dass er bald Fakten vorlegen kann, die auch die Polizei überzeugen werden.« Torsten senkte seine Stimme. »Da rüttelt jemand an der Tür«, flüsterte er. »Ich muss aufhören. Vielleicht melde ich mich noch mal, wenn die Gelegenheit günstig ist. Ansonsten schicke ich dir eine SMS, wenn ich Neuigkeiten habe. Wir sollten uns in jedem Fall heute noch treffen!«

Damit war das Gespräch beendet. Nachdenklich stand Karla noch eine Weile da und starrte vor sich hin. Plötzlich sagte eine Stimme in ihrem Rücken: »Hast du das Handy geklaut?«

Karla fuhr herum. Vor ihr stand der brave Bürger, dem sie kurz vorher noch den Entschluss zur Mildtätigkeit am Gesicht abgelesen hatte. »Klar«, konterte sie, »das war kurz nachdem wir Brüderschaft getrunken haben.«

*

Karla zögerte, nachdem sie um das Postgebäude herumgegangen war. Noch einmal durch den Hamburger Tunnel? Nein, sie beschloss einfach weiterzugehen, obwohl sie in der schmuddeligen Unterführung weniger aufgefallen wäre als neben der Taxischlange, die sich vor der Bahnhofsbuchhandlung gebildet hatte. Die Reisenden, die ihre Samsonite-Koffer zum Taxi trugen oder auf die Buchhandlung zustrebten, um sich mit dem Focus für eine lange Bahnfahrt und einem Reiseführer von Madrid für ihren nächsten Kurzurlaub auszustatten, machten einen großen Bogen um sie. Ihre frisch gewaschenen roten Locken konnten den alten Persianer an Wirkung anscheinend nicht übertreffen. Wie schwer mochte es sein, sich mit dieser Verachtung abzufinden und die Hoffnung aufzugeben, jemals etwas Besseres zu bekommen!

Karla blieb unschlüssig vor dem Verkaufsstand stehen, neben dem ein älterer Mann saß und ein wachsames Auge auf Geleebananen, Lakritzschnecken und Gummischlümpfe hatte. Als sie keine Anstalten machte weiterzugehen, legte er eine Hand auf seine Kasse, mit der anderen griff er nach der Schaufel, die in den Cremehütchen steckte, als rüstete er sich für eine Verteidigung sowohl seiner Ware als auch der Verkaufserlöse.

Bräutigam erwartete, dass sie später ihre Gefühle beschrieb, die sie beim Betteln bedrängt hatten. Trotzdem schaffte sie es jetzt nicht, auf jemanden zuzugehen und die Hand auszustrecken. Aber sie würde dennoch schildern können, wie erniedrigend es war, wie sehr die Dankbarkeit würgte, wenn sich jemand erbarmte, und wie sehr die Ignoranz der Menschen verletzte.

Sie wandte sich nach links und bog in den Gang ein, in dem mehrere Ladenlokale und auch die öffentlichen Toiletten untergebracht waren. Die Toilettenfrau wollte abwehren, als Karla eintrat, sah dann aber wortlos zu, wie sie ein Zwanzig-Cent-Stück in den Türautomaten steckte. Doch sie schien nicht zufrieden damit zu sein, dass ihre Arbeit von den Bewohnern des Bremer Platzes in Anspruch genommen und entlohnt wurde.

Erst als Karla wieder auf den Gang hinaustrat, sah sie den Zettel, den Lorenz am Eingang der Toilettenanlage befestigt hatte. Das Bild von seiner vermissten Freundin. Die blonde junge Frau, die mit dem Chefredakteur des Münsterland-Echos ein Geheimnis verband, das niemand genau zu kennen schien und die anschaffen ging, während sich Lorenz in der »Laterne« betrank oder auf einem Bahnsteig dem ICE entgegensah.

Karla ging weiter, sehr langsam, bemühte sich um unsichere Schritte. Schließlich passte es nicht zu ihrer Erscheinung, zielstrebig auszuschreiten. Sie stellte fest, dass die Fortbewegung der schwierigste Teil ihrer Rolle war. Noch nie war sie so ziellos einen Weg entlanggetrottet, der nicht einmal ein richtiger Weg war, sondern nur das Ergebnis einer Richtung, die sie zufällig eingeschlagen hatte. Einen Weg entlang zu schlendern, war etwas anderes. Immerhin bestimmte dann das, was sich am Wegesrand fand, die Richtung. Jetzt jedoch war sie ein Mensch nicht nur ohne Ziel, sondern ohne die Möglichkeit, an dem teilzuhaben, was sie umgab. Kein Wunder, dass Obdachlose bereits an ihrem Gang erkannt wurden.

An den gefliesten Wänden klebten mehrere Bilder von Wiebke. Lorenz musste in den letzten Stunden sehr aktiv gewesen sein. Vielleicht hingen sie aber auch schon seit Tagen da. Von einer der Treppen ergoss sich mit einem Mal ein ganzer Schwall Reisender in den Gang und zwang Karla, gegen den Strom zu schwimmen. Wohl deswegen wurde sie erst auf Ludwig Bräutigam aufmerksam, als er das erste Bild abriss. Niemand achtete auf ihn, nur Karla stand da, an eine Wand gedrängt, und sah zu, wie ihr Chef die Erinnerung an Wiebke Leitner vernichtete und einen Zettel nach dem anderen entfernte. Nicht wütend, auch nicht aggressiv, eher resigniert, so, als hätte es keinen Sinn, Wiebkes Bild an die Wand zu hängen und zu erwarten, dass sie dadurch wieder auftauchen könnte.

Karla beobachtete, wie Bräutigam die Treppe zum Bahnsteig Nummer 9 hochstieg, wo der ICE erwartet wurde. Ob er seine neue Redakteurin auf dem Bremer Platz gesucht hatte? Wenn schon! Sie musste nicht auf der Wiese sitzen und auf irgendein Schicksal warten. Sie sollte für drei Tage das Leben einer Obdachlosen führen, und dazu gehörte eben auch, dass sie durch die Stadt strich und Erfahrungen mit ihren Mitmenschen machte. Ob dies die Gelegenheit war, ihrem Chef zu zeigen, wie gut sie für die Reportage recherchierte?

Sie beschloss, sich am nächsten Imbiss etwas zu essen zu kaufen. Aber nicht von dem Geld, das sie unter ihrer Kleidung sicher verwahrte! Nein, plötzlich fiel es ihr leichter, den Entgegenkommenden die gewölbte Hand entgegenzustrecken. »Ham Se mal 'nen Euro für mich?«

»Früher war es eine Mark, also müssten es jetzt fünfzig Cent sein.« Karla wurde mahnend angesehen. »In Ihren Kreisen ist der Euro wohl auch ein Teuro geworden, was?«

Karla nickte und verkniff sich eine kesse Bemerkung. Stadtstreicherinnen waren demütig oder dreist – niemals kess und schlagfertig. Auch etwas, das sie in ihrer Reportage erwähnen musste! Nicht nur die Umstände änderten sich, wenn man seine Wohnung verlor, der ganze Mensch veränderte sich mit.

Der Münsteraner mit der artfremden Trachtenjacke blickte ihr in die Augen, wie es das letzte Mal ein Lehrer getan hatte, als er Karla die Klassenkasse anvertraut hatte. »Aber nicht für Alkohol ausgeben, versprochen?«

Karla erwiderte seinen Blick, registrierte das Zögern des Mannes und erinnerte sich daran, dass der Lehrer damals genauso gezögert hatte. »Versprochen. Ich habe Hunger, keinen Durst.«

»Also gut.« Mit großer Geste wurde ihr ein blanker Euro in die Hand gelegt. Gerade früh genug! Denn nun kam die ebenfalls in edelweißgeschmückte Kleidung gehüllte Gattin dazu, die sich am Kiosk die neueste Ausgabe von »Frau mit Herz« gekauft hatte. Ärgerlich zerrte sie ihren Mann weiter. »Was unterstützt du solche Bettelei? Diese Leute sollen lieber arbeiten. So wie wir.«

Auf dem Bahnsteig Nummer 12 quietschten die Bremsen, im Nu prasselten die ersten Schritte der ganz Eiligen die Treppe herunter, Sekunden später flutete ein Menschenstrom an Karla vorbei. Nicht einer ließ sich von ihrer ausgestreckten Hand aufhalten.

Am Fuß des Bahnsteigs Nummer 9 brandete der Zorn, der ein Dutzend Stufen höher keinen Platz mehr hatte.

»Eine Unverschämtheit!«

»Zwei Züge hintereinander, die ausfallen!«

»Da oben ist der Teufel los! Ein schreckliches Gedränge!«

»Wenn der Bahnsteig schon überfüllt ist, wie wird es dann erst im Zug aussehen? Alle, die Reservierungen für die ausgefallenen Züge hatten, wollen im nächsten einen Sitzplatz finden!«

Die Durchsage drang die Treppe herab: »Einfahrt erhält der ICE …«

»Er kommt! Dieser kommt wenigstens!«

»Jetzt aber schnell! Einen Sitzplatz kriegen wir sowieso nicht mehr. Hoffentlich kommen wir überhaupt noch in den Zug rein!«

Beim ICE quietschten keine Bremsen. Nichts erinnerte bei diesen Zügen an die alten Dampfloks, die früher in die Bahnhöfe gestampft kamen und zumindest das Rattern ihrer Waggons an die nächsten Generationen der Eisenbahnen weitergegeben hatten. Der ICE dagegen rauschte in den Bahnhof wie ein kräftiger, aber milder Wind, der einem höchstens das Haar zerzauste.

Doch bei diesem ICE, der aus Frankfurt kam, war alles anders. Der Kopf des Imbissverkäufers fuhr hoch, eine angebissene Frikadelle fiel zu Boden, mehrere Koffer wurden polternd abgestellt, die Eingangstür des Bahnhofs, die auf den Bremer Platz hinausführte, pendelte hin und her, ohne dass sie von einer Hand aufgefangen wurde.

Der Imbissverkäufer ließ alles stehen und liegen. »Da ist was passiert!«

Es hatte sich wie das Kreischen von Bremsen angehört, hoch, lang anhaltend und unerträglich laut. Doch es war ein vielstimmiger Schrei gewesen, der alle aufgeschreckt hatte. Dann herrschte sekundenlang lähmende Stille. Zögerlich setzte die bekannte Unruhe auf dem Bahnsteig wieder ein, die sich jedoch nicht gleich die Treppe hinab in den Gang ergoss, der nach draußen führte. Dann der Ruf »Polizei!«.

Anscheinend war er wie eine Erlösung gewesen. Was immer dort oben geschehen war, die Polizei würde kommen und für Ordnung sorgen. Mit der Idee, wie die Verantwortung abzugeben war, erschienen die ersten Füße auf den Stufen. Doch die Hast, mit der sonst alle Ankommenden den Bahnhof verließen, als könnten sie nicht schnell genug dem Schmutz und dem Lärm entkommen, wollte diesmal nicht entstehen. Irgendein Aufruhr hatte den Strom gestoppt, der erst allmählich wieder zu fließen begann.

Karla stand immer noch neben dem Imbissstand, als die ersten Reisenden im Gang ankamen. »Hat sich vor den Zug geworfen«, konnte sie hören.

»Vielleicht hat ihn auch jemand gestoßen.«

»Schwer zu sagen. An der Stelle standen sie dicht gedrängt. Da reicht ja ein kleiner Stups.«

»Vielleicht ist er auch versehentlich angerempelt worden.«

»Oder gestolpert.«

»Schrecklich! Alles voller Blut!«

Karla stand noch wie erstarrt da, als sie die beiden Männer die Treppe herunterkommen sah. Sie steckten die Köpfe zusammen und nahmen keine Notiz von ihr. Mit zügigen Schritten verließen sie den Bahnhof, als hätten sie nichts von dem mitbekommen, was sich auf dem Bahnsteig zugetragen hatte. Wie zwei Geschäftsreisende, die nur die Verhandlungen im Kopf hatten, mit denen sie in der nächsten Stunde einen Kaufvertrag besiegeln wollten. Hatten Ludwig Bräutigam und Martin Graf sich zufällig auf dem Bahnsteig getroffen? Oder hatte einer den anderen vom Zug abgeholt? Karla starrte den beiden so lange nach, bis sie durch die gläserne Tür gegangen und hinter den unzähligen Fahrrädern, die die Pendler davor abgestellt hatten, verschwunden waren. Was hatten die beiden miteinander zu schaffen, die Karla für flüchtige Bekannte gehalten hatte?

*

»Da wartet man und wartet ... aber der Junge scheint seine eigene Mutter zu vergessen. Dabei habe ich ihm noch eingeschärft, pünktlich zu sein. Und er? Steht wahrscheinlich auf einem anderen Bahnsteig und sieht sich den ICE an. Ganz verrückt ist er damit. Wie ein kleiner Junge! Und vergisst darüber die eigene Mutter ...«

Gretel Bräutigam stand auf der anderen Seite des Gangs am Fuße der Treppe, die zum Bahnsteig Nummer 12 hinaufführte, nicht weit von Karla entfernt. Anscheinend hatte sie nichts von den Ereignissen mitbekommen. Die Frau, der sie ihr Leid klagte, sah dagegen nervös um sich, als fiele es ihr schwer, sich auf die mütterliche Enttäuschung zu konzentrieren. Oder hielt sie ebenfalls nach dem bösen Buben Ausschau, der seine Mami vergessen hatte?

Karla wandte sich ab. Warum war Bräutigam zum ICE-Bahnsteig hochgestiegen, wenn er doch die Pflicht hatte, seine Mutter am Intercity auf Bahnsteig Nummer 12 abzuholen?

Erst als die schweren Stiefelschritte erklangen, ahnte auch Gretel Bräutigam, dass ein Unglück geschehen war. »Oh Gott, mein Junge!

Meinem Ludwig ist etwas zugestoßen!« Entsetzt blickte sie den Uniformierten nach, die die Treppe zum Bahnsteig Nummer 9 hochsprangen.

Gern hätte Karla ihr gesagt, dass ihrem Sohn kein Haar gekrümmt worden war, aber wie sollte das gehen? Die Mutter ihres Chefs hätte den letzten Glauben an den Erfolg ihrer Erziehungsarbeit verloren, wenn eine Stadtstreicherin mehr über ihren Sohn wusste als sie selbst. Während sich Frau Bräutigam darauf beschränkte, ihre Sorge durch lautes Klagen und demonstratives Zittern kundzutun, folgte Karla wie unter Zwang den schweren Stiefeln die Treppe hoch. Stufe um Stufe wuchs die Gewissheit, dass da oben ein Unglück geschehen war, das sie etwas anging. Sie hasste die Katastrophentouristen, die Gaffer, die jedes Leid mit stumpfer Neugier würdigten. Aber während sie unbeirrt den Stimmen nachging, die die Schaulustigen auseinander trieben, wurde sie immer sicherer, dass sie die Angst vor dem Anblick, der sie erwartete, aushalten musste.

Sie machte ein paar Schritte auf die vielen gebeugten Rücken zu, die den Fleck vor dem Triebkopf verdeckten, suchte eine Lücke für ihren Blick, erschrak vor der blutdurchtränkten Hose und sah dann die schlaffe Hand, die auf der Schiene lag, grotesk anmutig. Entsetzt fuhr sie herum. Nicht noch mehr sehen! Diese tote Hand war schlimm genug! Eine Hand, die einen Ring trug, goldgelb wie ranzige Butter, mit einem gesplitterten blauen Stein.

Als die Sanitäter die Treppe heraufstürmten, konnten sich die ersten Neugierigen endlich von dem schrecklichen Geschehen lösen. Aus dem tristen Alltag war für kurze Zeit ganz unversehens eine Moritat geworden. Nun jedoch war der dramatische Höhepunkt überschritten, aus dem Drama wurde wieder Alltag, der besser mit Phantasie zurechtkam als mit realer Reanimation und Zinksarg. Dem einen fiel sein Anschlusszug wieder ein, dem anderen die Besorgungen, die fällig waren. »Das Leben geht weiter!«

Die Menschen, die der gemeinsam erlebte Unglücksfall zusammengebracht hatte, lösten sich allmählich voneinander. In der Bestürzung waren sie eins gewesen, nun eilten die Ersten auf die Treppe zu, weitere folgten, prompt bewegte sich ein dichter Strom auf die Stufen zu. Karla ließ sich mitreißen, bis sie am Treppengeländer Halt fand. Es fiel ihr schwer, den toten Lorenz zu verlassen, der doch im Leben schon so einsam gewesen war.

»Reiß dich zusammen!«, sagte da eine barsche Stimme hinter Karlas Rücken.

Zwei Männer drängten sich an ihr vorbei, der eine hatte die Hand vor den Mund geschlagen, der andere schob ihn die Treppe hinab, als könne es nicht schnell genug gehen, dem grausigen Geschehen zu entkommen.

Karla drehte sich um und starrte die beiden an. Da ergänzte die Stimme in milderem Ton: »Ich habe dir gleich gesagt, dass du nicht hingucken sollst.«

Sie kämpfte noch mit der eigenen Übelkeit, während sie den beiden Männern nachsah. Jan van Bröder hatte nie Blut sehen können. Er hatte Karla einmal von einer Domina erzählt, die ihr heimliches Geschäft in Schapdetten betrieb – allerdings derart stümperhaft, dass blutende Wunden bei ihr an der Tagesordnung waren. Jan van Bröder hatte die Dame nie wieder besucht.

Immer noch klammerte sich Karla am Treppengeländer fest. Von oben sah sie, dass Jan sich nach rechts zum Ostausgang wenden wollte. Er wurde aber von dem anderen Mann nach links in Richtung Haupteingang gedrängt und entschwand dann ihren Blicken. Erst jetzt fiel Karla ein, wo sie diesen Mann schon einmal gesehen hatte. Es war Bernd Koppelstädter, der der Welchring-Villa einen Besuch abgestattet hatte, als sie selbst gerade in Martin Grafs Auto gestiegen war. Der Berufsschullehrer, der seine eigene Art hatte, mit der Motivation seiner Schülerinnen umzugehen. Ob der Mann mit dem Aktenkoffer, der den beiden nun eilig folgte, Heinrich Welchring war? Jan hatte die beiden vielleicht vom Zug abgeholt. Womöglich kamen Koppelstädter und Welchring von einer Reise im Namen der Wohltätigkeit zurück, die Wohnungslosen zugute kommen sollte! Und die drei ahnten nicht, dass eins dieser Schicksale soeben vor einem ICE besiegelt worden war.

Karla hatte die schlaffe Hand wieder vor Augen, an der sich der goldene Ring noch absurder ausgemacht hatte als zu Lorenz' Lebzeiten. Ein Würgen stieg ihr in die Kehle. Verzweifelt klammerte sie sich am Treppengeländer fest und war froh, dass eine Frau wie sie keine Hilfsangebote bekam, dass niemand nach ihrem Arm griff, um sie zu stützen, ihr niemand anbot, sie zu begleiten.

Als sie langsam die unteren Stufen der Treppe hinabstieg, sah sie einen gelben Schal aufgeregt durch den Gang flattern. Ludwig Bräutigam lief auf seine Mutter zu, die regungslos am Fuß der Treppe stand, nach ihrem Herzen griff und darauf hoffte, dass irgendein Mitmensch erkannte, wie dringend sie Schutz und Hilfe brauchte. Anscheinend hatte sie nun begriffen, dass ein paar Meter über ihr ein Unglück geschehen war, aber nicht den Mut gefunden, die Treppen hochzusteigen, um mehr zu erfahren.

Ludwig Bräutigam schien völlig auf seine Mutter fixiert, sodass er Karla, die nur wenige Schritte über ihm stand, nicht wahrnahm. Energisch griff er nach dem Arm seiner Mutter und zog sie von der Treppe weg, wo sie umrundet, geschoben, gedrängt und gestoßen wurde. »Da bist du ja! Ich habe dich überall gesucht!«

Gretel Bräutigam öffnete empört ihren Mund. »Also, das ist doch –«

»Ja, tut mir Leid, ich war ein wenig zu spät. Ich habe einen Geschäftsfreund getroffen, der mich um etwas gebeten hat.« Bräutigam legte den Arm seiner Mutter in seine Armbeuge. »Tatsächlich hat er mich so abgelenkt, dass ich mit ihm zusammen versehentlich den Bahnhof verlassen habe. Erst als ich im Parkhaus vor meinem Auto stand, fiel mir wieder ein, dass ich das Wichtigste vergessen hatte. Dich!«

Karla war froh, dass Bräutigam sie nicht bemerkt hatte. Sie wollte noch nicht über das Geschehene reden, sie brauchte erst mal Zeit, um selbst damit klarzukommen. Abermals stieg sie die Treppe zum Bahnsteig hinauf. Doch auf der obersten Stufe blieb sie stehen, machte nur noch einen Schritt, sodass sie die Sicherheit des Treppengeländers nicht aufgeben musste. So stand sie da und starrte auf die Schienen, wo eine Decke lag, unter der sich Lorenz' Körper abzeichnete.

Das Entsetzen war vorüber, alles ging den Gang, den die Vorschriften der Bahnhofspolizei bestimmten. Die Fahrgäste, die sich jetzt noch auf dem Bahnsteig befanden, wurden festgehalten, weil sie Augenzeugen sein konnten, und da half es nichts, dass ein großer Teil derer, die sich in der Nähe des Triebkopfes aufgehalten hatten, längst verschwunden war. Spuren wurden gesichert oder zumindest alles, was als Spur dienen konnte. Wichtige Stimmen riefen Unterstützung herbei, die Kriminalpolizei wurde informiert. Wer sich dagegen wehrte, als Augenzeuge die nötige Zeit aufzubringen, musste sich darüber belehren lassen, dass die Polizei auch einen Selbstmord genau zu untersuchen habe. »So lange, bis jedes Fremdverschulden ausgeschlossen werden kann!«

Karla stand da, wartete darauf, dass man sie aufforderte, etwas auszusagen, aber vergeblich. Was sie, eine Pennerin, gesehen hatte, war anscheinend nicht von Bedeutung. Endlich löste sich die Beklemmung in ihr. Sie drehte sich um und stieg die Treppe hinab, bog nach links in den Gang ein und lief die nächste Treppe wieder hinauf. Niemand beachtete sie. Alle Reisenden, die auf den Interregio nach Wuppertal warteten, reckten die Hälse und starrten zum Bahnsteig Nummer 9 hinüber, obwohl von hier aus nicht viel zu sehen war. Trotzdem schienen alle darauf zu hoffen, dass ihr Zug so lange auf sich warten ließ, bis die Bergung der Leiche abgeschlossen war.

Am Ende des Bahnsteigs war es ruhig, beinahe menschenleer. Karla stellte sich hinter einen Pfeiler und zog das Handy unter ihrem Rock hervor.

»Torsten? Du musst sofort zum Bahnhof kommen. Gleis Nummer 9! Da, wo der ICE abfährt! Ein Mann ist überfahren worden. Direkt vor den Triebkopf gefallen! Noch scheint kein anderer Reporter hier zu sein, du könntest der Erste sein. Und wenn du es schlau anstellst, kannst du noch Fotos schießen, solange der Tote auf den Gleisen liegt.«

In der Leitung herrschte Stille.

»Ein Selbstmord?«, kam es dann zögerlich zurück.

»Vielleicht. Oder es sollte nur so aussehen wie Selbstmord und war in Wirklichkeit Mord.«

*

Karla starrte vor sich hin, ohne zu wissen, wie lange. Ein Obdachloser war umgekommen. Niemand konnte zu seiner Wohnung gehen, um zu sehen, ob es dort eine Familie gab, der die Todesnachricht überbracht werden musste. Gab es eine Möglichkeit, nach Angehörigen zu suchen? Was wusste man von Lorenz? Kannten Daggi, Werner, Dave und Arni sein Schicksal? Wussten sie, ob Lorenz Verwandte hatte? Vielleicht konnte ja die Polizei etwas über ihn herausfinden und Menschen suchen, die für ein würdiges Begräbnis sorgten.

Plötzlich stiegen Karla Tränen in die Augen. Es war schlimm genug, dass Lorenz zu Lebzeiten so allein gewesen war, dass er sich an Wiebke klammern musste, weil er sonst ganz ohne Halt gewesen wäre. Hoffentlich blieb er an seinem Ende nicht so allein. Ob es jemanden gab, der ihn beerdigte und um ihn trauerte? Wiebke? Nein, sie war verschwunden. Seine Leidensgenossen vom Bremer Platz? Ja, die würden vielleicht in ein paar Tagen hinter Lorenz' Sarg hergehen. Karla zuckte zusammen. Zunächst mal mussten sie ja erfahren, was geschehen war.

Entschlossen ging sie zurück, stieg die Treppe hinab, wandte sich nach rechts, der Tür zu, die auf den Bremer Platz führte – da stand Daggi plötzlich vor ihr. »Hier bist du!«

»Ja, hier bin ich. Ich wollte gerade zu euch.«

Daggi griff hart nach Karlas Arm. »Wo bist du gewesen? Hat der Kerl dir etwas getan? Wie hast du dich befreit?«

Karla sah Daggi verblüfft an. »Getan? Befreit? Was meinst du?«

»Dieser Kerl gestern Abend.«

»Ein Bekannter von früher«, gab Karla schnell zurück. »Du hast doch nicht etwa geglaubt, mir wäre etwas zugestoßen?«

»Natürlich habe ich das geglaubt.« Daggi zog Karla mit sich. »Habe ich dir nicht gesagt, dass es hier seit einiger Zeit gefährlich ist? Habe ich dir nicht geraten, über Nacht ins Gertrudenhaus zu gehen?« Sie blickte sich nervös nach allen Seiten um. »Was ist hier eigentlich los?«

Karla sah zu Boden. »Da ist einer vor den Zug gefallen. Vor den ICE. Vielleicht ist er auch gestoßen worden.«

»Weiß man schon, wer es ist?«

Karla nickte. »Es ist Lorenz.«

Am Ende des Ganges gab es einen Imbiss, vor dem zwei Tische standen, auf denen rot-weiß-karierte Decken lagen, die bäuerliche Gemütlichkeit vortäuschten – allerdings wenig überzeugend. Karla und Daggi ließen sich auf den billigen Plastikstühlen nieder.

Endlich sprach Daggi wieder. »Ich besorge uns Cappuccino.«

Karla versuchte zu grinsen. »Ist bei dir der Wohlstand ausgebrochen?«

Zu ihrem Erstaunen nickte Daggi ohne ein Wort. Karla beobachtete, wie sie an der Theke zwei große Tassen in Empfang nahm und an der Kasse aus einem ordentlichen Portmonee bezahlte.

»Prost«, sagte Daggi und hob die Tasse. »Ich habe uns einen Schuss Rum reingeben lassen.«

Sie trank, ohne mit der Wimper zu zucken, während Karla schon beim ersten Schluck des glühenden Getränks einen Hustenanfall erlitt.

»Das mit Lorenz musste ja mal so kommen«, sagte Daggi. »Er war stolz darauf, dem ICE direkt an der Bahnsteigkante in die Augen zu blicken. Und zwar so lange wie möglich! Den Kopf hat er erst im allerletzten Moment zurückgezogen. Wiebke hat mehr als einmal zu ihm gesagt: Es braucht dich nur mal jemand anzurempeln und du liegst davor. Aber Lorenz hat dann nur gelacht.« Daggi seufzte kurz auf, dann ergänzte sie: »Ich glaube, ausgerechnet vor einem ICE sein Ende zu finden, war genau richtig für ihn. Wenn Wiebke nicht wieder auftaucht, hätte er sich demnächst totgesoffen. Vor dem ICE ging's schneller.«

»Was meinst du? Hat ihn jemand angerempelt?«, fragte Karla, die Mühe hatte, mit Daggis eiliger Trauerarbeit Schritt zu halten.

Daggi zuckte die Schultern. »Vielleicht, vielleicht auch nicht. Vielleicht versehentlich, womöglich mit Absicht. Kann auch sein, dass sich Lorenz zu weit vorgebeugt und dann das Gleichgewicht verloren hat.« Sie hob ratlos beide Hände. »Lorenz ist nicht mehr zu helfen. Aber dir – dir ist noch zu helfen. Ich will wissen, was da gestern Abend lief.« Sie beugte sich vor und sah Karla in die Augen. »Aber erst mal verrate ich dir ein Geheimnis. Ich glaube, es ist besser, wenn du Bescheid weißt. Ich hoffe, ich täusche mich nicht in dir und kann mich darauf verlassen, dass du dicht hältst.«

In Karla stieg die Spannung auf, die jeder Reporter kennt, der einer guten Story auf der Spur ist. »Klar! Erzähl schon!«

»Ich bin nicht zurückgekommen, weil's mit der Sesshaftigkeit nicht geklappt hat«, antwortete Daggi leise, »ich bin zurückgekommen, um undercover auf dem Bremer Platz zur recherchieren.«

»Recherchieren? Undercover?« Karla hätte beinahe gelacht. Dann erst wurde ihr die komplette Bedeutung dieser Worte klar. Daggi war von der Konkurrenz! Welches Blatt hatte die gleiche Idee gehabt wie das Münsterland-Echo?

Sekundenlang konnte man in Karlas Miene lesen, was in ihr vorging, doch dann verschloss sie sich wieder. »Bist du etwa von der Polizei?«, fragte sie, verzweifelt bemüht, sich nicht zu verraten.

»Quatsch!«, wehrte Daggi ab. »Ich war lange Zeit wirklich wohnungslos und hab mit Werner, Dave, Arni und Wilfried auf dem Bremer Platz gelebt. Dann hab ich als Straßenverkäuferin für ›Abseits‹ gearbeitet und es schließlich geschafft, eine kleine Wohnung zu bekommen. Seitdem arbeite ich in der Redaktion von ›Abseits‹.«

In Karla machte sich Erleichterung breit. »Abseits« war keine wirkliche Konkurrenz. Daggi war zwar eine Kollegin, aber keine konkurrierende. »Und für die Obdachlosenzeitung recherchierst du undercover?«, fragte sie interessiert.

Daggi nickte. »Werner, Dave und Arni haben mir ohne weiteres geglaubt, dass ich ein zweites Mal gescheitert bin. Wilfried sowieso. Schließlich ist das am Bremer Platz nichts Besonderes. In Wirklichkeit bin ich aber nur hier, um etwas über das Verschwinden der Frauen herauszubekommen. Die Polizei kümmert sich ja nicht drum, und Münsters Öffentlichkeit interessiert sich nicht dafür. Der Einzige, der was getan hat, war Lorenz.« Daggi sah Karla eine Weile nachdenklich an, die Mühe hatte, ihre wahren Empfindungen zu verbergen. »Die Redakteure von ›Abseits‹«, fuhr Daggi fort, »nehmen das Verschwinden der Frauen sehr ernst und versuchen, hinter das Geheimnis zu kommen. Wir haben auch einen konkreten Verdacht. Nur Beweise – die fehlen noch.«

»Einen Verdacht?« Karla beugte sich aufgeregt vor. »Du willst sagen, ihr wisst, wer dahinter steckt? Wer die Frauen entführt hat?«

Daggi nickte erst, dann schüttelte sie den Kopf. »Zumindest glauben wir den Mann zu kennen, der es immer wieder schafft, eine Frau vom Bremer Platz wegzulocken. Wie er das macht, ist uns noch ein Rätsel. Von Gewaltanwendung jedenfalls ist uns nichts bekannt.« Daggi sah Karla jetzt sogar ein wenig mitleidig an. »Bei dir hat er ja auch Erfolg gehabt. Aber du bist die Einzige, die zurückgekehrt ist. Also bist du eine wichtige Zeugin. Die Einzige.«

Karla starrte Daggi an, bis sie begriff, warum sie nicht verstand. In ihrem Gehirn schien es einen Riegel zu geben, der so eingerostet war, dass er sich nicht zurückschieben lassen wollte. »Du meinst –« Nein, es war ihr unmöglich weiter zu sprechen. Was Daggi da sagte, war Unsinn. Blanker Unsinn! Konnte nur Unsinn sein!

Doch Daggi nickte. »Ja, der Mann, der dich gestern angesprochen und mitgenommen hat! Wir haben ihn schon lange in Verdacht.«

*

Nun brauchte sie einen weiteren Cappuccino mit Rum. »Einen doppelten!«

Karla nahm kaum wahr, wie Daggi die Tasse vor sie hinstellte, in ihrem Kopf ging alles drunter und drüber. Martin, ein Verbrecher? Martin, ein Mann, der vertrauensselige Frauen entführte? Hatte sie sich wirklich so in ihm getäuscht, als sie sich vor zehn Jahren in ihn verliebte? Ihn so wenig gekannt?

Daggis Stimme rauschte an ihren Ohren vorbei wie alle anderen Geräusche des Bahnhofsbetriebes. Sie konnte sich kaum auf das konzentrieren, was Daggi berichtete.

»Er kommt schon seit Wochen regelmäßig zum Bremer Platz. Ein Mann wie er! Der passt doch nicht in diese Gegend! Der fällt bald auf! Die Junkies fragen sich, warum er stundenlang in der Nähe der Fixerstube herumsteht. Die Berber fürchten, dass er nach Indizien sucht, um sie behördlich verjagen zu lassen. Und sogar die Anwohner beobachten ihn misstrauisch.«

»Aber das sind doch keine Beweise«, versuchte Karla einzuwenden.

Daggi winkte ab. »Sag ich ja. Der Beweis, der auch die Polizei überzeugt, muss noch erbracht werden. Deswegen bin ich auf den Bremer Platz zurückgekehrt. Einer muss sich ja drum kümmern. Die Polizei tut's nicht, also müssen wir uns selbst helfen.« Sie sah Karla aus zusammengekniffenen Augen an. »Wie gut kennst du den Typ eigentlich?«

Ja, wie gut kannte sie Martin Graf? Karla zögerte. Noch vor ein paar Tagen hätte sie geantwortet: So gut, wie man den Menschen eben kennt, den man einmal geliebt hat und womöglich immer noch liebt. Doch nun brach die Gewissheit ins Eis der Zweifel ein, ging unter, versank in wenigen Augenblicken und geriet in einen schicksalhaften Sog. Schließlich wurde alles, was sie wusste, unters Eis gedrückt, das sich gleich darauf wieder zu einer festen Decke schloss.

»Wenn ich's mir recht überlege, weiß ich eigentlich nicht viel von ihm«, sagte Karla leise. »Nur ... dass ich wahnsinnig in ihn verliebt war. Damals, als ich in Münster lebte und es mir gut ging.«

Sie erzählte Daggi von ihrer Liebe zu Martin, von der monatelang andauernden Affäre, von den Heimlichkeiten, den konspirativen Treffen, die oft nicht länger als eine Stunde gedauert hatten, und von der immer wieder gestellten Frage: Wie soll es weitergehen mit uns? Und dann sprach sie von Martins Entscheidung, die sie schließlich aus Münster vertrieben hatte. »Unsere Beziehung war sehr intensiv«, schloss sie, »aber wir hatten ja nie viel Zeit füreinander. Wenn wir Gelegenheit hatten, uns zu treffen, schliefen wir miteinander. Zeit zum Reden blieb kaum.«

Daggi nickte. »Kein Wunder, dass du nach dieser Erfahrung gleich den Nächstbesten geheiratet hast. Wahrscheinlich hast du auch mit deinem Ehemann zu wenig geredet, sonst hättest du früher erkannt, dass er ein Schläger ist.«

Karla senkte den Blick und schwieg. Musste sie Daggi jetzt nicht die Wahrheit sagen? Daggi hatte sich ihr anvertraut, war sie nicht verpflichtet, das Gleiche zu tun? Eine Frage der Fairness! Aber kaum hatte sie an die Möglichkeit gedacht, fielen ihr wieder die dreißigtausend Euro und ihre Festanstellung ein.

»Meine Kollegen und ich vermuten, dass er nicht allein ist«, unterbrach Daggi ihre Gedanken. »Er muss Helfershelfer haben. Denk mal an den Typen mit der hellen Windjacke, der dich so scheinheilig angesprochen hat.«

Karla zuckte zusammen. Es konnte nicht mehr lange dauern, bis Torsten am Bahnhof auftauchte, um seine Fotos fürs Münsterland-Echo zu schießen. Sie musste unbedingt verhindern, dass Daggi ihm begegnete.

»Hast du eine Vermutung, was mit den Frauen geschehen ist?«, fragte sie, während sie den Gang im Auge behielt. Nur gut, dass Daggi ihm den Rücken zukehrte.

»Keine ist wieder aufgetaucht. Weder tot noch lebendig. Wir befürchten Frauenhandel.«

»Du meinst, die Frauen sind ins Ausland gebracht worden? Und arbeiten jetzt in einem Bordell?«

Daggi nickte. »Alle waren sie hübsch. Die Älteren, die schon von Drogen und vom Leben auf der Straße gezeichnet waren, sind ungeschoren geblieben. Wiebke war die Erste, die verschwand. Dann folgten Jeannette und Jodie, beide Junkies, die auf der Soester Straße Freier aufrissen. Kurz darauf Sofia, die russische Spätaussiedlerin, und schließlich Maja. Sie ging noch vor zwei Jahren in Münster zur Schule. Alkoholprobleme, Kokain und Obdachlosigkeit, das geht manchmal ganz schnell. Sie war nicht lange am Bremer Platz, ehe sie verschwand.

»Fünf Frauen also?«

»Mindestens!«, bekräftigte Daggi. »Diese fünf kennen wir. Aber es können noch mehr sein.«

»Aber warum Martin?«, flüsterte Karla.

»Es gibt viele Indizien. Maja hat noch erzählen können, dass sie einen Freier hat, mit dem sie nach Angelmodde fährt. Sofia saß, als sie das letzte Mal gesehen wurde, in einem Bonzenschlitten, der die Wolbecker Straße stadtauswärts fuhr.«

»Was war das für ein Auto?«, fragte Karla und hielt den Atem an.

»Ein teurer Wagen, mehr weiß ich nicht.« Daggi sah Karla fragend an. »Martin Graf hat ein teures Auto, stimmt's?«

Karla nickte. »Aber trotzdem –« Sie brach ab, weil ihr plötzlich die Wäsche einfiel, die sie in Martins Gästezimmer im Schrank gefunden hatte.

Daggi hatte sowieso nicht die Absicht, Karlas Zweifel anzuhören. »Jodie hatte einen Freund angerufen. Es war das Letzte, was man von ihr hörte. Sie sei in einem Haus in Angelmodde, hat sie erklärt, und bliebe da ein paar Tage. Sie könne gut verdienen und Stoff gäbe es auch.« Nachdrücklich ergänzte sie, ohne den Blick von Karlas Gesicht zu nehmen: »In einem schönen Haus in Angelmodde, hat sie gesagt, das ein bisschen einsam liegt.«

Karlas Kraft erlahmte. Ein schönes Haus in Angelmodde, das ein bisschen einsam lag …

»Sicherlich wollte er dich auch entführen. Aber dann hat er es nicht fertig gebracht, weil er vermutlich noch was für dich empfindet.«

Die Schritte vor der Tür. Der fehlende Schlüssel. Ihre instinktive Angst.

»Vielleicht hat er auch gemerkt, dass er in Verdacht geraten ist, und hat es deshalb nicht riskiert.«

Das Telefongespräch, das Martin führte, als sie die Treppe herunterkam. Er könne sich in der Szene nicht so häufig blicken lassen, hatte er gesagt, man sei schon auf ihn aufmerksam geworden.

»Und weißt du, dass er gern nach Tarifa zum Surfen fährt?«

Karla schreckte auf. »Martin und Surfen? Ausgeschlossen!«

Daggi grinste. »Ja, keine Sportart für sein Alter. Deswegen glauben wir auch, dass er aus ganz anderen Gründen nach Tarifa fährt. Mit einem gemieteten Wohnmobil übrigens. Ein großes Wohnmobil, in dem man leicht mehrere Frauen befördern kann.«

»Du meinst –«

»Es ist ein Katzensprung nach Marokko. Nur vierzehn Kilometer von Tarifa nach Tanger. Mit einem Motorboot eine Kleinigkeit. Und in Tanger gibt es viele Bordelle, die gut für blonde Frauen zahlen. Die fünf waren alle blond.« Sie warf einen Blick auf Karlas Locken. »Du bist zwar rothaarig, aber das ist in Marokko mindestens so außergewöhnlich wie blond.«

»Warum sollte Martin das tun?«

»Na, warum wohl? Es geht um viel Kohle!«

»Das hat er doch gar nicht nötig! Martin ist ein vermögender Mann.«

»Er war ein vermögender Mann. Aber seit dem Tod seiner Frau geht es ihm finanziell nicht mehr so gut. Meine Kollegen und ich haben fleißig recherchiert. Wir wissen, dass das Geschäft mit Ute Grafs elterlichem Erbe aufgebaut worden ist. Die Ehe schien nicht besonders glücklich gewesen zu sein. Man hört, dass Martin mal eine sehr intensive außereheliche Beziehung unterhalten hat. Danach war zwischen den beiden nichts mehr wie vorher.« Daggi grinste anzüglich. »Jedenfalls hat Frau Graf kurz vor ihrem Tod einen großen Teil ihres Vermögens dem Roten Kreuz geschenkt. Pech für Martin Graf! Die Ferienwohnung auf Sylt musste er verkaufen und die Eigentumswohnungen im Kreuzviertel auch. Sonst hätte er die Villa in Angelmodde nicht halten können. Natürlich ist er immer noch ein gut situierter Mann. Aber reich? Nein, reich war er nur zusammen mit seiner Frau. Und du weißt ja, an Reichtum kann man sich gewöhnen.«

Daggi schwieg – vielleicht, um Karla Zeit zum Nachdenken zu lassen. Genug Zeit, um Martin in Gedanken noch einmal zu begegnen, in einer Gegend, in die er nicht passte. Um ihm noch einmal in eine Kneipe zu folgen, in die er nicht passte. Um noch einmal in sein Auto zu steigen, ihn in sein Haus zu begleiten und in einem Bett zu schlafen, in das sie nicht passte. Und noch einmal nachts seine Schritte vor der Tür des Gästezimmers zu hören ...

Plötzlich fielen ihr die beiden Männer ein, die ihnen bis nach Angelmodde gefolgt waren. Sie berichtete Daggi davon, in der Hoffnung, dass sich dadurch alles änderte. »Vielleicht haben diese beiden etwas mit dem Verschwinden der Frauen zu tun. Sie wollten mich ansprechen, wollten mich vom Bremer Platz weglocken, aber Martins Anwesenheit hat ihnen einen Strich durch die Rechnung gemacht. Und dann sind sie uns gefolgt, um darauf zu warten, mich allein zu erwischen.«

»Vergiss es, Karla!« Daggi schüttelte energisch den Kopf. »Das waren Ronnie und Paul. Zwei Kollegen von ›Abseits‹. Ich hatte sie verständigt. Wir wollten verhindern, dass schon wieder eine Frau verschwindet. Ronnie und Paul sind euch nachgefahren bis zu Martin Grafs Haus.«

»Aber am Morgen waren die beiden verschwunden!«

»Ronnie und Paul sind ja nicht dumm. Sie haben sich vor Sonnenaufgang versteckt. Graf sollte schließlich nichts bemerken. Aber vielleicht hat er doch etwas gesehen und Angst bekommen. Dann hast du es Ronnie und Paul zu verdanken, dass er dich wieder freigelassen hat.« Daggi stand auf, ging in den Imbiss hinein und kam mit zwei Gläsern Kirschlikör wieder heraus. »Den trinke ich immer, wenn was Besonderes geschieht. Und das hier ist was Besonderes. Von Lorenz' Tod ganz zu schweigen.«

Karla wollte eigentlich abwehren, denn der Rum hatte schon genug Unfug in ihrem Kopf angerichtet, aber Daggis Offenbarungen hatten sie kraft- und wehrlos gemacht. Folgsam setzte sie das Glas an den Mund, kippte das Klebrig-Süße hinunter und schüttelte sich ausgiebig, während Daggi ergänzte: »Graf und seine Bande gehen verdammt gerissen vor. In der letzten Nacht ist uns aufgegangen, dass sie die Frauen, die sie nach Tanger verkaufen wollen, in aller Ruhe aussuchen. Werner, Dave und Arni haben einen Typen mit einer Kamera auf dem Platz beobachtet. Und stell dir vor, er hat mich fotografiert. Ich lag schön warm in deinem Schlafsack, habe gut geschlafen und deswegen nichts mitbekommen.« Daggi nickte viel sagend. »Das heißt, ich bin die Nächste, die dran ist. Wahrscheinlich liegt mein Foto schon auf irgendeinem Schreibtisch und demnächst zeigt einer mit dem Finger drauf und sagt: Nun holen Sie uns die.« Sie schüttelte sich ebenfalls, aber nicht wegen des süßen Likörs. »So ein Schwein! Frauen wie irgendeine Ware zu verschachern!« Daggi sah Karla an, als müsste die sich schämen, einen solchen Mann einmal geliebt zu haben. »Frauen, deren Verschwinden in der Öffentlichkeit keine Beachtung findet. Frauen, die höchstens von ihresgleichen vermisst werden, aber nicht von jenen, die in der Lage wären, sie zu suchen. Was für ein perfider Plan! Aber zugegeben, auch ein genialer!«

*

Daggi stand auf und sah Karla auffordernd an. »Die anderen sollten jetzt erfahren, was mit Lorenz passiert ist. Kommst du mit?«

Karla zögerte. »Kannst du das nicht ohne mich machen? Mir sitzt der Schreck noch in den Knochen. Erst Lorenz' Tod und dann ...«

Daggi lachte ohne jede Erheiterung. »Also gut. Soll ich dir Geld dalassen? Willst du noch einen trinken?«

Erschrocken wehrte Karla ab. »Nein, bloß keinen Alkohol mehr. Ich werde gleich ein bisschen rumlaufen. Bis ich das alles verdaut habe.«

Erst als Daggi im Gewühl der Reisenden verschwunden war, atmete Karla auf. Sie erhob sich und ging den langen Gang, den sie zuvor mit Daggi hinaufgekommen war, zurück. Sie fühlte sich so hilflos wie vor zehn Jahren, als Martin ihr eröffnet hatte, dass er seine Ehe nicht aufgeben könne. Von Treue hatte er damals gesprochen. Von Verantwortung und von der Pflicht, zu seinem Wort zu stehen, und von seiner Tochter, die ihn brauchte. Von Geld war nie die Rede gewesen. Auch nicht davon, dass Martin sein gutes Leben dem Vermögen seiner Frau zu verdanken hatte. Und wenn sich Karla jetzt fragte, wie wichtig Geld für Martin Graf war, konnte sie darauf keine Antwort geben. Hatte er seine Liebe zu ihr für ein angenehmes Leben an Utes Seite verraten? Und war er sogar fähig, dafür ein Verbrechen zu begehen?

Torstens Erscheinen unterbrach ihre Gedanken. Seine Windjacke, die er nicht geschlossen hatte, flatterte über dem Hosenbund. Sie musste ihn unbedingt bitten, in Zukunft auf diese Jacke zu verzichten. Torsten hatte keine Ahnung, dass er damit auf dem Bremer Platz Aufsehen erregt hatte. Mit Sicherheit war es ihm noch nie gelungen, mit seiner Kleidung irgendwo aufzufallen.

»Ist die Polizei schon da?«, fragte er atemlos.

»Ich habe nur die Bahnhofspolizei gesehen«, gab Karla zur Antwort, »aber die zieht ja in solchen Fällen das nächste Polizeirevier hinzu. Vielleicht sind die Beamten aus der Gutenbergstraße schon da. Die müssen dann den Hautpeingang benutzt haben.«

»Du glaubst, ich habe noch freien Zutritt zum Tatort?« Torsten wartete eine Antwort nicht ab, sondern lief schon los. Ein großer Junge, der aussah wie ein Pendler, der sich verspätet hatte und nur zufällig einen Fotoapparat bei sich trug. Dass er ein Reporter war, fiel niemandem auf. Vielleicht half ihm das, die Bahnhofspolizei zu übertölpeln. Karla konnte es sich gut vorstellen.

Dummerweise gab es Lebenslagen für Torsten, in denen er sich genauso verhielt, wie er aussah: wie ein großer Junge, der leicht zu erschrecken war. Seine Chancen, zum Unglücksopfer vorzudringen, waren eigentlich nicht schlecht, denn die Bahnhofspolizisten standen untätig herum, warteten auf die Kollegen von der Inspektion in der Gutenbergstraße sowie auf die vom Kommissariat Todesermittlung. Die Unfallstelle war nur halbherzig gesichert. Die Gaffer waren ja längst verbannt, weiteren Schaulustigen war der Zutritt verwehrt worden, und mittlerweile hatte sich die Kunde von dem schrecklichen Geschehen auf Bahnsteig 9 zerstreut. Was zurückblieb, war nur der Ärger über die verspätete Abfahrt des ICE. Und das, nachdem bereits die beiden Züge davor ausgefallen waren!

Torsten hatte tatsächlich leichtes Spiel. Er schob die uniformierten Männer einfach zur Seite, sprang die Treppe hoch, sah sich zwischen den schwatzenden Sicherheitskräften um, dann fiel sein Blick auf das blutige Bündel vor dem Triebkopf des ICE. Die Decke, die jemand über Lorenz gelegt hatte, linderte den grausamen Anblick kaum. Karla konnte sehen, wie Torsten zögerte, wie seine Füße auf der Stelle traten und seine Knie zu zittern begannen. Im nächsten Moment beugte er sich vor und kotzte einem entsetzten Bahnhofspolizisten sein Mittagsessen vor die Füße: Hühnerfrikassee mit Reis.

»Ich hätte es wissen müssen«, klagte Torsten wenig später. »Ich kann einfach kein Blut sehen.«

Genau wie Jan, dachte Karla.

»Und erst recht keine Leichen. Du hast mir keine Zeit gelassen, ja oder nein zu sagen, deswegen dachte ich, es würde gehen, wenn ich nur geradewegs darauf zulaufe.«

»Aber es ging nicht«, konstatierte Karla. »Das ist nicht weiter schlimm, Torsten. Wichtiger ist etwas ganz anderes.«

Sie ging noch einmal den Weg zum Imbiss zurück, diesmal mit Torsten. Und diesmal war er es, der Cappuccino holte. Ohne Rum.

Kurz darauf wusste Torsten über alles Bescheid: Karla hatte ihm erklärt, dass der allseits bekannte Martin Graf im dringenden Verdacht stand, harmlose Fixerinnen und Wohnungslose anzusprechen, einzulullen und dann zu verschleppen; sie hatte ihm auch erzählt, dass Martin Graf mit dem Chefredakteur Ludwig Bräutigam den Bahnsteig Nummer 9 verlassen hatte, nachdem Lorenz dort sein Leben verloren hatte; und außerdem hatte sie ihm verraten, dass der Tote Lorenz Babitzki hieß und der Freund von Wiebke Leitner war, und dass Wiebke zu den Frauen gehörte, die spurlos vom Bremer Platz verschwunden waren.

Torsten stand der Mund offen, dann brach die Gewissheit aus ihm heraus: »Der Chef weiß also von dem Verschwinden der Frauen und nimmt es ernst. Wie kann er bloß so tun, als ginge uns das nichts an?«

Was Torsten jedoch immer noch nicht wusste, war, dass Karla die letzte Nacht in Martin Grafs Haus verbracht hatte. Sie brachte die Wahrheit einfach nicht über die Lippen. Nein, sie hatte mehrfach so glaubwürdig beteuert, dass sie in Daggis Decke genächtigt hatte, dass sie nun dabei bleiben musste.

Auch von Daggis Mission verriet sie nichts. Karla fand, dass Torsten es nicht wissen musste. Es hätte nichts geändert, also war es nicht nötig, Daggis Vertrauen zu missbrauchen. Dies war der Augenblick, in dem Karla begriff, dass Daggi ihr eine Freundin geworden war.

Torsten saß kopfschüttelnd da. »Was geht da bloß ab? Ich habe nicht gewusst, dass Graf und der Chef sich gut kennen. Und nun sogar ein gemeinsamer Mord?«

Karla schrak auf. Das war zu schnell, zu sicher, zu leichtfertig. »Keiner weiß bis jetzt, ob die beiden etwas mit Lorenz' Tod zu tun haben. Wir müssen warten, was die Polizei herausfindet. Noch ist nicht einmal klar, ob Lorenz überhaupt umgebracht wurde.«

»Ja, ja.« Torsten zündete sich mit zitternden Fingern eine Zigarette an. Er hatte den Augenblick der Schwäche, der ihn das Mittagessen gekostet hatte, noch nicht überwunden. »Jedenfalls wissen wir jetzt, wo wir die Schuldigen suchen müssen. Es geht nur noch darum, Beweise zu finden. Unser Chef hat die Finger im Spiel und Martin Graf anscheinend vom Geschäftsmann zum Frauenhändler umgeschult. Wir müssen rausfinden, was da los ist und wo die verschwundenen Frauen geblieben sind. Dass sie entführt worden sind – daran gibt es jetzt keinen Zweifel mehr.«

Karla winkte ab. »Nun mal langsam, Torsten. Das sind nur Vermutungen. Wir haben nichts in der Hand, keinerlei Beweise.« Sie sah Torsten entschlossen an. »Wir wissen ja noch nicht einmal, wofür wir Beweise brauchen!« Ihr war klar, dass die Sachlage nicht ganz so war, wie sie jetzt vorgab. Das spurlose Verschwinden der Frauen vom Bremer Platz war mehr als nur merkwürdig und die Angst, die sich unter den Berbern breit machte, keineswegs unbegründet. »Also keine voreiligen Schlüsse!«

»Na gut.« Torsten bemühte sich um einen Augenblick der Reue, dann packte ihn jedoch gleich wieder der Eifer des Reporters. »Aber es gibt ein Geheimnis, das ist sicher. Und wir werden ihm auf die Spur kommen.«

»Aber wie?« Karla dachte kurz nach. »Wir brauchen in jedem Fall mehr Informationen über die Personen, die in die Sache verwickelt sind. Kannst du was über Martin Graf herausbekommen? So schnell wie möglich? Dann sehen wir weiter.«

Torsten nickte. »Klar. Wenn über Graf jemals ein Wort in irgendeiner Zeitung geschrieben wurde, dann weiß ich es bald.«

»Aber vergiss nicht, dass du auch über einen Toten vorm ICE berichten musst. Für die morgige Ausgabe!«

Torsten winkte ab. »Keine Sorge, das mache ich zuallererst.«

»Und überleg dir, ob du schon von Mord reden oder das Ganze erst mal einen Unglücksfall nennen willst.«

»Mal sehen, welche Informationen die Polizei rausrückt. Alles Weitere werde ich wohl erst erledigen können, wenn Bräutigam und die anderen Feierabend gemacht haben. Aber dann kümmere ich mich darum. Ich werde schon was finden, was uns weiterhilft.«

Sein Gesicht nahm einen Ausdruck wilder Entschlossenheit an. Karla hatte plötzlich ein ungutes Gefühl. Hoffentlich brachte sich Torsten nicht durch Übereifer selbst in Gefahr.

»Ich kenne Martin Graf von früher«, sagte Karla knapp. Sie überlegte, ob sie Torsten etwas von ihrer Leidenschaft zu Martin erzählen sollte, entschied sich dann aber dagegen. Wie war es nur um ihre Menschenkenntnis bestellt, wenn sie sich in einen Mann verlieben konnte, der voller krimineller Energien zu stecken schien? Sollte sie Torsten gestehen, dass sie Martin bis ans Ende der Welt gefolgt wäre, wenn er es von ihr erwartet hätte? Nein! Sie murmelte etwas von geschäftlichen Verbindungen zwischen ihrem damaligen Arbeitgeber, dem Verbrauchermagazin und dem Geschäft »Moden-Graf«, dann fragte sie vorsichtig: »Glaubst du, dass er zu seiner solchen Tat fähig ist?«

»Keine Ahnung! Man kann den Menschen nur vor die Stirn sehen.«

Karla nickte. »Ja, anscheinend habe ich mich gründlich in ihm geirrt. Wenn ich es mir recht überlege ... er hat mich auch damals schon getäuscht. Ich habe es nur nicht gemerkt.«

Torsten zeichnete mit dem rechten Zeigefinger nachdenklich die Tischdeckenkaros nach. »Da war übrigens mal was«, murmelte er. »Vor ein paar Jahren ging der Name Martin Graf durch die Presse. Ich hatte gerade beim Münsterland-Echo angefangen. Wenn ich bloß noch wüsste, worum es da ging.«

»Kannst du das herausfinden?«

»Natürlich! Aber es ist zeitaufwendig. Ich muss mich durch sämtliche Archive quälen. Aber dann weiß ich, was jede Zeitung über ihn geschrieben hat. Es hatte etwas mit dem Tod seiner Frau zu tun.« Er sah Karla eine Weile nachdenklich an. »Du könntest am späten Abend in die Redaktion kommen und mir helfen. Meinetwegen kannst du dann auch in meinem Büro übernachten. Dann musst du nicht zurück auf den Bremer Platz –«

»Kommt nicht in Frage«, unterbrach Karla ihn. »Ich bleibe hier. Vielleicht erfahre ich etwas Interessantes. Ich könnte zum Beispiel noch mal in Ruhe mit Daggi reden.«

Torsten hörte ihr nicht richtig zu. »Wenn der Chef was mit den verschwundenen Frauen zu tun hat«, begann er, »warum schickt er dich dann ausgerechnet zum Tatort, um für eine Reportage zu recherchieren? Er muss doch damit rechnen, dass man ihn schon mal am Bremer Platz gesehen hat. Oder ist er selbst nie dort aufgetaucht? Diese Arbeit kann er Martin Graf überlassen haben. Aber selbst wenn das so ist, jeder Verdacht, der auf Graf fällt, wird auch Bräutigam belasten. Er muss damit rechnen, dass du etwas herausbekommst, was ihm gefährlich werden könnte.«

Karla nickte. »Das passt einfach nicht zusammen! Da muss noch etwas anderes dahinter stecken!«

»An was denkst du?«

Karla hob die Schultern. »Um meine Gefühle beim Betteln und um meine Erfahrungen als Teil einer Randgruppe geht es ihm jedenfalls nicht.«

»Bestimmt nicht. Wer weiß, ob die Reportage überhaupt veröffentlicht werden soll. Wahrscheinlich ist die ganze Sache eine Finte.« Torsten zuckte zusammen und griff nach Karlas Arm, als wollte er sie festhalten. »Vielleicht sollst du das nächste Opfer sein? Eine Frau, die in Münster niemand kennt! Der Chef weiß, dass du in Hamburg alle Zelte hinter dir abgebrochen hast. Vielleicht sind rothaarige Frauen im Ausland noch begehrter als blonde?«

Karla fühlte, wie es ihr kalt über den Rücken fuhr. »Ja, bis jetzt bin ich in der Redaktion noch unbekannt.« Die kalte Angst zog sich zurück, die Gänsehaut jedoch blieb. »Aber Uli und du, ihr würdet mich doch vermissen.«

»Klar, aber wenn der Chef uns eine gute Geschichte erzählt, eine, die glaubhaft ist, wir würden keinen Verdacht schöpfen. Der neuen Kollegin hat es in Münster nicht gefallen, sie hat schon nach drei Tagen gekündigt ... Warum sollten wir ihm das nicht abnehmen? Vielleicht weiß Bräutigam sogar, dass du Martin Graf von früher kennst. Dann kann er darauf hoffen, dass du ihm bedenkenlos folgen wirst.

Und schon sitzt du in der Falle.« Torsten griff jetzt so fest zu, dass Karla leise aufstöhnte. »Ich habe dir gesagt, du sollst zu keinem Fremden ins Auto steigen. Jetzt sage ich dir: Steig auch zu keinem Bekannten ins Auto! Wir müssen damit rechnen, dass Martin Graf dir noch mal auflauert.«

Karla entzog sich Torstens Griff und nestelte an ihren Schuhen herum, um ihn nicht ansehen zu müssen. Jetzt fühlte sie sich noch schlechter, weil sie Torsten nichts von der Nacht in Martins Haus verraten hatte. Aber inzwischen war es ganz und gar unmöglich geworden, mit der Wahrheit herauszurücken. Wie unangenehm würde es sein, gestehen zu müssen, dass sie Torsten belogen hatte! Sogar mehrfach!

»Vielleicht versucht Bräutigam herauszufinden, wie weit der Verdacht gegen ihn geht«, fuhr Torsten fort. »Dann wird er dich später ausfragen und weiß, was über ihn in der Szene geredet wird. Ob er vorsichtiger sein muss, ob er Gefahr läuft, entlarvt zu werden.«

»Er könnte in jedem Fall davon ausgehen, dass ich niemandem ein Wort glauben würde, der mir erzählt, mein Chef wäre ein gemeiner Frauenhändler.«

»Und der Vertrag, den er mit dir geschlossen hat, garantiert ihm, dass du den Mund hältst.«

»Aber wie passt da Lorenz' Tod hinein?«

»Vielleicht hat er etwas über Wiebkes Verschwinden herausgefunden?« Torsten dachte eine Weile nach, dann zückte er sein Handy. »Ich werde Stenzel anrufen.«

»Den Hauptmeister vom Revier in der Gutenbergstraße?«

»Genau! Wenn ich behaupte, Bräutigam hätte mich mit Recherchen beauftragt, erzählt er mir alles, was ich hören will.« Während er die Nummer im Verzeichnis seines Handys suchte, ergänzte er: »Für Stenzel wird es ein schwerer Schlag sein, wenn er erfährt, wen er jahrelang mit Informationen versorgt hat, die keine andere Zeitung bekommen hat.« Sein Gesicht hellte sich auf. Sogar Karla konnte die kräftige Männerstimme hören, die in Torstens Ohr dröhnte. Obwohl der Lärm im Bahnhofsgebäude beträchtlich war, sorgte Torsten für Abstand zwischen seinem Gehör und Stenzels Stimme. »Sie sind am Tatort? Dann wissen Sie sicherlich schon, ob es Mord oder Selbstmord war?«

Aus dem Handy drang etwas, was Karla an die Pistolen erinnerte, mit denen ihre Stiefbrüder früher Knallerbsen abgeschossen hatten. Stenzel brüllte etwas in den Hörer, was anscheinend nicht in eine ordentliche Reihe von Subjekt, Prädikat und Objekt passte.

»Wie ich auf Mord komme?«, fragte Torsten zurück. »Nun, man fällt doch nicht einfach vor einen Zug. Denken Sie etwa an einen Unglücksfall, Herr Stenzel? Einen Selbstmord kann man ja wohl ausschließen. Sie wissen so gut wie ich, dass Selbstmörder die freie Strecke bevorzugen. Sie springen von einer Brücke oder –«

Wieder platzten ein paar Knallerbsen in Torstens Ohr.

»Betrunken? Ja, das wäre eine Erklärung. Aber der Mann ist doch sicherlich noch nicht obduziert worden, oder?«

Die Pistole schien Ladehemmung zu haben, denn Torsten hielt das Handy dicht an sein Ohr. »Woher ich weiß, daß es sich um einen Mann handelt?« Torsten blinzelte Karla zu. »Man hat so seine Informationen.«

Erschrocken riss er das Handy wieder vom Ohr weg, denn die nächste Knallerbsensalve hatte es in sich. »Schon gut, Herr Stenzel«, beschwichtigte Torsten den Polizeihauptmeister schließlich. »Ich will Ihnen ja gar nichts vorenthalten. Eine Hand wäscht die andere. Sie haben uns schon so oft geholfen, nun kann ich Ihnen auch mal unter die Arme greifen. Ich kenne den Namen des Toten. Und ich wette, Sie haben bis jetzt keine Ahnung, wer da auf den Schienen liegt. Ein Typ wie er trägt ja gewöhnlich keine Papiere bei sich.«

Stenzel schien seine Pistole zur Seite gelegt zu haben, um nicht versehentlich einen wichtigen Informanten zu erschießen. Seine Stimme klang jetzt so, als ließe er gerade die restlichen Knallerbsen aus dem Magazin in die hohle Hand fallen.

»Er war kein normaler Reisender«, sagte Torsten, der seine Rolle ganz offen genoss. »Das haben Sie sicherlich schon an seiner Kleidung erkannt. Er war ein Obdachloser, der gern den ICE einfahren sah. Dafür war er bekannt. Er ging täglich zum Bahnhof.« Plötzlich riss Torsten das Handy wieder vom Ohr weg. »Schon gut, Herr Stenzel, ich sag's Ihnen ja. Lorenz Babitzki hieß er. Aber woher ich das weiß … nein, tut mir Leid, das kann ich Ihnen nicht verraten.«

Er drückte die rote Taste und sah Karla lächelnd an. »Heute Nacht wird dir sicherlich nichts passieren. Es kann nicht lange dauern, bis Stenzel am Bremer Platz auftaucht.«

*

Als Karla auf die Wiese am Bremer Platz zurückkam, hatte sich die erste Aufregung bereits gelegt. Bedrückt stellte sie fest, wie wenig

Entsetzen hier der Tod verbreitete. Wilfried hatte zwar ein paar Mal von dem Punkt vor seinen Füßen aufgesehen, aber gesprochen hatte er auch jetzt kein einziges Wort. Arni und Dave hatten eine Weile lamentiert, aber dann angefangen, sich einzureden, dass es gut sei, wenn man dieses Leben hinter sich gelassen hatte. Werner war anscheinend der Einzige, dem Lorenz' Tod wirklich nahe ging. Er erhob sich und machte sich mit hängendem Kopf davon. So, als wollte er mit seiner Trauer allein sein.

Daggi und Karla saßen dicht nebeneinander. »Habe ich dir schon erzählt«, begann Karla, »dass ich Martin Graf auf dem Bahnhof gesehen habe? Er kam mit einem anderen Mann vom Bahnsteig Nummer 9, nachdem der ICE eingefahren war.«

Daggi saß plötzlich kerzengerade. »Martin Graf mit einem anderen Mann? Dann war es Mord.«

Karla legte einen Finger auf die Lippen. »Pscht, nicht so laut.« Sie griff nach Daggis Hand und hielt sie fest, als könnte sie damit auch alles andere zurückhalten, bis die Zeit reif dafür war. »Der andere war ein großer Mann mit dickem Bauch, nachlässig gekleidet. Er trug einen gelben Schal.«

Es kam, was Karla erwartet hatte: »Den kenne ich«, stellte Daggi fest, schien aber viel zu deprimiert für jede überschäumende Reaktion zu sein.

»Ach, wirklich?«, tat Karla erstaunt.

»Ja, das war einer von Wiebkes Freiern! Er hat sie oft abgeholt. Sie hat erzählt, dass sie mit ihm in irgendeine Wohnung fährt. Nicht in seine eigene, sondern in eine, in der er ein Zimmer gemietet hat.«

»Eine WG?«

»Ja, so ähnlich. Aber nicht wegen seiner Ehefrau, sondern wegen seiner Mutter.«

»Wie haben die beiden sich kennen gelernt?«

Daggi überlegte eine Weile. »Er war kein Freier wie die vom Babystrich auf der Soester Straße, wo die beiden Fixerinnen das letzte Mal gesehen wurden. Er war irgendwie anders. Manchmal sah es wirklich so aus, als ginge es ihm um Wiebke – nicht um irgendeine Frau, mit der er Sex haben konnte.«

»Du meinst, der wollte gar keinen Sex?«

»Wiebke hat mal gesagt, er wolle nur mit ihr reden. Sie müsse ihm viel über ihre Mutter erzählen.«

Karla sah Daggi ungläubig an. »Über ihre Mutter?«

Daggi nickte. »Er schien ein echt gestörtes Verhältnis zu seiner Mutter zu haben. Wiebke meinte, dass er deswegen ständig über Mütter reden wollte. Sie hat darauf gewartet, dass er sich irgendwann mal einen runterholt, während sie über ihre Mutter redet oder er über seine. Als Ventil für seinen Ödipuskomplex, verstehst du?«

»Aber das ist nie passiert?«

»Nicht, dass ich wüsste.«

Daggi lehnte sich zurück, schob eine Decke in ihren Nacken und blickte zu den Wolken auf, die wie Rauchfahnen über den Himmel zogen, als wären sie gerade aus einem Kamin aufgestiegen, um sich allmählich aufzulösen.

»Wiebke hat nie viel von sich erzählt. Nur ein einziges Mal. Das war, nachdem sie Lorenz kennen gelernt hatte. Irgendwie hatten seine Gefühle ihren Panzer durchstoßen. Den hatte sie sich wohl umgelegt, um das Leben besser ertragen zu können. Lorenz war anscheinend der erste Mensch seit langem, von dem sich Wiebke wirklich geliebt fühlte. Das hat sie für ein paar Wochen weich und verletzlich gemacht. Aber irgendwann hat sie gemerkt, dass Lorenz' Liebe in Wirklichkeit nur der Wunsch war, selbst geliebt zu werden. Er erwartete von ihr, dass sie für ihn sorgte, dass sie sich seiner annahm, dass sie seine Schwäche mit ihrer Kraft auffüllte, dass sie jemand war, zu dem er gehören konnte. Als er zu klammern begann, fing sie an, sich von ihm zu lösen.«

Ohne ein einziges Mal zu unterbrechen, hörte Karla zu, welches wirre Leben Wiebke Leitner hinter sich hatte, eine Zickzacklinie, die einmal schnurgerade begonnen hatte. In einem Elternhaus auf Sylt, wo ein seit einem Jahr verheiratetes Paar sein erstes Kind freudig willkommen hieß. Wiebkes Mutter war von Münster zu der Familie ihres Mannes nach Kampen gezogen, um fortan auf der Insel zu leben.

»Sie war wohl vor einer anderen Liebe davongelaufen«, erklärte Daggi. »Marlene wollte eigentlich einen anderen heiraten. Wiebke sagte immer Marlene, wenn sie von ihrer Mutter sprach«, fügte sie erklärend hinzu. »Marlene liebte einen anderen Mann, konnte sich jedoch nicht für ihn entscheiden. Nie verriet sie ihrer Tochter, warum. Aber dass ihr Vater nur ein Ersatz für diesen Mann gewesen war, begriff Wiebke recht bald. Schon lange vor dem Tag, an dem Marlene beschloss, Sylt den Rücken zu kehren und in Münster ein neues Leben zu beginnen. Vielleicht wollte sie in der Nähe des Mannes leben, den sie immer noch liebte? Wer weiß? Marlene Leitner nahm das Geheimnis mit in ihr Grab. Sie erkrankte kurz nach ihrer Flucht von der Nordseeinsel an Bauchspeicheldrüsenkrebs und starb schon ein Jahr später. Die Scheidung war gerade ausgesprochen worden.«

Werner reichte eine Weinflasche herüber, die die Runde machte. Daggi nahm einen kräftigen Schluck, Karla setzte sie nur an den Mund, ohne zu trinken, und reichte sie Werner zurück.

Daggi fuhr fort. »Wiebke wollte auf keinen Fall zu ihrem Vater zurück, der sich kein einziges Mal um ihre Mutter gekümmert, sondern in dem Trennungsjahr nur ein einziges Ziel verfolgt hatte: die Scheidung. Eine andere Frau, eine Nachbarin auf Sylt, erwartete inzwischen ein Kind von ihm, und er wollte sie so schnell wie möglich heiraten. Als Wiebke mit ihren vierzehn Jahren lieber in ein Heim als zurück nach Sylt gehen wollte, stimmte ihr Vater erleichtert zu. Wiebke sah ihn nie wieder. Denn auch ihn ereilte das Schicksal bald. Er kam nur einen Tag nach der Geburt seines Sohnes bei einem Unfall ums Leben. Das Jugendamt, das für Wiebke die Vormundschaft hatte, gab sie in ein westfälisches Internat, wo sie bis zu ihrem achtzehnten Geburtstag blieb.«

Die Weinflasche landete erneut bei den beiden Frauen. Daggi nahm einen kräftigen Schluck, stellte sicher, dass noch ein Rest für Karla in der Flasche war, und reichte sie rüber. Aber Karla winkte ab, woraufhin Daggi die Flasche noch einmal an den Hals setzte und leerte.

»In dem Internat hatte Wiebke den ersten Kontakt mit Alkohol«, erzählte Daggi weiter, »und dort kiffte sie auch zum ersten Mal. Gelegentlich rief sie bei ihren Großeltern auf Sylt an, aber nach jedem Gespräch mit den beiden Alten trank sie so viel Schnaps, wie reinging. Irgendwann hat sie nicht mehr angerufen.«

Karla erfuhr, dass Wiebke ihre Mittlere Reife gemacht hatte und nach Norddeutschland in eine Jugendwohngemeinschaft gezogen war. Sie fand eine Lehrstelle, aber die Ausbildung zur Industriekauffrau brach sie bald ab. Sie verließ die Wohngemeinschaft, wohnte mal hier und mal da und stand schließlich mit zwei Taschen auf dem Bahnhof von Münster.

»Ihre Mutter war Münsteranerin, da glaubte sie wohl, dass diese Stadt eine Heimat für sie sein könnte. Jedenfalls eher als Kampen auf Sylt.« Daggi seufzte auf. »Aber Münster brachte Wiebke kein Glück. Sie fand keine Arbeit, hatte keine Freunde und kam nach einiger Zeit mit harten Drogen in Berührung. Irgendwann bestand ihr Leben nur aus der Suche nach Drogen und nach Geld für Drogen. Sie verlor ihre Wohnung und übernachtete einen ganzen Winter lang in einem Abbruchhaus, aus dem sie im Frühjahr vertrieben wurde. Schließlich landete sie auf dem Bremer Platz.«

»Und Lorenz?«, fragte Karla nach einer Weile. »War der auch drogenabhängig?«

Daggi schüttelte den Kopf. »Nein, er hat immer versucht, Wiebke von den Fixern am Brunnen zu uns zurückzuholen. Aber gelungen ist ihm das nicht.«

Daggi starrte in den Himmel und schwieg. Karla wusste, was sie beschäftigte. »Warum haben sie Lorenz umgebracht?«, fragte Daggi in die Stille hinein. »Was hat er herausgefunden, dass er diesen Herren gefährlich werden konnte?«

Karla verzichtete auf den Hinweis, dass Lorenz' Tod noch nicht geklärt war. Auch deshalb, weil ein Polizeiwagen auf der Soester Straße hielt und ein paar Beamte ausstiegen, die sich redlich Mühe gaben, so auszusehen, als wollten sie nur einen kleinen Besuch machen.

Trotzdem ging ein Ruck durch die Szene. Die Arkaden waren von einem Augenblick auf den anderen menschenleer. Karla setzte sich auf und sah einen der Anwohner am Rande des Platzes stehen. Er rief einem anderen etwas zu, der sich neugierig aus einem Fenster lehnte, das zu einer Wohnung über dem griechischen Restaurant gehörte: »Die Bullen sind wirklich zu blöde! Wenn sie einen Dealer erwischen wollen, dürfen sie doch nicht im Streifenwagen vorfahren!«

»Die wollen keinen Dealer erwischen«, murmelte Karla. »Die wollen eine Todesnachricht überbringen. Und viel über Lorenz erfahren.«

»Von mir kriegen sie nichts zu hören«, gab Daggi prompt zurück. »Ich lasse mich da nicht reinziehen. Die sollen selbst herausfinden, wer Lorenz umgebracht hat. Wofür werden sie bezahlt?«

»Und was ist, wenn sie gar nicht daran glauben, dass Lorenz umgebracht wurde? Wenn sie glauben, dass Lorenz Selbstmord begangen hat? Oder vor den Zug gefallen ist, weil er betrunken war?«

»Nun, dann können wir ihnen ja ein wenig auf die Sprünge helfen«, sagte Daggi, erhob sich und ging auf die Polizeibeamten zu.

*

Polizeihauptmeister Stenzel schritt über den Platz wie ein Feldherr, der nicht sicher war, wo sich die feindliche Front befand, und nicht einmal genau wusste, wo die eigenen Soldaten steckten. Er war ein behäbiger Mann, dessen Alter schwer einzuschätzen war, weil er vermutlich irgendwann so um die dreißig beschlossen hatte, ein älterer Herr zu sein. Seitdem hatte er eine Halbglatze, einen Bauch, ein Hüftleiden, das für seinen schaukelnden Gang verantwortlich war, und eine verhängnisvolle Vorliebe für Knoblauch, was vielleicht seine Ehelosigkeit erklärte.

Seine Kollegen vom Polizeikommissariat Todesermittlung blieben am Wagen stehen. Karla konnte sich denken, dass sie den Hauptmeister, der sich im Viertel auskannte, vorgeschickt hatten, um zu ermitteln. Stenzel kannte sich auf dem Bremer Platz aus, ihm waren sowohl die Fixer als auch die Obdachlosen vertraut, und daher konnte er ihre Glaubwürdigkeit am besten einschätzen. Dass die meisten vor ihm geflohen waren, schien ihn zu bekümmern. Deswegen hielt er auf Daggi und Karla zu, die ihm als Einzige gelassen entgegensahen. Arni und Dave waren zwar auch sitzen geblieben, aber dass sie ihren aus guten Gründen stark ausgeprägten Fluchtreflex nur mit Mühe bekämpften, war ihnen am Gesicht abzulesen. Wilfried dagegen sah wie immer auf den Punkt vor seinen Füßen, als bemerkte er nichts von dem, was sich um ihn herum ereignete.

»Hallo, zusammen«, sagte Stenzel und sah in den Himmel. »Schönes Wetter heute. Der Frühling macht sich. Auch die Nächte werden angenehmer, stimmt's?«

Daggi grinste. »In Ihrem Bettchen auch? Und ich dachte, in so einem Reihenhaus in Coerde ist es immer muckelig warm – egal ob Frühling oder Winter.«

Karla tat der Polizeihauptmeister Leid, der doch offensichtlich nichts anderes wollte, als über ein paar unverfängliche Freundlichkeiten zu vernünftigen Ermittlungsergebnissen zu kommen.

Prompt schlug er die Tür wieder zu, hinter der er sich freundlich und milde gab. »Hören Sie auf zu stänkern«, fuhr er Daggi an. »Sie hatten Ihre Chance. Ich weiß doch, dass Sie hier mal Ihre Sachen zusammengepackt und von da an für ›Abseits‹ gearbeitet haben. Wenn Sie erneut gescheitert sind, ist das traurig, aber nicht meine Schuld!«

»Schon gut«, gab Daggi zurück, ohne auf ihr Grinsen zu verzichten. »Keine Sorge, ich will mich ja nicht bei der Polizei bewerben.

Dann muss ich wenigstens auch nicht so unangenehme Nachrichten überbringen wie Sie.«

Stenzel, der gerade Karla scharf ins Auge gefasst hatte, sah Daggi überrascht an. »Sie wissen es schon?« Er holte etwas aus seiner Hosentasche und hielt es erst Werner, dann Daggi und Karla hin. »Kennen Sie diesen Ring?« Er schloss die Hand erst wieder, als auch Arni und Dave einen ausgiebigen Blick hineingeworfen hatten.

Alle nickten. Ja, das war der Ring, den Lorenz gleich zweimal aus einem Kaugummiautomaten gezogen hatte und den er seitdem als sichtbares Zeichen seiner Verbindung mit Wiebke betrachtete.

»Der Stein in Wiebkes Ring war etwas heller«, sagte Arni.

Dave nickte. »Ja, dieser Ring gehört Lorenz. Ganz klar!«

»Es stimmt also«, murmelte Stenzel, »dass der Tote Lorenz Babitzki ist. Seine Fingerabdrücke werden natürlich noch erkennungsdienstlich behandelt. Da Babitzki polizeilich bekannt war, dürfte bald an der Identität des Toten kein Zweifel bestehen.« Er steckte den Ring wieder ein und blickte einen nach dem anderen beruhigend an. »Es ist also nicht nötig, dass einer von Ihnen den Toten identifiziert.«

Wenn er erwartet hatte, dass man ihm diese frohe Botschaft dankte, hatte er sich getäuscht. Werner, Arni und Dave sahen ihn an, als überlegten sie sich, ob so eine Abwechslung im täglichen Einerlei nicht ganz willkommen gewesen wäre.

Stenzel wandte sich suchend um. »Wo liegen Babitzkis Sachen?«

Werner winkte ihn mit sich. »Da drüben, hinter den Abfalleimern auf dem Spielplatz. Neben der Bank, auf der Wilfried sitzt.«

Stenzel folgte Werner, Daggi und Karla, Arni und Dave schlossen sich an, Wilfried hob bloß den Blick. Mit spitzen Fingern holte der Hauptmeister Lorenz' Bündel aus seinem Versteck und faltete es naserümpfend auseinander. Lorenz' Hab und Gut war mit einem Blick zu übersehen: ein paar Bierdosen – zwei volle, fünf leere –, einige Pfandflaschen, Zeitungen, die er sich unterlegte, solange der Boden kalt war, und einige Kerzenstummel und Zigarettenkippen.

»Den Schnaps trug er wohl immer bei sich?«, fragte Stenzel.

»Klar«, bestätigte Werner, »sonst stehen hinterher zwei Flaschen da.« Er wippte vom linken auf den rechten Fuß und wieder zurück, was er immer tat, wenn er etwas äußern wollte, dessen Wirkung er nicht abschätzen konnte. Wenn er einem Polizisten gegenüberstand, wippte er immer. »Hat ihn jemand vor den ICE geschubst?«, fragte er schließlich. »Oder ist Lorenz einfach so vom Bahnsteig geplumpst?«

Stenzel griff nach der großen Plastiktüte, in der sich weitere Habseligkeiten von Lorenz befanden. Während er sie öffnete, fragte er Werner: »Warum glauben Sie, dass Lorenz Babitzki vor den Zug gestoßen wurde? Ist es nicht viel wahrscheinlicher, dass er betrunken war und das Gleichgewicht verloren hat?«

Das Schweigen dauerte so lange, bis Hauptmeister Stenzel die Plastiktüte geöffnet und einen Teil seines Inhalts herausgeholt hatte.

Endlich antwortete Daggi: »Deswegen! Deswegen glauben wir alle, dass Lorenz vor den Zug geworfen wurde. Er ist nicht versehentlich gefallen, und Selbstmord hat er erst recht nicht begangen.«

Stenzel hielt die Flugblätter, die allesamt Wiebkes Bild zeigten, in die Höhe und stöhnte auf. »Nicht schon wieder! Wie oft habe ich Ihnen gesagt, dass eine Vermisstenmeldung sinnlos ist, wenn eine Wohnungslose samt ihrer Habe verschwindet? Sie hat sich einen neuen Schlafplatz gesucht, das ist doch klar! Bei einem anderen Kerl! Vielleicht sogar bei einem, der ein Dach über dem Kopf hat! Wann wollen Sie das endlich kapieren?«

»Das glauben Sie auch jetzt noch, wo man Lorenz ermordet hat?«, fragte Daggi.

»Das ist noch gar nicht raus«, widersprach Stenzel und sah das dritte Flugblatt genauso interessiert an wie das Erste.

»Sie halten es also auch für möglich! Ja, Sie müssen es für möglich halten! Lorenz hat Himmel und Hölle in Bewegung gesetzt, um seine Wiebke wiederzufinden. Er hat alles unternommen, was in seinen Kräften stand. Kann doch sein, dass er dabei jemandem auf die Füße getreten ist! Vielleicht gerade dem, der Wiebke und die anderen Frauen entführt und verschleppt hat?«

Stenzel verdrehte entnervt die Augen, doch dann lenkte er ein. »Die Aussagen sind widersprüchlich.«

»Es gibt also Aussagen?«, fragte Karla.

Stenzel sah sie streng an. »Wer sind Sie überhaupt? Ich habe Sie hier noch nie gesehen.«

»Sie ist neu hier«, antwortete Daggi schnell. »Aber über die Entführungen weiß sie Bescheid.«

Stenzel sah aus, als wollte er eine Menge dazu sagen, murmelte dann aber nur: »Ja, es gibt ein paar Aussagen, aber nichts Greifbares, nichts, was wirklich überzeugt.« Er erhob sich und ließ den Blick nicht von Wiebkes tausendfach vervielfältigtem Gesicht, das ihn misstrauisch ansah, als glaubte sie nicht daran, dass von Hauptmeister Stenzel Hilfe zu erwarten war. »Bis der Bundesgrenzschutz am Tatort war, hatten sich schon einige Augenzeugen entfernt.«

»Bundesgrenzschutz?«, fragte Arni. »Früher war die Bahnpolizei dafür zuständig. Seit wann kommt der Bundesgrenzschutz, wenn auf dem Bahnhof was passiert?«

»Im Sprachgebrauch heißt es immer noch Bahnhofspolizei, aber streng genommen gibt es die nicht mehr«, gab Stenzel geduldig zur Antwort. »Der Bundesgrenzschutz übernimmt heutzutage die Aufgabe der früheren Bahnhofspolizei.« Er sah Daggi an, die er wohl für die Vertrauenswürdigste hielt. Vielleicht wusste er, dass sie vergleichsweise selten betrunken und niemals bekifft war. »Lorenz Babitzki stand zwischen den Wartenden. So, als wollte er selbst den Zug besteigen.«

»Dafür hatte er doch gar keine Kohle«, warf Dave ein.

»Er hatte auch keine Fahrkarte«, bestätigte Stenzel. »Nein, einsteigen wollte er sicherlich nicht. Er stand nur da und hat zusammen mit den wartenden Reisenden dem ICE entgegengesehen. Mitten im Gedränge und sehr nah an der Bahnsteigkante. Niemand hat ihn genau beobachtet, jeder hat woanders hingesehen und sich insgeheim darüber geärgert, wenn er ihm zu nahe kam. Das kennt man doch.« Jetzt sah er auch die anderen wieder an und lächelte gequält. »Tut mir Leid, aber so ist es nun mal.«

»Als Lorenz stürzte«, fuhr Daggi fort, »hat also niemand zu ihm hingesehen.«

Stenzel nickte. »Niemand. Trotzdem haben mehrere Personen ausgesagt, zwei Herren in hellen Trenchcoats hätten neben Babitzki gestanden, näher als alle anderen. Einer hat auch von einer Frau gesprochen. Es gibt aber auch ein paar Reisende, die wollen einen grünen Lodenmantel gesehen haben, und andere behaupten, er hätte sich selbst vor den Zug gestürzt. Eine Alkoholfahne hat angeblich niemand bemerkt.«

Karla wandte sich ab, weil sie plötzlich befürchtete, die Gedanken könnten von ihrem Gesicht abgelesen werden. Martin Graf und Ludwig Bräutigam hatten beide keine hellen Trenchcoats getragen. Und grüne Lodenmäntel auch nicht! Martin hatte seinen blauen Mantel getragen, Bräutigam die verbeulten Cordhosen und irgendein farb- und formloses Sakko. Und den gelben Schal! Hätte den nicht jemand erkennen und sich daran erinnern müssen? Eigentlich sollte niemand einen gelben Schal tragen, der einen anderen unauffällig beseitigen wollte. Andererseits ... Ludwig Bräutigam ohne seinen gelben Schal? Das wäre womöglich noch auffälliger gewesen.

»Das nehme ich alles mit«, erklärte Stenzel und packte Lorenz' Sachen zusammen.

Werner schien sich plötzlich zu erinnern, was in solchen Momenten des Abschieds getan werden musste. Er faltete die Hände und sah auf Lorenz' Habe hinab, als läge sein Kumpel selbst, feierlich aufgebahrt, vor ihm. Dave und Arni warfen ihm ein paar unsichere Blicke zu und entschlossen sich dann auch, die Hände demütig zusammenzulegen, feierliche Gesichter aufzusetzen, den Blick zu senken und zu schweigen.

Als Stenzel sich Lorenz' Habseligkeiten aufbuckelte, sagte Daggi: »Wo ist eigentlich Emil?«

»Emil?« Stenzel runzelte ungehalten die Stirn. »Wer ist Emil?«

»Wiebkes Stoffhase! Den hatte Lorenz immer dabei. So ein altes hässliches Ding, aber Wiebke hing dran. Und seit Wiebke weg war, trug Lorenz ihn immer mit sich herum.«

»Wir haben keinen Stoffhasen gefunden«, erklärte Stenzel.

»Das kann doch nicht sein!«, rief Werner.

»Wenn ich's doch sage!« Stenzel hatte keine Lust, sich weiter über einen Stoffhasen zu unterhalten, und stapfte davon.

»Wirklich merkwürdig«, meinte Daggi. »Aber vielleicht ist Emil unter die Räder des ICE gekommen und mitgeschleift worden.«

Als der Streifenwagen um den Bremer Platz herumfuhr, um sich dann stadteinwärts in den Verkehr einzufädeln, fragte Karla: »Warum hast du Stenzel nichts von deinen Beobachtungen verraten?«

Daggi winkte ab. »Ich habe kurz daran gedacht, ehrlich. Aber es wäre sinnlos, glaub mir. Solange wir keine Beweise in Händen halten, wird nichts passieren. Die Polizei wird es nicht wagen, angesehene Bürger zu verdächtigen. Womöglich würde Martin Graf dadurch nur gewarnt. Und was dann?«

Karla spürte die Vibration unter ihrem Rock. Das Handy! Ob das Torsten war, der sie zu erreichen versuchte? Oder Uli? Oder gar Ludwig Bräutigam? Karla wurde nervös und konnte sich nicht mehr auf Daggis Worte konzentrieren. Erst recht konnte sie nicht entscheiden, ob Daggis Einwände vernünftig waren oder nicht. Sie musste unbedingt eine Gelegenheit suchen, um ihre Mailbox abzuhören.

»Wir müssen weiter nach Beweisen suchen«, sagte Daggi. »Die müssen so hieb- und stichfest sein, dass die Polizei nicht darüber hinwegsehen kann. Ich werde gleich mal Ronnie und Paul anrufen. Vielleicht haben die beiden in der Zwischenzeit was herausgefunden.«

Wilfried erhob sich so plötzlich, dass alle erschraken. »Warum musste der Strigo peigeln? Weil seine Alsche, diese kurante Kaline, verschwunden ist?« Er fiel auf die Bank zurück, als hätte ihn dieser Ausbruch selbst am meisten überrascht. »Alles linke Seeger …«

Die anderen starrten ihn an. »Er spricht Masematte?«, fragte Karla erstaunt.

Daggi schüttelte überwältigt den Kopf. »Ich hatte keine Ahnung. Dies ist das erste Mal, dass er redet. Jedenfalls mehr als ein einzelnes Wort.«

»Wer spricht denn in Münster noch Masematte?«

»Mehr Leute, als du denkst!«, behauptete Daggi. »Hier sagt man immer noch, es ist jovel, wenn was schön ist, und es ist schofel, wenn's einem nicht gefällt. Und die meisten, die hier leben, fahren nicht Fahrrad, sondern nehmen ihre Leeze.«

Karla erinnerte sich, dass sie vor Jahren mal einen kurzen Artikel über Masematte, die frühere Geheimsprache der wandernden Scherenschleifer und Kesselflicker, verfasst hatte. Es war erstaunlich, dass einzelne Wörter bis heute zum Sprachschatz der Münsteraner gehörten.

Dave, Arni und Werner machten den Versuch, mehr aus Wilfried herauszubekommen – aber vergebens. Er saß wieder da wie vorher, starrte vor seine Füße und schüttelte zu allem, was ihm gesagt wurde, nur den Kopf.

»Hast du ihn verstanden?«, fragte Karla.

»Wilfried hat gemeint, dass Lorenz sterben musste, weil seine Freundin, das hübsche Mädchen, verschwunden ist. Alles linke Seeger«, wiederholte Daggi nachdenklich. »Alles Betrüger. Was er wohl damit meint? Ob er mehr beobachtet hat, als wir alle wissen?«

*

Daggi sah ihr lange nach. Karla spürte die Blicke in ihrem Rücken, bis sie in die Hamburger Straße einbog. Es war nicht leicht gewesen,

Daggi die Einsicht abzuringen, dass sie allein sein wollte. Daggis Sorge, dass sie noch einmal auf Martin hereinfiel, konnte ein Problem werden. Karla seufzte leise. Sie musste damit rechnen, dass Daggi sie beobachtete oder ihr sogar folgte.

Karla ging die Hamburger Straße hinunter, streng darum bemüht, langsam auszuschreiten, nicht das planlose Herumstreifen aufzugeben, um das Bild nicht zu zerstören, das sie abgeben musste. Die Bewegung verriet eben viel mehr über einen Menschen als sein Gesicht und seine Kleidung.

Sie kam an der Elisabeth-Kirche an, die von kargem Grün umgeben war. Dort fand sie ein sicheres Plätzchen auf einer Mauer, die ein erhöhtes Beet begrenzte. Hier konnte sie ungestört mit einem Handy telefonieren, ohne Passanten auf sich aufmerksam zu machen.

Torstens Stimme klang atemlos. »Ich laufe gerade einem Bullen hinterher. Dem ist es auf seiner Weide bei Amelsbüren wohl zu langweilig geworden ist. Er ist ausgebüxt und in Richtung Hiltrup unterwegs. Unsere Leser sollen sich morgen früh gerührt die Augen wischen, wenn sie das Foto von dem Bullen sehen. Der soll dann von seinem Bauern umarmt werden, dem die Wiedersehensfreude ins Gesicht geschrieben steht.«

»Und wenn er vorher in ein Auto rennt?«

»Nun, dann gibt das eben eine andere Story.«

»Und was ist mit dem Bericht über Lorenz' Tod?«

»Den macht der Chef persönlich. Ich musste ihm meine Notizen dalassen.«

»Was hält er von der These, dass Lorenz ermordet wurde?«

Eine Weile war nur Torstens Keuchen zu hören, dann sagte er: »Zu meiner Überraschung ist er bereit, ein paar Vermutungen zu äußern. Mit großen Fragezeichen versehen natürlich. Er will aber vorher noch mit Stenzel sprechen.«

»Der hält einen Mord nicht für ganz ausgeschlossen, glaube ich. Er war eben auf dem Bremer Platz und hat mit uns geredet.«

»Hat er denn auch schon von Verdächtigen gesprochen?« Torstens Stimme wurde jetzt ruhiger, er atmete flacher.

»Zwei Herren mit hellen Trenchcoats und einer im grünen Lodenmantel.«

»Also keine brauchbaren Hinweise.«

»Graf und Bräutigam trugen jedenfalls weder Trenchcoats noch Lodenmäntel.«

»Puh, ich kann zum Glück einen Moment verschnaufen. Der Bulle steht da und überlegt sich anscheinend, wie es weitergehen soll.« Torsten lachte leise, aber es klang ängstlich. »Merkwürdige Sache hier – der Bulle beobachtet mich und ich den Bullen. Wie der mich anguckt!« Es wollte ihm immer noch nicht ganz gelingen, Karla von der Komik der Situation zu überzeugen. »Übrigens, bevor die Sache mit dem entlaufenen Bullen auf meinen Schreibtisch flatterte, hatte ich Gelegenheit, das Archiv nach Martin Graf zu durchstöbern.«

»Und? Hast du was gefunden?«

»Einiges! Dein Freund hat mal mächtig im Fadenkreuz gestanden. Bevor seine Frau mit ihrem Porsche vor einen Betonpfeiler fuhr, hatte es einen heftigen Ehestreit gegeben. Ihre letzten Worte, bevor sie sich hinters Steuer schwang, sollen gewesen sein: Ich weiß, du würdest mich am liebsten umbringen!«

»Aber das ist doch kein Beweis.«

»Und ihre Bremsen? Die waren nämlich nicht in Ordnung. Das könnte man immerhin ein Indiz nennen. Und dass Ute Graf vor ihrem Tod einen großen Teil ihres Vermögens verschenkt hat, auch.« Torstens Stimme wurde wieder gehetzter. »Der Bulle rennt weiter. Himmel, ist der flott!«

»Aber was du sagst, spricht doch eher gegen eine Mordabsicht. Es gab ja keine großen finanziellen Vorteile mehr für Martin.«

»Ja, aber er wusste es nicht. Er konnte glauben, dass er nach Utes Tod ein reicher Mann sein würde. Kein gut situierter oder vermögender Mann wie jetzt, sondern wirklich reich.« Torsten atmete immer kürzer. »Verdammt, sind die Bullen schnell!«

»Es sind mehrere?«

»Ausgerissen ist nur einer. Aber von den Polizisten, die ihn einfangen wollen, gibt's mehrere. Ich – ich muss an denen dranbleiben, sonst erwischen sie den Bullen noch ohne mich. – Der Chef würde mir den Kopf abreißen.«

Als sich eine Seitentür der Kirche öffnete und eine alte Frau mit einer Gießkanne heraustrat, erhob sich Karla von der Mauer. Sie schlug den muffig riechenden Kragen ihres Persianers hoch, damit man das Handy nicht sehen konnte. »Ist Martin denn etwas nachgewiesen worden?«, fragte sie mit gesenkter Stimme. »Hat man ihn verurteilt?«

»Nein, auch die Werkstatt, die den Porsche regelmäßig wartete, wurde nicht zur Rechenschaft gezogen.« Torsten schnaufte laut in Karlas Ohr. »Die gingen wohl von natürlichem Verschleiß aus. Auch

Selbstmord wurde nicht ausgeschlossen. Jedenfalls war es eher ein Freispruch – aus Mangel an Beweisen.« Torsten atmete heftig. »Martin Graf hatte jedenfalls seinen guten Ruf eingebüßt. Er – er musste das Geschäft aufgeben, weil niemand mehr bei ihm kaufen wollte. Finanziell ging es ihm mit seiner Frau – besser.«

»Aber deswegen Frauen entführen?«

»Es hat schon ausgefallenere Gründe für Mord und Todschlag gegeben. Oh! ... Oh, mein Gott! Hilfe!«

»Was ist los, Torsten?« Karla schrie vor Aufregung so laut, dass die alte Frau, die sich gerade anschickte, ein paar Stiefmütterchen zu begießen, erschrocken zusammenfuhr, die Gießkanne fallen ließ und nun fassungslos auf ihre nassen Füße starrte, die ihr zum Glück wichtiger waren als eine aufgeregte Pennerin. »Torsten! Sag schon –«

»Der Bulle! Er hält direkt auf mich zu!«

In diesem Moment knallte es an Karlas Ohr. Ein Schuss!

»Lieber Himmel, Torsten! Was ist passiert? Bitte, sag was! Sag was!«

»Schon gut, Karla«, erklang da Torstens Stimme. »Beruhige dich.«

Karla ließ sich erleichtert auf eine Bank sinken, die mitten vor der Kirche, mitten im Sonnenlicht und mitten unter den Augen des Herrn und seiner Gehilfen stand. Aber es war ihr gleichgültig. Es kümmerten sie weder der empörte Blick der alten Frau, die an ihren nassen Schuhen herumtupfte, noch die erstaunten Blicke einiger Passanten. »Gott sei Dank! Und ich dachte schon ...«

»Ich sei erschossen worden? Nein, den Bullen hat's erwischt. So'n Mist! Jetzt kann ich unseren Lesern nur noch einen toten Bullen präsentieren. Auf der Flucht von der Polizei erschossen. Wahrscheinlich muss ich mich noch bei den Polizisten bedanken, weil sie sich als Freunde und Helfer erwiesen und mein Leben gerettet haben. Vielleicht ist das wenigstens ein Foto wert.«

Karla hörte Stimmen, die sich näherten. »Rufst du später noch mal an?«

»In Ordnung«, kam es in geschäftsmäßigem Tonfall zurück. Torstens Stimme klang jetzt genau so, wie die Stimme eines Zeitungsfotografen zu klingen hatte, der unter Einsatz seines Lebens einem guten Foto hinterherjagte. »Ich gehe spätabends noch mal in die Redaktion. Vielleicht bekomme ich dann mehr heraus. Ich melde mich noch mal.«

Als die alte Frau auf sie zukam, die Gießkanne drohend erhoben, winkte Karla ab. Sie steckte das Handy wieder unter ihren Rock, ohne sich um die Alte zu kümmern, die sie empört anstarrte. Man sah ihr an, was sie dachte: Wie konnte es möglich sein, dass eine Frau, der das Geld für anständige Kleidung fehlte, etwas besaß, das ihre Enkel sich vergeblich zu Weihnachten gewünscht hatten? Leise schimpfend blickte sie Karla hinterher, die aussah, als hörte und sähe sie nicht, was um sie herum vorging.

Karla ließ das Gespräch mit Torsten nicht los. Bräutigam würde im Münsterland-Echo über Lorenz' Tod berichten! Und er war sogar bereit, die These von einem Mord zu veröffentlichen. Ein Mörder, der über seine eigene Tat schrieb? Nein, dann würde er von einem Mord nichts wissen wollen. So, wie er auch nie etwas von den verschwundenen Frauen wissen wollte.

»Was machst du hier?« Plötzlich stand Daggi vor ihr. »Ist was mit dir?«

Wieder war sie da, die Versuchung, Daggi endlich in alles einzuweihen. Aber die dreißigtausend Euro! Und die Festanstellung! »Was soll mit mir sein?«

»Du hast gerade sehr nachdenklich ausgesehen.«

»Kein Wunder, ich habe ja auch intensiv nachgedacht. Darüber, wie wir den Beweis erbringen, dass Martin Graf Frauen vom Bremer Platz entführt.«

»Und dass er Lorenz ermordet hat.«

»Und vor allem warum.«

Schweigend gingen sie eine Weile nebeneinander her, dann ergänzte Karla: »Vielleicht hätten wir doch Stenzel unsere Beobachtungen mitteilen sollen.«

Aber Daggi schüttelte energisch den Kopf. »Stenzel steht nicht auf unserer Seite. Wenn er auch freundlich tut und uns so behandelt wie seinesgleichen. Das macht er nur, wenn er uns braucht. So wie heute. Ansonsten hat er einen Heidenrespekt vor allen Leuten, die in Münster etwas bedeuten. Ohne Beweise wird er nichts unternehmen. Rein gar nichts!«

*

Als Daggi und Karla zurückkehrten, hatte sich der Bremer Platz längst wieder gefüllt. Dass die Polizei nicht mehr in der Nähe war, hatte sich anscheinend schnell herumgesprochen. Wenn man nur einen flüchtigen Blick auf das Treiben warf, schien nach Stenzels Besuch nichts anders geworden zu sein. Wer genauer hinsah, konnte jedoch viele Veränderungen ausmachen. Am Brunnen standen zwar die Dealer noch genauso großspurig wie immer da, und die Junkies gaben sich so arglos und schlugen sich so unauffällig wie eh und je ins Gebüsch, wenn sie bekommen hatten, was sie brauchten. Aber auf der anderen Seite des Platzes, zum Aschendorff-Verlag hin, war nichts mehr wie zuvor. Dort herrschte eine Stille, die weder Frieden noch Trostlosigkeit hieß. Nein, es war wohl eher eine nachdenkliche Ruhe, die sich in der Berberszene breit gemacht hatte und nicht wieder vertreiben ließ. Jeder hing seinen Gedanken nach. Sogar Arni und Dave, die selten etwas anderes im Kopf hatten als Alkohol und die Wiederholung der immer gleichen Erzählungen, verhielten sich ruhig. Werner stand da, die Hände in den Hosentaschen, und starrte zum Bahnhofsgebäude. Wilfried hob mehrmals den Kopf und sah so aus, als wollte er etwas sagen. Aber jedes Mal, wenn sein Blick auf Daggi und Karla fiel, die schweigend beieinander saßen, schloss er den Mund wieder und ließ den Kopf hängen.

Die Stunden verstrichen, gerafft von einem Zeitmaß, das weder für Ereignisse noch für Erinnerungen taugte. Noch eine Weile tänzelte die Sonne auf dem Dach des Verlagsgebäudes, dann senkte sich die Abendkühle über den Platz. Werner breitete Zeitungen auf der Erde aus, Arni und Dave holten ihre Decken. Wilfried war eine Zigarette geschenkt worden. Er blies den Rauch zu Boden, alle anderen sahen zu, wie er aufstieg, an Wilfrieds Knien vorbei, durch das Haar, das ihm ins Gesicht fiel, und dann in den hellgrauen Abendhimmel.

»Wo ist Lorenz jetzt wohl?«, fragte Arni.

»Im Leichenschauhaus. Wo sonst?«, antwortete Dave.

»Ich hole was zu trinken«, beschloss Werner, der immer einen Grund für den Konsum von Alkohol suchte und täglich mehrmals einen fand. »Wir müssen doch auf Lorenz anstoßen. Damit er in den Himmel kommt.«

Die anderen nickten feierlich, dann fragte Dave: »Hast du denn Kohle?«

Werner erhob sich. »In einer Stunde bin ich zurück. Bis dahin habe ich was aufgetrieben.«

Er brauchte zwei Stunden, aber als er dann zurückkehrte, trug er zwei Plastiktüten, in denen es verdächtig klirrte.

»Boah, das ist stark!«, schrie Dave. »Wo hast du das alles her?«

Werner antwortete nicht, sondern zog wortlos eine Flasche nach der anderen hervor. Schnaps von der billigsten Sorte. Karla schüttelte es, als sie sah, wie die Männer einer nach dem anderen die erste Flasche zum Munde führten und in langen Zügen tranken.

Werner hielt Daggi und Karla die Flasche hin, als sie zur Hälfte geleert war. »Ihr auch?«

Daggi griff zu, Karla jedoch wehrte ab. Daggi stieß sie in die Seite. »Nimm ruhig ein paar Schlucke. Dann wird dir warm.«

»Mir ist nicht kalt.«

»Noch nicht«, entgegnete Daggi und setzte die Flasche an die Lippen. Dann wischte sie sich über den Mund und ergänzte: »Die Kälte wird dir noch in die Knochen kriechen, wirst sehen.«

Karla wollte etwas erwidern, da spürte sie den Vibrationsalarm. Erschrocken rückte sie von Daggi ab, obwohl es kein verräteri sches Geräusch gab. Als das Vibrieren ein Ende hatte, weil die Mailbox ansprang, stand sie auf. »Ich brauche noch ein bisschen Bewegung.« Bevor Daggi sich ebenfalls erheben konnte, ergänzte sie hastig: »Mach dir keine Sorgen, ich komme wieder zurück. Diesmal lasse ich mich von niemandem ansprechen. Von Martin Graf erst recht nicht.«

»Wo willst du denn hin?«

Karla zuckte die Achseln. »Mal sehen.« Sie wandte sich um und machte sich davon, ehe sie zu weiteren Auskünften genötigt wurde. »Bis später!«

Torstens Stimme klang sehr aufgeregt. »Wo bist du, Karla?«

»Vor dem Bahnhof. In der Nähe der Imbissbude. Ich habe mir eine Bratwurst gekauft.«

»Das ist gut. Für das, was ich dir jetzt erzählen werde, brauchst du Kraft.« Er lachte, aber er konnte Karla nicht davon überzeugen, dass es um einen Scherz ging.

»Was ist los?«

»Ich glaube, ich komme Bräutigam auf die Spur. Ich bin allein in der Redaktion, wollte aber nicht, dass jemand etwas von meiner Anwesenheit bemerkt und mich womöglich stört. Deswegen bin ich nicht ins Redaktionsbüro gegangen. Dort gehen die Fenster zur Straße und jeder kann sehen, wenn Licht brennt. Ich habe mich in Bräutigams Büro niedergelassen und seinen PC gebootet.«

»Darfst du das?«

Torsten lachte, aber es klang ziemlich gequält. »Ich dachte, es wäre egal. Ob ich nun von meinem Computer oder von seinem die Recherchen betreibe, spielt doch keine Rolle.«

»Stimmt. Hast du noch mehr über Martin Graf herausgefunden?«

»Etwas viel Interessanteres. Ich bin auf ein Verzeichnis gestoßen, das Bräutigam mit einem Passwort gesichert hat.«

»Also ist es doch nicht egal, dass du seinen PC benutzt.«

»Anscheinend rechnet er ja damit, sonst hätte er diese Sperre nicht eingebaut.«

»Wenn schon! Du kennst das Passwort ja doch nicht, also brauchen wir uns auch keine Gedanken darüber zu machen, was in dem Verzeichnis abgelegt ist. Wahrscheinlich irgendwas Privates. Vielleicht Kontoaufzeichnungen oder so.«

»Ich verspreche dir, Karla, dass ich da keinen Blick reinwerfen werde. Aber ich könnte ja auch etwas finden, was uns mehr über unseren Chef verrät. Zum Beispiel, was er mit den entführten Frauen zu tun hat.«

»Vergiss es, Torsten! Du hast das Passwort nicht.«

»Doch, ich hab's!«

Karla verschlug es den Atem. »Wie hast du das gemacht?«

Torstens Lachen zitterte. »Ich kenne doch unsere gute Frau Nadler. Die ist zwar äußerst gewissenhaft, aber ohne jede Phantasie. Alles, was wichtig ist, legt sie in einen Kasten in der linken oberen Schublade ihres Schreibtisches. Auch das, was nicht nur wichtig, sondern dazu streng vertraulich ist. Und da habe ich einen Zettel gefunden, auf dem ein Wort steht. Nur ein einziges Wort, mehr nicht.«

»Du meinst, das könnte das Passwort sein?«

»Auch ein noch so geheimes Passwort muss irgendwo notiert werden – für den Fall, dass man es vergisst oder ein anderer befugt werden muss, auf ein geheimes Verzeichnis zuzugreifen.«

»Und was ist nun?«

»Gerade eben habe ich es ausprobiert. Es funktioniert. Das Passwort ist tatsächlich Marlene.«

»Marlene?«

»Ja, vielleicht heißt seine Mutter so.« Er korrigierte sich: »Nein, die heißt Gretel. Ist ja auch egal.«

»Marlene!« Karla ging es mit der Würstchenverkäuferin ähnlich wie mit der alten Frau, die die Stiefmütterchen von St. Elisabeth gießen wollte. Auch hier wurde sie verärgert betrachtet, als sie so unvorsichtig war, viel zu laut zu reden und viel zu deutlich auf den Besitz eines Handys hinzuweisen. Aber auch diesmal ignorierte sie die Blicke. »Wiebke Leitners Mutter hieß Marlene.«

Die Stille stand in der Leitung wie die unheilvolle Ruhe zwischen Blitz und Donner. »Das könnte ein Zufall sein«, meinte Torsten nach einer Weile.

»Vielleicht aber auch nicht«, sagte Karla und begann schon zu laufen. Kurz darauf stand sie an dem Zebrastreifen, der über die Bahnhofstraße in die Windthorststraße führte. »Ich komme zu dir. In einer Viertelstunde bin ich da.«

Mit großen Schritten, hoch aufgerichtet, lief sie die Windthorststraße entlang. Die Rolle der Pennerin, der die Passanten angewidert auswichen, konnte sie jetzt einfach nicht mehr spielen. Sie musste zu Torsten, und das auf dem schnellsten Wege. Es kümmerte sie nicht, dass man ihr erstaunt, amüsiert und verärgert zugleich nachblickte. Sie registrierte auch nicht, dass aus den Blicken jede Verächtlichkeit verschwunden war. In diesem Augenblick spielte es keine Rolle, dass ihr selbstbewusster Schritt nicht mit ihrer verkommenen Erscheinung zusammenpasste.

*

Torsten erwartete sie in der Eingangstür. »Um diese Zeit kommt niemand ins Haus, der keinen Schlüssel besitzt.« Aufgeregt führte er Karla ins Büro des Chefs. »Du wirst dich wundern, wenn du siehst, was ich gefunden habe.«

Karla hielt ihn am Ärmel fest. »Torsten, wir dürfen das nicht tun. Das ist eine riesige Indiskretion. So, als würde man das Postgeheimnis verletzen oder heimlich fremde Kontoauszüge einsehen oder –«

»Zu spät«, unterbrach Torsten sie.

»Torsten, du brichst in die Privatsphäre des Chefs ein! Was würdest du sagen, wenn er bei dir das Gleiche machte?«

»Hör auf zu meckern«, entgegnete Torsten, der die Grobheit anscheinend nötig hatte wie einen Schutzschild, den er vor sein Gewissen halten konnte, damit alle Vorwürfe daran abprallten. »Das hat Uli schon besorgt.«

»Uli? Was hat die damit zu tun?«

»Du vergisst, dass sie zu unserem Team gehört. Unsere zentrale Anlaufstelle. Sie hat eben angerufen und sich darüber beschwert, dass sich keiner von uns bei ihr meldet und den Stand der Dinge durchgibt.«

Karla sah sich in Bräutigams Büro um, als erwartete sie, dass sich nach Torstens Indiskretion etwas verändert hätte. »Stimmt, wir haben Uli irgendwie vergessen.« Sie blickte erst auf Bräutigams PC, dann in Torstens Gesicht. »Uli ist also auch der Meinung, dass das hier eine Riesensauerei ist?«

Torsten sah auf seine Hände. »Es fiel mir schwer, so lange auf dich zu warten. Ich wollte endlich mit jemandem reden, weil ich so aufgeregt war – da rief Uli an. Es musste einfach aus mir raus. Ich habe ihr verraten, dass ich Bräutigams Passwort geknackt habe, um herauszufinden, was er wirklich vom Verschwinden der Frauen weiß. Sie hat sich schrecklich aufgeregt. Genau wie du!« Er setzte sich an Bräutigams Schreibtisch und griff nach der Maus. »Aber sie verteidigt den Chef ja immer. Das ist nichts Neues. Und natürlich glaubt sie nicht daran, dass er etwas Unrechtes tut.«

Karla ließ sich neben Torsten nieder, ohne den warmen Pelz auszuziehen. Sie hatte den Wunsch, nur ein flüchtiger Gast zu sein, der in wenigen Minuten wieder gehen und alles vergessen würde, was er gesehen hatte. »Die Sache wäre besser unter uns geblieben, Torsten. Wir können den Chef nicht beschuldigen, solange nichts bewiesen ist. Damit machst du alles noch schlimmer.«

Torsten nickte unwirsch. »Von der eigentlichen Sensation habe ich Uli ja gar nichts erzählt. Denn in der wichtigsten Datei war ich noch nicht, als sie anrief. Alles, was ich ihr erzählt habe, ist, dass der Chef uns belogen hat, als er behauptete, am Verschwinden der obdachlosen Frauen sei nichts dran. Und das haben wir ja bereits befürchtet. Uli weiß das.« Er klickte einige Male, dann wies er auf den Bildschirm. »Sieh dir das an.«

Karla beugte sich vor. Das Dokument war groß. Bräutigam hatte alles, was über das Verschwinden der Frauen jemals geschrieben worden war, fein säuberlich aufgelistet. Die vielen Artikel, die »Abseits« gedruckt hatte, die Meldungen, die die Konkurrenzblätter gebracht hatten, und auch die paar Zeilen, zu denen sich das Münsterland-Echo genötigt gefühlt hatte. Dazu Protokolle von allen Gesprächen, die Bräutigam mit der Polizei geführt hatte.

»Er ist ja beinahe täglich auf der Wache in der Gutenbergstraße gewesen.« Karla konnte nicht fassen, was Bräutigam alles zusammengetragen hatte.

»Ja, aber angeblich hat man ihm dort gesagt, an der Sache sei nichts dran. Das hat er in jeder Redaktionssitzung behauptet.« Torsten tippte auf eine Stelle in der Mitte des Bildschirms. »Von wegen! Man hat ihm lediglich gesagt, die Polizei könne nicht viel tun. Wenn eine wohnungslose Frau von ein oder zwei Personen vermisst würde, könnte keine Suchaktion ausgelöst werden. Dazu sei die Angelegenheit zu zweifelhaft. Erst, wenn eine Leiche auftauche, würde man reagieren. Das hat er zu hören bekommen! Aber ebenfalls, dass man besorgt sei und den Bremer Platz im Auge behalten wolle.«

»Angeblich hat ihm doch sogar der Polizeipräsident gesagt, an der Sache mit den verschwundenen Frauen sei nichts dran. Eine Aktion der Penner, um auf sich aufmerksam zu machen!«

»Über ein Gespräch mit dem Polizeipräsidenten gibt es kein Protokoll«, sagte Torsten und blätterte das Dokument bis zum Ende durch. »Wahrscheinlich eine Schutzbehauptung«, stellte er fest. »Nun sieh dir das an. Polizeiberichte! Auf Bräutigams Rechner! Alles, was jemals polizeilich unternommen wurde, um das Verschwinden der Frauen aufzuklären, hat er hier dokumentiert.«

Karla runzelte die Stirn. »Polizeiberichte? Wie kommt Bräutigam an diese Dokumente?«

»Stenzel war immer sehr kulant, wenn es darum ging, uns zu helfen und mit Informationen zu versorgen.« Er ging zur Inhaltsübersicht von Bräutigams geheimem Verzeichnis zurück und klickte erneut auf ein Unterverzeichnis. »Sieh dir das an. Eine Datei mit dem Namen Marlene –« Er stockte plötzlich und starrte Karla mit weit aufgerissenen Augen ins Gesicht. »Was war das?«

»Eine Tür«, flüsterte Karla. »Jemand ist ins Haus gekommen.«

»Vielleicht der Chef?« Torsten fuhr erschrocken in die Höhe und griff nach einer unbeschrifteten Diskette, die neben dem PC lag. »Versteck dich. Schnell!«

Hektisch sah sich Karla um, während die Schritte schon auf der Treppe zu hören waren. Mit ein paar Sätzen war sie im Vorzimmer. Aber es war zu spät, um auf den Gang zu flüchten. Sie wäre demjenigen, der die Treppe hochkam, direkt in die Arme gelaufen. Dankbar registrierte sie, dass Frau Nadlers Zimmer immer noch einem Lagerraum für Büromaterial glich, und drückte sich, so gut es ging, hinter einen Stapel aufgeschichteter Kartons, die Kopierpapier enthielten. Wenn niemand das Licht in Frau Nadlers Büro einschaltete, würde sie hoffentlich unentdeckt bleiben.

Schwer atmend drückte sie sich an die Wand, fühlte, dass ihr rechter Fuß in einer weichen Masse gelandet war, und hoffte inständig, es möge nichts allzu Unappetitliches sein. Als ihre Hand in feuchte Blumenerde griff, hätte sie beinahe aufgeschrieen – da schwang die Tür auf.

»Wer da?«, fragte jemand barsch. Es war nicht die Stimme Ludwig Bräutigams.

Erleichtert überließ sich Karla der feuchten Blumenerde und konnte sogar die Feststellung treffen, dass ihr Fuß in nichts Harmloserem als ein paar gefüllten Kaffeefiltern stand, die Frau Nadler entweder vergessen oder als Blumendünger aufbewahrt hatte.

Schwere Schritte durchquerten den Raum, der zum Glück dunkel blieb. In der kurzen Stille, die folgte, hörte Karla das schnarrende Geräusch eines Diskettenlaufwerks.

Dann erklang Torstens Stimme. So harmlos und heiter, dass jeder merken musste, wie angespannt er in Wirklichkeit war. »Ach, Osman, Sie sind's!«

»Was tun Sie hier, Herr Heger?«

»Ich brauchte dringend ein paar Informationen, Osman. Nur noch abspeichern, dann bin ich schon wieder verschwunden. Sie machen Ihren Inspektionsgang? Was für ein gutes Gefühl, dass in unsere Redaktion niemand einbrechen kann, ohne von Ihnen bemerkt zu werden!« Torsten lachte so künstlich, dass es Karla regelrecht wehtat. Jeder halbwegs sensible Zeitgenosse musste merken, dass Torsten etwas auf dem Kerbholz hatte. »Machen Sie sich keine Sorgen, Osman, ich lösche hier das Licht und schließe auch ab. Sie können ruhig Ihren Inspektionsgang fortsetzen.«

Wieder drückte sich Karla fest an die Wand, als Osman abermals das Vorzimmer durchquerte. Aber jetzt traute sie sich, einen Blick zwischen den aufgestapelten Kartons und der Grünpflanze hindurchzuwerfen. Osman El Jahouwi stand noch eine Weile unschlüssig im Raum, als überlegte er, ob Torsten ihm die Wahrheit gesagt hatte, dann endlich wandte er sich ab und verließ das Vorzimmer. Seine Schritte dröhnten den Flur entlang, bis sich eine Tür öffnete und ins Schloss fiel.

Schon stand Torsten im Raum. »Karla?«

Sie wand sich vorsichtig aus ihrem Versteck. »Hier bin ich!«

»Lauf runter und verschwinde durch den Haupteingang. Von innen ist er immer zu öffnen. Du musst nur den grünen Knopf auf der rechten Seite der Tür drücken, dann geht sie auf. Ich passe auf, dass Osman dich nicht erwischt. Notfalls lenke ich ihn so lange ab. Schnell, schnell, ehe er auf den Gang zurückkommt.«

Im Nu war Karla aus dem Zimmer über den Flur gehuscht und stand nun auf der Treppe, die ins Erdgeschoss führte, während Torsten oben stehen blieb und die Tür beobachtete, hinter der Osman verschwunden war. Sollte der Hausmeister zurückkehren, würde er Karla nicht sehen können.

»Ich habe das ganze Verzeichnis kopiert«, flüsterte Torsten, »und den PC ordnungsgemäß wieder heruntergefahren. Der Chef wird nichts merken. Zu Hause sehe ich mir alle Daten in Ruhe an. Morgen früh melde ich mich dann bei dir. Gute Nacht, Karla.«

*

Was hatte sie erwartet? Wie hatte sie sich eine Nacht auf dem Bremer Platz vorgestellt? Wie einen Abenteuerurlaub? Camping in freier Natur? Jedenfalls war alles ganz anders. Karla ärgerte sich, dass sie nicht mehr die Gelegenheit bekommen hatte, die sanitären Einrichtungen des Münsterland-Echos zu benutzen. Die öffentliche Bedürfnisanstalt des Bahnhofs hatte nicht einmal mit den Erinnerungen an den allerprimitivsten Campingplatz an Südfrankreich mithalten können, auf dem Karla als junge Studentin eine Nacht zugebracht hatte. Der schmuddelige Kerl im grauen Kittel mit einem Schrubber in der Hand, der sich ihr dreist als Toilettenmanager vorgestellt hatte, achtete strikt darauf, dass sie nicht mehr als den durch den Toiletten-Obolus erkauften Service in Anspruch nahm. »Händewaschen, sonst nix!«, hatte er sie ermahnt. »Wir sind hier kein Hotel.« Und während er mit dem Feudel zwischen ihren Füßen herumfuhr, hatte er ergänzt: »Geh ins Gertrudenhaus, wenn's dir hier nicht passt.«

Karla steckte die Nase in ihren Schlafsack. Sie wusste, dass ihr Körper nicht gut roch – aber der Gestank des Schlafsacks war noch schlimmer, und er hatte nichts mit ihr zu tun. Er fügte dem Geruch ihrer ungewaschenen Haut noch etwas hinzu, was jeden Schweißgeruch überbot. Ein Verfall, dem dennoch etwas Lebendiges anhaftete, eine Verwesung, die schon vor dem Ende eingesetzt hatte, eine Fäulnis, die imstande war, eine Knospe zum Welken zu bringen. Was hätte sie jetzt gegeben für einen Hauch L'eau d'Issey! Eine Bodylotion, ein seidiges Nachthemd, frische Bettwäsche! Aber sie hatte nichts als den Gedanken, dass sie bald wieder unter einer eigenen Dusche stehen, frische Kleidung aus dem Schrank nehmen würde und verschwenderisch mit jeder Art von Kosmetik umgehen konnte. Aber immerhin hatte sie das.

Sie drehte sich auf den Rücken und starrte in den Himmel. Dasselbe Firmament wie über einem karibischen Strand, über dem Eiffelturm oder eben der Promenade in Münster. Und doch ganz anders. Anscheinend war jeder Himmel so wie der Mensch, der ihn betrachtete. Wer voller Furcht war, den ängstigte jede kleine Wolke. Wer traurig war, den deprimierte die Finsternis. Wer ohne Hoffnung war, der fürchtete, dass der Himmel nie wieder hell wurde. Und wer glücklich war, sah nur die Sternschnuppe, die gerade fiel. Während die, die ohnehin wunschlos glücklich waren, sich etwas wünschen durften, glaubten die anderen an ein nahendes Unwetter.

Ach, Martin! Was war nur geschehen? Mit ihm, mit ihren Gefühlen, mit der Erinnerung? Schade, dass sie nicht wusste, wo Horst geblieben war, der Mann, der ihr Stiefvater werden sollte. Er war ein Mann gewesen, dem man sich anvertrauen konnte. Er hörte genau zu, und wenn er seine Meinung äußerte, ließ er sich nicht von anderen Meinungen beeinflussen. Meist hielt er sich sowieso mit Wertungen und Ratschlägen zurück.

»Erzähl nur«, pflegte er zu sagen, »danach weißt du vermutlich schon selbst, was du zu tun hast.«

Es wäre schön, jetzt Horst anzurufen und ihm zu erzählen, was geschehen war. Dass sie vor zehn Jahren die Liebe zu Martin in Münster zurückgelassen hatte in dem festen Glauben, dass hier ein kleines Denkmal entstanden war, auf dem ihr Verzicht stand, in Bronze gegossen. Aber nun stellte sich heraus, dass das Denkmal umgefallen war und im Dreck lag. Es hätte nie errichtet werden dürfen.

Damals war Martin ein Mann, dem sie bedenkenlos ihr ganzes Leben anvertraut hätte – Vergangenheit, Gegenwart und Zukunft! Und heute? Sollte er ein Mann geworden sein, dem Geld wichtiger war als alles andere? War er in Wirklichkeit immer schon so gewesen? Hatte er von Moral, Treue und Verantwortung gesprochen, weil er sich diese Einstellung leisten konnte, solange er reich war? Jetzt musste er von dem leben, was Ute ihm übrig gelassen hatte, und vorbei war es mit Moral, Treue und Verantwortung. Hatte sie sich so in ihm getäuscht?

Karla drehte den Kopf und betrachtete Daggis Profil, das schwach zu erkennen war. Am Wimpernschlag sah sie, dass Daggi nicht schlief. Ob sie heimlich einen Besuch in ihrer Redaktion gemacht hatte, um sich zu waschen? Und die Männer? Die besuchten wahrscheinlich gelegentlich die Waschräume des Christophorusheims. Wie lange es wohl dauerte, bis man die Selbstachtung verlor und gleichgültig wurde gegenüber dem Reinlichkeitsbedürfnis?

Karla lauschte auf Wilfrieds Schnarchen, auf das Zischen der Bierdosen, auf Arnis Schlürfen, Daves Kichern und Werners rollendes R, das selbst dann zu ahnen war, wenn ein Satz kein einziges R enthielt.

Sie klammerte sich an die Geräusche, die ihr nicht gefährlich werden konnten, den Motorenlärm auf der Bremer Straße, weit genug entfernt, unverbindlich, ungefährlich. Jeder andere Laut, der sich näherte, jedes Geräusch, das sie nicht gleich identifizieren konnte, ließ ihr Herz schneller schlagen und beflügelte ihre Phantasie.

Sie lauschte auf die Schritte, die sich knirschend näherten, noch näher, zu nah – und dann doch vorübergingen. Ein Rascheln im Gebüsch, das sich verdoppelte, verdreifachte – und dann wieder verstummte. Die Stimmen, die vom Brunnen herüberwehten, schriller wurden, angriffslustiger – und am Ende zu einem unverfänglichen Gerede. Angst? Nein, natürlich hatte sie keine Angst! Karla Bernardi hatte noch nie Angst gehabt. Jedenfalls ganz selten. Höchstens damals, als ihre Stiefbrüder sie in einem Hühnerstall eingesperrt hatten, in dem ein aggressiver Hahn regierte. Oder vor ein paar Jahren in Hamburg, als sie hoffte, einen Mordfall eher zu lösen als die Polizei und in die Hände des Hauptverdächtigen geraten war. Aber sonst …

Auch diesmal war sie dem Hauptverdächtigen beinahe in die Falle gegangen. Allerdings, ohne es auch nur im Geringsten erahnt zu haben. Oh, Martin! Wie hatte sie sich nur so in ihm täuschen können? Was würde sich herausstellen, wenn er entlarvt und vor Gericht gestellt wurde? War sie einem ungewissen Schicksal wirklich nur dadurch entkommen, weil es in Martin noch einen Rest von Liebe zu ihr gab? Oder hatte er sie in Wirklichkeit nie geliebt? War für ihn alles nur ein Spiel gewesen? Das Leben als biederer Ehemann, als honoriger Geschäftsmann, als heimlicher Geliebter – alles nur ein Spiel, um die schreckliche Wahrheit zu verschleiern?

»Hör auf zu denken«, flüsterte Daggi aus ihrer Decke, »sonst kannst du nicht einschlafen. Du hättest dir doch einen Rausch antrinken sollen, dann geht's schneller.«

»Ist schon in Ordnung«, flüsterte Karla zurück und fügte tapfer hinzu: »Es ist ja nicht das erste Mal, dass ich auf der Straße schlafe.«

»Morgen müssen wir auf der Höhe sein«, sagte Daggi. »Donnerstags kommt er *immer*. Mittags hat er seinen Stammtisch im ›Stuhlmacher‹, am Nachmittag steht er dann vor der Fixerstube herum. Oft bis zum späten Abend. Wir müssen endlich Nägel mit Köpfen machen.«

»Was heißt das?«

»Dass wir etwas finden müssen, das ihn überführt. Ich habe Ronnie und Paul schon Bescheid gesagt. Aber in den letzten Tagen haben sie Grafs Haus ohne jedes Ergebnis beobachtet.«

Karla seufzte tief auf. »Wie weit war es noch mal von Tarifa bis Tanger?«

»Vierzehn Kilometer. Mit einem Motorboot ein Katzensprung.«

Osman war Marokkaner! Und er arbeitete sowohl fürs Münsterland-Echo als auch für Martin Graf. Und hatte Nadia nicht versucht, sie zu warnen? Gefahr, große Gefahr! Steckte Osman mit Martin und Bräutigam unter einer Decke? War er derjenige, der die Verbindung zu den marokkanischen Bordells herstellte? Was wäre geschehen, wenn er sie in Bräutigams Büro erwischt hätte?

In der Nähe des Servatiiplatzes wurde ein Martinshorn geboren, das in Sekundenschnelle heranwuchs und den Bremer Platz lähmte. Als es sich der Einfahrt in die Bremer Straße näherte, schien der ganze Platz den Atem anzuhalten … und befreit auszuatmen, als das unerträgliche Gewimmer auf seinem Weg blieb, der Wolbecker Straße folgte und dort allmählich an Kraft und Leben verlor. Wenn es nicht mehr zu hören war, musste es auch längst am Arbeitsamt und an der WG vorüber sein. Uli würde es wahrscheinlich kaum zur Kenntnis nehmen, höchstens als eine Störung, die ihr für ein paar Sekunden den Genuss eines Videoclips verdarb.

Marlene! Der Name schoss Karla durch den Kopf. Konnte es ein Zufall sein, dass Wiebkes Mutter Marlene geheißen hatte? Karla mochte es nicht glauben. Und dann die Datei mit dem Namen Marlene! Was würde Torsten darin finden?

Sie merkte nicht, wie die Fragen zu spiralförmigen Kreisen wurden, die sich in den Himmel drehten und sich in sanft schwebende Träume verwandelten. Dass sie eingeschlafen war, wurde ihr erst klar, als sie von einer zuschlagenden Autotür wieder geweckt wurde und sah, dass ein grauer Morgen vor dem Platz stand, mürrisch wie eine Waschfrau, die keine Zeit zum Ausschlafen gehabt hatte. Karla griff in ihre roten Locken und stellte fest, dass sie nass vom Tau waren.

*

Daggi regte sich nicht, und auch die Männer lagen da, als wären sie gerade erst in den Tiefschlaf gefallen. Karla zog sich so weit wie möglich in ihren Schlafsack zurück. Es würde ein schöner Frühlingstag werden, aber jetzt war es noch empfindlich kühl. Sie schloss die Augen wieder und lauschte auf die Geräusche der erwachenden Stadt, auf den Autolärm, der dichter wurde, auf die Stimmen, die sich mehrten und unter die sich nach und nach Kinderstimmen mischten. Schließlich stand der Bremer Platz unter der Sonne, die Geschäfte an seinem Rand öffneten, die Mitarbeiter des Verlages saßen längst an ihren Schreibtischen. Nun musste der Tag auch für die beginnen, für die er keine Aufgabe bereithielt.

Karla überlegte, ob es ihrem Vertrag widersprach, wenn sie jetzt in die WG ging, um dort zu duschen und sich die Zähne zu putzen. Der Weg war ja nicht weit.

Die Versuchung war groß, und die vertraglichen Vereinbarungen waren in diesem Punkt nicht eindeutig. Aber sie würde Uli treffen, vielleicht auch Torsten, dessen Hauptarbeitszeit der Abend war. Konnte es klug sein, die Konfrontation mit Uli zu suchen, die womöglich gerade mit Torsten über seine Indiskretion stritt? War es vernünftig, mit Torsten über den Inhalt der Datei Marlene zu reden, wenn Uli in der Nähe war? Und wollte sie sich überhaupt die Blöße geben, den beiden einzugestehen, wie schwer es für sie war, auf ein Badezimmer zu verzichten?

Nein! Karla krabbelte aus ihrem Schlafsack und versuchte ein tapferes Lächeln. »Was nun?«, fragte sie Daggi, die auch so aussah, als gäbe sie etwas für ein paar Quadratmeter, in denen sie ungestört mit Wasser planschen konnte.

Daggi zuckte die Schultern. Sie sah sich um, dann sagte sie leise: »Ein paar Tage kann ich schon mal ohne Wasser und Seife auskommen. Wenn mein Job hier zu Ende ist, hab ich ja wieder mein eigenes Waschbecken. Wenn du willst, kannst du gelegentlich zu mir zum

Waschen kommen. Ich kann dir auch einen Job als Straßenverkäuferin bei ›Abseits‹ besorgen. Vielleicht schaffst du dann den Sprung in eine eigene Wohnung.«

Karla nickte, ohne Daggi anzusehen. »Danke.«

Dann bemerkte sie aus den Augenwinkeln das Auto, das vor dem griechischen Restaurant hielt. Ein weißer Opel Astra, wie Torsten ihn fuhr. Ein Auto, das so unscheinbar aussah wie er.

»Ich besorge uns was zum Frühstück«, murmelte Karla und drehte sich um, ehe Daggi Einwendungen machen oder ihr Ratschläge mit auf den Weg geben konnte. Als sie zurückblickte, stellte sie beruhigt fest, dass Daggi damit beschäftigt war, aus ihrem Nachtlager einen Platz für den Tag zu machen. Vielleicht hatte sie lange genug damit zu tun und bemerkte den weißen Opel nicht.

Als Karla auf seinen Wagen zukam, stieg Torsten aus. Er grinste, als er ihr mürrisches Gesicht bemerkte, und betrachtete ihre zerdrückten Haare mit einem solchen Interesse, als wäre sie gerade mit einer neuen Haarfarbe vom Frisör zurückgekehrt. »Wenn du wieder in der WG bist, wirst du vermutlich fünf Stunden an einem Stück das Bad belegen?«

»Todsicher«, knurrte Karla. »Aber mir wäre schon mit einer Toilette und einem Waschbecken gedient. Wenn du mich also zum Frühstücken einladen könntest.«

Torsten sah sich um. »Wo kann ich mich denn mit dir blicken lassen?«

»Werd nicht frech! So schlimm sehe ich nun auch wieder nicht aus.«

Torstens Grinsen wurde immer breiter. »Findest du? Man merkt, dass du noch keine Gelegenheit hattest, in einen Spiegel zu sehen. Also, wenn ich ein rechtschaffener Konditor wäre ...«

»Bist du aber nicht! Also los, an der Wolbecker Straße gibt's eine Bäckerei mit Stehcafé.«

»Warum muss ich dich eigentlich einladen?«, fragte Torsten herausfordernd, während er Karla bereitwillig folgte. Anscheinend erwachten morgens Spott und Hohn früher in ihm als seine Galanterie.

»Soll ich vor der Kuchentheke meinen Rock lüften, um dort nach meinem Geld zu suchen?«

»Bloß nicht!« Torsten machte ein paar schnelle Schritte, um wieder neben Karla zu gehen, die die Ungeduld vorantrieb.

»Was hast du in der Datei gefunden?«
»Eine Menge!«
»Geht's auch ein bisschen genauer?«
»Warte ab, bis wir eine Tasse Kaffee vor uns haben.«
Torstens diabolische Trödelei war für diese Uhrzeit auch bemerkenswert ausgeschlafen, fand Karla. »Ich habe dir den gesamten Inhalt der Datei ausdrucken lassen.«
Karla war besänftigt. Sie zog den Persianer aus, suchte nach einer Garderobe, warf ihn dann kurzerhand auf den Boden, weil sie bemerkte, dass sich die Blicke sämtlicher Cafébesucher besorgt auf sie und das schwarz gelockte Ungetüm gerichtet hatten. Jeder schien sich zu fragen, welche Art von Ungeziefer in diesem Pelz hauste und wie bereitwillig es von einem Mantel zum anderen wechselte. Immerhin war Torsten von beispielloser Gelassenheit, das versöhnte Karla mit den heruntergezogenen Mundwinkeln der eiligen Kaffee- und Käsebrötchenkonsumenten.
»Nun gib schon her«, sagte sie ungeduldig und streckte die Hand aus.
Feierlich präsentierte Torsten ihr einen Ausdruck nach dem anderen. »Vielleicht kannst du dir einen Reim darauf machen. Ich nicht!«
Karla ergriff jedes einzelne Blatt wie eine Kostbarkeit. Sie hatte das Gefühl, etwas Einmaliges in Händen zu halten. Sie warf Torsten einen Blick zu und merkte, dass ihn der Hauch des Besonderen nicht angetastet hatte. Torsten rührte in seiner Tasse, betrachtete die Tapete, die Blumen, die anderen Gäste und wartete geduldig, bis Karla den gesamten Inhalt der Datei Marlene gesichtet hatte.
Ein Liebesgedicht in ungelenker Kinderschrift, dann ein Brief, in dem sich ein Mädchen bitter beklagte, weil es allein zum Abschlussball gehen musste. Augenscheinlich dieselbe Schrift, aber reifer geworden, weicher, mit großzügigeren Schwüngen. Dann ein Foto, nur undeutlich zu erkennen durch das mehrfache Reproduzieren über Scanner, Speicher und Drucker. Trotzdem war zu sehen, dass es sich um ein hübsches Mädchen handelte. Blond und blass, schön vor allem durch seine Jugend, die sanfte Haut, die großen Augen. Schließlich die Einladung zu einer Party, mit englischen Vokabeln durchsetzt, die Anfang der sechziger Jahre vermutlich total angesagt waren und jedem braven Elternpaar damals den Schweiß auf die Stirn trieben. Vielleicht war auf dieser Party etwas geschehen, was das Leben von zwei Gästen verändert hatte? Es folgte eine Anzeige,

die in einer Tageszeitung erschienen war: Marlene Stein und Hanno Leitner geben ihre Verlobung bekannt. Karla nahm einen kurzen Brief zur Hand, in dem Marlene mitteilte, wann ihr Zug abfuhr, der sie über den Hindenburgdamm nach Sylt bringen würde. Dann las sie das Blatt mit der Ankündigung der Hochzeit. Und zuletzt die Anzeige, die die Geburt eines Kindes bekannt gab: die Geburt von Wiebke Leitner.

Karla hatte das Gefühl, seit Minuten die Luft anzuhalten. Jetzt stieß sie sie hörbar aus. »Also doch! Marlene ist Wiebkes Mutter. Und Bräutigam hat sie gekannt. Gut gekannt!«

»Hier, das letzte Blatt.« Torsten legte den Ausdruck einer Todesanzeige vor Karla auf den Stehtisch. Klein und bescheiden, die Tragik hinter tausendfach wiederholten Sätzen verborgen, die eine Trauer allen anderen gleichmachte. Gehofft, gekämpft und doch verloren ... meine über alles geliebte Mami ... in stiller Trauer ... Wiebke Leitner!

Torsten nickte. »Er hat jedes einzelne Blatt gescannt, alle aneinander gefügt und in dieser Datei gespeichert. Wo mag er die Originale aufbewahren?«

»Vielleicht sind sie gar nicht in seinem Besitz«, überlegte Karla. »Oder er sichert sie doppelt. Das beweist, wie viel sie ihm bedeuten.« Sie sah Torsten an, als sähe sie ihn zum ersten Mal. »Ludwig Bräutigam muss der Mann gewesen sein, für den sich Marlene nicht entscheiden konnte.«

»Wovon redest du? Wie – nicht entscheiden konnte?«

»Keine Ahnung, warum. Aber Daggi hat erzählt, dass Wiebkes Mutter den Mann, den sie liebte, in Münster zurückgelassen hat.«

»Du meinst, Bräutigam und Marlene waren ein Paar, aber er wollte sie nicht heiraten? Und sie hat sich dann aus Trotz für diesen Hanno Leitner entschieden?«

Karla schüttelte den Kopf. »Das glaube ich nicht. Würde er dann diesen Altar in Form einer Marlene-Datei errichten?« Sie dachte eine Weile nach. »Vielleicht hängt es irgendwie mit seiner Mutter zusammen«, sagte sie plötzlich. »Vielleicht war sie gegen die Ehe.«

»Möglich wär's.« Torsten nippte an seiner Kaffeetasse. »Wie man hört, unterbindet Frau Bräutigam sofort jede Liebschaft ihres Sohnes, wenn sie eine vermutet. Er kommt nicht dagegen an, aber er rächt sich, indem er seine Mutter glauben lässt, er triebe es in unserer WG mit einer Nutte.«

»Dabei redet er mit Wiebke in Wirklichkeit nur über ihre Mutter«, fuhr Karla fort. »Wiebke glaubte an einen ausgeprägten Ödipuskomplex, aber er wollte einfach mehr über die Frau erfahren, die er früher liebte.«

»Und die er an einen anderen verlor«, bestätigte Torsten, »weil er sich nicht für sie und damit gegen seine Mutter entscheiden konnte.«

Karlas Hochgefühl fiel plötzlich in sich zusammen. »Aber warum entführt er Wiebke dann? Zusammen mit anderen Frauen, die womöglich an ein marokkanisches Bordell verschachert werden?«

Torsten sah mit einem Mal so aus wie der Berliner, in den die Verkäuferin stach und der daraufhin in sich zusammenfiel und süße, klebrige Marmelade absonderte. Torsten hatte von einer Sekunde zur anderen seinen Optimismus verloren.

Dann stutzte er. »Was sagst du da? Marokkanisches Bordell? Wie kommst du denn da drauf?«

»Martin Graf hat gelegentlich Urlaub in Tarifa gemacht. In einem Wohnmobil! Tarifa ist ein Surfer-Ort, und Martin hat mit Sicherheit noch nie auf einem Surfbrett gestanden. Campingurlaub ist ihm ebenso ein Graus. Er muss einen anderen Grund gehabt haben, nach Tarifa zu reisen. Wusstest du, dass es von Tarifa nach Tanger nur vierzehn Kilometer über See sind?«

Torsten sah sie verständnislos an. »Aber warum ausgerechnet Marokko? Nur, weil Martin Graf da Urlaub gemacht hat?«

»Denk mal an Osman. Er ist Marokkaner. Und er arbeitet sowohl für Graf als auch für Bräutigam.«

»Puh«, machte Torsten und bestellte noch einen Kaffee. Dann schüttelte er den Kopf. »Das passt nicht zusammen, Karla. Bräutigam würde doch niemals so etwas tun, wenn es um die Tochter der Frau geht, die er einmal geliebt hat.«

Karla schob das Brötchen zur Seite, weil ihr plötzlich der Appetit vergangen war. »Du hast Recht. Trotzdem! Irgendwo muss es einen Zusammenhang geben.« Sie wies mit dem Kopf zu einer schmalen Tür hinter der Garderobe. »Ich werde mich jetzt erst mal um meine Morgentoilette kümmern. Ich hoffe, ich bin dort ungestört.«

Sie war es nicht. Zwar wurde sie von keinem Toilettenmanager vertrieben, dafür aber von einer Münsteranerin um die sechzig, die sich darüber empörte, dass man Karla überhaupt in dieses Café gelassen hatte. »Subjekte wie Sie«, so drückte sie sich aus und betrachtete fassungslos das zarte Spitzentop, das Karla noch trug, nachdem sie den durchlöcherten Pullover über den Kopf und den Trägerrock bis zur Taille herabgezogen hatte. »Das haben Sie wohl geklaut«, schimpfte sie, zog es dann aber vor, in der nächsten Kabine zu verschwinden, als sie Karlas kriegerischen Blick bemerkte. Hinter der verschlossenen Tür jedoch schimpfte sie mutig weiter. So lange, bis ihr einfach nichts mehr einfiel, was man einer dreckigen Stadtstreicherin noch vorwerfen könnte.

»Halten Sie bloß die Tür geschlossen«, sagte Karla, als es dahinter endlich ruhig geworden war, »sonst klaue ich Ihnen noch Ihren Wollschlüpfer.«

Das erschrockene »Huch!« versöhnte sie ein wenig. Aber nur wenig.

*

Daggi kam mit hochrotem Gesicht auf sie zugelaufen. »Bist du wahnsinnig geworden? Hast du nicht versprochen, dich nicht wieder auf einen Fremden einzulassen? Und mit niemandem mitzugehen? Verdammt! Wie oft habe ich dir gesagt, dass du hier niemandem trauen kannst?« Schwer atmend stand sie vor Karla, ihr rundes Gesicht war von einem Schweißfilm überzogen, die stumpfe Lethargie, die ihre Miene während der Zeit der Hoffnungslosigkeit unauslöschlich gezeichnet hatte, war in diesem Augenblick wie weggeblasen. »Du musst ihn doch erkannt haben! Jeans und helle Windjacke! So sah er auch vorgestern aus, als er dir 'ne Zigarette angeboten hat.« Ihre ganze Aufregung fiel plötzlich in sich zusammen, als hätte sie sich verausgabt und sei nun nicht mehr fähig, sich auszudrücken. Daggi stand empört da und wusste nicht mehr weiter.

»Reg dich ab«, sagte Karla schließlich, der nichts anderes einfiel als schroffe Zurückweisung. Doch sie fühlte sich angesichts dieser Sorge so elend wie schon lange nicht mehr. Wenn sie Daggi doch erklären könnte, dass Torsten ein freundlicher Zeitgenosse war, der außerdem auf ihrer Seite stand! »Der Typ ist völlig harmlos«, sagte sie stattdessen.

»Ach, ist er das?« Daggi stemmte die Fäuste in die Seiten, ihre Empörung kam wieder zu Kräften. »Auch Martin Graf war ja ein ganz harmloser Typ, so war's doch, he? Deswegen bist du ja auch mit ihm gegangen! Weil er so harmlos war! Sag mal, spinnst du? Wie kannst du derart leichtsinnig sein! Dieser Kerl in Jeans und Windjacke kann doch mit Martin Graf unter einer Decke stecken. Oder mit Wiebkes Freier.«

»Wie kommst du jetzt auf den?«, fragte Karla schnell.

Aus der Wut in Daggis Gesicht wurde Verblüffung. »Du hast doch selbst gesagt, dass du ihn mit Graf am ICE-Bahnsteig gesehen hast. Und Wiebke war die Erste, die verschwand. Da ist es doch möglich, dass der Dicke mit dem gelben Schal –«

»Ja, ja, schon gut.« Karla drehte sich um und ging zu ihrem Schlafsack zurück. Von Arni, Dave und Werner war nichts zu sehen, nur Wilfried hockte auf dem Spielplatz, als hätte er die ganze Nacht so, mit der Bierdose neben sich, verbracht.

»Sag schon, was wollte er von dir?« Daggi stand direkt hinter Karla und schien sich nicht abschütteln lassen zu wollen.

»Mich zum Frühstücken einladen.«

»Wollte er dich mit zu sich nach Hause nehmen?« Daggis Stimme war schrill vor Entsetzen.

»Nein, wir waren im Stehcafé an der Wolbecker Straße.«

»Hat er dir irgendein Angebot gemacht? Hat er dir was versprochen?«

»Nein, verdammt noch mal!«

Daggi schwieg, aber die Art, wie sie ihren Atem heftig durch die Nase herausblies, war beredt genug. Anscheinend hätte sie gern all ihre Vorwürfe wieder und wieder ausgestoßen, aber sie begriff wohl, dass Karlas Einsicht nicht zu wecken war. Schließlich sagte sie leise: »Ich habe Ronnie und Paul alarmiert. Sie suchen dich wahrscheinlich noch.«

Karla fuhr herum. »Bist du verrückt?«

»Na, hör mal! Ich habe mir Sorgen um dich gemacht. Und wenn dich das wundert, dann hast du anscheinend wirklich noch nicht kapiert, worum es geht. Um Frauenhandel, verstehst du?« Sie senkte ihre Stimme und trat einen Schritt an Karla heran. »Und um Mord«, zischte sie. »Wann geht das endlich in deinen Schädel rein?«

Karla war die Debatte leid, in der sie nur Lügen und Halbwahrheiten zu Felde führen konnte. Sie sehnte sich danach, Daggi endlich die ganze Wahrheit zu sagen. Es war eine Qual, ihre Sorge zu sehen und sie nicht beschwichtigen zu können.

Karla zog sich wieder in ihren Schlafsack zurück und gab sich beleidigt. So konnte sie wenigstens der Diskussion ein Ende bereiten. Und als sie merkte, dass Daggi schon bald unter der frostigen

Schweigsamkeit litt, wusste sie, dass sie den richtigen Weg gewählt hatte. Nach wenigen Minuten begann Daggi über Belangloses zu reden, bloß um dem gekränkten Schweigen ein Ende zu machen. Zwar standen Daggis Vorwürfe, ihre Enttäuschung und Karlas Uneinsichtigkeit noch zwischen ihnen, aber sie waren durchsichtig und löchrig geworden.

Nach einer Weile fragte Karla: »Wie konntest du überhaupt Ronnie und Paul alarmieren? Hast du irgendwo ein paar Buschtrommeln versteckt?«

Daggi lachte nicht. Sie klopfte nur viel sagend auf ihren Oberkörper, irgendwo in der Nähe des Herzens. »Keine Buschtrommeln, aber ein Handy. Die Redaktion hat es mir für Notfälle mitgegeben. Und das war ein Notfall!«

Karla bemühte sich, nicht zu grinsen. Was wäre nur aus den brisanten Reportagen für »Abseits« und fürs Münsterland-Echo geworden, wenn die Erfindung des Mobiltelefons die schnelle Kommunikation nicht revolutioniert hätte?

*

Sie redeten miteinander, als hielten sie Seite an Seite Selbstgespräche. Mal sagte die eine etwas, mal die andere. Dann blickten sie zum Aschendorff-Verlag und sprachen darüber, wie es sein würde, Tag für Tag in sauberer Kleidung in ein Büro zu gehen, dort zu »überwintern«, wie Daggi es nannte, und am Abend wieder herauszukommen und festzustellen, dass immer noch Winter war.

Karla sah Daggi verstohlen von der Seite an. Plötzlich wurde aus ihrem Reden doch wieder ein Gespräch. »Hast du früher mal in einem Büro gearbeitet?«

Daggi nickte. »Es war die Hölle! Fand ich damals jedenfalls. Heute würde ich sagen, es ist das Paradies. Aber die Wahrheit liegt vermutlich irgendwo dazwischen.« Sie warf Karla einen kurzen Blick zu. »Damals hieß ich noch Dagmar Weich und arbeitete beim Einwohnermeldeamt meiner Stadt. Etwas Langweiligeres kannst du dir gar nicht vorstellen. Es kam mir irgendwann sogar langweilig vor, ein regelmäßiges Gehalt zu beziehen. Seit ich alles hinschmiss, nenne ich mich Daggi Hart. Aber so wenig, wie ich früher weich war, bin ich heute hart. Man sagt, das Leben auf der Straße mache hart, aber das stimmt gar nicht. Es macht weich, immer weicher, es weicht einen auf. Hart sind nur die Umstände, und hart ist auch die Erkenntnis, dass man es nicht geschafft hat.«

»Was?«, fragte Karla. »Was hast du nicht geschafft?«

»Schauspielerin zu werden.« Daggis Blick, der sich an einem Bürofenster festgesaugt hatte, flog jetzt höher, bis sie sich mit den Händen hinter dem Körper abstützen musste, um nicht hintenüber zu fallen. »Ich hatte davon geträumt, meine Kollegen vom Einwohnermeldeamt im Zuschauerraum sitzen zu sehen, wo sie mir begeistert applaudierten und jedem erzählten, dass sie mich kannten, bevor ich berühmt wurde.« Sie stieß ein Lachen aus, das sich anhörte wie ein Schluchzen. »Heute würden sie jedem erzählen, dass sie mich kannten, als ich noch nicht so blöde war, eine sichere Existenz für eine Illusion aufzugeben. Aber vielleicht würden sie es auch niemandem erzählen, weil sie nicht zugeben wollen, dass sie einen Job machen, in dem auch jemand wie ich mal klargekommen ist.« Daggi stand auf und sah auf Karla herab. »Verdammt, was mache ich eigentlich hier? ›Abseits‹ erwartet Ergebnisse von mir. Und ich sitze nur herum und warte, dass sich irgendwas tut. Ich werde mich mal ein bisschen bewegen und sehen, ob ich etwas entdecke, was uns weiterhilft. Es muss doch endlich was geschehen! Mal gucken, ob Martin Graf schon aus dem ›Stuhlmacher‹ zurück ist und wieder vor der Fixerstube Stellung bezogen hat.«

»Ich komme mit«, sagte Karla und erhob sich hastig. Die Vorstellung, Daggi würde etwas herausfinden, was ihr selbst verborgen blieb, war ihr unerträglich! Nicht auszudenken, wenn »Abseits« dem Geheimnis auf die Spur kam und das Münsterland-Echo zusehen musste, wie die Obdachlosenzeitung den Triumph feierte! Wenn Bräutigam herausfand, dass seine neue Redakteurin nicht einmal mit einer Mitarbeiterin von »Abseits« mithalten konnte, sah es mit der Festanstellung schlecht aus.

Karla blieb abrupt stehen. Beinahe hätte sie sich vor die Stirn geschlagen. Bräutigam! Als müsste sie noch einen Gedanken an den verschwenden! Sobald es stichhaltige Beweise gegen ihn gab, würde es um die Festanstellung des Chefredakteurs schlecht aussehen! Aber was würde dann aus ihr? Würde Bräutigams Nachfolger es zu würdigen wissen, dass eine Mitarbeiterin undercover für eine Reportage recherchiert und dabei so ganz nebenbei auch gleich ihren Chef ans Messer geliefert hatte? Vielleicht! Vielleicht aber auch nicht!

»Wohin gehen wir?«, fragte sie, als die Bremer Straße fast zu Ende war und in die Wolbecker Straße mündete.

Daggi hielt auf den ampelgesteuerten Fußgängerüberweg zu. »Einmal das Parkhaus umrunden«, gab sie zurück. »Die Fixerstube von der anderen Seite ansteuern. Graf steht mal hier und mal da.«

Sie überquerten die Bremer Straße, gingen bis zur nächsten Ecke, um dort auf der anderen Seite des Parkhauses wieder zurückzuwandern. Direkt vor den Türen der Fixerstube vorbei.

Plötzlich blieb Daggi so abrupt stehen, als wäre sie vor eine Wand gelaufen. Aus dem Spielsalon war unerwartet ein Mann getreten, sie griff nach Karlas Arm und zerrte sie zur Seite. Karla schwankte, strauchelte und landete direkt vor den Füßen des Spielsalonkunden.

»Wohl bescheuert, was?« Der Mann funkelte sie böse an. »Dreiste Weiber! Oder seid ihr so besoffen, dass ihr nicht mehr geradeaus gehen könnt?«

»So besoffen, um dich zu übersehen, kann man ja gar nicht sein«, gab Karla zurück und übersah Daggis Bemühungen, sie erstens zu beschwichtigen und zweitens am Weitergehen zu hindern.

Der Mann schien in der Gewalt gegen Frauen durchaus geübt zu sein. Möglich, dass er noch nie eine Pennerin geohrfeigt hatte, aber es sah ganz so aus, als wollte er es einmal ausprobieren. Drohend baute er sich vor Karla auf. »Willste frech werden?«

»Bin ich schon! Willst du eine Kostprobe?«

»Schluss jetzt, Karla!« Daggi zog aufgeregt an Karlas Ärmel. »Bleib stehen! Vorsicht! Es ist besser, er sieht uns nicht.«

Nun endlich begriff Karla, was Daggi meinte. Vor der Fixerstube stand Martin. Wie ein glatter, vom Wasser geschliffener Fels stand er da, als ginge ihn die Flut nichts an, die um ihn herum brandete, und als spürte er die Kiesel nicht, die die Gischt an seinen Fels warf. Ja, er passte wirklich nicht hierher. Seinem blauen Mantel sah man von weitem die Qualität an, sogar, dass er täglich ausgebürstet und zum Lüften auf den Balkon gehängt wurde, war zu erahnen. Seine grauen Haare leuchteten gegen fettige Strähnen an, seine gerade Haltung setzte sich gegen alle hängenden Schultern durch und sein aufmerksamer Blick gegen alle niedergeschlagenen Augen.

Vor ihm stand eine junge Frau, die ihn herausfordernd anblickte. Aber als Martin auf sie einzureden begann, sah sie zu Boden, während sich an seiner geraden Haltung nichts änderte.

»Er baggert sie an«, flüsterte Daggi. »Irgendwie hat er ja auch was …«

Martin griff nach dem Arm der jungen Frau, die sich ihm aber sofort wieder entzog. Unwirsch zwar, doch mit einem Trotz, dem man bereits die Nachgiebigkeit ansah.

»Was mag er ihr versprechen? Geld? Stoff?«

»Ist sie überhaupt eine Fixerin?«, fragte Karla zurück. »Sie sieht eigentlich nicht so aus.«

»Ich habe gesehen, wie sie aus der Fixerstube kam und dann von ihm angesprochen wurde.«

Erneut griff Martin Graf nach dem Arm der jungen Frau, und diesmal entzog sie sich nicht. Er beugte sich vor, seine Miene wurde eindringlicher, und schließlich nickte das Mädchen, ohne den Blick vom Boden zu nehmen, und setzte sich gemeinsam mit Martin in Bewegung.

»Wie macht er das nur?«, stöhnte Daggi. »Das ist mir ein Rätsel. Zugegeben, er ist ein smarter Typ. Aber immerhin doch fast fünfzig.«

»Fünfundvierzig«, korrigierte Karla.

»Auch gut! Auf jeden Fall ein alter Sack! Das Mädchen ist doch höchstens Anfang zwanzig.«

Sie traten aus dem geschützten Eingang des Spielsalons heraus und sahen den beiden nach. Martin ließ den Arm des Mädchens nicht los, während er sie über den Fußgängerüberweg führte und mit ihr den Weg in die Schillerstraße fortsetzte. Daggi und Karla folgten ihnen vorsichtig, bis sie den Jaguar sahen, der gegenüber des griechischen Restaurants geparkt war.

Daggi zog ihr Handy hervor und wählte hastig eine Nummer. »Ronnie? Ist Paul bei dir? Wo seid ihr?«

Karla spürte, wie sich die Schwäche in ihr ausbreitete, die sie vor zehn Jahren zum ersten Mal und später nie wieder empfunden hatte. Damals war ihr Martin an der Seite seiner Frau zufällig in der Stadt begegnet. Sie wusste, dass sie damals von Hilflosigkeit und verzweifelter Eifersucht gequält worden war. Und heute?

»Das ist gut! Könnt ihr schnell hier sein! Beeilt euch! Wir müssen den beiden folgen. Dieses Mädchen soll anscheinend das nächste Opfer sein. Das müssen wir verhindern!«

Daggi steckte das Handy wieder ein und sah Karla prüfend an. »Was ist los? Geht's dir nicht gut?«

Karla schreckte auf. »Du meinst wirklich, dass dieses Mädchen in Gefahr ist?«

»Klar! Es läuft ja alles nach dem bekannten Muster! Martin Graf nutzt sein bürgerliches Aussehen und die Vertrauenswürdigkeit, die er ausstrahlt. Er spricht die Mädchen an und nimmt sie unter einem Vorwand mit zu sich nach Hause.« Daggi schüttelte den Kopf. »Ich möchte wissen, was er denen verspricht.«

»Und dann?«

»Dann sieht man sie nie wieder!«

»Wir sollten die Polizei verständigen.«

Daggi lachte verächtlich. »Das Thema Polizei ist doch längst durch. Stenzel wird die Hacken zusammenschlagen, wenn er den Namen hört, und erklären, dass ein angesehener Bürger wie Martin Graf niemals etwas Verbotenes tun würde. Ein Mitglied der Wiedertäufer! Über jeden Zweifel erhaben!«

Als der Jaguar abgefahren war, gingen Karla und Daggi zum griechischen Restaurant, um dort auf Ronnie und Paul zu warten. »Zum Glück wissen wir ja, wo er wohnt«, sagte Daggi, »sonst sähe es jetzt für das Mädchen böse aus.«

*

Ronnie holte das Letzte aus dem klapprigen Lieferwagen heraus. Er umklammerte das Lenkrad und grinste durch sein lückenhaftes Gebiss, als wäre er der Hauptdarsteller in einem Manta-Film. Wenn er vor einer Ampel bremsen musste, spielte er mit dem Gaspedal und ließ den Motor aufheulen, als könnte er es nicht erwarten, weiterzufahren.

»Lass das doch, Ronnie«, sagte Daggi mit der Mattheit, die jungen Müttern zu eigen ist, die ihre Kinder zum hundertsten Mal ermahnen, ohne dass es etwas fruchtet. »Das hier ist kein Spiel, sondern bitterer Ernst.«

»Klar!«, gab Ronnie zurück, ohne mit dem Grinsen aufzuhören. »Meinst du, das weiß ich nicht?«

»Er wollte früher mal Rennfahrer werden«, sagte Daggi zu Karla.

»Gut zu wissen, dass er diese Chance ein für alle Mal verpasst hat«, raunte Karla zurück.

»Wie wollen wir vorgehen?«, fragte Paul und drehte sich zu den beiden Frauen um. Es war das Erste, was er sagte.

»Paul wollte mal Schriftsteller werden«, erklärte Daggi, »weil man als Schriftsteller sein Leben lang schweigen kann. Aber –« Sie brach ab, vermutlich, weil sie Paul nicht wehtun wollte. Doch Karla konnte sich auch so denken, dass jemand, der nicht gern redete, nicht automatisch gut schrieb.

Ronnie war es gewöhnt, Pauls Sätze zu komplettieren oder mit einem Echo zu versehen. »Ja, was wollen wir tun, wenn wir in Angelmodde angekommen sind?« Er grinste immer noch. »Einfach klingeln und nach der Frau fragen, die soeben entführt wurde?«

»Quatsch!«, gab Daggi zurück. »Wir müssen erst mal die Lage sondieren.« Was sie genau darunter verstand, schien sie selbst nicht zu wissen. »Am besten, wir sehen uns erst mal um. Grafs Grundstück ist ja nicht so hermetisch abgeschlossen wie das Nachbargrundstück von Heinrich Welchring.«

»Warum wird das eigentlich bewacht wie die Kronjuwelen der Queen?«, fragte Ronnie und freute sich, dass er beim Anstieg auf die Kanalbrücke kaum einen Stundenkilometer verlor, auf der anderen Seite des Kanals aber freie Fahrt hatte und so richtig auf die Tube drücken konnte. Zu seiner großen Begeisterung überschritt er die zugelassene Geschwindigkeit nicht nur um zwanzig, sondern um dreiundzwanzig Stundenkilometer.

»Das hab ich mich auch schon gefragt«, antwortete Daggi. »Ein Haus von Kampfhunden bewachen zu lassen ... Zum Glück gibt es eine Mauer, die die Kampfhunde bewacht.«

»Vielleicht gibt es dort Antiquitäten, teure Bilder oder so?«, sagte Paul, der seinen gesprächigen Tag hatte.

Daggi sah plötzlich nachdenklich aus. »Oder der Welchring steht einfach nur auf Bullterrier. Egal. Wir müssen uns um Graf kümmern und um das junge Mädchen. Hoffentlich können wir sie befreien.«

»Jippejeh!«, schrie Ronnie und versuchte es erneut mit rasanter Beschleunigung, was aber zum Glück misslang. Die Ampel am Freibad Stapelskotten wurde rot, der Fahrer vor Ronnie trat gewissenhaft in die Bremse, der alte Lieferwagen schlidderte auf dessen Stoßstange zu und ließ beängstigende Einblicke in die Beschaffenheit seiner Reifen zu.

»Gefangennahme, Nötigung, Vergewaltigung«, murmelte Paul vor sich hin. »Wie sollen wir das verhindern?«

Daggi beruhigte ihn. »Es reicht, wenn wir genug Beweismaterial sammeln. Wir müssen das Mädchen nicht höchstpersönlich aus den

Händen dieses Schurken befreien.« Sie beugte sich vor und tippte Ronnie auf die Schulter, der den rechten Blinker setzte. »Fahr zunächst an Grafs Haus vorbei. So zügig wie jedes andere Auto, das nur zufällig diese Straße benutzt. Verstanden? Wir parken den Wagen dann hinter der nächsten Kurve und gehen zu Fuß zurück. Am besten durch das kleine Waldstück gegenüber von Grafs Haus. Dann können wir höchstens gesehen werden, wenn wir die Straße überqueren.«

»Aber Martin wird gewiss nicht am Fenster stehen und auf uns warten«, ergänzte Karla. »Und irgendwann muss dem Mädchen ja klar werden, dass es in eine Falle getappt ist. Dann wird er alle Hände voll zu tun haben, um sie zu halten.«

Paul drehte sich um und sah die beiden Frauen ängstlich an. »Schlagen, fesseln, betäuben?«

»Mach dir nicht in die Hosen«, gab Daggi zurück. »Wir müssen zwar warten, bis er sie geschlagen, gefesselt und betäubt hat, damit wir Beweise haben. Aber anschließend rufen wir auf der Stelle die Polizei. Versprochen!«

Keiner der vier bewegte den Kopf, als sie zunächst an Grafs und dann an Welchrings Haus vorbeifuhren. Nur aus den Augenwinkeln versuchten sie einen Blick in Grafs Garten und über die Mauer der Wiedertäufer-Villa zu werfen.

»Nichts zu sehen«, sagte Daggi.

So blieb es, während sie durch das Wäldchen schlichen. Nichts rührte sich auf Martin Grafs Grundstück, auch die Kampfhunde hinter dem Tor zur Welchring-Villa blickten gelangweilt in den Himmel. Und das, obwohl der lichte Baumbestand viel weniger Schutz bot, als die vier erhofft hatten, und das Knacken der Äste niemanden an ein huschendes Reh glauben ließ.

Sie duckten sich in den Straßengraben und überlegten, was zu tun war. Karla konnte den Blick nicht von der Stelle nehmen, wo ihr Hinterteil am Sonntag eine tiefe Furche in den Graben gepflügt hatte. Sie dachte an die Radtour nach Angelmodde, an Osman und Nadia, die sie aus diesem Straßengraben gezogen hatten …

»Was meinst du, Karla?«

Sie schrak auf und sah Daggi verlegen an. »Was hast du gesagt?«

Daggi runzelte ungeduldig die Stirn. »Wir versuchen, links ums Haus herumzugehen. Wenn Graf und sein Opfer sich im Wohnzimmer aufhalten, können wir beobachten, was er mit dem Mädchen macht. Du kennst doch die örtlichen Verhältnisse. Meinst du, das geht?«

Karla nickte. »Ich glaube, es gibt da ein ziemlich dichtes Gebüsch im Garten. Wenn wir uns dahinter verstecken, hätten wir dennoch einen guten Einblick ins Wohnzimmer.«

»Also gut«, beschloss Daggi, die das Kommando übernommen hatte. »Attacke!«

Ronnie, der Rennfahrer, gab sich mutig und huschte als Erster durch die Büsche, die Martin Grafs Grundstück zur Straße abgrenzten. Daggi, genauso mutig, folgte ihm unverzüglich. Karla warf Paul, dem Schriftsteller, einen fragenden Blick zu, da er so aussah, als wollte er sich die ganze Angelegenheit gern noch einmal überlegen. Er antwortete nicht, aber als sie loslief, hörte sie seinen Atem in ihrem Rücken.

Ronnies Mut schien mit jedem Meter, den er in das fremde Grundstück eindrang, geringer zu werden. Hinter einem dichten Rhododendronbusch hockte er sich schließlich auf die Erde und wartete auf seine drei Gefährten, für die jedoch kein Platz mehr hinter dem Busch war. »Besser, es geht jemand vor, der sich auskennt.«

Damit meinte er Karla, die sich in Martins Garten jedoch nicht viel besser auskannte als Ronnie. Aber für Diskussionen war weder der richtige Zeitpunkt noch der geeignete Ort. Wenn jetzt jemand aus dem Haus trat, würde er sie sofort entdecken und sogar von der Straße aus war die konspirative Versammlung hinter dem Rhododendronbusch auszumachen.

Karlas Blicke tasteten jedes Fenster ab. Als sie sicher war, dass sich keine Gardine bewegte, lief sie, so schnell sie konnte, um das Haus herum, aus seinem sicheren Schutz heraus in den Garten, dann über ein paar Meter ungeschützten Rasen bis zu einem Gebüsch, das sie zwei Tage vorher vom Fenster aus gesehen hatte. Nervös sah sie Daggi entgegen, der Ronnie folgte, als hätte er den Fuß auf der Bremse. Paul ging geduckt, als suchte er in seinen Taschen nach einem Schreibblock, um sich jede Einzelheit dieses Abenteuers zu notieren und in einem späteren Roman zu verwenden.

Als sie dicht beieinander hockten und jeder eine Lücke zwischen ein paar Zweigen gefunden hatte, die einen Blick aufs Haus zuließ, sagte Karla: »Mir fällt gerade ein, dass Martin Graf sein Grundstück irgendwie gesichert haben muss. Vor zehn Jahren jedenfalls plante er eine Alarmanlage oder so was.«

»Wenigstens keine Kampfhunde«, grinste Ronnie.

Daggi sah beunruhigt aus. »Das hätten wir uns eigentlich denken können. In dieser einsamen Gegend.« Sie schüttelte ihre Sorge ab. »Aber wir wollen ja nicht ins Haus eindringen, sondern es nur beobachten.« Streng sah sie Ronnie und Paul an. »Wenn eine Alarmanlage losgeht, gibt's nur eins: abhauen und so schnell wie möglich zum Auto zurück! Dort treffen wir uns dann.«

Ronnie nickte, während Paul derart zitterte, dass sein Kopf sich unfreiwillig auf und ab bewegte.

Daggi verzog den Mund, als dächte sie scharf nach. »Wir müssen näher ran. Von hier sehen wir zu wenig.«

Sie wechselten hinter den Stamm einer Rotbuche und wurden wagemutiger. Martin Graf und das Mädchen hatten sich so in ihr Gespräch vertieft, dass die Gefahr, entdeckt zu werden, gering war. Martin saß mit dem Rücken zur Terrassentür in einem Sessel und sprach auf das Mädchen ein, das vor ihm auf dem Sofa hockte und sich nicht wohl zu fühlen schien.

»Ob wir ihr ein Zeichen geben sollen?«, fragte Daggi flüsternd. »Vielleicht wagt sie zu fliehen, wenn sie weiß, dass hier draußen Hilfe auf sie wartet.«

»Wie soll sie das wissen?«, flüsterte Karla zurück. »Sie kennt uns doch gar nicht.«

Martin erhob sich, stellte sich vor das Mädchen, wandte dem Garten aber immer noch den Rücken zu. Dann ging er um das Sofa herum.

»Deckung!«, zischte Daggi.

Augenblicklich lagen sie alle am Boden, Paul mit dem Gesicht im Gras, als wollte er nichts sehen von der Gefahr, in der er sich befand. Vor Karlas Gesicht wiegten ein paar Grashalme hin und her, die so hoch waren, dass sie sogar die Dachrinne zerteilten und bis in den grauen Himmel stachen. Sie sah, wie Martin eine Hand auf die Schulter des Mädchens legte, die aber prompt abgeschüttelt wurde. Dann beugte sich Martin hinab und hielt plötzlich ein schnurloses Telefon in der Hand. Er ging zum Fenster und sah hinaus, während er sprach.

»Bleibt bloß in Deckung!«, zischte Daggi abermals.

Aber das Gespräch dauerte nicht lange. Schon bald klappte Martin das Telefon wieder zusammen und trat vom Fenster zurück.

»Puh, das ist noch mal gut gegangen.« Daggi stöhnte auf. »Aber es hilft nichts, wir müssen trotzdem etwas näher ran.«

Die Not lehrte Paul reden. »Warum? Man sieht doch, dass da nichts passiert. Die beiden unterhalten sich, mehr nicht.«

»Noch!«, betonte Daggi. »Er lullt sie ein, damit sie nicht merkt, in welcher Gefahr sie schwebt.«

»Und dann?«, fragte Ronnie.

Daggi schwieg hilflos. Ja, was würde dann geschehen? Eigentlich konnte es sich keiner von ihnen so richtig vorstellen. Würde Martin Graf sein Opfer einsperren? Oder gleich an einen sicheren Ort schaffen?

Karla dachte an das Gästezimmer, in dem sie übernachtet hatte, an die Wäschestücke im Schrank. In dem Zimmer würde die junge Frau vermutlich auch die Nacht verbringen. Aber wenn sie Martins Schritte vor der Tür hörte, würde sich kurz darauf die Klinke bewegen, so viel war sicher. Dieses Mädchen würde nicht ungeschoren davonkommen – so wie Karla, die auf den Bremer Platz zurückkehren durfte, weil Martin Graf es nicht fertig gebracht hatte, seiner früheren Geliebten ein Haar zu krümmen. Auf dieses Mädchen jedoch wartete ein furchtbares Schicksal. Ob Martin sie vergewaltigte, um sie gefügig zu machen? Es war Karla unmöglich, sich etwas Derartiges vorzustellen. Aber hatte sie nicht längst einsehen müssen, wie sehr sie sich in Martin getäuscht hatte? Vor zehn Jahren war sie blind gewesen und auf seine aalglatte Oberfläche reingefallen, an der jeder Doppelsinn abgeperlt war. Hatte sie immer noch nicht begriffen? Suchte sie immer noch nach Entlastung für Martin? Er war ein Verbrecher, ein Entführer, ein Frauenhändler! Sie musste es doch endlich einsehen! Selbst wenn er das junge Mädchen in der folgenden Nacht nicht vergewaltigte, war er dennoch ein gewissenloser Schuft, der sich das schwere Schicksal Gestrauchelter zunutze machte. Und das nur, um das Geld zurück zu bekommen, das ihm seine Frau kurz vor ihrem Tod genommen hatte. Kurz bevor sie ermordet wurde?

Karla schüttelte diese Gedanken ab und konzentrierte sich auf das augenblickliche Geschehen. Vielleicht würde Martin Osman anrufen, damit er das Mädchen abholte. Oder er selbst machte wieder Urlaub mit einem Wohnmobil in Tarifa, wo ein Helfershelfer von Osman nur darauf wartete, das blonde junge Mädchen mit einem Motorboot nach Tanger zu bringen. Dort freuten sich wahrscheinlich jetzt schon die Bordellbesucher auf den Neuzugang. Vielleicht hatte auch soeben Ludwig Bräutigam angerufen, um Martin zu fragen, ob er erfolgreich gewesen war. Dann hatte Martin vermutlich mit verschlüsselten Worten geantwortet, dass er mal wieder eine gefunden habe, die vertrauensselig genug gewesen war, ihm zu folgen. Eine Fixerin, die für Stoff alles tat.

Daggi wechselte zu einem dicht belaubten, mit weißen Blüten besetzten Strauch. Dann winkte sie ihren Gefährten, ihr zu folgen, und robbte auf allen Vieren hinter hüfthohen Gewächsen her, gefolgt von Ronnie und Paul, die Daggi blind zu vertrauen schienen. Karla stellte fest, dass Daggi jetzt wirklich einen guten Beobachtungsposten bezogen hatte. Sie war sehr nah an das Wohnzimmerfenster herangekommen und hatte hinter dichtem Gebüsch eine gute Deckung bezogen.

Trotzdem zögerte Karla, den dreien zu folgen. Machte es nicht viel mehr Sinn, an verschiedenen Stellen Posten zu beziehen? Wenn sie erwischt wurden, war es doch besser, wenn sie nicht alle dran glauben mussten. Wer zurück blieb, konnte Hilfe holen. Daggi war blond und recht hübsch, es war gut, dass Ronnie und Paul bei ihr waren, sollte sie in Martins Hände fallen. Karla selbst fühlte sich sicher. Martin würde sicher nicht noch einmal daran denken, sie zu seinem Opfer zu machen.

Sie sah, dass Daggi sich noch tiefer duckte und Ronnie und Paul zu Boden drückte, als ein Wagen vorbeifuhr. Die drei ließen das Geräusch an ihren Rücken vorbeifluten, wahrscheinlich in der unsinnigen Hoffnung, dass der nicht gesehen wird, der selbst nichts sieht. Karla jedoch konnte es wagen, den Kopf zu heben und die dunkle Limousine zu beobachten, deren Fahrer vor Martins Grundstück die Geschwindigkeit drosselte und schließlich vor dem Eingang der Welchring-Villa hielt. Eine Hupe ertönte, auf dem Nachbargrundstück entstand Bewegung. Karla hatte das Profil des Fahrers nur kurz gesehen, aber dieser Augenblick genügte. Jan van Bröder! Ob er ihnen helfen konnte? Sie überlegte nicht lange. Natürlich würde er helfen! Bloß wundern würde er sich, wenn er sie in dieser Kleidung sah. Vielleicht aber auch nicht, weil er sie in der Nähe des Aschendorff-Verlages schon einmal gesehen hatte. Wenn sie sich nicht getäuscht hatte, war er auf sie aufmerksam geworden und hatte nach ihr Ausschau gehalten. Also kam es jetzt nur noch darauf an, ihm eine glaubwürdige Erklärung aufzutischen, mit der sie möglichst wenig verriet. Ob Jan ahnte, was auf Martins Grundstück vorging? Vermutlich nicht, sonst hätten die Wiedertäufer sicherlich längst die Polizei informiert. Martin war eben ein Mann, der nicht nur seine Geliebte getäuscht hatte.

Karla tastete nach ihrem Handy. Sollte sie Torsten anrufen? Doch was konnte der schon ausrichten? Auch ein Anruf bei Uli würde nichts bringen. Am Ende verständigte sie noch Bräutigam, der dann umgehend Martin warnen würde.

Der Gedanke an Torsten begann zu drücken wie ein kleines Steinchen im Schuh. Er würde sich schrecklich aufregen, wenn er erfuhr, dass sie mit Daggi, Ronnie und Paul in Angelmodde auf Verbrecherjagd war, ohne ihn zu verständigen. Ob sie ihm doch kurz Bescheid sagen sollte? Es konnte ja noch Stunden dauern, bis in Martins Haus endlich der Beweis erbracht wurde, mit dem sie ihn ans Messer liefern konnte.

Sie gab die unbequeme Hockstellung auf, setzte sich auf den Boden und streckte die Beine von sich. Um den Persianer war es wirklich nicht schade. Dann kramte sie das Handy hervor, ohne Daggi aus den Augen zu verlieren, die sich langsam von Busch zu Busch vorarbeitete, gefolgt von Ronnie und Paul. Daggi machte das gut. Sie musste inzwischen einen ungehinderten Blick in Martins Wohnzimmer haben. Was immer dort geschah, Daggi würde es sehen.

Als Karla ihr Mobiltelefon endlich in Händen hielt, begann sie leise zu fluchen. Sie hatte nach der letzten Benutzung die Tastensperre nicht wieder eingegeben. Das ganze Menü war durcheinander geraten, weil ihr Körpergewicht mal auf die eine, mal auf die andere Taste gedrückt hatte. Lieber Himmel, welche Funktionen mochte sie aktiviert, welche deaktiviert haben? Sie musste unbedingt wieder Ordnung in ihr Kommunikationssystem bringen! Martin würde sich hoffentlich nicht gerade in diesem Augenblick auf das wehrlose Mädchen stürzen, um es zu fesseln und zu knebeln.

*

Später konnte sie nicht begreifen, dass sie in dieser heiklen Situation – in einem fremden Garten, verborgen hinter einem Gebüsch, auf der Jagd nach Beweisen, einem Verbrechen auf der Spur, im Begriff, einen Frauenhändler zu entlarven – sich auf etwas anderes konzentrieren konnte als auf die Gefahr, in der sie schwebte. Aber sie registrierte die quietschenden Reifen vor dem Haus zu spät und brauchte viel zu lange, um einen Zusammenhang zwischen dem scharf bremsenden Auto und vier in fremder Gartenerde hockenden Eindringlingen herzustellen. Natürlich sah sie auch Daggis entsetzten Blick viel zu spät, die wesentlich fixer im Kombinieren gewesen war, und Ronnies verständnisloses Gesicht, der die Gefahr zwar ebenfalls zur Kenntnis genommen hatte, aber nicht begriff, woher sie kam. Wenn sich Karla gewissenhaft mit ihrer Aufgabe beschäftigt hätte, für die ihr Persianer die unstandesgemäße Tuchfühlung mit frischem Mutterboden auf sich nehmen musste, wäre ihr auch Pauls heftiges Zittern nicht entgangen, das ihn unfähig zur Flucht machte, selbst dann, wenn ihm diese Möglichkeit in den Sinn gekommen wäre.

Die Wachmänner, die den Garten stürmten, ließen nicht einmal Daggi, deren Fluchtreflexe in ihrem Aufmerksamkeitspotenzial einen Platz in der vorderen Reihe einnahmen, die Chance, sich unbemerkt davonzumachen. Augenblicklich standen die vier kräftigen Kerle vor den drei durch Angst und Schrecken geschwächten Eindringlingen und zogen sie kurzerhand aus den Stauden. Alle bis auf Karla. Drei der Wachmänner führten je einen Übeltäter in Martin Grafs Haus, der Vierte sah sich um, als hätte er ebenfalls gern jemanden in seiner Gewalt. Schließlich folgte er seinen Kollegen mit gekränkter Miene. Aber als Daggi immer wütender um sich schlug, griff er beherzt zu und sicherte sich somit auch sein Erfolgserlebnis. Daggi hatte jedenfalls von da an keine Chance mehr zu entfliehen, was Ronnie und Paul von vornherein gar nicht in den Sinn gekommen war.

Karlas Denkvermögen setzte erst wieder ein, als die Haustür ins Schloss gefallen und Daggis wütendes Schimpfen nicht mehr zu hören war. Was war geschehen? Wer waren die vier Männer in den blauen Uniformen? »Privater Wachdienst« hatte auf den Rücken ihrer Jacken gestanden. Aber das war vermutlich nur eine Tarnung. In Wirklichkeit waren die vier Martins Schläger und von ihm alarmiert worden, weil er gemerkt hatte, was sich in seinem Garten tat. Er hatte die Eindringlinge in Sicherheit gewogen, indem er sich nichts anmerken ließ, und einfach abgewartet, bis diejenigen auftauchten, die die Drecksarbeit für ihn erledigten. Als er das kurze Telefongespräch führte, hatte er vermutlich nur in den Hörer gesagt: »Schnappt sie euch!«, und sich dann wieder seinem Opfer zugewandt, das sich keinen Reim auf Martins Worte machen konnte und nicht einmal ahnte, dass es die allerletzte Chance zur Flucht verpasst hatte.

Karla duckte sich. Sie konnte aus ihrem Versteck erkennen, dass die Wohnzimmertür geöffnet und Daggi in den Raum gestoßen wurde. Ronnie und Paul folgten ihr mit gesenkten Köpfen, die Wachmänner stellten sich neben ihnen auf, als erwarteten sie eine Belobigung. In Karla breitete sich die Panik aus wie ein verheerendes Buschfeuer, das keinen Unterschied mehr macht zwischen brennbarem und nichtbrennbarem Material. Sie musste weg! Nur weg! Hilfe holen! Wenn sie selbst ebenfalls in die Hände der Wachmänner geriet, waren sie alle verloren. Dann konnte sie keine Gnade mehr von Martin erwarten. Sie würde mit Daggi und der fremden jungen Frau – vermutlich narkotisiert – in Tarifa landen und vielleicht erst wieder auf dem Boot zur Besinnung kommen, das sie nach Tanger brachte. Bis Torsten sie vermisste, würde viel Zeit vergehen, und bis »Abseits« nach seinen Redakteuren zu suchen begann, ebenfalls. Niemand würde eine Spur von ihnen haben. Und Ronnie und Paul? Karla wagte sich gar nicht vorzustellen, was mit den beiden passieren würde, die nicht einmal für ein Bordell interessant waren.

Doch wie holte sie am sichersten und schnellsten Hilfe herbei? Jan van Bröder! Aber wie kam sie auf das Nachbargrundstück? Die Mauer war zu hoch, die Bullterrier dahinter verboten zudem jeglichen Vorstoß in dieser Richtung. Nein, auf Jans Hilfe konnte sie nicht hoffen. So, wie sie aussah, hatte es auch keinen Sinn, am Tor der Villa zu läuten und den Wunsch zu äußern, Herrn van Bröder zu sprechen. Sie würde eher zu den Bullterriern vorgelassen als zu einem Vorsitzenden der honorigen Wiedertäufer. Noch wahrscheinlicher war, dass man sie verjagen würde, ehe sie überhaupt ein Wort herausgebracht hatte. Und der Lärm würde Martins Schläger erneut alarmieren. Nein, es musste ihr etwas anderes, etwas Besseres einfallen. Aber dafür musste sie erst mal wieder auf die Straße kommen. Weg von Martins Villa! Wer konnte schon Auge in Auge mit einer großen Gefahr einen klaren Gedanken fassen? Immerhin bestand ja auch die Möglichkeit, dass Martin vier Eindringlinge beobachtet hatte und begriff, dass einer von ihnen ungeschoren davongekommen war. Schon in den nächsten Augenblicken konnte er die Wachmänner wieder in den Garten schicken, damit sie den überzähligen Komplizen aufspürten. Es wurde höchste Zeit, dass sie abhaute!

Karlas Körper machte das, was jeder Körper tut, dem es nur noch aufs Überleben ankommt. Der Kopf schaltete sich aus, die Beine begannen zu laufen. Mitten durchs Staudenbeet, mitten durch die Frühlingsblüher, mitten durch die Haselnusssträucher und am Ende mitten durch den hinterlistig überwucherten Maschendrahtzaun, sodass sie kopfüber auf der Straße landete. Das hatte den Vorteil, dass ihr Denken wieder geweckt wurde, wenn auch auf äußerst unsanfte Weise. Ihr Sturz hatte aber auch einen verheerenden Nachteil. Ihr Handy war im hohen Bogen auf die Straße geflogen und starrte Karla, als sie hastig nach ihm griff, mit totem Display an. War es kaputt? Das hatte noch gefehlt!

Karla rappelte sich auf, warf einen Blick zurück, hoffte, dass niemand ihre Flucht bemerkt hatte, und rannte. Während sie lief, schob sie das Handy wieder unter ihren Rock zurück. Sie würde sich später darum kümmern. Erst einmal auf die Wolbecker Straße! Dort würde sie vielleicht einen Wagen finden, der anhielt und sie mitnahm.

Da sich ihr Kopf mittlerweile wieder mit den Beinen verbündet hatte, sagte sie sich allerdings schon im nächsten Augenblick, dass sich niemand finden würde, der ihretwegen auf die Bremse trat. Es hatte keinen Sinn, sich etwas vorzumachen. Sie würde wohl darauf angewiesen sein, irgendwo ein Fahrrad zu klauen, um damit nach Münster zurückzufahren.

Sie lief schneller, der Einmündung in die Wolbecker Straße entgegen, wo die Autos von Wolbeck nach Münster und in umgekehrter Richtung fuhren. Da hörte sie plötzlich hinter sich Motorengeräusche. Es näherte sich ein kleiner Lkw. Karla blieb keuchend stehen, drehte sich um, konnte aber nicht erkennen, ob er eine Aufschrift trug. Aber er sah dem Wagen, der der Spedition Jan van Bröder gehörte, sehr ähnlich. Wenn jetzt Jan am Steuer saß …

Ihre Hoffnung fiel schon wieder in sich zusammen, ehe sie den Gedanken zu Ende gedacht hatte. Nein, Jan war es nicht. Vielleicht irgendein Eierhändler oder Geflügelbauer. Niemand, der in dieser Gegend mit Lebensmitteln unterwegs war, würde jemanden wie sie mitnehmen.

Aber sie hatte sich getäuscht. Der Wagen wurde langsamer, der Fahrer beugte sich über den Beifahrersitz und kurbelte die Seitenscheibe herunter. »Wo soll's denn hingehen, junge Frau? Ich fahre nach Münster. Wollen Sie mit?«

Karla konnte ihr Glück nicht fassen. Da hatte sie ja der Münsteraner Landbevölkerung bitter unrecht getan! Wie freundlich dieser Mann mit dem runden Gesicht und den rot geäderten Wangen war! »Ja, gern!«

»Dann steigen Sie nur ein.«

Als sich Karla neben ihn setzte, versuchte sie, sozusagen als Gegenleistung für sein unvoreingenommenes Entgegenkommen, den Persianer sittsam um ihre Beine zu wickeln und so wenig wie möglich von ihrem zipfeligen Trägerrock und den ausgebeulten Hosen sehen zu lassen. Es schien jedoch nicht viel zu nützen. Der Mann betrachtete mit hochgezogenen Brauen den zotteligen Pelz, dann sagte er: »Haben Sie den von Ihrer Oma geerbt oder ist so was jetzt in Mode?«

Karla wusste nichts zu antworten, denn sie wurde nicht schlau daraus, ob echtes Interesse aus seinen Worten sprach oder blanker Zynismus. War der Mann vielleicht ein Hagestolz, der verlernt hatte, was Frauen schätzten? Oder wollte er sichergehen, dass der Hohn, den er sich für seine Gefälligkeit zubilligte, die Richtige traf?

Karla biss sich vorsichtshalber auf die Lippen, damit nichts aus ihr herausplatzte, was dazu führen konnte, dass sie auf halber Strecke aus dem Wagen geworfen wurde.

Ihm schien die Antwort jedoch nicht wichtig zu sein. »Wo soll ich Sie absetzen?«

»In der Nähe des Bahnhofs am besten«, antwortete Karla zögernd.

»Am Bremer Platz?« In seinen Augen blitzte es auf, sein Mund dehnte sich zu einem breiten Grinsen. Er hatte also begriffen, in welche Gesellschaftsschicht sie einzuordnen war.

Karla nickte. »Ja, bitte.«

Dort würde sie dann Torsten anrufen, notfalls von einer Telefonzelle, und mit ihm beratschlagen, wie sie vorgehen wollten. Vielleicht war es ratsam, sich mit »Abseits« in Verbindung zu setzen. Nein, es war wohl am besten, gleich die Polizei zu verständigen. Die Beweislage reichte aus. Wenn Stenzel noch in der nächsten Stunde einen Streifenwagen nach Angelmodde schickte, würde er sehen, dass dort vier Personen gegen ihren Willen festgehalten wurden. Das sollte doch wohl genügen, um Martin und seinen Komplizen das Handwerk zu legen. Und vielleicht konnten dann Wiebke Leitner und die vier anderen verschwundenen Frauen gefunden und befreit werden?

Plötzlich schlug der Eierhändler oder Geflügelbauer sich vor die Stirn. »Ich hab was vergessen. Ich muss noch mal zurück.« Er bedachte Karla mit einem Seitenblick, der ihr nicht gefiel. »Oder haben Sie es etwa eilig?«

Zögernd schüttelte sie den Kopf. Natürlich hatte sie es eilig. Schließlich waren ihre Freunde in Gefahr. Doch warum sollte eine Pennerin keine Zeit haben? Nein, das konnte sie nicht erklären. Noch hatte sie schließlich eine Rolle zu spielen. »Nein, nein, eilig hab ich es nicht.«

»Es ist auch nicht weit.«

Karla sah auf die Hände des Fahrers, während er den Wagen auf der schmalen Straße wendete, dann in sein konzentriertes Gesicht. Plötzlich war sie ganz sicher, dass er weder ein Eierhändler noch ein Geflügelbauer war. Und mit einem Mal beschlich sie sogar die Ahnung, ihn schon einmal irgendwo gesehen zu haben. Aber wo?

»Was will der denn? Kann der nicht warten, bis ich gewendet habe?«

Wütend legte er den Rückwärtsgang ein, ohne jedoch zurückzusetzen. Hinter dem Lkw, der nun quer auf der Straße stand, weil er sein Wendemanöver erst zur Hälfte ausgeführt hatte, drängte sich ein Wagen vorbei, der sofort Gas gab, kaum dass er das Hindernis passiert hatte.

»Blödmann! Kannst du nicht warten?«

Karla rutschte auf ihrem Sitz nach vorn, weil sie den dringenden Wunsch verspürte, sich kleiner, am besten unsichtbar zu machen. Wenn gelbe Schals zurzeit in Münster nicht groß in Mode waren, hatte in diesem Auto ihr Chef gesessen. Was wollte er in Angelmodde?

Als Martins Haus in Sicht kam, sah sie, wie Bräutigams Wagen vor der Garage anhielt und der Chefredakteur ausstieg. Nun war sie sicherer denn je. Es gab keinen Grund, nicht auf der Stelle die Polizei zu alarmieren. Sie musste so bald wie möglich alles Nötige in die Wege leiten, damit diesen Verbrechern das Handwerk gelegt wurde. Stenzel musste jetzt alles erfahren. Die guten Namen angesehener Münsteraner Bürger konnten ihn jetzt nicht mehr davon abhalten, mit Handschellen loszuziehen.

Martin Graf hatte also seinen Komplizen, den Chefredakteur des Münsterland-Echos, herbeitelefoniert, um ihm mitzuteilen, dass es ihm mal wieder gelungen war, eine junge Frau aus der Fixerszene zu locken und in sein Haus zu bringen. Vielleicht hatte er ihn auch hergebeten, damit er sich das zweite Opfer ansehen konnte, das unversehens in Martins Haus geschneit war. Gemeinsam wollten sie vielleicht darüber beraten, wie man die beiden jungen Männer loswerden konnte, die dummerweise neben dem Mädchen in den Rabatten gesessen hatten.

Karla sah noch, wie Ludwig Bräutigam auf Martins Villa zuging, da bremste der Fahrer plötzlich und stoppte vor der Toreinfahrt zur Welchring-Villa.

»Was wollen Sie hier?«

Er grinste. »Ich wohne hier. Was dagegen?«

Sie hätte ihn am liebsten gefragt, ob er Heinrich Welchring war. Aber irgendetwas hielt sie davon ab. Vielleicht die Gegenfrage, woher sie seinen Namen kenne, was sie überhaupt in Angelmodde zu suchen hätte. Sie traute diesem Mann nicht.

Er hupte und wartete geduldig, dass jemand im Haus auf den Toröffner drückte. Kein einziges Mal blickte er zur Seite. Karla wusste plötzlich, wo sie ihn gesehen hatte. Auf dem Bahnsteig, am Gleis 9, kurz nachdem Lorenz vor dem Triebkopf eines ICE sein Ende gefunden hatte. Jan van Bröder war von Bernd Koppelstädter die Treppe hinuntergeführt worden, weil ihm beim Anblick der Leiche übel geworden war, und ein dritter Mann war den beiden gefolgt. Jetzt wusste sie, dass dieser dritte Mann Heinrich Welchring gewesen war.

Sie konnte sich die Unruhe, die sie plötzlich ergriff, nicht erklären. Warum öffnete sie nicht einfach die Autotür und lief weg? Ihre Hände spielten bereits am Türöffner, trotzdem konnte sie sich nicht entschließen, der Angst nachzugeben. Als sich das Tor hinter ihnen schloss, war es zu spät. Erst recht, als Welchring ausstieg und das Tor mit einem quer gelegten Riegel sicherte.

»Was soll das?«, fuhr Karla auf und ließ die Seitenscheibe runter. »Werde ich hier eingesperrt?«

»Natürlich nicht«, antwortete Welchring. »Es ist wegen der Hunde. Das Grundstück muss hundertprozentig gesichert sein, selbst dann, wenn die drei nicht frei herumlaufen. Sie wissen ja, Bullterrier stehen auf der gesellschaftlichen Abschussliste. Man kann daher nicht vorsichtig genug sein. Auch wenn die Tiere friedlich sind.« Er wies zu den Käfigen, die so stark waren, dass sie die Wut der Hunde aushielten, die sich mit aller Kraft gegen die Gitter warfen und bellten, was das Zeug hielt. Einen friedlichen Eindruck machten sie jedenfalls nicht.

»Ich warte hier«, sagte Karla, als Welchring an die Beifahrerseite trat.

»Wie Sie meinen«, gab er gleichmütig zurück. »Es wird nicht lange dauern. Aber bleiben Sie im Wagen sitzen. Die drei regen sich über jeden Fremden, der hier erscheint, auf. So sind sie nun mal.« Er wies mit dem Kopf zum Nachbargrundstück. »Am Ende beklagt sich dann Herr Graf wieder über das Gebell.«

Karla blickte Welchring nach, der kurz darauf im Haus verschwand. Von hinten sah er wieder aus wie ein Eierhändler oder Geflügelbauer. Ein vierschrötiger Kerl mit breitem Kreuz und ebenso breitem Becken, dessen einziger Sport das Schlachten des Federviehs war. Hoffentlich würde es wirklich nicht lange dauern, bis er wieder herauskam. Warum hatte sie sich auf das Wendemanöver bloß eingelassen? Sie fühlte sich unwohl, schrecklich unwohl angesichts der wütend kläffenden Hunde. Und das, obwohl sie im Auto doch sicher war. Oder sollte sie aussteigen und nach Jan van Bröder fragen? Sie wusste ja, dass er im Hause war. Aber der Gedanke, Jan in dem heruntergekommenen Persianer gegenüberzutreten, wog jetzt schwerer als die Aussicht auf seine Hilfe. Kostbare Zeit ging verloren! Wenn doch nur das Handy funktionierte! Sie sah sich um, ehe sie es unter ihrem Rock hervorholte. Verzweifelt betätigte sie die rote Taste, aber nichts geschah. Wieder und wieder drückte sie mal auf diese, mal auf jene Taste – da kam plötzlich Leben ins Display. Irgendeine Aufforderung erschien, die sie nicht verstand. Himmel, an welcher Stelle im Menü war sie nur gelandet? Wahllos drückte sie mehrere Tasten, dann war sie plötzlich im Hauptmenü. Was auch immer in Unordnung geraten war – sie würde sich später darum kümmern. Jetzt musste sie erst einmal versuchen, Torsten zu erreichen.

Sie wählte seine Nummer, aber bevor sie das Handy ans Ohr hielt, beugte sie sich so weit vor, dass ihr Kopf von außen nicht mehr zu sehen war. Doch sie hatte Pech. »Besetzt!« Es war zum Verzweifeln!

Die Hunde gebärdeten sich wie toll. Zähnefletschende Bestien mit aufgerissenen Mäulern und spitzen Zähnen, gefährlich wie das Gebiss eines mörderischen Hais. Die Käfige sahen zwar stabil aus, die Gitter waren aus solidem Material, aber wer konnte schon wissen, ob sie nicht doch irgendwann nachgaben, wenn Wut und Gier der Tiere übermächtig wurden? Und dass ängstliche Opfer auf solche Hunde geradezu appetitanregend wirkten, war ja auch allgemein bekannt. Was nur wenige wussten: Karla Bernardi, die sich von einem Zweibeiner nicht so leicht erschrecken ließ, kuschte vor jedem

Vierbeiner, wenn er nur laut genug bellte oder gefährlich genug knurrte.

Was, wenn sie nun doch ins Haus lief und Jan um Hilfe bat? Aber würde er ihr glauben? Womöglich würde er zu Martin gehen und sich dort erzählen lassen, dass nur eine Geisteskranke solch unsinnige Behauptungen aufstellen konnte! Was dann? Dann wäre Martin gewarnt, und Daggi, Ronnie, Paul und das junge Mädchen würden womöglich auf Nimmerwiedersehen verschwinden. Sie drückte die Wahlwiederholung – aber da erschien Heinrich Welchring schon wieder in der Tür. Er kam auf sie zu, während sie hastig das Handy unter ihrem Rock versteckte. Hoffentlich fuhr er sie jetzt unverzüglich nach Münster!

*

Aber Welchring öffnete die Beifahrertür, ohne Anstalten zu machen, selbst wieder einzusteigen. »Kommen Sie für einen Moment ins Haus«, sagte er. »Es dauert doch länger, als ich angenommen habe.« Er nickte zu den Hunden hinüber. »Hier draußen ist es ja nicht besonders gemütlich.«

Karla sah in sein Gesicht, dem das rote Adernetz eine Frische verlieh, die gar nicht vorhanden war. »Danke, nicht nötig«, sagte sie, um Liebenswürdigkeit bemüht. »Ich mache mich wohl besser zu Fuß auf den Weg.«

Welchring schüttelte den Kopf. »Ein paar Minuten werden Sie doch warten können! Sie kommen nicht schneller nach Münster, wenn Sie sich zu Fuß aufmachen.«

Karla ging nur ungern auf seinen Vorschlag ein. Andererseits war es ihr wichtig, sich unauffällig zu verhalten. Zögernd stieg sie also aus und drückte die Tür so vorsichtig ins Schloss, als könnte sie mit einem lauten Geräusch die Hunde erschrecken. Dann folgte sie Welchring. In der Tür warf sie einen Blick zu Martins Villa hinüber. Wie es Daggi wohl ging? Ob sie Angst hatte? Sicherlich war sie verzweifelt. Aber genauso sicher vertraute sie darauf, dass ihr geholfen wurde.

Karla atmete tief ein und aus. Sie musste jetzt umsichtig handeln. Nichts Unüberlegtes tun! Besser war es, ein paar Minuten Geduld zu haben, ehe sie durch unbedachtes Verhalten Daggi, Ronnie und Paul gefährdete.

In der geräumigen Diele sah sie sich um. Sie war mit dunklem Holz getäfelt, auf dem Boden lagen schwarz-weiße Fliesen. Eine Eleganz, so würdevoll wie die Ausstattung eines Krematoriums. Eine breite Holztreppe führte hinauf ins Obergeschoss. Daneben stand ein zierliches Tischchen mit zwei kleinen Sesseln. Heinrich Welchring drückte sie ohne viel Umstände hinein.

»Warten Sie hier. Wie gesagt – es wird nicht lange dauern.«

Karla lehnte sich zurück und sah Welchring nach. Hoffentlich beeilte er sich! Sie zwang sich zur Ruhe und betrachtete die Standuhr in der Nähe der Eingangstür, die jede Stunde sorgfältig durch harte Schläge in sechzig Teile zerlegte. Wäre sie genötigt gewesen, zu Fuß nach Münster zu laufen, hätte sie weit mehr Zeit verloren. Also kam es auf ein paar Minuten wirklich nicht an. Karla tastete nach ihrem Handy. Torsten musste endlich Bescheid wissen! Er ahnte ja nicht, was passiert war.

Plötzlich drangen Stimmen von oben herunter. Einmal konnte sie deutlich Jan van Bröder hören. Als sich in der ersten Etage eine Tür öffnete, stand sie auf und sah hoch. Jan van Bröder kam mit Bernd Koppelstädter die Treppe herunter! Sie blieben drei Stufen über Karla stehen und sahen auf sie herab.

»Das ist also die Dame, die Heinrich zufällig aufgegabelt hat?«, fragte Koppelstädter grinsend.

Karla warf ihm nur einen kurzen Blick zu. Dann sah sie Jan van Bröder an. So fremd er ihr auch geworden war, so froh war sie nun, ein vertrautes Gesicht zu sehen. »Wir kennen uns.« Plötzlich war sie davon überzeugt, dass es richtig war, Jan ins Vertrauen zu ziehen. Wer konnte schon wissen, wie lange Daggi, Ronnie, Paul und das fremde Mädchen noch im Nachbarhaus waren? »Erinnerst du dich an mich?«

In diesem Augenblick kam auch Heinrich Welchring die Treppe herunter. »Wir müssen die Lieferung fertig machen. Der Fahrer will heute noch starten.«

Aber Jan winkte ab. Mit gekrauster Stirn sah er Karla an, schritt die letzten beiden Treppenstufen herunter und stellte sich dicht vor sie hin. Dann lachte er plötzlich. »Karla Bernardi! Nicht zu glauben!«

Welchring und Koppelstädter blickten ihn erstaunt an. »Du kennst sie wirklich?«, fragte Koppelstädter.

Jan schüttelte fassungslos den Kopf. »Vor zehn, zwölf Jahren war sie mal ein ganz flotter Feger.«

»Tu nicht so erstaunt, Jan«, sagte Karla trotzig. »Du hast mich doch gestern schon erkannt.«

Jans fette, weiche Wangen sanken herab. »Ich? Dich erkannt? Wo soll denn das gewesen sein?«

»Auf dem Bremer Platz. Du warst mit Osman dort und ...«

»Woher kennst du Osman?«

Die Frage peitschte in ihren gestreckten Galopp. Sie scheute und wusste, dass sie jetzt Männchen machen musste. Durch den brennenden Reifen springen und alles verraten? Oder nur der Peitsche ausweichen? Sie zögerte nicht lange. »Ich habe Osman im Nachbarhaus gesehen. Bei Martin Graf. Er arbeitet doch dort. Zusammen mit seiner Frau.«

»Was hast du bei Graf zu suchen gehabt?«, fragte Jan schnell.

»Nun, du weißt doch ...«

Jan verschränkte die Arme vor der Brust, sein Grinsen wurde anzüglich. »Klar weiß ich. Ich musste dich ihm ja überlassen. Hals über Kopf hast du dich in ihn verliebt, obwohl er verheiratet war und nichts anderes von dir wollte als eine kleine Bettgeschichte.« Sein Blick wanderte über ihren Persianer bis zu der Hose, deren Saum schmutzig war vom Mutterboden aus dem Nachbargarten. Er drückte Karla in ihren Sessel zurück und zog sich selbst den anderen heran. »Bist du deswegen abgerutscht? Weil Martin Graf dich nicht erhört hat? Und ich dachte, du wärst nach Hamburg gegangen.«

»Bin ich ja auch, aber ...«

»Aber dann hat es sich bis nach Hamburg herumgesprochen, dass Martins Frau das Zeitliche gesegnet hat? Und du dachtest, du könntest nach Münster zurückkommen und ihn an die vergangenen Zeiten erinnern! Damit er sich neu in dich verliebt und dich bei dieser Gelegenheit auch gleich wieder aus dem Dreck zieht?« Er lachte und schlug sich auf die Schenkel vor Vergnügen.

Auch Koppelstädter und Welchring lachten so laut, dass Karla drauf und dran war, ihnen die ganze Wahrheit zu sagen, nur damit sie zu lachen aufhörten. Aber dann lachten sie zu lange und machten der Vorstellung damit ein für alle Mal ein Ende. Sie würde weder durch den brennenden Reifen springen noch aus der Manege ausbrechen. Es kam jetzt nur darauf an, die Vorstellung zum Erfolg zu führen. Die ganze Wahrheit konnte warten.

Sie beugte sich vor und sah Jan eindringlich an. »Du musst mir helfen. Ich erzähle dir alles später in Ruhe, aber jetzt ist erst mal etwas anderes wichtig. Es geht um Leben und Tod.«

Jan starrte sie verblüfft an. »Was ist los?«

»Es geht um Martin Graf.« So schnell es ging, berichtete sie Jan von Martins Machenschaften, von den Frauen, die bereits verschwunden waren, und von dem Mädchen, das in Grafs Haus gelockt worden war und nun einem ähnlichen Schicksal entgegensah. Daggi, Ronnie und Paul ließ sie unerwähnt. Da sie ihre eigene Mission nicht verraten wollte, war es nur fair, auch Daggis geheim zu halten. »Ich fürchte, dass sich Martin Graf mit Frauenhandel das Geld zurückholt, das seine Frau ihm vorenthalten hat. Es ist auch ein verdammt guter Plan, wohnungslose Frauen zu entführen, die nicht vermisst gemeldet werden können. Bei einer Obdachlosen wird man nie mit aller Sicherheit sagen können, ob sie wirklich verschwunden ist oder sich nur entschlossen hat, woanders zu leben.«

»Ach«, sagte Jan van Bröder gedehnt und lehnte sich zurück. »Das ist ja eine interessante Idee. Und wie, meinst du, geht das Ganze vor sich?«

»Nun, er lockt sie in sein Haus und ...«

»Wie macht er denn das?«

»Martin Graf wird seit Wochen beobachtet, wie er vor der Fixerstube steht. Und heute habe ich mit eigenen Augen gesehen, dass er ein junges Mädchen angesprochen und mitgenommen hat.«

»Er ist ja auch immer noch ein attraktiver Mann, dein Martin«, grinste Jan. »Und er wirkt so vertrauenswürdig.«

»Eben! Genau das macht er sich zunutze.«

»Und dann? Was geschieht dann, wenn er ein Mädchen in sein Haus gelockt hat?«

Karla zögerte, überlegte, ob sie womöglich zu viel verriet, aber dann sagte sie es doch: »Ich nehme an, dass er sie betäubt, nach Tarifa bringt und von dort nach Marokko.«

Heinrich Welchring und Bernd Koppelstädter setzten sich auf die unterste Treppenstufe.

»Wir müssen etwas tun!«, rief Karla.

Doch die drei zögerten immer noch. Sie verständigten sich mit einem langen Blick, ehe Welchring sagte: »Martin Graf ein Krimineller? Das kann ich mir nicht vorstellen.«

»Man sieht den Leuten nur vor den Kopf«, meinte Jan und blinzelte Welchring zu. »Dir sieht man ja auch nicht den leitenden Kommunalbeamten an. Du könntest genauso gut ein westfälischer Bauer sein.« Er lachte dröhnend. So lange, bis er merkte, dass Welchring und Koppelstädter nicht mitlachten. »Heinrich hat Recht«, sagte er zu Karla. »Du bildest dir das alles nur ein.«

»Die Beweislage ist erdrückend«, beharrte Karla. »Es sind mehrere Frauen verschwunden. Mindestens fünf! Und wir nehmen an, dass sie in den Süden Münsters gebracht wurden. Eine hat noch telefonisch durchgeben können, dass sie in einem schönen Haus in Angelmodde ist, das ein bisschen einsam liegt. Das trifft doch genau auf Martins Haus zu. Und wir wissen auch –«

»Wir?« Jan van Bröder beugte sich vor. »Willst du damit sagen, dass du nicht allein bist?«

Verflixt, jetzt hatte sie sich verraten. »Daggi und ich, wir kümmern uns zusammen um diese Angelegenheit«, druckste sie heraus. »Man hat ja nichts Besseres zu tun, wenn man ohne Arbeit und ohne Wohnung ist. Daggi ist auch eine Frau vom Bremer Platz.«

Bernd Koppelstädter erhob sich jetzt. »Schluss jetzt. Wen interessiert schon das Gequatsche einer Pennerin?«

Jan van Bröder hob die Hand. »Lass sie nur weitererzählen. Es ist doch sehr interessant, was sie zu berichten hat.« Er sah Koppelstädter eindringlich an. »Du kannst schon mal die Hunde rauslassen.«

Koppelstädter nickte und stand auf, Welchring erhob sich ebenfalls ächzend. »Vergiss die Lieferung nicht, Jan. Es wird Zeit. Und denk an das, was wir noch zuladen wollen.« Er verlieh seiner Stimme Nachdruck. »Daran hat sich nichts geändert, hörst du?«

Jan nickte in seine Richtung, dann sagte er zu Karla: »Die Frau, die nebenan bei Graf ist, liegt vermutlich in seinem Bett und freut sich jetzt schon auf das Geld, das sie bekommen wird. Eine Nutte! Was sonst?«

Karla überlegte fieberhaft. Musste sie nun Daggis Mission verraten? Musste sie Jan darüber aufklären, dass nebenan nicht nur ein Mädchen aus der Fixerstube gefangen gehalten wurde, sondern auch Daggi, Ronnie und Paul in Grafs Gewalt waren? Musste sie gar ihren eigenen Auftrag preisgeben, damit er ihr glaubte? Und was war mit ihrem Verdacht gegen Ludwig Bräutigam? »Hol die Polizei«, bat sie.

»Und wenn sich herausstellt, dass es blinder Alarm ist?«

»Willst du dir später vorwerfen, etwas versäumt zu haben, was nicht wieder gutzumachen ist? Sobald das Mädchen in Marokko ist, kann ihm niemand mehr helfen.«

»Also gut!« Jan sah Bernd Koppelstädter, der wieder eintrat, eindringlich an. »Machst du das bitte, Bernd? Rufst du die Polizei?«

Koppelstädter öffnete die Wohnzimmertür. »Wenn du meinst ...«

»Ich sehe mal nach der Lieferung«, sagte Welchring und trat durch die Haustür nach draußen, wo er sofort von den Hunden umringt wurde.

Am liebsten hätte sich Karla angesichts der aufgerissenen Mäuler unsichtbar gemacht, aber Jan sagte beruhigend: »Keine Sorge, die kommen niemals ins Haus. Das ist tabu für sie. Keiner der drei würde jemals einen Fuß über die Schwelle setzen.«

Karla gab sich Mühe, ihm zu glauben. Aber selbst, wenn die Türschwelle eine strikte Grenze für die Hunde war – da es gerade mal drei Meter bis zur Haustür waren, konnte sie sich nicht entspannen.

»Ich habe dich damals schon vor Martin Graf warnen wollen«, sagte Jan. »Aber du warst ja vor Liebe blind. Du wolltest nicht einsehen, dass Martin deine Gefühle nur ausnutzte. Weißt du, dass er im Verdacht stand, seine Frau umgebracht zu haben?«

Koppelstädter kam zurück. »Alles klar! Die Polizei kommt gleich.«

Karla atmete auf. »Gott sei Dank! Jetzt möchte ich wieder zurück nach Münster.«

In diesem Augenblick trat Heinrich Welchring wieder ins Haus. »Es kann nicht mehr lange dauern. Der Fahrer ist gleich so weit.«

Karla machte einen Schritt auf ihn zu. »Fahren wir jetzt?«

Jan griff nach Welchrings Arm. »Einen Moment noch, Karla. Ich habe noch was mit Heinrich zu besprechen.« Er grinste. »Nur noch ein paar Minuten.« Alle drei gingen jetzt ins Wohnzimmer. Ehe die Tür sich schloss, rief Jan: »Du kannst ja währenddessen ein wenig mit den Hunden spielen!«

Das laute Lachen erbitterte Karla. Wie wurde sie hier eigentlich behandelt? So konnte Jan doch nicht mit ihr umgehen! Auch dann nicht, wenn er sie für gescheitert hielt! Sie stand auf und ging unruhig auf und ab. Die Hunde standen vor der offenen Tür und ließen sie nicht aus den Augen. Nein, sie hatte richtig entschieden! Nun war die Polizei alarmiert, bald wurde Daggi und den anderen geholfen, nur darauf kam es an. Wenn sie jetzt noch Gelegenheit hatte, mit Torsten zu telefonieren, konnte nichts mehr schief gehen.

Sie lauschte an der Wohnzimmertür. Die Stimmen der Wiedertäufer klangen gedämpft. Entweder war der Raum sehr groß, die Isolierung außerordentlich gut oder die drei Männer sprachen absichtlich leise. Jedenfalls konnte sie kein Wort verstehen.

Plötzlich öffnete sich oben auf der Galerie leise eine Tür. Als Karla hochblickte, sah sie Nadia, die sich nach allen Seiten umsah und dann an den Treppenaufgang huschte. »Gefahr!«, zischte sie herunter. »Gefahr! Schnell weg! Schnell! Große Gefahr!«

Irgendwo klappte eine Tür, Nadia erschrak und war auch schon wieder verschwunden. Die Tür des Zimmers, aus dem sie gekommen war, blieb offen.

Karla fühlte plötzlich die Angst wie eine eiskalte Hand. Nein, hier stimmte etwas nicht. Warum hatte Heinrich Welchring sie hierher geholt? Und warum ließ er sie nun warten? Hatte er etwas zu verbergen? Ihr fiel die Lieferung ein, von der mehrmals gesprochen worden war. Jan hatte früher gelegentlich Shit geraucht. Ob er in den Drogenhandel eingestiegen war? Und was machte Nadia hier?

Sie schlich die Treppe hoch. Nach jeder zweiten Stufe blieb sie stehen und horchte. Im Wohnzimmer regte sich nichts. Sie musste jetzt endlich einen Ort zum Telefonieren finden. Torsten musste wissen, wo sie war. Irgendwas war hier oberfaul. Aber was?

Nun war sie auf der Galerie angekommen. Was, wenn einer der Wiedertäufer jetzt in die Diele trat und sie nicht vorfand? Dann würde sie einfach behaupten, nach einer Toilette gesucht zu haben. Sie lauschte in alle Richtungen, dann stieß sie die Tür des Zimmers auf, aus dem Nadia gekommen war. Sie trat in einen kleinen, schmucklosen Raum, der nur einen Schrank enthielt, dessen Türen nachlässig zugedrückt worden waren und sich in den Angeln leise quietschend bewegten. Karla öffnete sie und schlug erschrocken die Hand vor den Mund. Hier also hatte Jan ein Refugium gefunden, in dem er seine sexuellen Vorlieben ausleben konnte! Der Schrank enthielt schwarze Lederkleidung in verschiedenen Größen und Ausführungen, mehrere Masken und ein ganzes Sortiment von Peitschen. Die Ketten rasselten, als sie die Tür noch weiter öffnete, die Fußfesseln schwangen sanft hin und her. Mit wem mochte Jan seine Sado-Maso-Spielchen wohl praktizieren? Mit Prostituierten? Oder mit einer Frau, die ihn so sehr liebte, dass sie diese Perversion akzeptierte? Vielleicht auch eine, die selbst Spaß daran hatte?

Nachdenklich ging sie zum Fenster. Das schwarze Rollo, das nur ein paar Zentimeter von seiner Undurchlässigkeit zeigte, verwandelte den Raum bei Bedarf in ein finsteres Verlies. Gardinen gab es nicht. Karla blickte hinaus, während sie unter ihren Rock griff und das Handy herausholte. Das Fenster ging gen Westen, sie konnte Martins Haus und einen Teil seines Gartens sehen. Vor seinem Haus stand immer noch Bräutigams Auto, der Wagen der vier Wachmänner war verschwunden. Sie ging zur Tür, steckte den Kopf noch einmal ins Haus und lauschte. Als alles ruhig blieb, schloss sie die Tür fest und drückte den roten Knopf des Handys. Hoffentlich funktionierte es!

Plötzlich sah sie den Polizeiwagen. Gemächlich kam er die Straße heruntergefahren, setzte gewissenhaft den Blinker, als er in die Nähe der beiden Häuser kam, fuhr schließlich an den Straßenrand und parkte vor Martins Haustür. Karla öffnete das Fenster leise und beobachtete die beiden Beamten, die ihre Mützen aufsetzten und sich lachend unterhielten, während sie auf die Haustür zugingen. So hatte sie sich die Befreiungsaktion nicht vorgestellt! Nicht mit dieser Gemütlichkeit! Als gälte es nur, das Protokoll über eine Verkehrswidrigkeit unterschreiben zu lassen.

Wieder griff die Angst nach ihr. Da blinkte endlich das Display ihres Handys auf. Karla atmete erleichtert auf. Einige Symbole hatten sich verändert, die Einstellungen waren gründlich in Unordnung geraten. Aber das war nicht so wichtig. Hauptsache, sie konnte Torsten anrufen, ohne dass es jemand hörte!

Sie hatte gerade seine Nummer aufgerufen, da geschah etwas Unerwartetes. Wenn sie sich vorher noch gefragt hatte, was sich im Menü ihres Handys verändert hatte, dann erfuhr sie es jetzt. Das Handy meldete einen eingehenden Anruf nicht mit dem geheimen Vibrationsalarm, sondern mit »Freude schöner Götterfunken«. Karla wäre das Handy beinahe aus der Hand gefallen. Vor lauter Aufregung fingerte sie ziellos auf der Tastatur herum, fand den roten Knopf zum Abstellen nicht, sodass »Freude schöner Götterfunken« mehrmals erschallte, ehe ihr Finger endlich auf irgendeinem Knopf gelandet war und die Melodie verstummte.

»Hallo!«, hörte sie eine männliche Stimme rufen.

In diesem Augenblick dröhnten Schritte vor der Tür. »Was war das?«, brüllte Heinrich Welchring. »Wo ist diese Frau?« Schon wurde die Tür aufgerissen und Welchring stand auf der Schwelle.

Karla gehorchte ihrem ersten Impuls. Sie warf das Handy aus dem offenen Fenster, es fiel wie in Zeitlupe und fiel und fiel ... denn bis es aufschlug, hatte Karla schon den ganzen Katalog ihrer Bedenken durchgeblättert. Es würde kaputt gehen, nicht mehr zu gebrauchen sein, sie dastehen ohne Handy, ohne die Möglichkeit, Torsten zu alarmieren, musste später erklären, was mit dem Handy geschehen war – und überhaupt war es einfach zu spät!

»Was war das?«, brüllte Heinrich Welchring abermals, lief zum Fenster und beugte sich hinaus.

Karla konnte sehen, dass die drei Bullterrier sich um das Handy versammelten. Wahrscheinlich hatten sie gehofft, Fressen vorgeworfen zu bekommen, und bellten nun ihre Enttäuschung heraus.

Welchring fuhr herum. »Was ist das für ein Handy?«

Karla setzte instinktiv eine Büßermiene auf. »Ich hab's geklaut«, erklärte sie.

Welchring beruhigte sich erstaunlich schnell. Er schien ihr die Erklärung ohne weiteres abzunehmen. »Was machst du hier?«, fragte er wütend. »Spionierst du rum?«

Karla nahm nur am Rande zur Kenntnis, dass er sie nicht mehr siezte. Sie schüttelte den Kopf. »Ich war auf der Suche nach einer Toilette.«

»Sieht das hier aus wie ein Badezimmer?«, schnauzte Welchring sie an. »Komm mit!« Er schob sie vor sich her, bis sie am Ende der Galerie an einer schmalen Tür ankamen. »Da drin ist die Toilette.« Barsch öffnete er die Tür und stieß sie hinein. »Dass du mir hier nichts verdreckst!«

Ehe sich Karla versah, fand sie sich in einem geräumigen Badezimmer wieder. Ein großes Waschbecken, Dusche, Badewanne, Bidet und WC. Es war sehr sauber, anscheinend hatte Nadia hier gerade geputzt.

Verzweifelt ließ sich Karla auf den Badewannenrand sinken. Was sollte sie tun? Das Handy war weg, es war nicht mehr möglich, Torsten zu benachrichtigen. Was konnte sie tun, wenn Welchring sie nicht mit nach Münster nahm? Wenn man sie hier festhielt?

Sie ging zur Tür, um sie abzuschließen. Das Gefühl, sich hier ohne weitere Erklärung verbarrikadieren zu können, tat ihr gut. Es war normal, sich in einem Badezimmer einzuschließen, wenigstens für kurze Zeit war sie hier sicher und konnte in Ruhe nachdenken.

Aber es steckte kein Schlüssel im Schloss! Zufall? Karla mochte an keine Zufälle mehr glauben. Sie fühlte sich wie eine Gefangene in einem Geisterhaus, in dem Dinge geschahen, die sie nicht verstand.

Auch von dem Badezimmerfenster aus konnte sie Martins Haus

sehen. Karla zuckte zusammen. Der Polizeiwagen! Er stand nicht mehr da. Nun hatte sie den großen Moment verpasst. Martin Graf und Ludwig Bräutigam waren abgeführt worden, ohne dass sie es bemerkt hatte. Daggi, Ronnie, Paul und das unbekannte Mädchen hatten dankbar die Freiheit begrüßt, ohne dass sie, wenigstens als Zaungast, daran hatte teilnehmen dürfen. Zornig hieb sie mit der Faust aufs Fensterbrett. Wie hatte diese Aktion so schnell und unbemerkt vonstatten gehen können?

Plötzlich stieg Übelkeit in ihr auf. Sie starrte auf den Platz vor Martins Haus, an dem der Polizeiwagen gestanden hatte. Es war ein Pkw gewesen, in dem Graf und Bräutigam Platz finden konnten – aber nicht vier weitere Personen. Warum war ihr das nicht gleich aufgefallen? Wo waren Daggi, Ronnie, Paul und das Mädchen? Warteten sie vielleicht darauf, dass ein größerer Wagen kam, um sie abzuholen? Karla legte die Stirn an die kühle Scheibe. Mysteriös war das alles. So gründlich sie auch nachdachte, sie fand keine Antwort auf ihre Fragen.

Sie betätigte die Toilettenspülung, wusch ihre Hände und drückte die Klinke herunter. Aber die Tür ließ sich nicht bewegen. Sie rüttelte an der Klinke. Nichts! Jemand hatte von außen die Tür abgeschlossen. Warum? War sie hier wirklich eine Gefangene? Was hatte man mit ihr vor? Jan van Bröder! Er war doch mal in sie verliebt gewesen! Er konnte ihr doch jetzt nichts Böses antun! Selbst wenn er mittlerweile ein Drogendealer sein sollte.

Sie hieb mit den Fäusten auf die Tür ein. »Jan, lass mich raus!«

Aber alles blieb still. Entweder hörte man sie nicht oder die drei Wiedertäufer wollten sie nicht hören. Welches Spiel spielte man mit ihr?

Karla öffnete das Fenster. Aber an Flucht war nicht zu denken. Sie würde nicht aus dem Fenster steigen können, ohne Gefahr zu laufen, zu einer Zwischenmahlzeit für drei Bullterrier zu werden. Die Hunde liefen ums Haus herum und sahen nicht so aus, als sei mit ihnen zu spaßen. Nein, sie musste warten. Sie hatte keine andere Wahl. Viel hätte nicht gefehlt, und sie wäre in Tränen ausgebrochen. Sie hatte Angst, schreckliche Angst! Aber das Schlimmste war: Sie wusste nicht, wovor.

Gerade wollte sie sich wieder vom Fenster abwenden, als eine Bewegung sie aufhielt. Sie starrte auf den Scheitel der Mauer, die Welchrings Grundstück von Martins Garten trennte, da tauchte plötzlich das obere Ende einer Leiter dort auf. Kurz darauf zwei Hände, ein Haarschopf, zwei Augen, die voller Sorge waren, eher gesehen zu werden, als sie selbst sehen konnten. Dann kam Sicherheit in die Bewegung. Der ganze Kopf zeigte sich, die Augen suchten das Terrain ab, das sie überblicken konnten, und schienen mit dem Ergebnis der Inspektion zufrieden zu sein. Und das, obwohl drei Bullterrier zähnefletschend dastanden und das Bellen aufgegeben hatten. Getreu dem Motto: Hunde, die nicht bellen, beißen bestimmt.

Merkwürdigerweise schien Martin Graf davon nicht sonderlich beeindruckt zu sein. Er nahm etwas entgegen, was ihm von einer Person, die ein paar Sprossen unter ihm stand, gereicht wurde, und öffnete vorsichtig das Paket, sorgsam darauf bedacht, mit dem Inhalt nicht in Berührung zu kommen. Dann warf er den Hunden Fleischbrocken zu, wobei er darauf achtete, dass jeder seinen Teil abbekam. Gierig stürzten sich die drei darauf, Sekunden später hatten sie alles verschlungen.

Martin drehte sich um und gab dem anderen ein Zeichen. Wenige Augenblicke später saß Ludwig Bräutigam neben ihm auf der Mauer und gemeinsam sahen sie zu, wie der erste Hund zu taumeln begann. Kurz darauf lagen alle drei ein paar Meter weiter am Fuß der Mauer, hinter Phlox und Hortensien verborgen.

Gebannt beobachtete Karla, wie die beiden eine Weile bang auf das dornige Gesträuch am Fuß der Mauer blickten. Was hatten sie vor? Dann riss sich Martin zusammen und ließ sich fallen. Mit dem Mut, der erst nach der vollendeten Tat entsteht, redete er auf Bräutigam ein, bis dieser den gelben Schal hinter sich in Martins Garten warf und nun so aussah, als wollte er sich nicht mehr mit der Frage aufhalten, wie der Sprung enden konnte. Er ließ seinen Körper so weit wie möglich runterrutschen, um die Sprunghöhe zu verringern, dann plumpste er in die Sträucher.

So ungelenk die Aufführung auch gewesen war, so flink war sie doch über die Bühne gegangen. Karla hatte sich noch nicht von ihrem Entsetzen erholt, als sich die beiden bereits in den Schatten des Hauses schlichen und sich damit ihrem Blickfeld entzogen. Übrig blieben drei Bullterrier, die so regungslos dalagen, als lebten sie nicht mehr.

Karla wusste plötzlich, was zu tun war. Unter dem Fenster gab es ein schwaches Gitter, an dem sich ein paar Rosen festhielten, die unter Frau Welchrings Obhut noch freudig bis unters Dach geklettert waren. Daneben verband ein Regenrohr die Dachrinne mit einem

Kiesbett, das sorgfältig mit Rosen der Marke Gloria Day umpflanzt worden war. Karla verstand nicht viel von Gartenarbeit, aber dass diese Rosen kräftige Dornen hatten, wusste sie.

Sie streifte den Trägerrock ab, warf noch einen Blick auf die bewegungslosen Hunde und kletterte auf die Fensterbank. Ein letztes Mal die verzweifelte Frage, ob es eine andere, weniger gefährliche Lösung gab … dann stand sie in der Fensteröffnung und angelte vorsichtig mit einem Fuß nach dem Regenrohr. Nur keinen Blick nach unten werfen! Das Rohr schwankte, als wollte es eine Warnung aussprechen, das Rosengitter schloss sich den Mahnungen an und knirschte bedrohlich.

Karla beschloss, schneller zu sein, als das Regenrohr fallen und das Rosengitter zusammenbrechen konnte. Sie setzte einen Fuß auf das Gitter, den anderen auf einen Wulst, wo die Teile, aus denen das Rohr bestand, ineinander gesteckt worden waren, dann hangelte sie sich so schnell hinab, dass sie tatsächlich eher unten ankam als das Regenrohr, das sich höchst unschlüssig aus der Dachrinne löste, und auch eher als das Gitter, das die Rosen verzweifelt festzuhalten versuchten. Beide landeten zu Karlas Füßen und gaben ihr sogar Gelegenheit, beiseite zu humpeln, ehe ihr alles andere, was infolge jahrelanger Treue dem Rohr und dem Gitter folgte, auf den Kopf fallen konnte.

Was die Geräusche anging, sah es nicht so gut aus. Das obere Ende des Regenrohrs knallte auf die Mauer, wo es sich in viele Einzelteile zerlegte, aber freundlicherweise auch die Hunde unter sich begrub. Sollten die sich in den nächsten Minuten regen wollen, würde es auf jeden Fall erst mal ein warnendes Spektakel geben. Alles andere jedoch ging diskret vonstatten. Eine einzelne Rosenranke, die es immerhin bis zur zweiten Etage geschafft hatte, brachte zwar von dort einen Blumentopf mit, der fiel jedoch mit einem dezenten Plop ins Kiesbett, wo er unauffällig zerbrach.

Karla saß da, massierte ihre Fußgelenke und hoffte, dass der Lärm, wenn überhaupt, die Richtigen auf den Plan rief. Die Hunde fest im Blick testete sie die Gelenkigkeit ihrer Füße und stellte erfreut fest, dass alles anstandslos funktionierte. Im Haus und ums Haus herum tat sich nichts, alles blieb ruhig.

Sie schlich sich zur nächsten Hausecke. Vor sich hatte sie den rückwärtigen Teil des großen Grundstücks. Den Gemüsegarten der alten Frau Welchring, davon abgetrennt ein gutes Stück, das den Anbau vieler Kartoffel- und Kohlpflanzen gekostet hatte. Dort stand ein Lkw mit einer großen Ladefläche. Der Aufbau hatte winzige Fenster. Wären sie größer gewesen, hätte man an ein Wohnmobil denken können. Dahinter die baufällige, aber geräumige Remise, die noch aus einer Zeit stammte, da Frau Welchring die Wiese, die sich dem Grundstück anschloss, gepachtet hatte und dort nicht nur ihre Gerätschaften aufbewahrte, sondern auch das Heu einfuhr. Jetzt sah es so aus, als diente sie dem Lkw gelegentlich als Garage.

Karla reckte den Kopf weiter. Nichts war zu sehen. Wo hatten sich Martin und Bräutigam versteckt? Sie schlich geduckt ums Haus herum, bis sie an den Mülltonnen angekommen war, die in der Nähe des Hauseingangs aufgestellt waren. Sie boten ausreichend Schutz. Über ihr war ein Raum, dessen Fenster weit geöffnet waren. Karla hörte, dass die Tür geöffnet wurde und jemand das Zimmer betrat.

»Ich verstehe nicht, dass euch das nicht früher aufgefallen ist«, sagte Jan. Seine Stimme klang aufgebracht, laut und gereizt.

»Uns? Wieso uns?«, fragte Heinrich Welchring wütend zurück. »Müssen wir uns um Wiebkes Papiere kümmern?«

»Müssen wir nicht!«, bestätigte Bernd Koppelstädter. »Dafür ist Wiebke selbst verantwortlich.«

»Verdammt!«, rief Jan.

Karla hörte, wie er aufstand und seinen Stuhl zurückschob. Was wurde da geredet? Sprachen die drei Wiedertäufer von Wiebke Leitner?

»Es kann doch nicht wahr sein«, ereiferte sich Jan erneut, »dass die ganze Aktion an den dämlichen Papieren scheitert!«

»Vielleicht braucht sie sie ja gar nicht«, wandte Koppelstädter ein.

»Und wenn doch?«, fuhr Jan ihn an. »Jedenfalls können wir es nicht riskieren, sie ohne Papiere nach Spanien zu schicken. Und Osman allein kann die Fuhre nicht machen, das ist zu riskant. Andererseits ist keiner von uns abkömmlich. Wie sollte man die Reise auch erklären? Osman kann einen Besuch in seiner Heimat machen, niemand findet was dabei. Wo Wiebke ist, interessiert sowieso niemanden. Aber ohne Papiere ...«

»Kann sie sich denn nicht erinnern?«, fragte Welchring.

»Du kennst doch Wiebke. Die ist so schusselig, dass sie sogar ihren Emil bei diesem Lorenz vergessen hat.« Jans Stimme war jetzt beißend vor Spott. »Die einzige Erinnerung an ihre Mama! Das Wichtigste, was sie besaß! So wichtig, dass sie glatt ohne ihr Kuscheltier abhaut.«

»Und dieser Babitzki ging damit hausieren«, gab Koppelstädter bitter zurück.

»Idiot!«, sagte Welchring. »Nicht einmal verkaufen wollte er mir den scheußlichen Hasen! Er ist wirklich selbst schuld. Wenn er nicht so penetrant gewesen wäre, könnte er heute noch auf Bahnsteig 9 stehen, sich den ICE ansehen und davon träumen, Lokführer zu werden.«

Auch Koppelstädter schien dieser Ansicht zu sein. »Wir hätten schon eher auf Wiebke hören sollen. Sie hat gleich gesagt, dass etwas passieren müsse, als Lorenz damit anfing, die Plakate in der ganzen Stadt aufzuhängen.«

»Ja, ja, unsere kluge Wiebke«, höhnte Jan. »Wenn sie doch nur so ordentlich wäre, wie sie schlau ist! Dann hätte sie ihre Papiere bei sich oder wüsste wenigstens, wo sie sind.«

Karla hockte unter dem Fenster und starrte in die ansteigende Dämmerung. Sie konnte nicht mehr an Daggi, Ronnie und Paul denken, nicht mehr an das fremde Mädchen, nicht an die schlafenden Hunde und die Sorge, wann sie unter den Teilen des Regenrohrs wieder geweckt würden. Nicht einmal Martin und Bräutigam hatten Platz in ihren Gedanken. In ihrem Inneren herrschte Chaos. Wie, um Himmels willen, sah denn nun eigentlich die Wahrheit aus?

Da öffnete sich die Tür über ihr erneut, und Osmans Stimme war zu hören. »Alles fertig. Frauen auf Lkw.« Karla hörte, wie er sich die trockenen Hände rieb. »Kann losgehen! Bruder in Marokko freut sich schon auf viele blonde Frauen.«

Jan fuhr ihn jedoch nervös an. »Ohne ihre Papiere kann Wiebke aber nicht fahren.«

»Außerdem fehlt noch eine Frau auf dem Laster«, erinnerte Welchring. »Habt ihr vergessen, dass wir noch eine zuladen müssen? Es wird Zeit.«

Karla war nun derart erschüttert, dass sie beinahe unvorsichtig geworden wäre. Wer die Frau war, die noch zugeladen werden sollte, konnte sie sich jetzt denken. Und auch, dass sich Martin hier eingeschlichen hatte, um ihr zu helfen. Wo war er? Sie wollte zu ihm!

Sie hatte sich gerade hinter den Mülltonnen hervorgetraut, als sie eine junge Frau die Kellertreppe heraufkommen sah. Schnell verschwand Karla wieder, drängte sich dicht an die Hauswand und betete, dass sie nicht gesehen worden war. Der kurze Augenblick hatte gereicht, um die Frau zu erkennen. Das schmale, blasse Gesicht, die glatten blonden Haare, die fahrigen Bewegungen, die das Passbild schon erahnen ließ.

Wiebke Leitner blieb auf der obersten Stufe stehen und sah sich erstaunt um. »Nero?«, rief sie. »Cäsar! Varus!« Dann begann sie zu schreien: »Jan, Bernd, Heinrich!«

Sie lief durch den Garten, sah mal in diese Ecke, mal in jene und entdeckte schließlich das heruntergefallene Regenrohr und die Hunde darunter, die auch durch Wiebkes Geschrei nicht geweckt wurden.

Karla drückte sich so tief wie möglich in ihre Ecke, fühlte, wie ihre Hand in etwas Weiches, Feuchtes griff und verbot sich, darüber nachzudenken, was es sein könnte. Über ihrem Kopf polterten Schritte herab, die drei Wiedertäufer kamen aufgeschreckt herausgelaufen.

Sie starrte ihnen durch den Schlitz zwischen zwei Mülltonnen nach. Wie sollte sie hier bloß wieder rauskommen? Und wo waren Martin und Bräutigam? Wie hatte sie nur so dumm sein können, vor ihnen zu fliehen!

*

Wer hätte gedacht, dass Kampfhunde, deren Gewohnheit es ist, den Kontakt zum Menschen zähnefletschend, knurrend und beißend aufzunehmen, geliebt werden können wie schnurrende Kätzchen oder kuschelige Stallkaninchen? Heinrich Welchring jedenfalls heulte Rotz und Wasser über den Verlust seiner Hunde, die er für verendet hielt. Erst als Wiebke ihn auf das sanfte Auf und Ab ihrer Brustkörbe hinwies, beruhigte er sich. Seine Laune allerdings besserte sich dadurch nur geringfügig.

»Das war dieses Weibstück!«, schrie er. »Diese Pennerin! Woher hat sie das Betäubungsmittel? Was ist hier eigentlich los, verdammt? Wenn ich die erwische!«

»Frag dich lieber, wo sie ist!«, fuhr Jan ihn an.

»Im Badezimmer! Ich habe sie selbst dort eingeschlossen!«

»Und was ist das?«, fragte Koppelstädter aufgeregt und wies nach oben. »Das Regenrohr hat sich nicht von selbst gelöst.«

Aber Welchring war nicht in Stimmung für Ironie. »Wenn ich die erwische«, heulte er. »Einfach meine Hunde zu betäuben! Wenn ich die in die Finger kriege, dann –«

»Die ist doch längst über alle Berge«, sagte Koppelstädter. »Vielleicht hat sie gemerkt, was wir mit ihr vorhatten.«

»Meine Hunde!« Welchring konnte an nichts anderes denken. »Einfach meine Hunde zu betäuben …«

Wiebke winkte ungeduldig ab. »Heinrich, hör auf, dir um die Tiere Gedanken zu machen. Die kommen schon wieder auf die Beine. Wichtiger ist zu überlegen, was wir jetzt machen. Wir dürfen keine Zeit verlieren.«

»Das Weibsbild ist ja doch über alle Berge«, sagte Welchring resigniert.

»Ein Grund mehr, gründlich nachzudenken«, kam es von Wiebke. »Oder wollen wir riskieren, uns von ihr unsere Pläne durchkreuzen zu lassen?«

»Los, kommt ins Haus zurück!«, rief Jan. »Wiebke hat Recht, wir dürfen jetzt keinen Fehler machen!«

Das zustimmende Gemurmel dröhnte in Karlas Ohren, weil die Stimmen so nahe kamen, immer näher, so schrecklich nah! Die Schritte neben ihr, vor ihr, über ihr! Dass sie die Luft anhielt, merkte sie erst, als sie von akuter Atemnot bedrängt wurde. Aber dann waren alle im Haus verschwunden, und sie konnte es wagen, hörbar die Luft auszustoßen.

Kurz darauf drangen über ihr die Stimmen aus dem Fenster. Als die Debatte, was nun zu tun sei, immer heftiger wurde, wagte sie sich vorsichtig aus ihrem Versteck hervor. Wo verbargen sich Martin und Bräutigam? Sie huschte zur Hausecke, die beiden Männer waren nicht zu sehen. Karlas Blick fiel auf den BMW. Ob sie dahinter steckten? Sie duckte sich tiefer, so tief, dass sie vier Füße zwischen den Vorder- und Hinterrädern ausmachen konnte.

»Wenn sie das Betäubungsmittel dabei hatte, kann sie nicht zufällig bei uns gelandet sein«, ereiferte sich Jan. »Dann war das alles geplant!«

»Unmöglich!«, konterte Welchring. »Sie war auf dem Weg in die andere Richtung. Sie wollte nach Münster. Nein, sie konnte nicht ahnen, dass ich sie hierher bringe.«

»Dann hatte sie das Betäubungsmittel zufällig bei sich?«

»So ein Quatsch! Was soll eine Pennerin mit einem Betäubungsmittel?«, fuhr Koppelstädter dazwischen. »Die würde sich doch bestimmt mit Hochprozentigem das Licht auspusten. Aber nicht mit so was!«

»Vielleicht wollte sie sich an Martin Graf rächen. Sie hatte mal was mit ihm. In besseren Zeiten natürlich. Jetzt geht's ihr dreckig und ihm immer noch ganz gut. Also ist sie nach Angelmodde gefahren, um es ihm heimzuzahlen.«

»Blödsinn! Sie ging nicht zu Martin Graf, sondern kam aus seiner Richtung, das habe ich doch schon mal gesagt.« Welchring konnte nur noch brüllen, um seine Sorgen zu bändigen. »Wenn überhaupt, dann war sie bereits bei ihm gewesen, bevor ich sie aufgegabelt habe.«

»Dann liegt Graf womöglich nebenan tot auf dem Sofa.« Karla kannte Jans lakonischen Tonfall. So hatte er schon früher versucht, heikle Situationen zu bewältigen.

»Aber dann hätte sie ja das Betäubungsmittel nicht mehr bei sich gehabt!« Welchring brüllte jetzt so laut, dass sich seine Stimme überschlug.

»Schluss jetzt!« Koppelstädter bewies, dass sein Bass auch eine Menge hergab. »Das bringt uns nicht weiter! Wichtig ist jetzt nur, dass wir sie uns schnappen, bevor sie was ausplaudern kann.«

»Wer wird einer Pennerin schon glauben?«, warf Welchring ein. »Was die redet, interessiert doch sowieso niemanden.«

»Aber sie ist bares Geld wert!«, entgegnete Jan wütend. »Dreitausend Euro für jede Frau! Hast du das schon vergessen?«

»Da ist was dran!«, meinte Koppelstädter friedfertig.

Dann schrie Jan, es wäre ihm gleichgültig, ob Wiebke ihre Papiere hätte oder nicht, es müsse endlich etwas geschehen. »Ihr seid wirklich zu nichts zu gebrauchen! Wir wollen groß ins Geschäft einsteigen, habt ihr das vergessen? Dies hier ist nur ein Anfang! Wenn ihr den gleich vermasselt, wendet Osmans Bruder sich wieder an die anderen Lieferanten. Das sind Leute, die besser organisiert sind.«

Karla richtete sich jetzt aus ihrer gebückten Haltung auf, sah sich um, riskierte einen Schritt, einen zweiten, und rannte los, als wären nicht nur drei Wiedertäufer, sondern auch drei Bullterrier hinter ihr her.

*

Dass Martin und Bräutigam sich entsetzt ansahen, als sie die Schritte hörten, war verständlich. Dass Ludwig Bräutigam einen Blick ums Vorderrad riskierte, war sogar ziemlich mutig. Pech allerdings war, dass Karla gerade in diesem Augenblick den Schutz des Wagens erreichte und mit einem Sprung in Deckung ging.

»Au!« Der Chefredakteur hielt sich die Stirn. »Wo kommen Sie denn so plötzlich her?«

Es war Martins Schuld, dass Karla zu keiner Antwort kam. Er zog sie einfach in seine Arme und hielt sie fest. Karlas Nase presste sich schmerzhaft gegen seinen Krawattenknoten, ihre Atemluft wurde knapp, ihre Knie bohrten sich in irgendeine herumliegende Schraube, und ihre Hände ... ja, ihre Hände gaben es auf, an der Karosserie Halt zu suchen, und klammerten sich an Martins Hals.

»Himmel, was habe ich Angst um dich gehabt«, flüsterte Martin.

Sie erwachte aus einem kurzen Traum und schob Martin von sich weg, sodass sie ihm in die Augen sehen konnte. »Seit du weißt, dass ich doch keine Pennerin bin?«

Martin schien eine Konfrontation im Angesicht der Gefahr vermeiden zu wollen. »Ich muss dir viel erklären«, sagte er leise.

»Erklär mir erst mal, wie es Daggi, Ronnie und Paul geht. Und dem Mädchen! Was ist mit ihr? Wieso ist sie mit dir gegangen? Was ist das für eine junge Frau?«

Martin lächelte. »Das war Michaela, meine Tochter. Ich habe lange vor der Fixerstube stehen müssen, bis ich sie endlich fand. Ein Freund von ihr hatte gehört, sie wolle nach Münster zurückkehren. Er hat es mir verraten, und seitdem hoffte ich darauf, sie zu finden. Wenn sie in Münster ist, dachte ich, dann erscheint sie auch irgendwann in der Fixerstube. Und dann kann es nicht lange dauern, bis ich sie treffe und versuchen kann, sie zu einer Therapie zu überreden.«

Bräutigam grinste. »Aber sie hat's auch ohne ihren Papa geschafft.«

»Ja, sie hat schon vor zwei Jahren eine Therapie in Bielefeld gemacht. Seitdem ist sie clean.« Martin lächelte stolz. »Jetzt arbeitet sie für INDRO e.V.«

»Der Verein, der die Fixerstube unterhält«, setzte Bräutigam erklärend hinzu. Dann wurde er nervös. »Schluss jetzt mit der Konversation! Aussprechen könnt ihr euch später!«

Sie spähten vorsichtig um das Auto herum. Nichts rührte sich. Trotzdem wagte keiner von ihnen, die Deckung aufzugeben.

»Was ist, wenn die Hunde wieder aufwachen?«, fragte Karla.

»Keine Sorge«, entgegnete Martin. »Die schlafen noch eine Weile. Wir haben reichlich Valium genommen. Zum Glück hatte ich den Inhalt von Utes Medizinschrank noch nicht entsorgt.«

»Außerdem ist der BMW nicht verschlossen«, ergänzte Bräutigam. »Sobald einer der Bullterrier auf die Beine kommt, sitzen wir drin.«

In diesem Moment klappte in der Nähe eine Autotür. Die vier sahen sich erschrocken an, dann reckten sie die Hälse bis an die unteren Kanten der Autoscheiben.

»Der Lkw fährt ab«, flüsterte Martin.

»Die Lieferung!«, stieß Karla hervor. »Sie haben darauf verzichtet, mich noch zuzuladen. Osman und Wiebke wird die Sache anscheinend zu heiß. Sie wollen nicht länger warten. Wiebke fährt ohne ihre Papiere.«

Sie konnte sehen, wie der Wagen in der Nähe des Eingangstores stehen blieb. Die Fahrertür öffnete sich, Osman schob das Eingangstor beiseite. Dann schloss sich die Lkw-Tür wieder, der Motor heulte auf. Sekunden später sahen sie den Lkw in Richtung der Wolbecker Straße fahren.

»Er hat nicht einmal das Tor wieder zugemacht«, flüsterte Bräutigam. »Wenn die Hunde jetzt aufwachen …«

»Warum habt ihr nicht die Polizei alarmiert?«, fragte Karla leise.

»Haben wir ja«, flüsterte Martin und ergriff Karlas Hand. »Aber die beiden Polizisten wollten uns nicht glauben, dass du hier gefangen gehalten wirst.«

Karla entzog ihm ihre Hand wieder. »Woher wusstet ihr überhaupt –«

»Pscht«, machte Bräutigam. »Horcht mal!«

Ein Martinshorn! Es näherte sich von der Wolbecker Straße aus in rasanter Geschwindigkeit, flackerte ein paar Augenblicke laut und durchdringend auf der Stelle, dann schwieg es. Stattdessen dröhnte ein Motor mit hoher Geschwindigkeit die Straße entlang.

»Die Polizei!« Bräutigam warf Karla einen Blick zu. »Vielleicht ist es Ihren … Ihren Freunden doch noch gelungen, die Polizei für uns zu interessieren.«

»Oder Michaela«, ergänzte Martin, der augenscheinlich seinen Vaterstolz genießen wollte.

Tatsächlich hielt der Wagen vor dem Tor, diesmal sprangen die beiden Beamten eilig heraus, die Pistolen im Anschlag. Im offenen Eingangstor blieben sie stehen, sahen sich um und sicherten nach allen Seiten.

»Auf wen machen die denn Jagd?«, fragte Karla verblüfft.

Dann hörten sie die Polizisten rufen: »Hallo? Ist da jemand? Hallo! Haben Sie denn noch gar nicht gemerkt, dass das Tor geöffnet ist? Dass Ihre Kampfhunde los sind?«

Über Martins Gesicht huschte ein Lächeln. »Ganz schön raffiniert. Auf die Gefahr von aggressiven Kampfhunden reagiert die Polizei anscheinend williger. An Frauenhändler in Angelmodde wollte sie ja nicht glauben.«

»Wir können jetzt unser Versteck aufgeben«, sagte Karla. »Es kann uns nichts mehr passieren.«

Sie richtete sich neben dem BMW auf und schlenderte dann gemächlich zur Vorderseite des Hauses. Martin und Ludwig folgten ihr in einigem Abstand. Jan van Bröder, Heinrich Welchring und Bernd Koppelstädter standen ungläubig vor ihrer Haustür. Als sie Karla erblickten, fiel jedem von ihnen die Kinnlade runter.

»Wo sind die Kampfhunde?«, wiederholte der Polizist, der Karla nur einen flüchtigen Blick zuwarf, sich aber ansonsten weder über ihre Anwesenheit noch über die von Martin Graf und Ludwig Bräutigam wunderte. Anscheinend hielt er sie für Besucher.

»Warum fragen Sie?«, rief Jan van Bröder, der gar nicht wusste, worüber er sich zuerst wundern sollte. Aber immerhin war er überhaupt zu einer Reaktion fähig, während die anderen beiden nur dastanden und verblüfft von einem zum anderen sahen.

»Was gehen Sie unsere Hunde an?« Immer wieder blickte Jan unruhig zu Karla hinüber.

»Wir sind angerufen worden! Ihre Hunde sollen Spaziergänger bedrohen.«

»Die Hunde schlafen. Dahinten unter den Regenrohren«, gab Karla Auskunft, da die Wiedertäufer dem Frage- und Antwortspiel nicht gewachsen zu sein schienen. »Aber wer weiß, wie lange noch?«

Nun weiteten sich Jans Augen, denn jetzt entdeckte er auch Martin Graf und Ludwig Bräutigam, die in seinem Rücken aus dem Schatten des Hauses traten. »Was machen Sie denn hier?«, fragte er, allerdings ohne eine Antwort zu bekommen.

Karla führte die beiden Beamten zu Cäsar, Nero und Varus, die in dem Durcheinander nur mit Mühe auszumachen waren. Währenddessen stellten sich Martin und Bräutigam an den Fuß der Treppe und ließen keinen Zweifel daran, dass sie zugreifen würden für den Fall, dass einer der drei Wiedertäufer von Fluchtgedanken getrieben wurde.

Fassungslos betrachteten die Beamten die drei schlafenden Hunde. Dann steckten sie ihre Waffen wieder ein. »Sind denn heute eigentlich alle verrückt geworden?«, begann der Jüngere von ihnen zu schimpfen. »Wird unter Bürgernähe verstanden, dass man uns nach Lust und Laune schikanieren kann?« Wütend blaffte er Martin und Bräutigam an: »Erst holen Sie uns, weil in diesem Hause angeblich Frauen gefangen gehalten werden. Und weil Ihnen dieser Blödsinn anscheinend noch nicht ausreicht, heißt es nun, hier seien drei Bullterrier ausgerissen ... Sie werden mit einem saftigen Bußgeld rechnen müssen.«

Sein älterer Kollege sah die drei Wiedertäufer mürrisch an. »Sie schließen nun bitte das Tor, damit die Hunde, wenn sie erwachen, nicht doch noch Jagd auf Spaziergänger machen.«

»Sie sollten lieber dem Lkw folgen, der gerade eine Lieferung nach Marokko bringt!«, rief Karla aufgebracht.

»Was für eine Lieferung?«

»Frauen! Mindesten vier, vielleicht auch mehr. Sie werden an einen Bordellbesitzer verkauft.«

»Diese Frau ist doch nicht ganz klar im Kopf!« Jan van Bröders Stimme überschlug sich.

Dieser Meinung wollten sich die Beamten anscheinend gern anschließend. »Nun auch noch Frauenhandel? Allmählich reicht's aber!«, schimpfte der junge Polizeimeister. »Noch ein Wort, und Sie werden vorläufig festgenommen. Einen Grund dafür werden wir schon finden.« So, wie er Karla ansah, fiel es ihm anscheinend schwer, auf die Ergänzung zu verzichten: Was Frauen wie Sie von sich geben, zählt sowieso nicht.

»Aber sie hat Recht«, beharrte Ludwig Bräutigam. »Hier ist tatsächlich eine Riesensauerei im Gange.«

»Das mag schon sein«, entgegnete der ältere Obermeister. »Fragt sich bloß, wer dafür verantwortlich ist.« Er sah den Chefredakteur an, als käme der durchaus dafür in Frage. »Hier werden jetzt erst mal Sicherheitsvorkehrungen getroffen.« Mit diesen Worten schickte er seinen jüngeren Kollegen zum Wagen, um ein Netz zu holen, das über die Hunde gespannt wurde, damit man dem Ende ihrer Narkotisierung gelassen entgegensehen konnte.

In diesem Moment fuhr ein Streifenwagen durch das Tor. Obermeister Stenzel stieg aus, mit ihm zwei Kriminalbeamte aus dem Kommissariat Todesermittlung.

Stenzel betrachtete seine beiden Kollegen verwundert. »Was machen Sie denn hier?«

»Und Sie?«, fragten die beiden misstrauisch zurück.

»Ich bringe eine Vorladung«, erklärte Stenzel mit der Ruhe, die ihm zu eigen war. »Wir brauchen drei wichtige Zeugenaussagen. Es geht um Mord!« Er wippte von einem Fuß auf den anderen, womit er verriet, dass seine Ruhe eine Schlafmütze trug, die jederzeit abgerissen werden konnte.

Der junge Polizeimeister tippte sich an die Stirn. »Sind heute denn alle verrückt geworden? Frauenhandel und entlaufene Kampfhunde hatten wir schon. Jetzt auch noch Mord?«

Stenzel nickte. Er ließ die drei Wiedertäufer nicht aus den Augen. »Wir können nicht ausschließen, dass der Obdachlose, der unter den ICE geraten ist, vom Bahnsteig gestoßen wurde. Deswegen vernehmen wir alle, von denen wir wissen, dass sie zur Tatzeit auf dem Bahnsteig Nummer 9 waren. Viele Zeugen sind ohne Vorladung zu uns gekommen, schließlich haben wir in den Zeitungen, im Radio und im Lokalfernsehen immer wieder dazu aufgerufen. Aber es gibt auch einige, die wir nun ins Präsidium bitten müssen. Einige, die auf dem Bahnsteig gesehen wurden!«

Da heulte plötzlich ein Motor auf, der schwarze BMW schoss an ihnen vorbei und aus dem weit geöffneten Tor heraus.

»Wiebke«, flüsterte Karla entgeistert. »Sie saß gar nicht mit Osman im Lkw. Verdammt, sie hat sich irgendwo versteckt und nur auf eine günstige Gelegenheit gewartet, um abzuhauen.« Sie streckte Bräutigam die Hand hin. »Ihren Autoschlüssel bitte! Schnell!«

Der Chefredakteur war so verblüfft, dass er Karla widerspruchslos den Schlüssel reichte.

»Rufen Sie Torsten an!«, schrie Karla, während sie schon losrannte. »Er und Uli sollen Wiebke festhalten, bis ich komme. Die wissen dann schon Bescheid.«

Prompt gewann Bräutigam seine Fassung wieder. »Bringen Sie mir eine gute Story mit!«, rief er Karla nach.

»Da können Sie Gift drauf nehmen.«

Sie war schon an Bräutigams Wagen angekommen, als sie merkte, dass Martin ihr gefolgt war.

»Wo willst du hin?«

»Dahin, wo auch Wiebke hin will. Anscheinend ist ihr eingefallen, wo ihre Papiere sind.«

»Ich komme mit.«
»Okay. Steig ein.«
»Soll ich nicht lieber fahren? Du bist so aufgeregt.«
»Ich will nicht so sicher wie möglich, sondern so schnell wie möglich ankommen. Also fahre ich.«

*

Martins zweites Bein stand noch draußen, als Karla anfuhr. Es gelang ihm erst, die Beifahrertür zu schließen, als Karla kurz bremsen musste, um in die Wolbecker Straße einzubiegen.
»Hier darf man nur hundert fahren.«
Karla trat das Gaspedal durch, als litte sie nicht nur unter akutem Bleifuß, sondern auch unter ebenso akuter Schwerhörigkeit.
»Ich bin noch nicht angeschnallt!«
»Dann wird's aber Zeit!«
»Überholverbot!«
»Keine Regel ohne Ausnahme!«
»Warum hast du mich belogen? Warum hast du mir nicht vertraut und mir erzählt, dass du fürs Münsterland-Echo recherchierst?«
»Ich dir vertrauen? Nach allem, was passiert ist? Oh nein, Martin, so einfach ist das nicht. Außerdem musste ich mich vertraglich verpflichten, über die Aktion zu schweigen.«
»Aber wie konntest du glauben, dass ich ...« Er schüttelte den Kopf, als wäre es ihm unmöglich, den Satz zu Ende zu führen. »Diese Daggi hat mir erzählt, dass du mich für einen Kriminellen gehalten hast.«
»Daggi!« Karla schlug sich vor die Stirn, was eine ruckartige Kurskorrektur zur Folge hatte, die einen anderen Verkehrsteilnehmer derart erschreckte, dass er eine Vollbremsung machte, was wiederum den nächsten Verkehrsteilnehmer erschreckte, der zu einer Vollbremsung nicht mehr in der Lage war und die Schnauze seines nagelneuen Opels in das Heck des ebenso nagelneuen Fords bohrte.
Karla bemerkte nichts davon. »Daggi weiß ja noch gar nicht, was passiert ist. Verdammt! Und mein Handy liegt irgendwo im Garten von Welchrings Villa.«
»Ich weiß.«
Karla blickte zur Seite und hätte daher beinahe die Ampel am Campingplatz übersehen, die gerade auf Rot sprang. Mit quiet-

schenden Reifen kam sie zum Stehen, weil zwei Wohnwagengespanne aufreizend langsam in die Wolbecker Straße einbogen. »Woher weißt du das?«

Sie gab Gas, als die Straße frei, die Ampel aber noch rot war. Martin legte die Hände über die Augen, bis er sich wieder sicher fühlte. Dann erklärte er: »Als wir festgestellt hatten, dass du vor dem privaten Wachdienst geflohen bist, der für die Sicherheit meines Hauses zuständig ist, hat Bräutigam deine Handynummer gewählt, um zu hören, wo du bist. Was uns jedoch antwortete, war nicht deine Stimme, sondern heftiges Hundegebell. Das gleiche Gebell, das durchs offene Fenster hereinkam. So wussten wir, dass du bei Welchring gelandet warst.«

»Diese vier Kerle waren also wirklich Wachmänner?«

»Ja, mit Alarmanlagen habe ich schlechte Erfahrungen gemacht. Diese häufigen Fehlalarme! Und bis die Polizei endlich kommt, vergeht viel zu viel Zeit. Der private Wachdienst ist schneller und zuverlässiger.«

Karla schlitterte auf die nächste Kreuzung zu, die Ampel sprang gerade auf Gelb, sie raste an den Autos vorbei, die sich gemächlich in Bewegung setzten. »Martin, was hast du auf Bahnsteig 9 gemacht? Zusammen mit Bräutigam! Als Lorenz zu Tode kam!«

Martin zuckte die Schultern. »Ich kam von einem Besuch bei einem kranken Freund zurück. Von dem Unfall habe ich nichts mitbekommen. Es war so voll auf dem Bahnsteig. Ich dachte, die Aufregung, die dort herrschte, hinge mit der Verspätung zusammen. Erst im Radio habe ich davon gehört, dass auf dem Bahnsteig 9 ein Unglück geschehen war.« Er zuckte zusammen, spannte seinen ganzen Körper, als der Wagen mal wieder auf ein vorherfahrendes trödelndes Fahrzeug zuschoss, und sprach erst weiter, als die Gefahr vorbei war: »Bräutigam hatte ich zufällig getroffen und habe die Gelegenheit genutzt, ihn zu fragen, ob er etwas für eine alte Bekannte tun kann.« Nun gelang ihm sogar ein kleines Lächeln trotz der akuten Gefahr, in der er sich neben Karla wähnte. »Eine Journalistin, die dringend einen Job braucht.«

»Und?«

»Wir konnten das Gespräch nicht zu Ende führen, weil Bräutigam plötzlich einfiel, dass er seine Mutter vom Zug abholen musste.« Martin streckte sich und stemmte die Füße gegen zwei imaginäre Bremsen, als Karla einen Bus, der auf seinem Vorfahrtsrecht beharrte, zu einer Vollbremsung zwang. »Wir hatten dann für heute eine Verabredung getroffen. Er hat mich besucht, damit wir in aller Ruhe darüber reden konnten, ob er einen Job für dich hat.«

Karla grinste. »Meinen Namen hattest du wohl nicht erwähnt?«

»Natürlich nicht.«

Sie sahen den schwarzen BMW schon von weitem. Wiebke hatte vor einer Ausfahrt geparkt, in der ein wütender Fahrer neben seinem Lieferwagen stand und auf die Motorhaube des BMWs schlug, als könnte er damit die Fahrerin herbeitrommeln.

Karla parkte Bräutigams Wagen daneben. »Vorsichtshalber. Damit sie, wenn sie uns entwischen sollte, wenigstens nicht abhauen kann.«

Dem Fahrer des Lieferwagens verschlug es die Sprache. »Das ist doch ... das ist doch wirklich ...«

Da Martin so aussah, als wollte er dem armen Mann erst umständlich den Ernst der Lage erklären, zog Karla ihn einfach mit zur Haustür. Während sie den Finger auf die Klingel mit der Aufschrift »Münsterland-Echo« setzte, fragte sie: »Was hast du in Tarifa gemacht? Mit einem Wohnmobil?«

Martin zuckte die Achseln. »Ich habe mich ziemlich blöde gefühlt zwischen all den Surfern mit ihren Waschbrettbäuchen und den braun gebrannten Mädchen. Aber ein Freund von Michaela hatte mir erzählt, sie sei dorthin getrampt.« Er hielt Karla die Tür auf, als der Summer ertönte. »In Wirklichkeit war sie längst wieder in Bielefeld und machte einen Entzug.«

Karla war schon zwei Treppen über ihm, als sie fragte: »War dieser Freund auch am Telefon, als ich in dein Wohnzimmer kam?«

»Ja!«, rief Martin hoch. »Er hatte mir geraten, mich vor die Fixerstube zu stellen. Er hatte erfahren, dass Michaela wieder nach Münster gegangen ist ...« Er war atemlos. »Karla!«

»Ja?« Sie neigte sich übers Treppengeländer.

»Glaubst du mir jetzt endlich?«

»Ja, aber ... Warum hast du mich nicht gesucht nach Utes Tod?«

Er schleppte sich die Treppe hoch und blieb schließlich schwer atmend vor ihr stehen. »Ich habe dich gesucht. Aber dann war ich froh, dass ich dich nicht finden konnte. Ich kam mir so mies vor. So, als hätte ich nur auf Utes Tod gewartet ...«

*

Wiebke zerlegte systematisch die Einrichtung des Zimmers, in das Karla am Samstag eingezogen war. Torsten und Uli hatten sie kurzerhand dort eingeschlossen, nachdem sie in der WG erschienen war und höflich darum gebeten hatte, einen Blick in Karlas Kleiderschrank zu werfen. Nun schien sich nicht nur Wiebke darüber zu wundern, wie widerstandsfähig diese Tür war.

Holz splitterte, immer wieder wurde etwas gegen die Tür geschlagen. Wiebke rüttelte an der Klinke und rächte sich dafür, dass sich die Tür nicht öffnen ließ, durch erneute Zerstörung. Torsten und Uli standen im Flur, die Augen auf die Tür gerichtet, als warteten sie nur darauf, dass sie der Gewalt nicht mehr standhielt. Ob sie sich Wiebke dann entgegenstellen oder lieber die Flucht ergreifen wollten, war nicht auszumachen.

Die studentischen Mitbewohner, die sich versammelt hatten, diskutierten achselzuckend über die Beweggründe dieser Zerstörungswut und sicherten Torsten und Uli ansonsten zu, dass man auf ihre Hilfe zählen könne, wenn sie denn vonnöten sei.

Wer mit der Untätigkeit nicht zurechtkam, bot immer wieder an, die Polizei zu holen. »Man kann doch nicht warten, bis das ganze Mobiliar kaputt ist oder bis sie anfängt, die Stühle aus dem Fenster zu werfen.«

Aber Torsten wollte von der Polizei nichts wissen. »Hier geht es um mehr als um Hausfriedensbruch«, erklärte er immer wieder. »Mein Chefredakteur hat gesagt, dass ich nur dann die Polizei holen soll, wenn jemand in Lebensgefahr gerät. Er will erst selbst mit ihr reden.«

Er atmete auf, als Karla eintrat, und zog sie sofort in die Küche. »Endlich! Wo warst du? Ich konnte dich nicht erreichen.« Er registrierte nur am Rande, dass sich auch Martin Graf in die Küche drückte. »Ist es überhaupt richtig, dass ich Bräutigams Anweisungen befolge? Ich weiß überhaupt nicht mehr, was Sache ist. Bräutigam hat gesagt, man habe die drei Vorsitzenden der Wiedertäufer überführt. Was hat das zu bedeuten, Karla? Ist das wieder eine von Bräutigams Gaunereien oder ...« Verwundert sah er zu, wie sich Martin neben Karla aufs Sofa setzte und nach ihrer Hand griff. »Jetzt versteh ich gar nichts mehr.«

Uli steckte ihren Kopf, der an diesem Tag einen dottergelb gefärbten Hahnenkamm trug, in die Küche. »He, willst du dich verdrücken, Torsten? Was soll ich tun, wenn diese Furie die Tür kurz und klein hackt?« Der Blick, mit dem sie Karla bedachte, war nicht sonderlich freundlich. »Du hättest auch mal hier anrufen können, ehrlich.«

Torsten sah Karla herausfordernd an. »Nun erzähl endlich!«

Karla schüttelte den Kopf. »Das hat Zeit, Torsten. Für dich gibt's jetzt jede Menge zu tun. Du musst unbedingt zur Welchring-Villa rausfahren, ehe die Konkurrenz dort auftaucht. Du wirst sensationelle Fotos schießen. Die Wiedertäufer im Polizeiwagen! Ihre Kampfhunde narkotisiert! Stenzel mit einer Vorladung! Man wird uns die Auflage morgen früh aus den Händen reißen.«

Das war eine Sprache, die Torsten verstand. Schon hielt er seine Ausrüstung in den Händen und schnappte sich seine Windjacke. »Ihr helft Uli, wenn's hier brenzlig wird?«

»Klar! Osman ist übrigens auf der Flucht. Sicherlich wollte Wiebke ihm nachfahren, sobald sie ihre Papiere gefunden hatte.«

Torsten stand schon in der Küchentür. »Aber wir dachten doch, Wiebke wäre entführt und verschleppt worden.«

»Nein, anscheinend ist sie die Einzige, die freiwillig den Bremer Platz verlassen hat.«

»Das verstehe, wer will.« Torsten steckte noch einmal den Kopf in die Küche. »Wo ist eigentlich Nadia?«

»Gute Frage!« Karla sah Martin an. »Wo war eigentlich Nadia, als wir die Welchring-Villa verlassen haben?«

*

Als Bräutigam in der WG auftauchte, waren Wiebkes Kräfte erlahmt, nur ihre Stimme schien ihr noch zu gehorchen. »Lasst mich hier raus, verdammt!«, keuchte sie. »Wenn ihr mich nicht sofort rauslasst, dann …«

Aber sie schien selbst zu merken, dass ihre Drohungen nicht viel nutzen würden. Die stabile Tür hatte sich widersetzt, nachdem Torsten und Uli den Schlüssel von außen umgedreht hatten. Gelegentliches Klirren kündete nun davon, dass sich Wiebke noch nicht ganz in ihr Schicksal ergeben hatte. Der Duft, der durchs Schlüsselloch drang, ließ vermuten, dass sie Karlas sämtliche Parfümflaschen gegen die Wand geworfen hatte.

»Mein L'eau d'Issey!«, stöhnte Karla, nachdem das Bukett sogar in die Küche gedrungen war.

Es wurde erst ruhig hinter der Tür, als Bräutigam durchs Schlüsselloch rief: »Hör auf, Wiebke. Sei doch vernünftig! Lass uns in Ruhe miteinander reden.«

»Mit dir reden?« Vorbei war es wieder mit der Ruhe. Wiebke schien nun tatsächlich die Möbelstücke, die sie in viele Einzelteile zerlegt hatte, aus dem Fenster zu werfen. »Mit dir habe ich genug geredet!«

Die studentischen Mitbewohner liefen die Treppe hinunter, um die ahnungslosen Passanten auf der Straße davon in Kenntnis zu setzen, dass mit heftigem Niederschlag in Form von Kleinmöbeln zu rechnen war.

»Deiner Mutter zuliebe, Wiebke!«, flehte Bräutigam.

Schlagartig war es still. Karla schlich auf den Flur, Martin dicht neben sich. Auch Uli traute sich wieder aus ihrem Zimmer hervor, in das sie geflüchtet war, um nach ihren Hosenträgern zu suchen. Die klammerte sie sich jetzt an ihre karierten Shorts, die so weit waren, dass sie schlapp auf ihren Hüften hingen und keinem Temperamentsausbruch gewachsen gewesen wären. Da Uli anscheinend eine Keilerei nicht für ausgeschlossen hielt, hatte sie vorsichtshalber ihre Kleidung entsprechend gesichert.

»Was hat meine Mutter damit zu tun?«, kam Wiebkes Stimme durch die geschlossene Tür.

»Ich werde dir alles erzählen«, bot Bräutigam an.

»Erst lässt du mich raus.«

»Sobald Hauptmeister Stenzel da ist. Eher nicht.«

Karla fand diesen Entschluss sehr vernünftig und nutzte die Gefechtspause für eine Frage: »Für wen war eigentlich die Vorladung?«

Bräutigam zuckte nur die Achseln, ohne den Blick von der Türklinke zu nehmen. »Wie kommen Sie eigentlich dazu, mein Auto zu nehmen?«, fragte er plötzlich. »Ich stand da und wusste nicht, wie ich nach Münster kommen sollte.«

Karla sah ihn verblüfft an. »Sie haben mir Ihr Auto doch zur Verfügung gestellt, als ich Sie darum bat.«

»Sie haben mich gebeten? Verlangt haben Sie es von mir.«

»Jedenfalls haben Sir mir die Schlüssel ausgehändigt. Ohne Anwendung von Gewalt.«

Bräutigam warf einen Blick zu Martin Graf. »Deine Tochter hat mir übrigens den Schlüssel deines Wagens ausgehändigt. Auch ohne Anwendung von Gewalt.«

Martin nickte. »Das geht schon in Ordnung.«

»Lass mich endlich hier raus!«, schrie Wiebke.

»Erst, wenn du dich beruhigt hast«, gab Bräutigam zurück.

Wiebke kreischte wie ein ganzes Sägewerk, aber Bräutigam blieb hart. Sogar, als Wiebke behauptete, sie stünde auf der Fensterbank und wolle den Kommodenschubladen folgen, die bereits auf dem Bürgersteig lagen.

»Das wirst du niemals tun«, entgegnete Bräutigam ungerührt, »dazu bist du viel zu selbstsüchtig.«

Dann endlich erschien Stenzel und mit ihm Michaela, die ihren Vater umarmte, als hätte sie nicht damit gerechnet, ihn unversehrt wiederzusehen.

Sie schüttelte auch Karla kurz die Hand. »Sie sind das also ...«, sagte sie und lächelte, als wüsste sie mehr, als sich Karla vorstellen konnte.

Plötzlich standen auch Daggi, Ronnie und Paul da, die noch Platz in Stenzels Streifenwagen gefunden hatten und so nicht in Angelmodde bleiben mussten.

Daggi sah Karla griesgrämig an. »Mit dir habe ich noch ein Hühnchen zu rupfen.«

»Daggi, du musst das verstehen ...«

»Nein, tut mir Leid. Nachdem ich mich geoutet hatte, hättest du es auch tun müssen.«

»Aber ich hatte einen Vertrag unterschrieben! Dreißigtausend Euro! Und meine Festanstellung ...«

»Glaubst du etwa, ich hätte nicht dicht gehalten?«

»Doch, schon, aber ...«

»Die Geschichte von deinem prügelnden Ehemann war übrigens ziemlich mies. Ich hätte mir gleich denken können, dass an dir was faul ist. Und dann dieser Schlafsack! Wer hat schon so was, der Platte macht!« Ihr Blick fiel auf Torsten. »Es ist echt das Letzte, wie ihr mich reingelegt habt.«

Karla konnte sagen, was sie wollte, Daggi blieb unversöhnlich. Inzwischen hatte sich Obermeister Stenzel mit einem Blick durchs Schlüsselloch ein Bild von dem Zustand in Karlas Zimmer und Wiebkes Seelenleben gemacht. »Gütiger Himmel«, murmelte er. »Da drinnen sieht's aus, als wäre die Love-Parade durchgezogen.« Dann griff er zum Schlüssel. »Ich lasse Sie jetzt raus, Frau Leitner! Machen Sie keine Zicken. Sie haben sowieso keine Chance!«

*

Obermeister Stenzel hielt es für richtig, das Verhör, das er ein nettes Gespräch unter Freunden nannte, in der WG zu führen. Karla fand seine Einstellung grob fahrlässig. Hielt er Wiebke wirklich für so harmlos? Oder war Stenzel viel raffinierter, als er aussah? Vielleicht spielte er seine Rolle auch nur hervorragend, indem er sich wie ein gütiger Vater gab, der seinem missratenen Kind einfach nicht glauben wollte, dass es etwas Verbotenes getan hatte. Als Karla beobachtete, wie er dafür sorgte, dass sein Stuhl Wiebkes Fluchtweg abschnitt, war sie geneigt, ihn für clever zu halten. Möglicherweise erreichte man ja wirklich in dieser gemütlichen Küchenatmosphäre mehr bei einer Frau wie Wiebke.

»Warum wollten Sie fliehen?«, fragte Stenzel.

»Fliehen? Ich wollte doch nicht fliehen«, kam es wie aus der Pistole geschossen zurück. Anscheinend hatte sich Wiebke zwischen dem Zertrümmern der einzelnen Möbelstücke ein paar Gedanken darüber gemacht, was unweigerlich auf sie zukommen würde. »Mir war nur eingefallen, wo ich meine Papiere vergessen hatte. Und die wollte ich mir holen.«

»Warum?«

»Nun, man will doch seine Papiere bei sich haben. Für alle Fälle.«

»Für die Einreise nach Marokko?«

»Urlaub in Marokko?«, grinste Wiebke. »Ja, das wäre nicht schlecht. Aber leider habe ich dafür keine Kohle.«

»Sie sind also nicht gegen Ihren Willen in der Welchring-Villa festgehalten worden?«

»Nein! Wie kommen Sie denn darauf?«

»Und die anderen Frauen?«

»Die auch nicht!«

Stenzel sah Karla an. »Und Sie?«

»Ich war nicht freiwillig dort. Sie haben mich im Badezimmer eingesperrt«, antwortete Karla.

Wiebke winkte ab. »Ein Versehen. Wahrscheinlich hat Nadia das Badezimmer abgeschlossen, ohne zu wissen, dass jemand drin war. Das macht sie manchmal.«

»Wie viele Frauen waren es«, fragte Stenzel weiter, »die dort mit Ihnen zusammen … na, sagen wir mal, Urlaub gemacht haben?«

»Mit mir acht.«

»Zu welchem Zweck waren sie in der Villa?«

Wiebke zuckte die Achseln und gab sich ahnungslos. »Es war nett dort. Jeden Abend haben wir gefeiert, gut gegessen, viel getrunken …«

»Gefeiert?« Stenzel zog die Stirn hoch. »Sie wollen vermutlich sagen, dass man Sie und die anderen Frauen als Prostituierte ins Haus geholt hat.«

Wiebke schaffte es, den Obermeister entrüstet anzusehen. »Prostituierte? Nun aber vorsichtig! Wir haben den Herren ein bisschen die Zeit vertrieben. Ja, wir haben auch Kohle gekriegt, klar. Aber Prostituierte ...?«

»Jetzt seien Sie mal nicht so empfindlich«, winkte Stenzel ab. »Wo sind die anderen Frauen?«

»Keine Ahnung.«

»Vermutlich in dem Lieferwagen, mit dem Osman El Jahouwi losgefahren ist?«

»Keine Ahnung.«

»Und wo will El Jahouwi hinfahren? Nach Tarifa? Und von da aus mit einem Motorboot rüber nach Tanger?«

Wiebke zuckte die Achseln. »Er hat was von einer Überraschung gesagt. Mehr weiß ich nicht.«

Stenzel verlor für ein paar Augenblicke seine Güte. »Tolle Überraschung, wenn man sich plötzlich in einem Bordell in Marokko wiederfindet.«

Als Wiebke nicht antwortete, nahm Bräutigam ihre Hand, die sie ihm aber unwirsch wieder entzog. »Sag die Wahrheit, Wiebke. Dem Andenken an deine Mutter zuliebe.«

»Hör auf, ständig von meiner Mutter zu reden!«, fauchte sie ihn an. »Was weißt du schon von ihr?«

»Eine Menge«, entgegnete Bräutigam. »Ich habe deine Mutter nämlich geliebt. Sehr geliebt. Das war noch vor deiner Geburt ...« Er sah von einem zum anderen, schien zu überlegen, ob es richtig war, hier seine Seele zu öffnen, beschloss dann aber, dass es sein musste. Chefredakteur Ludwig Bräutigam schien ein schlechtes Gewissen zu haben, das er schleunigst reinwaschen wollte.

Wiebke saß wie erstarrt da, als er mit leiser Stimme zu erzählen begann von seiner Liebe zu Marlene, von Marlenes Ungeduld und davon, dass sie sich von heute auf morgen entschloss, einen anderen zu heiraten.

Uli drückte sich in die Küche, ließ sich auf einen Stuhl fallen und die Hosenträger gegen ihre Brüste schnappen. Sie war nicht die Einzige, die schmerzhaft das Gesicht verzog.

Bräutigam erzählte weiter, wie lange es gedauert hatte, bis er Marlenes Tochter endlich gefunden hatte, nachdem er wusste, dass Marlene nicht mehr lebte. »Ich wollte Wiebke kennen lernen, sie war ja das Einzige, was von Marlene geblieben war. Und sie hätte, wenn alles anders gekommen wäre, meine Tochter sein können. Als ich sie fand, wollte ich ihr helfen. Ich machte mich zu ihrem Freier, ohne sie jemals anzurühren, und gab ihr Geld dafür, dass sie mir von ihrer Mutter erzählte. Es tat mir gut, mit jemandem über Marlene reden zu können. So gab es wirklich ein Geschäft zwischen uns, ein Geben und Nehmen. Sonst hätte sich Wiebke ja nie auf mich eingelassen. Es fiel ihr zum Glück nicht auf, welches Interesse ich wirklich an ihr hatte.«

Torsten platzte in die Küche. »Geile Fotos, Chef! Ich habe sie gleich in die Redaktion gebracht, damit sie morgen auf den Titel kommen.«

Als Bräutigam nicht darauf reagierte, blickte Torsten unsicher von einem zum anderen. Dann schob er sich neben Karla und hockte sich auf den Mülleimer. »Ist er nun doch nicht mehr unser Chef?«, fragte er flüsternd. »Hatten wir in allem Recht?«

Karla nickte erst, dann schüttelte sie den Kopf. Währenddessen wurde Stenzel nervös. »Mit der Titelzeile sollten Sie noch warten, junger Mann.«

Torsten sah den Obermeister erstaunt an. »Sie meinen, ich muss noch irgendwo ein paar Fragezeichen einbauen lassen? Meinetwegen.«

Bräutigam ließ sich nicht beirren. Er schilderte weiter, wie er immer wieder versucht hatte, Wiebke zurück in ein bürgerliches Leben zu führen. Marlenes Tochter sollte nicht mehr auf den Strich gehen und nicht den Schlafsack mit einem Typen wie Lorenz teilen, der ihr nicht das Wasser reichen konnte. »Aber sie widersetzte sich allen Bemühungen. Immer wieder habe ich daran gedacht, ihr die ganze Wahrheit zu sagen, aber ich wusste, dass ich sie dann verloren hätte.«

Wiebke verzog den Mund. »Der reinste Groschenroman!« Aber jeder sah, dass ihre Lippen zitterten.

Dann berichtete Bräutigam, wie er bemerkt habe, dass die drei Vorsitzenden der Wiedertäufer zu Wiebkes Freiern gehörten. Sie erzählte ihm von Sado-Maso-Spielen in der Welchring-Villa, zu der die drei sich Prostituierte ins Haus holten. Aber sie merkten irgendwann, dass wohnungslose Frauen wie Wiebke viel angenehmere Gespielinnen waren. Die sahen nicht auf die Uhr, sondern blieben bereitwillig eine ganze Nacht, auch mehrere Tage und Nächte. Viele von ihnen waren ja froh, mal wieder ein Dach über dem Kopf zu haben und in einem Bett zu schlafen. Und solange sie bei Bedarf mit Stoff versorgt wurden, machten sie alles mit. »Ich glaube«, sagte Bräutigam düster, »die drei wollten schalten und walten wie im sechzehnten Jahrhundert die Wiedertäufer in Münster. Mit üppigen Gelagen und Vielweiberei!«

Wiebke hatte ihm noch mehr erzählt. Dass Jan van Bröder oft seinen Lkw am Rande des Bremer Platzes abstellte und die Szene beobachtete. Dass Bernd Koppelstädter häufig dort erschien und angeblich nach gestrauchelten Schülerinnen Ausschau hielt, die er auf den rechten Weg zurückzuführen gedachte. Und dass Heinrich Welchring in seiner Eigenschaft als Kommunalbeamter immer einen Grund fand, auf dem Bremer Platz nach dem Rechten zu sehen.

Als Bräutigam von dem Verschwinden einiger wohnungsloser Frauen hörte, glaubte er zunächst wie die meisten anderen, dass an der Sache nichts dran war. Aber als auch Wiebke verschwand, begann er sich Sorgen zu machen. Und er war sicher, dass die Wiedertäufer ihre Finger im Spiel hatten. »Aber ich konnte es nicht beweisen«, sagte er. »Ich wollte es jedoch unbedingt. Marlene zuliebe. Und natürlich auch fürs Münsterland-Echo.« Jetzt sah er so aus, als würde er von einem schlechten Gewissen gestreift. »Jeder wusste, dass ich mit den Wiedertäufern auf Kriegsfuß stand. Hätte ich sie ganz offen verdächtigt, wäre mir Neid und Rachsucht vorgeworfen worden.«

Karla sprang vom Stuhl auf und ging zum Kühlschrank, um sich eine Flasche Bier zu holen. »Stattdessen haben Sie Ihre neue Redakteurin in die Szene geschickt, damit sie sich ein bisschen umhört. Angeblich, um eine brisante Reportage zu schreiben! Aber in Wirklichkeit, um die Wiedertäufer als Frauenhändler zu entlarven? Dass ich selbst dabei ein Opfer dieser Frauenhändler werden konnte, war Ihnen egal. Man hätte Ihnen ja nichts nachweisen können!«

Karla setzte die Flasche an den Mund. Immer, wenn sie erregt war, trank sie aus der Flasche. Dass Martin mit großen Augen ihren hüpfenden Adamsapfel beobachtete, war ihr gleichgültig.

Stenzel sah die ganze Angelegenheit sehr sachlich. »Nun, die Rechnung des Chefredakteurs ist ja aufgegangen. Wir wissen heute wesentlich mehr als vor Ihrem Einsatz, Frau Bernardi.« Er sah Wiebke an und rückte seinen Stuhl noch dichter vor die Küchentür, ohne sie aus den Augen zu lassen. »Zum Beispiel, dass Sie, Frau Leitner, auf keinen Fall zu den Frauen zählten, die entführt und zum Transport nach Marokko bestimmt wurden. Sie waren kein Opfer, Sie waren Drahtzieherin. Ich glaube, das Ganze war sogar Ihre Idee.« Er lächelte sie freundlich an, während er seinen Stuhl direkt unter die Türklinke rückte. »Die Fahndung nach Osman El Jahouwi und dem Lieferwagen mit den sieben Frauen läuft auf vollen Touren. Vielleicht sollten wir ihn mit dem schwarzen BMW verfolgen, damit er meint, Sie hätten ihn nun mitsamt Ihren Papieren endlich eingeholt? Dann wird er bereitwillig am nächsten Rastplatz anhalten, glauben Sie nicht auch? Aber egal, wir kriegen ihn auf jeden Fall. Inzwischen wissen wir ja, dass er einen Bruder hat, der in Tanger ein Bordell betreibt. Und dort ist der Bedarf an blonden Frauen groß.« Er maß Karla mit einem vorsichtigen Blick. »Rothaarige sollen auch sehr begehrt sein.« Wieder setzte er das freundliche Gesicht auf, das inzwischen niemanden mehr täuschte. Wiebke erst recht nicht. »Es war geplant, den Frauenhandel in ganz großem Stil zu betreiben. In jeder Großstadt gibt es eine Fixerszene, einen Drogenstrich und viele wohnungslose Drogenabhängige. Keine schlechte Idee, gerade diese Frauen zu entführen und nach Marokko zu bringen! Die hätten eine Menge Geld gebracht, wenn der Handel funktionierte. Und das ganz ohne Risiko, denn nach diesen Frauen sucht ja kein Mensch.«

Karla sah bewundernd zu, wie er seinem Blick etwas Väterliches gab, auf das vermutlich schon viele Ganoven hereingefallen waren. Milde blickte er Wiebke an. »Zu dumm, dass es nicht geklappt hat. Gleich beim ersten Geschäft gab es einen, der lästig wurde. Lorenz Babitzki! Er glaubte nicht daran, dass Sie ihn freiwillig verlassen hatten. Ja, es ist schon merkwürdig. Nach den anderen hat kein Hahn gekräht. Nur die eine, die weder entführt noch verschleppt wurde und auch nicht verkauft werden sollte, die wurde gesucht. So lange, bis die drei Wiedertäufer kalte Füße kriegten, stimmt's?«

Wiebkes Gesicht, das sich mal im Trotz verschloss und dann wieder in hilfloser Wut öffnete, nahm einen aufmerksamen Ausdruck an. »Sie wollten, dass er damit aufhört, mein Bild überall zu zeigen und an die Wände zu kleben.«

»Klar!« Stenzel nickte. »Und da die drei wussten, dass Lorenz gern den ICE betrachtete, kam ihnen bald die Idee, wie sie Schluss machen konnten damit.« Er betrachtete Wiebke eine Weile. »Wer von den dreien war es? Wer hatte die Idee? Und wer hat Lorenz Babitzki gestoßen?«

Wiebke wurde sichtlich nervös, schaffte es aber, ihre unruhigen Hände und Füße zu verbergen. »Wieso gestoßen? Er hat doch Selbstmord begangen, oder?«

»Glauben Sie das?«, fragte Stenzel so interessiert, als hätte er noch nie an diese Möglichkeit gedacht. »Warum sollte er das getan haben? War er denn lebensmüde?«

Wiebke grinste böse. »Sind Wohnungslose das nicht alle? Oder glauben Sie etwa, das Leben auf der Straße macht Spaß?«

»So ein Quatsch!«, fuhr Daggi auf. »Lorenz hat dich doch überall gesucht! Er wollte wieder mit dir zusammen sein. Er hatte Hoffnung!«

»Vielleicht hat er sie aufgegeben, nachdem er mich nicht gefunden hat.«

»Wollten Sie denn nicht wieder zurück zu ihm?«, fragte Stenzel. »Welche Pläne hatten Sie? Wollten Sie in der Welchring-Villa bleiben? Dort Ihre Geschäfte abwickeln? Oder waren Sie sicher, bald so viel Geld zu haben, dass es für eine Wohnung reicht? Vielleicht in einer anderen Stadt? Die Welchring-Villa in Münster wäre dann sozusagen eine Filiale geworden. Und Sie hätten in sämtlichen deutschen Großstädten dafür gesorgt, dass junge, ansehnliche, möglichst blonde Frauen verschwanden, nach denen nie jemand suchen würde.«

»Blödsinn!«

Bräutigam mischte sich wieder ein. »Sie glauben wirklich, dieser Babitzki ist ermordet worden?«, fragte er den Polizeihauptmeister. »Von den Wiedertäufern?«

»Von einem der drei«, korrigierte Stenzel. »Die Frage ist nur: von wem? Die drei hatten ein Motiv. Ein gemeinsames! Babitzki war zu einer Gefahr für sie geworden. Und alle drei waren auf dem Bahnsteig. Die Wiedertäufer sind bekannt in Münster, man hat sie gesehen. Aber keiner der drei ist zu mir gekommen, um eine Aussage zu machen. Dabei haben wir in den Zeitungen und im Radio immer wieder darum gebeten, dass Augenzeugen sich melden mögen.«

Martin Graf, der bisher geschwiegen hatte, sagte: »Wenn so viele Menschen auf dem Bahnsteig waren, dann muss doch jemand etwas gesehen haben.«

Stenzel schüttelte bedächtig den Kopf. »Alle standen an der Bahnsteigkante und sahen dem ICE entgegen. Das Gedränge war groß. Vorher waren zwei Züge ausgefallen. Es herrschte Chaos auf

Bahnsteig 9. Sämtliche Platzreservierungen waren ja hinfällig geworden. Jeder wollte der Erste vor einer Wagentür sein, um einen freien Platz zu bekommen. In so einem Gedränge weiß am Ende niemand mehr, was geschehen ist. Babitzki hat plötzlich auf den Schienen gelegen, das war die einzige übereinstimmende Beobachtung aller Zeugen. Jeder, der in der Nähe war, hätte ihm einen Stoß versetzen können, ohne dass es jemand merkte. Und anschließend sind viele weggerannt, weil sie den Anblick des Toten nicht ertragen konnten.«

»Es hätte aber auch niemand verhindern können, dass er sich vor den Zug warf«, gab Michaela zu bedenken.

Stenzel nickte. »Möglich, dass wir Babitzkis Tod nie ganz aufklären werden. Aber wer weiß, vielleicht hilft uns ja die Vernehmung der drei Vorsitzenden der Wiedertäufer weiter. Sie werden zurzeit von Kollegen vernommen.« Stenzel erhob sich und nickte Wiebke zu. »Und Sie werden jetzt mit mir kommen.«

»Bin ich etwa verhaftet?«

»Natürlich! Was dachten Sie denn?«

»Was habe ich denn getan?«

»Sie stehen im Verdacht, am geplanten Frauenhandel beteiligt zu sein.«

»Das können Sie nicht beweisen!«

»Wir werden sehen. Wenn wir El Jahouwi und die sieben Frauen erwischt haben ...«

In diesem Moment ging Stenzels Handy. Er warf einen entschuldigenden Blick in die Runde, ehe er sich meldete. Eine Weile lauschte er und nickte dann. »Ja, das war nicht anders zu erwarten.« Er klappte sein Handy zu und erklärte schulterzuckend: »Die drei Wiedertäufer weisen jede Schuld von sich. Sie wollten mit dem ICE geschäftlich verreisen, haben sich dann aber für einen anderen Zug entschieden, weil der ICE durch den Todesfall nicht mehr pünktlich weiterfahren konnte. Der dritte, der ausfiel! Natürlich hatten sie es eilig, einen Intercity zu erwischen.« Und wie eine unwichtige Kleinigkeit fügte er an: »Die drei sagen übrigens, dass Sie auch auf dem Bahnsteig waren, Frau Leitner.«

»Und wenn schon«, gab Wiebke zurück, während sie plötzlich intensiv ihre Nagelhaut bearbeitete, als würde ihr dieses Gespräch allmählich zu langweilig. »Viele waren auf dem Bahnsteig, das Gedränge war gewaltig. So gewaltig, dass niemand sagen konnte, wie

Lorenz zu Tode kam. Ich habe die drei Wiedertäufer zum Bahnhof gefahren. Ist doch normal, oder?«

»Dass die Prostituierte, die sie sich gelegentlich ins Haus holten, sie mit dem Wagen zum Bahnhof fährt, soll normal sein?«

»Ich war mehr für sie als irgendeine … Frau. Wir verstanden uns prima.«

»Sie meinen die geschäftlichen Beziehungen?«

»Wollen Sie alle verdächtigen«, fuhr Wiebke auf, »die auf dem Bahnsteig waren?«

Karla sah Bräutigam an. »Sie waren doch auch da. Zusammen mit Martin.«

»Ich habe Wiebke nicht gesehen«, entgegnete Bräutigam schnell. »sonst hätte ich sie ja angesprochen.«

»Und ich habe von dem Unglück erst später gehört«, erklärte Martin. »Ludwig begegnete mir, wir wollten etwas besprechen, da haben wir beide nicht so sehr auf andere geachtet.«

»Kam Ihre Mutter denn auch mit dem ICE?«, fragte Torsten seinen Chef. »Sie waren doch eigentlich zum Bahnhof gekommen, um Ihre Mutter abzuholen.«

Bräutigam nickte – und merkte dann, dass Unannehmlichkeiten auf ihn zukamen. »Nein, sie kam nicht mit dem ICE, sondern mit dem Intercity auf Bahnsteig 12 an.«

»Und was wollten Sie dann auf Bahnsteig 9?«, fragte Stenzel prompt.

»Nun, ich … ich war ein bisschen zu früh. Und da dachte ich … Der ICE ist ein toller Zug, finden Sie nicht auch? Ich hatte eine elektrische Eisenbahn als kleiner Junge. Und irgendwie interessiere ich mich immer noch für Eisenbahnen.«

»So wie Lorenz Babitzki?«

»Ja, so ein ICE … das ist wirklicher ein interessanter Zug.«

»So interessant, dass Sie Frau Leitner darüber nicht gesehen haben«, sagte Stenzel, stand auf und dehnte seine Glieder. »Also sind wir genauso weit wie vorher. Trotzdem, Frau Leitner … was auf jeden Fall bleibt, ist versuchte Körperverletzung. Denken Sie bitte an die Kommodenschubladen, die Sie aus dem zweiten Stock geworfen haben. Sie kommen mit. Wo sind Ihre Sachen? In Welchrings BMW?« Er wartete Wiebkes Nicken gar nicht erst ab. »Ich wette, darin liegt alles, was Sie besitzen. Also besteht Fluchtgefahr.« Er nahm noch einmal das Handy und wählte seinen Kollegen an, der unten im

Streifenwagen auf ihn wartete. »Komm hoch, wir haben hier eine vorläufige Festnahme.«

Es dauerte eine Weile, in der alle damit rechneten, dass sich Wiebke nun auch der Kücheneinrichtung annehmen würde. Aber sie blieb auf ihrem Stuhl sitzen und betrachtete ihre Nagelhaut, ohne ein einziges Mal den Blick zu heben. Allmählich wich die Nervosität von allen Anwesenden.

Karla fing immer wieder Martins Blick auf. Plötzlich glaubte sie, es keine Minute länger in dieser schrecklichen Wollhose und dem Pullover mit den vielen Laufmaschen auszuhalten. »Ich sehe mal nach, wie es in meinem Zimmer aussieht«, sagte sie und spürte, als sie sich umdrehte, die mitleidigen Blicke in ihrem Rücken.

Bevor sie die Klinke herunterdrückte, nahm sie sich vor, nicht zu erschrecken. Sie war Frauenhändlern und blutrünstigen Kampfhunden entwischt, hatte einen Irrtum bereinigt und eine großartige, lebenswichtige Wahrheit entdeckt. War das nicht wichtiger als die Zerstörung einer Zimmereinrichtung, die ihr sowieso nicht gehörte? Und wichtiger als das L'eau d'Issey, obwohl es verdammt teuer gewesen war? Und obwohl sie dieses Parfüm benutzte, seit Martin es ihr vor über zehn Jahren zum ersten Mal geschenkt hatte?

Aber sie erschrak dennoch. Nichts stand mehr an seinem Platz. Alles Zerbrechliche war zerbrochen, was aus mehreren Teilen bestand, in selbige zerlegt worden. Der Inhalt des Kleiderschranks lag auf dem Boden, Wiebke hatte sich augenscheinlich erinnert, wo sie ihren Personalausweis zu suchen hatte.

Zum Glück fand sich eine robuste, aber todschicke Jeans, die aus dem Chaos hervorging, als wäre es ihre Pflicht, die gute Qualität zu beweisen, und ein Pulli, an dem Wiebkes Wut ebenfalls einigermaßen spurlos vorübergegangen war. Als Karla dann noch eine Tube Make-up entdeckte, war ihr klar, dass sie damit schon viel mehr besaß als alle anderen Frauen auf dem Bremer Platz. Der Lippenstift, den Wiebke auf dem Boden zertreten hatte, war zwar nicht mehr zu gebrauchen, aber die Haarbürste tat ihren Dienst auch ohne Stiel. Karla lächelte in eine Spiegelscherbe. Endlich war sie wieder zurück in ihrem Leben. Manches hatte sich verändert, aber vieles war auch geblieben. Das Leben konnte so einfach sein!

*

Martin lächelte, als sie die Küche wieder betrat, und sie hätte ihn dafür küssen mögen.

Gerade war auch Stenzels junger Kollege erschienen, der nach Wiebkes Arm griff. »Auf geht's!«

Vor der Haustür griff Stenzel in Wiebkes Jackentasche. »Der Autoschlüssel!« Er suchte die Wolbecker Straße nach dem schwarzen BMW ab, dann runzelte er die Stirn. »Welcher Idiot hat den denn zugeparkt?«

Karla machte auf dem Absatz kehrt und lief die Treppe wieder hinauf. »Moment!«

Sie brauchte eine Weile, bis sie Bräutigams Schlüssel gefunden hatte. Als sie zurückkehrte, saß Wiebke schon im Streifenwagen, während der junge Beamte ihre Reisetasche aus Welchrings BMW hob. Er öffnete den Reißverschluss und spähte hinein. »Alles drin«, sagte er zufrieden. »Die Dame hatte eine längere Reise vor. Ganz sicher.«

Schwungvoll beförderte er die Tasche in den Streifenwagen. Sie kippte um und heraus fielen eine Bluse, ein paar Wäschestücke und … ein Stoffhase. Ein zerlumptes graues Ding, das so aussah, als wartete es schon lange darauf, endlich seinen wohlverdienten Ruhestand in einem Müllcontainer anzutreten.

Der junge Polizeibeamte griff mit spitzen Fingern nach einem Ohr des Hasen, um ihn in die Tasche zurückzulegen. »Igitt! Wer nimmt denn so was mit auf Reisen?«

Er wunderte sich nicht schlecht, als Karla auf den Hasen zusprang und ihn aus seinen Händen riss. »Emil!«, rief sie. »Wiebkes Stoffhase!«

»He!«, rief auch Daggi. »Tatsächlich! Emil!« Ihre Stimme fuhr auf einer Achterbahn der Gefühle steil bergab. »Den hat doch …« Sie stockte und starrte Karla an. »Den hatte Lorenz doch bis zuletzt bei sich. Wieso steckt der jetzt in Wiebkes Tasche?«

Plötzlich war es still trotz des Lärms um sie herum. Daggi und Karla wurden in Sekundenschnelle wieder Freundinnen. »Weil sie Lorenz ihren Emil wieder abgenommen hat«, antwortete Karla langsam. »Sie wollte nicht ohne den Hasen nach Tarifa fahren. Sie hat ihn doch bei sich, seit sie ihn von ihrer Mutter geschenkt bekam. Wahrscheinlich das Einzige und Letzte, was sie mit ihrem früheren Leben verband.«

»Du meinst, sie hat sich an Lorenz herangeschlichen …«

»… natürlich von hinten, er durfte sie ja nicht bemerken. Stell dir vor, wie er reagiert hätte, wenn Wiebke plötzlich vor ihm gestanden hätte.«

»Und dann hat sie ihn aus seiner Hand gerissen. Er hielt Emil immer in der Hand. Immer in der rechten.«

»Und gleichzeitig hat sie Lorenz vor den Triebkopf des ICE gestoßen. Bevor er sich umdrehen konnte …«

Stenzel hatte erstaunlich schnell begriffen und schwang sich in den Streifenwagen. »Morgen früh habe ich Wiebke Leitners Geständnis!«, rief er Bräutigam zu. »Ganz sicher!«

Die Tür des Streifenwagens war bereits geöffnet, der Fahrer saß noch nicht hinterm Steuer, als sein Handy klingelte. Über sein Gesicht ging ein Lächeln, dann verdüsterte es sich wieder. Als er das Handy zusammenklappte, sagte er zu Stenzel: »Sie haben El Jahouwi und den Lieferwagen gefunden.«

»Großartig!«, rief Stenzel. »Wenn die Frauen reden, haben wir nicht nur den Mord aufgeklärt, sondern endlich auch alle Beweise für den Frauenhandel zusammen.«

»Das wird schwierig, Chef«, sagte der junge Beamte. »Der Wagen war nämlich leer. El Jahouwi saß allein drin.«

Stenzel drehte sich zu Wiebke um und fuhr sie an: »Wo sind die Frauen?«

»Gebt mir meinen Emil«, sagte Wiebke.

Bräutigam beugte sich in den Streifenwagen. »Hast du das wirklich getan, Wiebke? Warum nur?«

»Ich will meinen Emil«, wiederholte Wiebke.

»Warum hast du Lorenz umgebracht?«, fragte Bräutigam noch einmal.

»Ich konnte ihn nicht mehr ertragen«, sagte Wiebke ohne jede Emotion. »Er hat mich ausgesaugt bis aufs Blut. Er wollte alles von mir – meine Gefühle, meine Hilfe, meinen Trost. Und am Ende sogar meinen Emil.« Sie starrte vor sich hin. Bräutigam betrachtete sie, als suche er in ihrem Gesicht etwas, was ihn an Marlene erinnerte. »Ich habe ihn ja gar nicht umgebracht«, sagte sie dann. »Ich habe lediglich sein Ende ein wenig beschleunigt. Er war doch nur ein Penner …«

»Vielleicht hat El Jahouwi die Frauen unterwegs laufen lassen?«, überlegte Stenzel, »damit wir ihm nichts nachweisen können. Und jetzt irren sie womöglich irgendwo herum …«

Karla griff nach Martins Arm. Er erschrak sichtlich vor der Entschlossenheit in ihren Augen. »Martin, wo war Nadia, als wir losfuhren?« Sie wartete seine Antwort nicht ab, sondern sprang in Bräutigams Wagen.

»Ich komme mit!«, rief Martin.

Bräutigams Wagen ließ sich nicht lumpen und schien sich noch gut an die Hinfahrt zu erinnern. Während Karla aufs Gas trat, sah sie in den Rückspiegel. Auch der Streifenwagen setzte sich gerade in Bewegung. Bräutigam stand am Straßenrand und blickte Marlenes Tochter hinterher.

*

Martin schien sich diesmal nicht zu fürchten. Gelassen nahm er jede Geschwindigkeitsüberschreitung hin, jedes Überholen im Überholverbot und jede Ampel, die gerade auf Rot gewechselt hatte. Als die Stadt sich öffnete und die Wolbecker Straße vor ihnen lag, sagte Martin: »Ute hat Selbstmord begangen, da bin ich ganz sicher. Wenn in Münster auch etwas anderes geredet wurde.«

Karla trat auf die Bremse, wechselte aber gleich wieder aufs Gas. »Hat sie einen Abschiedsbrief hinterlassen?«

»Nein, aber sie hat ihren Tod inszeniert«, entgegnete Martin. »Das passte zu ihr.«

»Aber warum?«

»Weil ich mich entschlossen hatte, mich von ihr zu trennen und dich zu suchen. Ich hatte die Hoffnung, dich zurückzugewinnen.« Er schwieg eine Weile, bis er den Mut fand weiterzureden: »Sie kannte mich genau. Sie wusste ja, warum ich bei ihr geblieben war. Ich wollte handeln wie ein verantwortungsbewusster Mann, der zu seinem Wort steht. Ute wusste, dass ihr Selbstmord es mir unmöglich machen würde, ein neues Leben mit dir zu beginnen. Jedenfalls dann, wenn ihr Tod etwas mit meiner Entscheidung für dich zu tun hatte. Wenn eine Frau sich umbringt, weil ihr Mann eine andere liebt, dann ist die Liebe zu dieser anderen vergiftet. Dann wäre ich nicht mehr in der Lage gewesen, das zu tun, was mich glücklich machte. Dann hätte ich nie vergessen können, dass ich glücklich werden wollte auf Utes Kosten. Ich hätte mir dann mein Glück nicht zugebilligt. Sie hat sich umgebracht, damit ich mit dir nicht glücklich werden kann. So widersinnig das klingen mag.«

»Deswegen warst du froh, mich nicht gefunden zu haben? Du kamst dir so mies vor …«

Martin nickte. »Eine Frau stirbt und macht den Weg frei für eine andere. Wie soll man damit leben? Wenn ein Mann dagegen endlich die Konsequenzen zieht und sich zu der Frau bekennt, die er liebt – das ist etwas anderes!«

»Und wenn die Frau, die er nicht gefunden hat und nicht finden wollte, plötzlich vor ihm steht? Ohne dass er etwas getan hat, um sie zurückzuholen? Kommt er sich dann auch so mies vor?«

»Dann nicht. Nein, dann nicht.« Er zögerte, aber Karla wartete vergeblich. Erst, als sie wieder anfuhr, ergänzte Martin leise: »Vorausgesetzt, sie braucht nicht mein Mitleid.«

*

Karla lächelte, als sie vor der Welchring-Villa vorfuhren. »Dachte ich's mir doch.«

Martin betrachtete kopfschüttelnd die hell erleuchteten Fenster und lauschte der Musik, die zu hören war. »Tatsächlich! Sie feiern.«

»Nadia wusste, was ihr Mann plante. Anscheinend hat sie die Frauen befreit, ohne dass es jemand merkte. Osman hatte keine Ahnung, dass er mit einem leeren Lkw losfuhr.«

Martin griff nach Karlas Hand, während sie auf die Eingangstür zugingen. »Müssen wir da wirklich rein?«

»Warum nicht?« Karla blieb stehen und blickte ihn fragend an.

»Weil mein Haus direkt nebenan ist. Und mein Schlafzimmer auch.«

In diesem Augenblick wurde die Tür aufgerissen. Nadia stand auf der Schwelle – noch dicker, noch breiter als sonst. Sie lachte übers ganze Gesicht. »Endlich gemerkt? Endlich gemerkt, dass Auto leer ist? Und endlich Ehemann gefangen und ab!« Sie machte eine Handbewegung, die sie fast das Gleichgewicht gekostet hätte. »Ab ins Gefängnis?«

Karla trat einen Schritt vor. »Nadia! Sie sprechen ja viel besser deutsch, als ich dachte.«

»Als alle dachten«, korrigierte Nadia. Sie warf sich in die Brust und ließ nun keinen Zweifel mehr daran, dass sie die willkommene Abwesenheit ihres Mannes unter anderem dafür genutzt hatte, den Wiedertäufern die Alkoholvorräte wegzutrinken. »Nadia ist klug. Sehr klug. Wenn alle denken, man versteht nicht, dann reden sie viel. Osman und die anderen. Nun sind sie weg. Alle weg. Weg! Weg! Weg!«

Dieses Wort wiederholte sie in solcher Regelmäßigkeit, dass es auch ein Schluckauf sein konnte.

Martin drehte sich um und zog Karla mit sich. »Lass sie feiern. Wir gehen zu mir, einverstanden?«

»Also gut.« Sie folgte ihm, als hätte sie die Einladung zu einer geschäftlichen Besprechung erhalten. Alles andere wäre unerträglich gewesen. Warten darauf, dass er den Schlüssel findet. Warten auf das Einschalten des Lichtes. Warten auf das Glas, das er einschenkt. Warten auf die Entscheidung, welches Bett richtig ist ...

»Ja, sehr gut«, betonte sie. »Ich muss unbedingt Stenzel anrufen. Er muss doch wissen, dass die Frauen hier sind. Und mein Handy liegt ja immer noch im Garten der Welchring-Villa.«

In Martins Haus ging sie erst mal zum Telefon und wählte Stenzels Nummer. Als sie aufgelegt hatte, stand sie eine Weile nachdenklich da, horchte auf das Gläserklingen im Wohnzimmer und auf das Geräusch der Streichhölzer, mit denen Martin ein paar Kerzen anzündete. Dann wählte sie Torstens Handynummer. »Kannst du noch ein paar gute Fotos gebrauchen? In der Welchring-Villa ist eine tolle Party im Gange. Die dürfte unsere Leser interessieren.«

Torsten stimmte freudig zu. »Okay! Ich komme sofort.«

Karla zögerte, dann sagte sie: »Am besten, du lässt dich von Uli nach Angelmodde bringen. Dann könntest du Bräutigams Auto nach Münster zurückfahren. Es steht vor dem Nachbarhaus. Ich bleibe nämlich hier ...«

*

TOD VOR DEM ICE AUFGEKLÄRT!
FRAUENHANDEL IN DER DOMSTADT NUR KNAPP VERHINDERT!
MÜNSTERLAND-ECHO AN DER AUFKLÄRUNG BETEILIGT!

»Angeber«, murmelte Karla, während sie in ihr Brötchen biss. »Bräutigam haut ganz schön auf die Sahne.« Dann begann sie zu lachen. »Torsten ist wirklich mutig. Sieh dir das an, Martin!« Sie zeigte auf die drei Käfige, die Nero, Varus und Cäsar gehörten und die so vertrackte Ähnlichkeit mit den drei Käfigen an der Lambertikirche hatten. In jeden hatte der Layouter das Foto eines Wiedertäufers kopiert, aufgenommen bei einem wichtigen Anlass mit entsprechend bedeutungsvoller Miene. Und die Unterschrift lautete: »Wie wird im Jahre 2003 das Urteil gegen die Wiedertäufer ausfallen?«

Darunter gab es Fotos von Nadia und den sieben Frauen, die ihre Befreiung feierten. »Frauenpower nach der Entlarvung der Frauenhändler!«

Torsten griff sich an die Stirn, als Karla ihn ein paar Stunden später begrüßte. »Nicht so laut! Wusstest du, wie es auf solchen Frauenpartys zugeht? Ich hatte bisher ja keine Ahnung ...«

In diesem Augenblick betrat der Chefredakteur des Münsterland-Echos den Konferenzraum und mit ihm sämtliche Mitglieder der Redaktion. Etwa ein Dutzend Männer und Frauen, die Karla neugierig musterten.

»Endlich kann ich Sie mit Ihrer neuen Kollegin bekannt machen«, hob Bräutigam euphorisch an, »die schon seit Montag fürs Münsterland-Echo tätig ist. Aber im Geheimen, wie Sie alle heute Morgen lesen konnten ...« Mit bewegten Worten schilderte er Karlas lobenswerten Einsatz, ihren bemerkenswerten Mut, ihr Fingerspitzengefühl und ihre Kombinationsgabe. »Wiebke Leitner hat in der letzten Nacht den Mord an Lorenz Babitzki gestanden. Und die drei Vorsitzenden der Wiedertäufer haben ebenfalls ein Geständnis abgelegt. Genau wie Osman El Jahouwi, der bekannt hat, dass er sieben Frauen in das Bordell seines Bruders nach Marokko bringen wollte. Wir werden uns also nach einem neuen Hausmeister umsehen müssen. Zum Glück bleibt uns aber Nadia erhalten ...«

Es war später Nachmittag, als Karla vor dem Redaktionsgebäude stand und in den westfälischen Himmel blickte, der so grau war, wie es sich gehörte. Ein strahlender Frühlingstag wäre zu leicht gewesen für das, was sich zugetragen hatte, ein verregneter Tag dagegen viel zu monströs. So war es genau richtig!

Plötzlich stand Daggi vor ihr. Ihr blasses Gesicht strahlte, ihre Wangen waren rosig. Lachend umarmte sie Karla. »Herzlichen Glückwunsch! Der Aufmacher vom Münsterland-Echo ist eine Sensation!«

Sie betrachtete Karla, als hätte sie Mühe, sich an die Frau zu gewöhnen, die so aussah, als würde sie sich niemals in einem mottenzerfressenen Persianer zeigen. »›Abseits‹ wird in seiner nächsten Ausgabe auch einiges zu berichten haben. Vielleicht gibt's sogar eine Sonderausgabe. Wir haben uns auf die Suche nach Sponsoren gemacht, die sie finanzieren. Wenn sich welche finden, wird ganz Münster voll sein von Straßenverkäufern.«

»Happyend auf der ganzen Linie also!«

Daggi grinste anzüglich. »Von deinem ganz persönlichen Happyend hörte ich auch schon. Bist du sicher …?«

»Nein, zu irgendwelchen Sicherheiten bin ich noch nicht gekommen. Aber das hat ja auch Zeit, oder?«

Daggi lachte. »Klar, das hat Zeit.« Dann warf sie einen Blick über Karlas Schulter, sah Ludwig Bräutigam aus dem Redaktionsgebäude kommen und ergänzte: »Übrigens, wenn du im Münsterland-Echo nicht zurechtkommst, kannst du auch bei ›Abseits‹ anfangen.«

»Danke für das Angebot.« Karla lachte. »Aber ich denke, ich werde es nicht annehmen. Vorerst jedenfalls nicht. Ich bin nämlich sicher, dass ich meine Festanstellung schon bekomme, bevor die Probezeit vorbei ist.«

Bräutigams gelber Schal wurde von einer Windbö aufgeweht. »Frau Bernardi, Sie beginnen gleich Montag mit der Reportage ›Obdachlos in Münster!‹. Ich möchte, dass sie spätestens Mittwoch ins Blatt kommt.«

»Geht klar, Chef!«

Plötzlich entstand Tumult am Taxistand. Ein Fahrer schien um seine Lizenz zu kämpfen, ein Kollege unterstützte ihn darin, nicht aufzugeben und dem Schicksal und allen weiteren Fahrgästen die Stirn zu bieten.

Ludwig Bräutigam ahnte anscheinend, wer das Taxigewerbe in seinen Grundfesten erschüttert hatte. Jedenfalls drehte er sich gar nicht erst um, als in seinem Rücken energische Schritte erklangen, sondern griff nur nach seinem Schal und ballte die Fäuste um seine Fransen. Zum ersten Mal kam Karla die Idee, dass der Chefredakteur sich jeden Morgen die blitzsaubere Zuversicht um den Hals wickelte, die am Abend doch wieder zur schmuddeligen Resignation geworden war. Doch sicher wurde sie Tag für Tag mit dem reinen Gewissen seiner Mutter wieder weich gespült, bis der Schal am Ende keinem Lüftchen mehr einen Widerstand entgegensetzte und in jedem kleinen Windhauch wegzufliegen drohte.

»Willst du mich in Münster unmöglich machen, Junge? Überall werde ich auf den Titel des Münsterland-Echos angesprochen. Es heißt, es hätte persönliche Kontakte zwischen dir und dieser jungen Frau gegeben, die nun des Mordes angeklagt wird. Man sagt, sie soll eine Nutte gewesen sein. Und du hast persönliche Kontakte zur ihr unterhalten! Lieber Himmel, was habe ich in deiner Erziehung nur falsch gemacht?«

Karla zog Daggi mit sich. »Komm, lass uns irgendwo was essen gehen.«

»Soll ich Ronnie und Paul auch Bescheid sagen?«

»Ja, ich lade euch ein, schließlich kann ich mir das jetzt leisten. Und Wilfried, Arni, Werner und Dave auch. Lass uns in die ›Laterne‹ gehen. Da sind die Schnitzel riesengroß!«